U0139874

长篇小说

泣血的十字架

尹绍文 著

浙江文艺出版社

目 录

自　序

　　追往昔,大医们悬壶济世,妙手回春,不啻生命的保护神;于是乎,医学史上那片最著名的杏林横空出世,俨然成了医学的圣地,闪耀着圣洁的光辉。

　　抚今朝,医院既是治病救人的圣所,也是光怪陆离的江湖。医院里不乏德艺双馨的大医,也充斥滥竽充数的庸医。医院里生命在呐喊,灵魂在呼号,道德在煎熬,人性在闪耀。

　　医务人员的称呼太多,雅到"白衣天使",俗到"白眼狼",分分秒秒,人们会给他们贴上不一样的标签,真是翻手为云,覆手为雨。医院里充满了希望的彩虹,但也笼罩着无奈的阴霾。更多的是,面对死神,"白衣"们的抗争是徒劳的,他们就像西绪福斯,吭哧吭哧地推着巨石上山,又眼巴巴地看着它滑落下来,真是既无奈,又不甘,可这抗争却是医者的宿命!

　　《泣血的十字架》是业内人写就的一部别样的小说,通过全新的视角、辛辣的笔触深入医院的"染色体"、"白衣"的"DNA",借以诠释医学的本质，探求杏林的真谛，并为如何治疗人体、医院、社会的癌症提供富有启迪的范本。"白衣"们的爱恨、思考、困惑、挣扎、追求，无不通过笔墨淋漓尽致地表现出来。这是医界的清明上河图，医生的斑斑血泪篇，医魂的泣血吁天录！你想洞悉"白衣"的内心、医院的奥秘吗？这部小说就是一条便捷的绿色通道！

　　是为序。

第一章 脑

杏泽医院处于风雨飘摇中，秦声临危受命。

甫一上任，秦声就开始盘起自己的"家当"来。他掰着手指逐一地对全院的顶级医生进行排位，名列前三的应该是他自己、张德民、岳波或鲍德温，当然将岳波列为第三其他科主任尤其是鲍德温绝对不服，并且三强均出身肿瘤外科只会引起全院职工的心谤腹诽，可前两位却是众望所归。目前，在全省医疗卫生界还没出过院士，秦声暗下决心，准备花两年时间争取冲顶成功。要是真能冒出个把院士，杏泽医院就吹响了大反攻的号角喽。想到此，他脑子里不禁冒出一句：好风凭借力，送我上青云。

打造名科的规划秦声已了然于胸。他掂量过，目前全院最强的两个科就是肿瘤外科与肝胆外科。近年来，肿瘤外科在他和张德民的管理下业务突飞猛进，已在全国声名鹊起。可是，肝胆外科主任鲍德温对肿瘤外科的老大地位颇有微词，听说他曾在背后这么非议："肿瘤外科确实是块金字招牌，可是他们占据了我院多少资源呢？要是我科也冒出个把院长、副院长，早甩下他们几条街了。"他说的话不无道理。不过，平心而论，秦声觉得自己当初在担任业务副院长期间，没有一味将资源赤裸裸向自己的自留地倾斜，更何况上一任院长向景才是心胸外科出身,他想倾斜也是有心无力。向景才担任院长前,心胸外科在院内至多只是个中等偏上水平的学科,他上任后,业务水平飞速跃升,现在不遑多让,位列全院老三了。看来,院领导来自哪科,对哪科的发展影响就大,因为他们手里掌握着人、财、物的支配权。他暗忖:"这些年,医院人满为患,大量病人望'医'兴叹,新的外科大楼建造图纸虽已设计好,可整个投资需要五个亿,缺口竟达四亿以上,我再不去化缘就难以为继了。现在,医院基本建设如蜗行牛步,从蓝图到竣工不盖上百个公章休想破土动工,这座大楼最快也要三年后才能交付使用,弄得不好,拖个五年不算是奇闻。基本建设、设备购置都需要医院自身造血,资金的压力山大啊。按理说,这些投入需要政府买单,可目前政府'捉襟见肘',徒唤奈何!如果饭桌上少些推杯换盏、觥筹交错,全国大地上枝繁叶茂的杏林早如雨后春笋了。"

秦声肩负着振兴杏泽医院的重任,当务之急就是搭建班子。班子中,他刚卸任的业务副院长的岗位非常重要,他心目中的不二人选就是现任肿瘤外科主任张德民。秦声比张德民早几年进医院,看着他一步步走向成功,是他事业取得成功的真正见证人。张德民耿直、细致、原则性强,行事严谨,手里更有两把刷子,很能服众,不足之处是灵活性不够,爱认死理。平时,他俩互不服气,要是真将张德民扶上位,秦声有点吃不准他会不会恩将仇报,成为自己的掘墓人。张德民独立性太强,非常有主见,秦声生怕自己罩不住这个桀骜不驯的下属。另外,一下子将张德民提到业务副院长的岗位上,在任的那几位副院长会乖乖地让道任凭他在自己的眼皮底下绝尘而去吗?可是,现任这些副职中,确实难觅可堪大任的业务掌门人啊。这次,行政副院长到了卸职年龄,也跟向院长一同下了。他本想提拔岳波担任行政副院长,可考虑到岳波难以服众,同时又顾及这位下属跟他出自同科,班子里同出身的占了三个,难免遭谤。老院长向他推荐了胸外科的朱令民主任,他觉得朱主任是个合适的人选,准备向省委组织部引荐一下。至于其他暂时按兵不动,萧规曹随。

主意一定,他迅即采取行动。他先向卫生厅王德胜厅长端出自己一套用人计划。征得厅长同意后,他马不停蹄去向组织部林太声部长汇报。

林部长看见秦声进来,笑眯眯地说:"我刚想约你,你却上门了。"

"哦,这么巧!"

"我想听听你下一步的打算,班子搭好了吗?"

"方案已成形了,想听听你的意见。"秦声和盘端出自己的用人方案。

林部长听了后,沉吟不语。良久,他抬起头,说:"你想提拔张德民,我同意,可行政副院长的角色是否再考虑一下其他人选呢?"

"林部长,你认为朱令民不够格?他资历较老,能力也强,处理起关系来游刃有余,是绝佳的行政副院长人选,再加上他又是老院长推荐的。"

"我对朱令民不大了解,不敢妄加评价。只是我想给你推荐一个人选——"

秦声迫不及待地问:"谁?"

林部长从容地答:"李岳。"

"他?"秦声惊得差点掉了下巴。李岳原是血液科医生,现担任质控部主任。

林部长小心地问:"他不入你的法眼?"

"你了解李岳吗?"

"老实说,我对他不十分了解,可我——"

"有人在你面前举荐他?"

林部长笑而不答,莫测高深。

秦声自忖问不出结果,就放弃了努力。对林部长的提议,他同意不是,拒绝也不是,进退两难。

"老秦,你挠头了?"

"我不想在你面前打马虎眼,我确实不看好他。他在全院上下口碑不佳,行政副院长需要超强的协调能力,可他就缺这能力,难以服众。最要不得的是,他专门搞小动作,人品极坏。"

林部长听出了他话里有话,为难地摊了摊手。

秦声觉得不能使这个吏部大员太难堪,忙改变了口吻:"我刚才这么说更多出于工作的考虑,要是你觉得李岳不错,可以让他试试。"他不得不给部长台阶下,因为领导也有一本难念的经,再加上张德民没被否决,自己也该投桃报李。

"人在官场,身不由己啊。"林部长脸上露出浅笑。

秦声扬扬眉,字斟句酌:"如果组织考虑李岳出任行政副院长,我肯定服从。"

林部长颔首赞许。

他俩寒暄了一下，秦声就告辞了。部长的提议确实使他猝不及防，他根本想不到会是这么一个出乎他意料的人选。李岳这家伙，如果能赶上"文化大革命"，肯定是个造反派的头头。听说他的老爸就是"文化大革命"的风云人物，真是有其父必有其子，只是，李岳的政治手腕被他老爸甩出几条街，他就会一招鲜，背后放冷枪、射冷箭。幸好，他提议的张德民没有被刷下来，要不，今天遭遇"泥石流"了。

秦声回到医院，看了看表，离下班时间还早，于是就大步流星朝办公室赶去。一来到办公室，他马上拨通了张德民的电话，约他过来。

一刻钟后，张德民"吭哧吭哧"赶了过来，劈头就问："老秦，找我啥事？"

秦声招呼他坐下，沏了一杯绿茶递给他，表情凝重地盯着他看。

"看你的样子，好像天要塌下来了。"

秦声仍然直视着他，脸上掠过一丝不易觉察的苦笑，说："我推荐的人选被林部长刷下来了。"

"是我吗？"在这之前，秦声已经向他透露过人事安排。

"你倒没被拿下，老朱没戏了。"

张德民觉得天没塌下来，如释重负。不过，他转念一想，心就揪紧了。既然老秦这么心急火燎地唤他过来，肯定不会就告诉他这消息，否则——

"林部长提的人选令我大跌眼镜。"没等张德民开口，秦声沉不住气了。

"谁？"

"李岳。"

"怎么会是他？跟他共事岂不是与狼共舞？！"

"我也这么认为啊。"

"无力回天了？"

"嗯。看情形，估计有头面人物在力挺他。别忘了，他老爷子虽下来了，可余威还在啊。"

"要是李岳上位，我就成了受气的小媳妇了。他心怀鬼胎，坏点子层出不穷，我们防不胜防啊！君子怎么斗得过小人呢？！"

"我也有同感。"

"那你该提醒林部长啊。"

"我已经含蓄地提醒过了，可他爱莫能助。估计是省长、书记一类的角色为李岳那家伙保驾护航喽。"

张德民气馁地说："老秦，苦日子就要来了，我俩千万别让李岳一锅端啊。"

"如果他真的上来，我们只能小心应付，见机行事了，反正天不会塌下来的。"

"但愿如此吧。"

"不过，要是他真担任副院长，对我们来说，说不定是件好事呢，不是经常有人嚷嚷要感谢对手吗？"

"可他是人渣，人渣比对手、敌人更坏！"

秦声意味深长地说："只要我们同心，他掀不起大浪的。"

张德民随声附和："也许吧。以后，我一定会全力配合你的工作的。你也知道我的性格，我决不是个搬弄是非的人，更不会玩表里不一的把戏。"

秦声只觉得心头一热，朝张德民投去赞许的目光。不过，眼前这情势，他总觉得山雨欲来风满楼，心中直嘀咕："难道我走上不归路了？"

第二章　心

秦声决定烧第一把火，马上召集学术委员会成员商讨医院发展大计。这把火烧得可真是又早、又快、又旺。周五下午，学术委员会会议如期召开，会议的主题就是学科建设，其中一项重要议题就是表决上报国家级、省级重点学科的候选学科，国家级重点学科一个，省级则是五个。

下午两点整，各位学术委员会成员气宇轩昂，准时到场。会议由刚上任的医院学术委员会主任秦声主持。他详细介绍了这次会议的议题，与会成员全都竖耳谛听。介绍完毕后，他按顺序请各学科带头人介绍本科取得的业绩供大家表决时参考。各科主任着重介绍了本科SCI收录的论文数目、影响因子及科研奖项。自然，肿瘤外科的业绩最为亮丽，尤其是秦声、张德民更是著作等身、硕果累累。肝胆外科的总体实力仅次于肿瘤外科，业绩也是杠杠的。跟肝胆外科相比，心胸外科、妇产科、心内科不遑多让，跳龙门也易如反掌。其他各科跟前五强相比难望项背，科主任抱着胜固可喜、败亦欣然的态度，就当打一回酱油。不过，这些科主任虽然觉得本科入围无望，可还是踊跃参加，因为他们肩负锦上添花或雪中送炭的使命。

会前，科主任们早就活动开了。骨科是杏泽医院的老牌学科，历史悠久,只是这些年发展有些滞后,暮气沉沉,李仁贵主任已跟肾内科童建国主任、眼科张克进主任打过招呼,期待他们拽自己一把;消化内科方无名主任不甘落后,早傍上了肝胆外科主任鲍德温,毕竟这两个科整天面对的是同样的器官,自是同声相应,同气相求。最绝的是神经内科张宾宾主任,另辟蹊径,搭上了自己的同学——省人事厅厅长夏仲义。夏厅长古道热肠,自然鼎力相助。他先后跟秦声、张德民、医务处赵进处长打过招呼,人事厅厅长是吏部的要角,他仨自然不敢怠慢,都露出八颗牙齿,笑呵呵地答应了;当然张宾宾本人也使出浑身解数,去拜访一座座山头,巧舌如簧,他毕竟整天面对的是脑神经,自然奇计迭出了。

在投票时,大家各打起自己的小算盘,秦声投的是肿瘤外科、肝胆外科、心胸外科、妇产科、神经内科。神经内科则是夏厅长打过招呼的,以后仰仗他的地方多多,不得不违心投一票。张德民则跟秦声同中有异,虽然夏厅长跟他打过招呼,但他坚持原则没有钩上神经内科,而是钩上心内科。鲍德温对最强的前五个学科除了肝胆外科外其他一概不选,这些学科跟他的学科实力不分伯仲,选他们无疑是资敌,更何况他一直看不惯肿瘤外科,认为好事全都摊到他们头上,而自己的学科则像个没娘的孩子,嗷嗷待哺。他认为肝胆外科不弱于肿瘤外科,欠缺的无非是"朝廷"无人撑腰,至于其他四个候选名额他全送给了根本没有竞争力的学科。最后结果出来了,按得票多少为序,前五分别为肿瘤外科、肝胆外科、心胸外科、妇产科、神经内科。令人大跌眼镜的老牌五强学科心内科竟名落孙山。姚乃克主任立马剥下知识分子温文尔雅的外衣,率先发难。

秦声急忙劝说:"老姚,心内科落选确实出乎我的意料,我觉得你们非常优秀,可游戏规则如此,我们不好推翻结果吧?"

姚乃克主任义正词严:"我知道无法改变结果,可游戏规则本身就饱受诟病,大家既是运动员,又是裁判员。投票前,有些科主任背地里合纵连横,视神圣的投票如儿戏,公理何在?!我太无能了,无脸去见本科那帮弟兄,只得辞职谢罪,请院长接受我的辞呈吧。"姚乃克的话句句是尖刀,是投枪,秦声招架不住了。

张德民见状,忙打起圆场来:"老姚,我们都知道你心里难受,很同情你。只是结果已是板上钉钉,不好更改。这些年来,心内科在你的领导下硕果累累,已化茧为蝶,大家都有目共睹。"

肾内科童建国主任调侃道:"老姚,我们也被扔进了育婴堂,爹不疼,娘不爱,我们就是这个命。"

姚乃克仰天长叹,直怪自己胡乱撞上了天煞星。

秦声眼光扫视了整个会场一圈,表情凝重地说:"在座的既是学术委员会成员,又是各大学科的负责人,这些年来工作都很努力,为此,我向你们表示衷心的感谢! 我不得不承认,这次我们制定的规则确实有漏洞,免不了有各种各样的猫腻,可评选只有相对的公正,没有绝对的公正。对于出现的问题我们必须在以后的评选时加以整改。下次评选时一定得请院外专家帮我们仲裁。"听了秦声院长的一席话,姚乃克不好意思再发作了。

五个学科被推荐到省里,经联评,肿瘤外科、肝胆外科、心胸外科被评为省重点学科。而肿瘤外科则被推荐到部里参评国家重点学科,半年后一举冲顶成功。该科是全省唯一的卫生战线的国家重点学科。杏泽医院打了翻身仗后,声名鹊起,在全省的地位扶摇直上,已经跟省内龙头老大——济仁医院平起平坐,俨然成为清河省医疗界的一对双子星了。

第三章　政治病

风暴起于青蘋之末。

医务处长赵进闯进业务副院长张德民的办公室,焦急地说:"张院,刚才呼吸科陈华主任来电,报告他的科室有个叫梁桂花的重症肺炎病人疑似甲流,现在已经出现肺功能衰竭,正在全力抢救。"

一听到"甲流",张德民头大了,忙对赵进说:"你提醒陈主任要高度重视,这是'政治病'!"在医院,医生们往往将政府头头们千叮咛、万嘱咐,逆天抢救的疾病戏称为"政治病",对政治病的治疗,医生们如履薄冰、战战兢兢,要是有个闪失,自己的前程肯定会遭遇泥石流。对这类疾病,院方领导无须动员,医生们就像打了鸡血,脚不踮地地去抢救。对政治病的抢救精髓就是逆医学规律,不惜一切代价。

陈主任不敢怠慢,马上找梁桂花的丈夫李重礼谈话,将目前病情的严重性及可能的预后一股脑儿全摊出来。李重礼听了后呆若木鸡,哀求他们全力抢救。陈主任宽慰他几句后,马上投入抢救。下午,省疾控中心的报告出来了,提示某新型甲流病毒核酸检测阳性。该类甲流不久前在邻省已发现一例,目前那病人生死未卜。

　　两天后,省卫生厅组织专家对该病人进行会诊,确诊为一新型甲流病毒引起的禽流感。陈主任面对这新冒出来的疾病,恶补了相关知识。他翻阅了最新的诊疗方案,了解到该病毒系重配病毒,目前在临床上使用的一些抗病毒药物基本无效。至于对推荐的诊疗方案中提到的一些中药滋补剂的疗效,他不由得大摇其头,觉得太不严谨,因为在医学研究中要想确认某种药物的疗效必须要进行严密的临床试验。当看到某权威机构推荐按摩迎香穴可预防禽流感,他不禁哑然失笑。不过,在中国,不少的专业机构的头头们大多是外行。外行领导内行司空见惯,也就见怪不怪了。

　　梁桂花的抢救每天要花费一万元左右,李重礼扛不住了,只好东借西凑。一周后,药费花了近六万元。他找到陈华,哭丧着脸,说:"主任,再这样下去,我真的吃不消了,家里的积蓄花光了。"

　　陈主任无奈地说:"你拖欠住院费,我开不出药。"

　　"对这恶病的医治,政府就该买单,我不再付款了,你们爱医就医,我可没强迫你们去抢救!"李重礼软中带硬。

　　陈主任见过刁蛮的病人家属,可像李重礼这样露骨要赖的人他倒见得不多。话不投机半句多,他撂下一句:"我们冒着生命危险抢救你的老婆,你得讲点良心吧!"

　　李重礼撇了一下嘴,鼻腔里发出"哼"的一声。

　　"这种疾病抢救起来花钱肯定不会少,你赶快去筹钱吧。你现在欠费将近一万元,这样下去,我们无法再用药了。"陈主任苦口婆心。

　　"我老婆住在你医院,你们敢见死不救?!"说完,李重礼悻悻地走了。

　　陈华发觉情况不妙,忙将这挠头的事向张德民报告。张德民要求他不管病人家属有无缴款,都积极抢救。陈华哑巴吃黄连,有苦诉不出。两周后,梁桂花的病情恶化,已出现多脏器功能衰竭,陷入深昏迷状态,生命岌岌可危。下午三点,梁桂花心跳突然停止,当班张琳琳医师马上投入抢救。几分钟后,梁桂花心跳恢复。陈主任赶到后,稍检查了一下病人,马上将她的病情向张德民报告。张德民不敢造次,第一时间报告了秦声。秦声立即启动省厅的"热线",向王厅长做了汇报。

　　王厅长说:"老秦,你们一定要组织人员竭尽全力抢救。如果该病人死亡,那就是全国该类新型禽流感的第一例死亡病例,我们不能做这样的全国第一。就算救不回,也要延迟她的死亡。"

秦声表态:"好吧,我们尽力抢救。"他明白:延迟该病人死亡就是一件很重要的政治任务。两天后,医生判断梁桂花已经脑死亡。此时,李重礼欠费超过十万元。

秦声将梁桂花的病情再次向王厅长汇报。

王厅长说:"你们务必不惜一切代价抢救,省里主要领导正在密切关注着她的抢救。听说邻省那个病人情况也很不妙,估计不出一两天就要死亡,你们好歹再拖一两天。此类的全国第一不光彩啊!"

秦声点点头,说:"可是,梁桂花的费用我们已经垫了十多万,她一旦死亡,她的老公就会赖账,那我们的钱就打水漂了。"

王厅长坚决地说:"这类政治性的水漂该打就要打,别心痛。要不,省里主要领导怪罪下来,我俩谁都吃不消,他们才不管什么脑死亡。"

秦声脱口而出:"好吧,我们好歹再拖一两天,我算真正明白什么叫死马当活马医了。"秦声跟王厅长通完话,心情非常沉重。什么病,只要摊上政治,治疗就走样了。再加上现在的领导不懂多少医学知识,不管多严重的疾病动辄要医生不惜一切代价,务必抢救成功,确保零死亡,这不是逆天吗?医生根本不是神仙,不能百分之百保证能救活病人,谁都打不了这样的包票。可在中国,此类的荒唐事分分秒秒都在上演。这些天,李重礼干脆回避,整天隐身在医院旁的一个小宾馆里,医生想见他一面近乎奢望。当然,这并不是说李重礼不顾老婆的死活,而是他明白:医生自然会竭尽全力抢救他老婆,用不着他在医生面前苦苦哀求!他已打定主意,不管花多少费用,都用不着担忧,反正政府买单也好,医院买单也好,都不关他的事。他后悔当初不该缴那六万元钱。

第四章 巴别塔

梁桂花在抢救了二十多天后，终告不治。此时，邻省的那个同类病例已早一天离开人世，杏泽医院没被扣上这顶不光彩的"第一"的帽子，省里各级头头脑脑们总算如释重负。在她离世前几天，李重礼没少闲着，脑子更是滴溜溜转。仗着政府对该类病十分重视，他知道如何捞油水了。等到陈主任宣布梁桂花死亡时，李重礼已唤来了梁桂花的兄弟梁金及自己的大哥李重进，盘算好了对策。俩工友进来准备要将梁桂花的尸体搬到太平房去，李重礼横加阻拦，嚷叫医院必须给个说法。

陈主任忙向医务处处长赵进做了汇报。不一会儿，赵进带着几个保安来到病区。他了解情况后，对李重礼说："老李，你对医院有意见可以坐下来谈，但不让搬走尸体就违反了公安部、卫生部的有关规定。"说完，他指了指墙上的规定。

李重礼不吃这一套，詈骂道："我才不管什么鸟规定。难道公安部允许你们杀人了？"

大哥李重进瞅着情况不妙，忙拽着弟弟的衣袖，示意他冷静一些。李重礼略定定神，说："处长大人，你们那些医生耽误了我家桂花的抢救，该当何罪?"

赵处长严肃地说:"我们医院有没有耽误抢救并不是你说了算,这得由专家裁定。"

"什么专家,都是同穿一条裤子,我不是三岁小孩,会相信你们这套鬼把戏吗?"

赵处长耐心地说:"我是好心好意跟你说,如果你们一定不配合,那我们只好强行搬了。"

李重进气急败坏地嚷道:"你别以为我们在你们医院里无理取闹。你想想,一个大活人不明不白死了,你就不允许我们讨个说法?秋菊还打官司呢!"他毕竟见多识广,不像弟弟那么鲁莽。

赵处长忙顺水推舟:"我们院方肯定不会封你们的嘴,可现在是法治社会,你们总得讲点法吧?!"

李重进忙将弟弟拉到一边,窃窃私语了一阵,弟弟点了下头,两人重新回到赵处长的身边。李重进说:"赵处长,那你们下一步该怎么解决这起事故呢?"

赵处长纠正:"这怎么算是事故呢?你们误会了,我们好好沟通一下。"

兄弟俩站在一旁窃窃私语。

李重进问:"你真的认为他们出了差错吗?"

"管他有没差错,反正是无本生意,不管他们放多少血我们都照单全收。我那个熟人医生给我指点过,认为他们的诊断欠及时,治疗当然就耽搁了。"

"他吃得准吗?"

"他说只有这个漏洞可以找。我们走一步算一步吧。"

重礼兄弟俩来到了会议室,赵进处长、陈华主任已等候多时。赵进招呼李重礼俩坐下。他们坐好后,赵进说:"老李,可否先让陈主任将梁桂花的整个抢救情况介绍一下?"

李重礼瓮声瓮气地说:"用不着介绍了。我只是指责你们耽误了诊断!"

陈主任清了清嗓子,说:"我们没有耽误诊断。"

"那我问你们,怎么住院三天了,却连毛病都没诊断出来?!你们不是在瞎治吗?!"

陈主任解释道："老李，诊断疾病没你想象的那么简单。有些复杂的疾病十天半月诊断不出来也是常事。你妻子患的是一种新型病毒引起的疾病，对这种疾病，我们的认识肯定有个过程，没你想象的这么快。幸好省疾控中心有这试剂，要不然到现在可能还诊断不明呢！对有些疑难杂症，诊断肯定需要时间。"

李重礼气急败坏："你们连个病都诊断不出，还穿着白大褂，人模狗样的，一点都不害臊？"

陈主任火气上来了，脱口而出："我们人模狗样，你们呢？！"

李重礼霍地站起来，向陈主任逼过去，旁边站着几个保安可不是吃素的，一个箭步上前扭住了他。

李重进气急败坏，大喝一声："你们想打人？"

一保安答："谁打人了？真是反咬一口。"

李重礼气馁了，瞪了那保安一眼，悻悻地坐在椅子上。

李重进反问："这么说，你们屁事都没有了？"

赵进苦口婆心："我们要是说每个环节都处理得很到位，你们肯定会嗤笑。你们要是不服可以向医学会申请鉴定。"

"我是傻子，会请你们的舅舅来鉴定？"李重礼嗤之以鼻。

"医学会怎么会是我们的舅舅？"

"反正你们都是一个鼻孔出气。"

赵进反问："那你认为咋办？"

李重礼一时语塞。

陈主任"哼"了一声，说："这些天，我们没日没夜抢救，你们得讲点良心啊！"

李重进威胁道："要是你们不好好解决这起事故，我们就将尸体放在病房里，几时解决了几时搬走，到时可别怪我们不仁不义！"

陈主任讥讽道："真是猪八戒倒打一耙。"

赵进忙打起圆场："打嘴仗对解决纠纷无益。如果你们真的认为我们有错，可以提请医学会进行医疗事故鉴定；要是你们想去法院打官司，我们给你们提供能拿得出的各种资料。"他摆出一副公事公办的架势。

李重礼气急败坏："刚才我们好心好意跟你们谈判，可你们却给我们吃闭门羹。等着瞧,我明天要带一批人来你们这破医院大闹,将你们的声誉搞臭。"

"希望你们行动合理合法,别触犯法律底线。"赵进提醒。

李重礼怒视着赵进,悻悻地站了起来,向哥哥使了个眼色,头也不回地扬长而去。

赵进幽幽地说:"看来,明天要大闹一场了。哎,今年才过去半年,可弄得地动山摇、满城风雨的纠纷有十多起了,真折磨人。不知这起纠纷会闹到什么程度?水来土掩,兵来将挡吧。反正是福不是祸,是祸躲不过。"

下班前,赵进向张德民汇报了这起医疗纠纷的解决情况,并请示如何处理患者尸体。张德民指示他马上联系公安人员,如果家属拒不配合,只有强行搬走尸体。张德民在医院工作了这么多年,身经百战,大大小小的医疗纠纷见得多了,感觉都已经麻木了。可眼下这起医疗纠纷还是令他心头一凛,似乎嗅出一点异味。并不是这起纠纷医生出了多大的纰漏,关键是这个病人所患的疾病恰恰是现在各级部门非常重视的一号疾病,按中国式的话来说,现在正处于风头上。而处于风头上的事情,往往要用非常规的思维去思考,用非常规的手段去解决,老皇历可是不顶用了,如果还是按部就班,那你就等着触霉头。处于这风口浪尖,大凡有理智的人都会战战兢兢、如履薄冰。张德民没心思回家,叫了份快餐,刚扒了几口饭,似乎想到了什么,马上给赵进通话:"小赵,病人家属到底撂下什么狠话?"

赵进说:"他威胁我们别敬酒不吃吃罚酒。从他们离去前那副不善罢甘休的表情,估计明天会来狂风暴雨了。"

"明天你们一定得小心。这个病人可不比寻常病人,别用老眼光看新问题,要做到有理有节,否则,会惊动省府那些头头脑脑。要是他们一个指令下来,我们就只有做'窦娥'了。在非常时期,官员们十有八九会退让,迁就他们,我们就会被'和谐'掉了。"

"张院,你下午已经跟我交代过了,我铭记在心。不过,对这起纠纷,我总有种不祥的预感。"

张德民无奈地说:"听天由命吧。"说完,他挂了电话。随后,他又拨通了李岳的电话:"李院,估计明天梁桂花的家属还会来医院大闹。"

"噢,他们真的要闹下去?我们不是在那病人身上处理得都很到位吗?"

"没有原则错误,可欲加之罪,何患无辞?!"

"我一定会通知保卫科明天要加强保卫。"

"这病人特殊,保卫人员出手的轻重可得留意啊。"

"我们会注意的。"

张德民挂了电话,怔怔地坐在办公室里。眼前这场变故使原本比较沉稳的他成了惊弓之鸟。这起"政治病"纠纷在他手里成了烫手的山芋,如解决不好,绝对会惊动高层领导。要是他们一出面,考虑到维稳的需要,就会纳入刚性的解决模式,医院只有顾全大局搞慈善,做扶贫工作了。他越想越觉得心里没底,就跟秦声通了话。秦声强调明天病人家属真的带一批人来闹事,院方必须做到既要有原则,也要有弹性,千万别将局面弄得一团糟。他还提醒事先要安抚一下电视台、省报等媒体的记者,别让他们掺和进来。如果他们弄个什么雷人的报道出来,那医院就会被妖魔化了。

张德民焦急地说:"要命的是患者家属不让我们搬走尸体!"

秦声的处理跟张德民如出一辙,同时指示别将事态扩大。通完话,张德民大致理出了头绪。从表面来看,医院还是医院;可往深处看,医院已成了江湖。医院是个专业性的机构,本该弥漫着浓浓的学术氛围;可是,现在的医院成了不良之徒撒野的场所,打群架的擂台,根本不是神圣的杏林。

八点左右,张德民去病房查看下午他做过手术的一个病人。回到办公室,张德民给赵进通话,了解目前事态的发展。

赵进说:"尸体仍没搬走。"

"公安人员来了吗?"

"已来了十多人。"

"家属有几个?"

"目前只有三个。"

"派出所谁在现场指挥?"

"李副所长。"

"你马上将电话交给他。"张德民跟李副所长很熟络,准备亲自跟他商量一下。商量完毕,他俩定下了下一步的方案,准备强行搬走尸体。

十多分钟后,赵进拨通了电话,说:"张院,尸体已被搬到太平房,可李重进兄弟俩却将病房里许多桌凳、玻璃全砸了,派出所已将两兄弟带走了。"

半小时后,李重礼兄弟俩却被派出所放了出来,神气活现地回到了医院。张德民给李副所长通话询问怎么回事。李副所长说:"我们本想拘留这两个家伙,可顶头上司考虑到梁桂花是特殊病人,责成我们必须对她的家属网开一面,不宜将事态扩大,我只好照办了,张院一定要理解我啊,胳膊肘儿扭不过大腿喽。"

张德民默然,心中冒出一句:"在医院,一切都有可能。"

翌日清晨,李重礼纠集了四十多人,蜂拥至医院。他取出一叠白布,发给每人一块。不一会儿,他们的背后都贴上了一块白布,只见布上赫然写着四个醒目的大字:还我生命!这是头脑活络的李重进的奇思妙想。他觉得跟医院来硬的派出所会干涉,对己方不利,而文闹比武闹对医院的心理冲击更大,于是就将武闹改成了文闹。李重礼将他们分成四组,每组大约十多人。各组遵命鱼贯而行,各就各位,凡门诊大厅、住院大厅等人声鼎沸的场所全都有"还我生命"者出没。他们逢人便捶胸顿足,大喊冤屈,以博取眼球,赚取同情。顷刻,这幕活剧成为了医院一道独特的风景。医院保安闻讯而至,与那四支奇特的队伍推搡起来。那些就诊的病人似乎忘记了自己的病痛,全都如影随形,看得如痴如醉。

赵进闻讯后马上赶到现场。当看到"还我生命"者时,他慌忙将这出闹剧告诉了张德民。张德民责成他必须全力以赴解决这起恶性事件,千万不能使事态扩大,否则,会对整个医院造成很严重的负面影响。李岳得知后将整个情况向秦声做了汇报。秦声唤来李岳面授机宜,并责成保卫科长,要他召集全院保安,阻止闹剧进一步上演。李重礼那拨人换了策略,就是不跟保安们正面冲突,灵活机动地打起游击来。此处形势吃紧,他们就换个地方,在另一处如幽灵般显形。保卫科长急得抓耳挠腮,有劲无处使。有支队伍在张德民办公室门口活动,李重礼混迹其间,遥控指挥。他的后背没贴上那块醒目的白布,所以谁都想不到在人群中引颈张望的便衣就是这场活剧的总导演。他瞥见几张熟悉的面孔出现在张德民办公室的门口,忙低下头,生怕被他们撞见。赵进、陈华都进了张副院长办公室。李重礼冷眼旁观,等待着院方出牌。不一会儿,陈华出来了,在这群"还我生命"者中间穿梭着,似乎在寻找着什么。李重礼断定陈华要么在寻找自己,要么在寻找重进,明白现在不是自己走上前台的时候,忙猫起腰,隐身在人群中,不想让他瞅见。李重礼看到这批"特邀演员"的精彩表演,嘴角挂着一抹得意的微笑。他瞥见重进的头在不远处时隐时现,正朝陈华靠拢,忙取出手机,拨通了哥哥的手机,提醒哥哥赶快避开。重进接到弟弟的指令后,忙从人群中蛇一般脱身出来。他东张西望,看见了不远处的弟弟,忙朝他这侧挤过去。陈华看到了他的背影,忙喊:"李重进,李重进!"李重进装作没听见,挤到弟弟的跟前,哥俩默契地撤退。

李重进小声嘀咕道:"为啥要避开他?! 不跟他们谈判了?"

李重礼扬扬眉说:"时机未到。"话音刚落,李重礼的手机响了,忙接通电话,陈华那焦急的声音传了过来:"你们是不是闹得太过分了? 这样胡搅就能解决问题吗? 我们院长发话了,要你们派代表来会议室,我们想跟你好好再沟通一回。"

李重礼只好将自己的心灵打开一条缝:"你们院长有没诚意跟我们私了? 跟你说句大实话,我们实在不想将你们医院搞臭,只要你们放点血,我们马上撤退,谁愿意在你们医院丢人现眼呢。"

"那你们马上派代表来会议室,我们张院长亲自出面跟你们沟通。"

李重礼心里一阵窃喜,暗想:"院长终于出面了! 哼,敬酒不吃吃罚酒!"想到此,他爽快地答:"你们等着,我们马上就到。"

一刻钟后,李重礼带了十来个亲朋好友来到会议室。张德民已虚位以待,静候他们的到来。当看到李重礼带了一帮人进来,张德民忙说:"你们最好派代表进来,人多嘴杂不利于纠纷的解决。"

李重礼觉得有理,就将另外的五六个人打发走了。

院方和患方隔着圆桌相对而坐。对面坐着一溜医学专家,李重礼显得底气不足,后悔自己没带个律师来。如果有律师撑腰,他就轻松多了。对面不少人他都识得,只是跟他正对的那个戴眼镜的家伙初次见面,估计就是陈华所提的张院长了。赵进向李重礼点了点头,简单介绍院方调解人员的名字。他猜得不错,那个"眼镜"正是张德民副院长。

陈华陈述了梁桂花的抢救经过,赵进询问李重礼一干人有无异议? 李重进不等弟弟回答,挺身而出做起了急先锋:"自古杀人就得偿命,我们不要你们偿命,但你们得拿钱消灾! 我们曾跟律师商量过,你们要赔我们至少五十万元,一个子儿都不能少——"

没等他说完,陈华像被火烫着似的跳了起来:"就算这是起医疗事故也赔不了这么多,更何况我们没有失误。你们要是不服气就去打官司,我们奉陪到底——"

"有无失手并不是凭你一句话就能抵赖得了的。我已向专家咨询过,你们耽误了治疗!"李重礼义愤填膺。

赵进接腔:"这起纠纷算不算事故,自有公论,双方说了都不算。我再声明一下:如果你们认为这是起医疗事故,那就提请医学会鉴定吧;当然,你们也可以向法院起诉。不管法院怎么判,我们都会无条件执行!"

"我们不想提请医学会鉴定,他们跟你们同穿一条裤子,我们不信任;我们更不想打官司,法院不就是吃了被告吃原告,我们不想做冤大头。"李重礼跟赵进铆上劲了。

陈华脱口而出:"你们既不想鉴定,又不想打官司,难道我们就得乖乖听你们的?"

"我们不想鉴定,也不想打官司,看你们咋办!"李重进向他们挑衅。

张德民搭腔:"老李,现在是法治社会,请按法理出牌。"

李重礼反唇相讥:"法只向着你们。"

陈华气不打一处来:"你们太霸道了!"

李重进恼怒地说:"兔子逼急了也会咬人!"

张德民眼看整个场面就要失控,马上劝导道:"老陈,人家对我们不仁,我们可不能对人家不义。以牙还牙不好!"他的话有点指桑骂槐的意味。

李重礼没读出他话里的潜台词,质问道:"张院长,你们打不打算赔钱?如果不想赔,我们就不再耗时间了。"他紧盯着张德民看,眼里喷射出怒火。

张德民深深地呼了一口气,借以平复自己心中的躁动:"首先我声明,至今还没有哪个部门给这起纠纷定性,故谈不上赔不赔;其次,我们也想诚心诚意解决这起纠纷,但想解决并不等于会一股脑儿接受你们提出的各种无理要求。我们欢迎你们通过法律途径解决。况且,就算真的像你所说的出现了差错,也要根据差错的大小再决定下一步的解决方案。我们手里的权力是有限的。"

李重礼霍地站起来,恶狠狠地说:"你们是在扯皮,糊弄我们!走着瞧吧!"说完,他朝自己那拨人挥挥手,示意他们离开。他们齐刷刷站起来,拂袖走了。

一会儿后,李重礼折回,撂下一句:"明人不做暗事,我实话告诉你们,你们要是不赔钱,我们准备在网上公布整个事实经过,引起全省、全国人民的关注。到时,可别怪我们不客气了。"张德民一干人听了后面面相觑。李重礼飘然而去。

那些"还我生命"者如幽灵般在医院里出没。他们肆无忌惮地向病人及家属控诉医院的"暴行",一时搅得医院里风声鹤唳、人心惶惶。秦声只好责成保卫人员驱散他们,不敢采取过激的行动。秦声、张德民最忌惮这起跟"政治病"有关的纠纷逐渐发酵,愈演愈烈,最后闹得不可收拾。因为这层原因,李重礼们一有风吹草动,秦声、张德民就心惊肉跳。秦声考虑再三,还是决定快刀斩乱麻,尽快处理这起棘手的"政治病"纠纷。只要李重礼要价不太高,该放血就放血吧。他们合计准备在十万元以内摆平这起纠纷。考虑到刚跟李重礼谈崩,秦声无意马上重启谈判,准备观望一下。

晚上,赵进在电话里告诉张德民,李重礼已将这起纠纷捅到网上,题目很雷人:"医生跟病毒合谋,变身超级杀手"。跟帖者蜂至,大多将杏泽医院骂得狗血喷头。同时,他们还搜集了近阶段杏泽医院发生的几起重大医疗纠纷,一并传到网上。张德民觉得这事很蹊跷,忙问:"他怎么搜集得到这些资料,莫不是我们医院有人向他们通水了?"

赵进随声附和:"我也这么想,估计院内有人吃里爬外。李重礼们能将病情分析得头头是道,成了行家里手,如果内部没人通水,他们不会晓得这么多。家贼难防啊。"

"我将内容全看了一遍,很多细节都颠倒黑白了。哎,再这样下去,局面就要失控了。"

"我们能否告他们损害我们名誉呢?"

"这类投诉网站不会受理的。看来,我们明天非得跟他们重启谈判不可了。"

张德民刚挂了电话,秦声就来电:"德民,刚才王厅长来电,告诉我他看到了网上一篇抨击我们医院的文章,他要求我们赶快摆平这起纠纷,要不,省里主要领导就会严重关注,这对医院非常不利。"

"我刚才跟赵进合计过,准备明天重启谈判,不能再跟他们打太极了。"

翌日,双方经过两个小时艰苦的谈判,仍未达成共识。患方要价五十万元,而院方最多只愿付十万元,双方差距很大。后来,院方让步,咬牙赔二十万,患方坚决不同意,但院方不想再放血了。李重礼没想到院方态度如此强硬,血就往上涌,不想再跟院方温良恭俭让,准备采取激烈的手段迫使院方就范。两小时后,他召集亲朋好友共五十人气势汹汹扑向医院,将门诊大厅的查询系统及诊室的电脑砸个稀巴烂,并冲进呼吸科,逢医务人员便打,陈华也被打伤了,院方马上出动保安阻止,同时拨打110报警。警察当场将为首的十多人拿下,押至当地派出所。医院清点被砸的财物,初步估计损失达四十万,局面失控了。院方要求患方赔偿损失,并要求公安部门拘留肇事者。公安部门觉得出现如此恶性事件不严加打击无法控制局面,对主要肇事者做了笔录后做了拘留处理。李岳将公安部门的处理意见告诉了秦声,他略舒了一口气。患方在医院里砸了这么多的东西,造成如此大的损失还是不多见的。这说明这次患方来者不善,似乎铁了心要跟他们死磕了。秦声觉得这起恶性事件就像个马蜂窝,弄得不好,他们肯定会被蜇得鼻青眼肿。

上午刚上班,秦声就接到了张德民的电话:"老秦,情况不妙,刚才赵进告诉我,那几个主要肇事者被放了,又在医院里趾高气扬啦。"

"为什么就这么轻易放人了?到底怎么回事?"秦声大惑不解。

"我刚才跟公安部门联系过,他们说放人是公安厅主要领导的旨意。"

"那我就向公安厅丁厅长询问一下。"

秦声跟丁厅长还是比较熟悉的。丁厅长介绍的几个熟人的手术就是他亲自主刀做的。逢年过节时还时不时发个短信问候一下。他拨通了丁厅长的电话,问:"丁厅,在我们医院打砸抢的那几个肇事者是你们厅里要求放的?"

丁厅长沉吟了半晌,说:"是我的意思。"

"就这样轻易放了不是助长他们的气焰吗?他们有恃无恐,那我们医院怎么会有安宁的日子?"

丁厅长安慰道:"老兄,你们这次是大水冲了龙王庙了。"

"到底是怎么回事?"

"你们知不知道那些家伙是某军区司令员骆明的远房亲戚?"

"骆明不是中央政治局委员吗? 他怎么跟他们是亲戚?"

"他手下的一个副司令员给我通话,询问这起事件。"

"他要你们放人?"

"老秦啊,你不愧为知识分子! 难道他们不提放人,我们就装聋作哑不放啦? 他们这种级别的人使个眼色我们就得乖乖去办啊!"

"嗯,那我们就只能吃哑巴亏了?"

"老秦,我跟你说句掏心窝的话,这次你只能打掉牙和着血往肚子里咽了。我这类事情处理得多了,大抵就是这么个结果。我是将你当作老朋友才这么说的,胳膊能扭得过大腿吗? 别埋怨我袖手旁观了,我也是心有余而力不足,只好改天负荆请罪了。"

秦声惊讶得无以复加。镇静下来,他对丁厅长说:"那你给我想个办法,下一步我们该怎么办?"

"花钱消灾吧,你们别在乎这几个钱。如果你们解决不了,一旦省里领导出面调解,你们会赔得更多。他们提出了什么要求?"

"狮子大开口,提出要我们赔五十万!"

丁厅长倒吸了一口冷气:"五十万,这倒有点高。那你们到底有没差错?"

"跟你就打开天窗说亮话吧:诊断欠及时,但这类新冒出的病太复杂,谁都无法及时诊断。不过,绝对没耽误治疗,因为该用的药都用上了。可对方却不依不饶,胡搅蛮缠。"

"碰上这桩无本生意,哪个人不死缠烂打的? 我问个题外话,难道禽流感真是绝症? 现在这瘟病搅得全社会人心惶惶,听说药店里的板蓝根全让老百姓买光了,现在已断货。这药真的很灵验吗?"

"这只是以讹传讹。你想想,这种怪病刚冒出来,天晓得哪些药有效! 现在流传的治疗方案全都是那些伪专家闭门造车瞎弄出来的。"

"我对医学是个门外汉,不过,我总觉得我们国家有很多东西不规范,离科学已渐行渐远。"

"你给我当头棒喝。"

"你没有在挖苦我吧?"

秦声忙岔开话题:"我们怎么离题了呢? 现在我们还是暂放下医学,先解燃眉之急吧。对处理这起棘手的事件,你有什么高见?"

"还有什么高见?只能死马当活马医了。拿钱消灾吧!"

"这不是明火执仗吗?!一个神圣的执法机构的堂堂厅长也讲出这种目无王法的话?"

丁厅长苦笑了一下,说:"老兄,我是真正站在你的角度才这么说的,死磕会磕掉你的大牙。凭我的直觉,如果你们不扑灭这场大火,省里主要领导就会强势介入了。领导一介入,你们十有八九会被'和谐'掉了。你用得着我来开窍吗?"

"可是,就这样不明不白拿出一笔巨款当封嘴费,你不认为我们比窦娥还冤?!"

"当断不断,反受其乱。老兄,你想想,一个人生了癌症,你们不是也会狠狠割掉脏器,谁愿意将父母赐给的器官给割了?还不是没办法?这理你比我懂啊,用得着我班门弄斧?!更何况五十万元对你们来说就是九牛一毛!"

秦声陷入沉思之中,半晌不吐一字。

"老秦,你没在听我说?"

"听着呢。"

"你想想,既然骆明授意下属'慰问'我,难道他不会去找省里主要领导?说不定省里主要领导已经在严重关注这起恶性事件,留给你的时间不多了。"

"哎,你们这些领导都是'和谐'的高手。"

"假如你不听我的,到时就欲哭无泪了。好吧,我已经苦口婆心跟你谈过了,听不听是你的权利。到时,别怨我没提醒你。希望你三思。"说完,他就挂了电话。

秦声落寞地坐在办公室里,一时不知道下一步该怎么办。平心而论,他觉得丁厅长的话非常有道理,只是他咽不下这口气。以前,他们医院也有不少次用钱买平安,可没碰到像眼前这起这样无厘头的事件,真的该好好盘算一下了。他看了一下表,时间已是十点,忙通知张德民来他的办公室一趟。不一会儿,张德民急吼吼地过来,问:"有结果了吗?"

"大致知道内情了。看来这起纠纷非常棘手。"

"到底怎么啦?"

秦声将了解到的情况简单告诉了张德民。

张德民听了后倒吸了一口凉气:"老秦,再这样下去,这起纠纷就像一条蟒蛇要缠得我们喘不过气来了。"

"我们确实该想个解决方案了,事不宜迟。"

"怪不得病人家属这样有恃无恐,原来他们背后有大靠山!"

"丁厅提醒我们,如果这件事解决不好,省里主要领导就要登场了。"

"要使患方满意,就只有乖乖答应他们提出的苛刻要求。如果我们答应他们的要求,院内医务人员非戳断我们的脊梁骨不可。我们真成了夹心饼干了。"

"再拖下去,麻烦会更大,看来还是当机立断吧。"

"那就赔给他们五十万元? 而损失加欠费有四十万元之巨! 用近一百万元封嘴,他们的嘴比足球场还大了。"

秦声反问:"那我们再继续扛下去?"

张德民摇摇头,叹了一口气,幽幽地说:"看来只有华山一条路,解决吧。"

"我何尝不想再扛呢? 凭空拿出一笔巨款,搁谁头上都接受不了。我们就这样乖乖拿出去,确实心有不甘,跟他们讨价还价一番吧。你认为扔给他们多少钱能拿得下?"

"我估计起码三四十万元。那我们的损失他们赔不赔? 让他们白砸? 这个先例一开,以后医院有可能成为患者家属撒野的场所了。"

"不过,这件事非同寻常。"

"老秦,我们是否向王厅请示一下处理意见?"

"我会的。不过,我们必须达成共识。要么这样,请梁书记、李岳他们过来商量一下?"

"好啊。"

秦声召集领导层商量对策后,形成了一致的意见:尽量将赔偿压到三十万元,如果实在不行,也只好再追加几万。至于损失必须要求他们赔偿,但要他们全赔,他们肯定不干,具体赔多少到时再定夺。随后,秦声就这起医疗纠纷解决事宜向王厅长做了汇报,他基本同意了院方的处理意见,同时厅里决定派主管医政的章副厅长来现场主持解决事宜。他提醒秦声,要是解决时出现变故,院方应该随机应变,务必将这起恶性纠纷解决好。

下午刚上班,梁副省长来电询问这起医疗纠纷的进展情况,秦声如实做了汇报,最后,梁副省长意味深长地说:"目前政府非常重视维稳,你们别掉以轻心。电视台想播报你们这起纠纷,我扣压下了,家属意见很大,正在跟电视台交涉。陈省长对这件纠纷也很重视。这可不是一件普通的医疗纠纷啊。"

秦声冷汗涔涔,马上向梁副省长当场表态,他们一定会好好解决,请领导放心。

挂了电话,秦声怔怔地坐在椅子上,感到背脊凉丝丝的。看来各方已对他们医院形成"合围"之势,包围圈正收得越来越紧,他感到胸口憋闷、气喘吁吁。

新一轮的调解规格提高了,由省卫生厅章副厅长亲自主持。他已对整个医疗纠纷的来龙去脉了然于胸。事先,他已跟秦声协调过,定好了解决方案。只是,他不知道患方的要价,心里直打着鼓儿。王厅长已责成他务必毕其功于一役,彻底解决这件纠纷。患方似乎吃透了院方的心里,觉得主动权掌握在己方手里,自然有恃无恐。毫无疑问,他们就是进攻方,院方只是防守方。双方打了招呼后,章副厅长不拖泥带水,马上切入主题:"这次调解希望医患双方都各退半步,妥协一下。如果双方都毫不退让,调解很难成功。请患方提一下你们的要求。"

"我们的条件就是你们医院必须拿出五十万元,一个子儿都不能少!"李重进自然当起了急先锋。

李重礼随声附和:"我们不允许讨价还价,这是医院,不是小菜场。"

章副厅长听了后,皱了下眉头,随即打起圆场来:"患方肯定明白,院方在这件纠纷上没有多大的责任,赔这么多的钱于理不通。"

新一轮的唇枪舌剑又开始了。

经过近两个小时艰苦的谈判,双方总算达成协议:院方拿出四十五万元赔给对方作为人道主义的援助,患方赔给院方损失四万元。秦声得到这个消息后,不由得仰天长叹,无奈接受这个不得不接受的结果。

法理再一次被硬生生地打入了冷宫。

医院不可能有一个击鼓鸣冤的开封府。

这是个活色生香的常态。

第五章　非常态

　　上午,秦声院长要来肿瘤病区查房,查房对象是个叫孔迈的肝癌病人。不用岳波主任叮嘱,全科人员自然十分重视。秦院查房时非常认真,是个细节控,提起问题来往往不留情面,"拷问"起来没完没了,没几个人能挡得了三五回合,更何况他是肝癌治疗专家,熟稔肝癌治疗的最新进展。不过,大家都抱定一个心思,就是趴下,也尽量迟些。如果一开始就被他撂倒,太丢份了。为了不丢丑,参加对象事先就会开动脑筋情景模拟大老板会问些什么刁钻的问题,这样就可有的放矢地临时抱佛脚。此次查房,进肿瘤外科才半年的住院医师应洞宾汇报病史,他做足功课,将病史背得滚瓜烂熟,苛求自己在汇报时要流畅自如,语气要抑扬顿挫。幸好,他在大学读书时做过主持人,曾在主持人培训班短期充电过,具有一定的演讲功底。他抱定目标,一门心思要在汇报时出彩,给大老板留下深刻的第一印象。他现在虽只是个新手,但已下定决心要出人头地啦。

　　查房开始了,各级医生按要求站立,各就各位。初次面对秦声院长,应洞宾有点紧张,不由得深深地吸了一口气,想使自己全身的荷尔蒙释放一下。不一会儿,他睁开眼,清了清嗓子,操起一口标准的普通话,开始汇报病史了。汇报非常流畅,条理分明、重点突出,整个过程跟应洞宾事先设计的十分吻合,秦声不由得颔首赞许,应洞宾已将他的表情看在眼里,心里早乐开了花。

秦声先要求应洞宾过来进行常规的体格检查。小伙子做得有板有眼、游刃有余。在分析前,秦院首先表扬了应洞宾,认为他汇报自然、流畅,病历描写准确到位、详略得当,不拖泥带水。小伙子高兴得像喝了蜜似的,站在一旁的年轻护士郁菲菲投去了羡慕的目光。他最近跟这妞儿打得火热,关系滚烫得冒泡,快到了一日不见,如隔三秋的地步。而同科的年轻医师朱和平也对这妞儿发起超猛的感情攻势,洞宾步步为营,自然不敢小觑。秦声向应洞宾提问有关肝癌的常见治疗措施,他底气十足,娓娓道来,就好像在电视台播音似的。菲菲惊叹不已,那张灵动的脸蛋搔得洞宾春心荡漾,恨不得当场热吻她。

四十多分钟后,查房结束,他们鱼贯而出,回到医生办公室。一俟大家坐下,秦声没有了在病人面前犹抱琵琶半掩面的拘束,滔滔不绝地分析起来。孔迈老人的癌肿病灶很大,快占了整个肝脏,按理说已经转移,可奇就奇在周围竟没有发现转移灶,干净得像一张白纸。

秦声说:“虽然周围没有发现转移灶,但并不等于没转移。根据目前的情况,我力主手术。”

岳波说:“这患者很顽固,坚决不同意手术,可能手头拮据吧,另外他似乎对治疗不抱任何希望。当初得知患癌后,他很坦然,不像其他人立马崩溃。他这种心理素质很有利于康复,只是他拒绝治疗,太可惜了。”

秦声说:“他的肿瘤这么大,手术一旦成功,能够使他生存几年,足能创造一个小奇迹,应该动员他手术!要是他家里真的穷,我拍板减免一些医药费。”

“只是我们说服不了他,我已动员他多次了。”岳波无奈地说。

秦声快人快语:“我去动员吧。”说完,他站起来,往门口走去。岳波尾随着他。

秦声苦口婆心做工作,孔迈改了口,说:“大院长,我相信你,要么你给我开刀?!”

秦声生怕他变卦,马上乐呵呵地答应了,岳波会心一笑。

他俩回到办公室,秦声不忘提醒:"这肿瘤这么大,真是罕见。我们一定得好好准备,要对得起他的信任,别演砸了。"

岳波坚定地点点头。

等到秦声一行出去后,孔迈老人感到既高兴,又悲伤。高兴的是,秦声院长亲自上台;悲伤的是手头拮据,捉襟见肘,再加上他认定自己这次在劫难逃,哪怕秦声院长就是当代扁鹊、华佗也没辙。

前些天,刚踏进杏泽医院的大门时,孔迈老人就晕头转向了。在门诊大厅,一个"黄牛"瞄上了他,跟他搭讪,鬼鬼祟祟地将自己手里的一个专家号塞给他,要价五百元。一个专家号需五百元,他当时差点惊掉下巴。要知道他当时怀里也只揣着万把元钱。他没搭理那"黄牛","黄牛"一看跟老家伙话不投机,就决定忽悠俩小子:"你们老爸死脑筋,不舍得花钱,你们总该尽些孝心吧? 看病就得找专家,可现在专家号早挂完了。你们有所不知,我的专家号是肿瘤外科岳波主任的! 你们能碰到他,不是烧了炷高香吗? 你们知不知道普通门诊坐着的都是些小年轻,学校刚毕业,嘴上没长毛,你们不想误诊就乖乖买我的号吧。"

大儿子德法一听在理,就掏钱买了专家号,气得老人捶胸顿足,大骂儿子是败家子,可木已成舟,老人也只好跟随着俩儿子,乖乖去找岳波主任了。岳波诊室门口早围着黑压压一群人,老人不由得倒吸了一口凉气。他找了把椅子坐下,瞥见一个穿白大褂的医生打开了门,走了进去,估计就是岳波主任吧。俩儿子有一搭没一搭地跟老爸聊着天,帮他打发时间,为他解闷。没多久,他坐在椅子上睡着了。

十二点左右,终于轮到孔迈老人了。他站了起来,习惯性捍了捍衣服,像是要捍掉衣上的尘土,大儿子搀扶着他往前走。他走进诊室,冲岳波讨好地一笑。岳波满脸憔悴,朝老人点点头,示意他坐下。老人一坐下,岳波就问起病史来。他一边问,一边随手翻阅着老人在当地就诊过的病历本。随后,他做了体格检查。不一会儿,他给老人开了一大叠的检查单。

他仨千谢万谢,走了出去。

下午一时,岳波终于看完了预约的病人,这时已经过了下班时间一个半小时。他伸了个懒腰,准备下班,只见一个打扮时尚、面容姣好的姑娘闯了进来,连珠炮似的说:"岳主任,我叫林婉音,是个医药代表——"

岳波不耐烦地说:"你找我是不是要介绍药品?"

"对。"

"我坐了一上午的门诊,早已两眼昏花,你就饶了我吧。要么这样,你将药品说明书给我,我回去好好看一下,如果这药确实有效,我就用;如果滥竽充数,你就别指望我一箱一箱往病人血管里灌了,医生还是要讲点职业道德的。"

她咧嘴一笑,点了点头,将一沓药品说明书毕恭毕敬地递给了他。

"你眉清目秀,倒惹人爱怜,我愿意帮你,但我也要讲原则,你得理解我。"

"我理解你,可我向你推荐的这个抗癌药确实疗效显著,你是行家,我怎么会骗你呢?!"说完,她从手袋里取出一份快餐,怯生生地轻放在他的面前,脸上挂着不自然的浅笑。

"你不要这样。"岳波忙推辞。

"只是一份快餐,不是什么贵重礼品,你别臊得我不好意思哦。"

岳波想想也对,也就不再推辞了。他对这姑娘有了些许好感。

林婉音颇善解人意,趁机退了出来,不想看到岳波尴尬的样子。她做医药代表多年,可还是第一次找他,不得不将火候拿捏得恰到好处。

孔迈老人花了两天时间终于将开出的检查全部解决。等到老人将所有的检查结果收集齐,交到岳波手里时,他惊讶老人的检查速度,情不自禁地问:"你找到熟人了?"

老人丈二和尚摸不着头脑,老实地回答:"我一个乡下人,哪里有熟人!只好用钞票开路喽。"他一说完,脸上就现出神秘而无奈的苦笑。

岳主任仔细看了他的检查结果,表情凝重起来。老人的疾病比他想象的要严重,已是肝癌晚期,癌肿竟占据了整个肝脏。他盘算着该如何向他解释。

老人沉不住气,焦急地问:"主任,我还有救吗?"

岳主任瞟了他一眼,说:"我得跟你的儿子商量一下,你先歇会儿。"

"你得跟我商量。"老人犟劲上来了。

岳波犯难了。

"岳主任,你就跟我爸直说吧,你拗不过他的。"德法忙给老爹解围。

"我们那边的医生就说我得了肝癌,因水平不够才介绍我到你们这儿来的。"

岳主任问:"真的?"

德法点点头。

岳主任清了下嗓子,说:"你确实得了肝癌,要马上住院手术,可我们科住院已预约到半月后,怎么办好呢?"

"我们要再等半个月?"德法急红了眼。

"你没看到病房里连走廊都加满床了?"说完,岳主任摇了摇头。

"要等半月,还不如回家。"老人惊得满头大汗。

岳主任觉得他这病不能再拖了,就动了恻隐之心,想帮他一把。老人似乎看出了他的心思,忙说:"主任,你就是救苦救难的观世音,一定有办法帮我的。"

岳主任说:"让我向护士长通融一下。"说完,他向护理站走去。

几分钟后,岳主任回到医生办公室,跟父子仨说:"我将你们当作我的亲戚,才给你开了后门,好吧,后天来住院吧。就这么定了。"

经岳主任破例通融,孔迈老人终于住进了病房。

孔迈如期手术。秦声、岳波打开他的腹腔后,惊叹不已。肿瘤大得吓人,周围出现了肉眼可见的转移灶。按理说,周围出现转移,手术切除效果不佳,可秦声与岳波在台上商量后,决定切除病灶加清扫,而不是草草关腹了事。岳波细心地做着手术,那认真劲儿,似乎不想让一个癌细胞"逍遥法外"。

当老人醒来时,他已躺在病房监护室的病床上了。岳波告诉他手术很顺利,他听了后脸上绽放出孩子般的笑容。岳波提出下一步要化疗,老人听了后将头摇得像拨浪鼓似的。

岳波奉劝道:"化疗结合手术,疗效会更佳!"

老人撇了撇嘴,固执地说:"我相信自己的抵抗力,不指望那些化疗药。"

岳波听了后一筹莫展,既然患者本人不同意,他可不能一意孤行上化疗方案。

"人家主任好心好意给你化疗,你倒给他当头一闷棍,你的良心让狗叼了?死老头子,你不想活了?!"岳波走后,在一旁陪着的老伴就数落起老头子来了。

老人饱含深情地说:"老太婆,化疗这事我脑子灵清得很,你就别掺和了。我早打听过了,这些化疗药都是毒药,比砒霜还毒,到时癌细胞没杀死,正常细胞倒呜呼哀哉了。"

她疑惑地问:"这些歪理你是从哪里打听到的?医生不知这些是毒药,偏你晓得?我才不信你编的这套鬼话!"

"我邻床刚出院的那个病人就让化疗药给害惨了,他告诉我千万不能用这类毒药。"

"他怎么晓得是化疗药害的?"想起那个病人一副骨瘦如柴的样子,她不由得打了激灵。

"他曾到过京城的肿瘤医院看过病,那里的医生跟他说压根儿就不该用化疗药。"

"还是听岳主任的话!他不会加害你的!"

"你以后就会明白,不用化疗反而活得长,我就是因为想活下去才不化疗的。化疗药只会催我早死。"

她拗不过他,无奈地摇摇头。

孔迈老人的恢复确实比较快,拆了线后,他的身体状况基本恢复得跟病前差不多了。他不听岳波的劝阻,执意要出院,岳波只好同意。回到家后,孔迈老人红光满面,精神状态比病前还好。

第六章　荷尔蒙

晚上，应洞宾值班，跟时间较上了劲，巴不得子夜快快来到，因为后半夜是他的宝贝儿郁菲菲值班。十一时许，他跟值前半夜的护士林巧燕打了招呼，就回值班室去想入"非非"了。他躺在床上，心里就像小鹿乱撞。他虽跟她朝夕相处，甚至耳鬓厮磨过，可今晚，他渴望跟她如胶似漆，同谐鱼水之欢，共效于飞之乐。

应洞宾毕业于本省大名鼎鼎的清河大学医学院。在大学期间，他担任过学生会主席，是个典型的聚光灯下的宠儿。大学生活已磨炼出他处变不惊的气质，不管做什么事，他都显得从容不迫，一副舍我其谁的霸气。在校期间，虽然课外活动占去了许多时间，但他一点都没落下学习，学习成绩始终名列前茅。毕业后，他即获得硕士学位。他本想读博，可被杏泽医院录用后，就放弃了进一步深造的机会。他知道杏泽医院最强的学科就是肿瘤外科，报到没多久，就底气十足地向院方提出要求，希望进该科。院方考察过他后，就同意了。在各科轮转期间，他成了个标准的万人迷，尤其迷倒了一大群妙龄小护士。他长有一双艺术家般灵巧的手，手术时举重若轻。来到肿瘤外科正式上班时，他已成为院内的明星了。在科室里，他大大享受着众星捧月般的感觉。他人缘不错,跟陌生人初次见面便一见如故,可骨子里却孤傲得很。那时,郁菲菲已是在科室里待了三年的年轻"老"护士了。没上几天班,他就瞄上了这位清纯、靓丽的白衣天使。她那迷人的娇笑十分醉人,脸颊上露出那对小酒窝搔得他真想伸出手去抚摸一下。他暗恋上她了,可她却浑然不觉。那时,比应洞宾早一年入行的朱和平正在猛追菲菲,可她却不温不火,似乎对他不来电。

第一次跟菲菲搭档值夜班时,洞宾瞅着她不忙,就火辣辣地说:"菲菲,你的气质很迷人,既有古典美,又有现代美,真是个美人坯子啊。"

她听了他的话,两颊一下子绯红了,马上羞涩地低下了头。

"方便时我们约个时间去野外踏青?"

她没敢贸然答应。

可没过多久,他就带她游玩了省城那条著名的梦溪。面对清泠泠的溪水,他蜻蜓点水一般吻了她,她没有抗拒,也没有回应,那副表情挠得他心痒痒的,就不由自主地激吻着她,吻得她春心荡漾,娇喘连连,瘫倚在他的胸前。这就是他俩的第一次热吻。他的强势介入使朱和平彻底死了心,不得不放弃对郁菲菲死乞白赖式的追求。

十二点到了,他将门开了条缝,侧耳聆听,听到了她们的交班声,他的眼前不断闪现她在秦院查房时向他投来的那羡慕的目光,这目光至今回想起来,仍令他心旌荡漾。一刻钟后,他估摸值上半夜的林巧燕下班了,忙给郁菲菲发了个短信:"来我这里吧。"他将门虚掩着,静候着心上人的到来。没多久,她回了一条:"刚接班,马上离岗不妥。"看到短信时,他恨不得夺门而出,将她拽过来。他四仰八叉躺在床上,胡思乱想着。半小时后,她发了一条:"你睡吧。"他赌气地回:"你不过来我不睡。"她回:"好吧。"

一会儿后,她轻轻推门进来,嗔怪道:"我值班值到你这儿,太不妥吧?"

"有什么不妥的,不是有轮转护士顶着吗?"

"在她眼皮底下,溜到你的值班室里来,像话吗?"

他一下子扑过来,紧紧抱住她,将她箍在怀里,她被箍得喘不过气来。他的右手猴急地伸向她那肉嘟嘟的酥胸,揉捏着她那挺立的乳峰。

"宾哥,不行!你忒胆大了。我现在值班呢,有人闯进来多丢人!"

他咬耳细语:"半夜三更,还有谁闯进来?"说完,他用舌头舔着她的耳垂。

"宾哥,你太过分了。"

他就像得到鼓励似的,更加肆无忌惮了,全没了大白天时的温文尔雅。他将她推倒在床上,一下子将她的裙子连白大褂扒个精光,第一次看到她那诱人的胴体,呼吸不由得急促起来。他激吻着她那平坦的腹部,她不断扭曲着身体。他慢慢将嘴唇移向她那对饱满的乳房,乳头在他的舌尖上轻轻跳动着。他用手抚摸着她那浑圆的臀部,她发出了阵阵魅人的呻吟声。

她低声求饶:"宾哥,你不该这样! 以后我好好找个机会跟你亲热,好吗?"

"菲菲,今天晚上就是我们的洞房花烛夜。"

她幽幽地看着他,哀怨地说:"宾哥,你变陌生了。"说完,她风快地跑了。

他那满溢的冲动竟找不到出口,心里颇感不爽;不过,毕竟紧贴过美娇娘的酥胸,心旌荡漾过,他也觉得差强人意了。事后,他对自己心头涌上的这近乎原始野性、不可理喻的念头羞赧不已。

自那以后,他在朱和平面前扬起自己高傲的头,真想跟那厮男说:"你怎么可能是我的对手呢? 自不量力的家伙! 别以为自己比我早一年工作就有先手优势啦,咱们走着瞧,我定会混得比你有出息得多。你看看我现在的日子过得多滋润,你呢,整天拉着一张黄瓜脸,像个吊死鬼似的!"

一周后的一个下午,洞宾没上班,得知菲菲也休息,于是就约她来自己这儿,可她倒想去野外踏青。

他半命令半央求道:"你还是来我这里吧!"

"现在正是春暖花开,陪我去拥抱大自然吧。"

"今天你来我这里拥抱我,改天再陪你去拥抱大自然吧。"

她拗不过他,只好从命。她来到他的宿舍后,他又想跟她亲热,她避开了,说:"这样不好。"

他恼怒地说:"你这人这么古板、保守? 上次在值班室你不是说过以后要找个机会跟我好好亲热,现在不就是良辰吉日吗? 我的室友回老家去了,这宿舍现在就是我俩的小天地,不会再有人坏了我们的好事啦。来,让我们好好享受眼下这两人世界吧。"

她退缩了,怯生生地看着他:"现在太随便了会影响到我们以后的感情,有很多东西该珍惜的还得珍惜哦。"

他粗鲁地对她说:"跟你真谈不到一块,真是头发长见识短。"

她嘟着嘴说:"我们的发展太快,快得我都接受不了了。我们俩相互间还不十分熟悉呢。"

"都三个月了,还不熟悉?你知道什么叫一见钟情吗?告诉你,对我来讲,认识一个人,眨眼的工夫就足够了。"

菲菲瞬间觉得头晕目眩,恰如被人悬吊在半空。

他扬扬自得:"噎住了吧?凭你的气质,按理说更喜欢一见钟情啊。"

她缓过神来,鼓起勇气,说:"我不反感一见钟情,可一见钟情不等于心心相印啊。"

"你动不动就像蜗牛似的将头缩进硬壳里,抗拒我的爱抚,这样下去怎么能心心相印呢?"

"我早就敞开心扉了。"

"你知道什么叫如胶似漆吗?你整天防着我,就好像防贼似的。这样下去,我们的感情怎么升温呢?"

"两情相悦并不只指那事。宾哥,你要是爱我就别逼我做违心的事。"

"什么这事那事!你难道不懂,这事就是很好的爱情滑润剂?!你不喜欢滑润,还是个女人吗?"

"你不该说这话。我们应该去珍惜一些值得珍惜的东西。"她第二次谈到珍惜了。

他冷淡地瞥了她一眼,视线转到窗外。她看到他这副郁郁寡欢的样子,心一下子软下来了。她慢慢靠近他,依偎在他的肩旁,温言软语:"我很爱很爱你,所以我想将鱼水之欢留到洞房花烛夜再去体验。你错怪我的意思了。"

他听了她的呢喃细语,不禁怦然心动,忙歪着头凝视着她。不知怎的,她的眼泪从眼窝里溢出,顺着脸颊逶迤而下。看到她梨花带雨的样子,他一下子抱紧她,她窝在他的怀里"嘤嘤"地哭了起来。她不知道自己为什么要哭,是不是委屈了?他突然狂吻着她,从她的额头一直吻到下巴。他一边吻,一边吮吸着她那略带咸味的泪水,不觉春心荡漾,情意绵绵起来。她柔肠百结。他不由自主将手伸向那个他梦寐以求的避风港，口中喃喃低语："菲菲，你是个值得我用一生去珍惜的姑娘，你会成为我的好女人的。"那一刻，他确实是真诚的。

她泪如雨下，忘情地张开双手紧紧箍着他的腰，身体像麻花般扭曲起来……

第七章　敲门砖

　　省卫生厅分配给杏泽医院工程院院士候选人名额一名,院内的大牌医生们跃跃欲试,可毋庸置疑,秦声、张德民呼声最高。秦声土生土长,没有漂洋过海镀过金;而张德民则不同,他曾赴美国短期进修过,喝过洋墨水,两人的综合实力在伯仲之间。秦声想:"不经讨论就将自己推荐上去,德民肯定不服气,流程还是要走的,别让人家闲言碎语。要是将候选人的推选放在学术委员会会议上讨论一下,我十有八九通得过。"而张德民呢,忧心忡忡,真刀真枪跟秦声干吧,有点像蚍蜉撼树,自不量力,可俯首称臣呢,又心有不甘。这次自己如推不上去,这辈子就院士梦断,谁叫自己生不逢时呢。不过,叹息归叹息,他还是心存侥幸,幻想太阳能从西边出来。在开会前,他事先含蓄地对学术委员会多个委员进行感情投资,为自己拉票。有些委员要申请部级课题,他许诺亲自去攻关,以求一博,感动得那些专家直呼自己生在盛世,碰上了"明主";有些委员参评国家科技进步奖,他许诺竭尽全力去争取,为他们保驾护航。大凡资深专家都明白,国家科技进步奖是中国科学院、工程院院士的敲门砖,要是能被评上一项二等奖,那等于一只脚迈进了两院。在学术委员会会议上,秦声、张德民等亮出了自己的学术成就。投票表决结果令秦声惊出一身冷汗,他虽排名第一,仅比张德民多一票!

张德民败选后,很是郁闷了一阵子,虽对这个结果颇有微词,可胳膊肘扭不过大腿,只好自认倒霉,忍气吞声。秦声知道张德民心里肯定不会臣服,告诫自己千万别在他的面前趾高气扬、得意忘形,好好夹起尾巴做人。不管怎么说,张德民这次牺牲够大,要是以后有机会,他得好好补偿这位下属。他虽事先风闻张德民曾拼命向委员们滥施小恩小惠,当时还懊恼了一阵子,可实际上他的手脚也不干净,空头支票开了一箩筐。

秦声代表清河省参加了工程院院士的评选。他曾获得国家科技进步二等奖一项,省科技进步一等奖两项,这些科研成绩虽不十分耀眼,可比上不足,比下有余。凭这张成绩单,要想当选院士并不是十拿九稳的,他必须尽快跟医药卫生学部的那些泰斗们联络感情,请求他们投自己一票,因为这些先迈进工程院大门的老家伙们有投票权。他绞尽脑汁思考着该请谁出马帮他打理。打理并不是无本生意,更不是上皇城免费旅游,必须放血。这个代理人不能是院内人,院内虽有自己的亲信,可这笔不菲的打理费做不进医院的账。唯一的办法就是找一家与自己医院有庞大业务来往的大公司。他对这些大公司逐家排摸着,寻找最合适的对象,最终敲定宏大公司。这是一家经营放射设备与耗材的公司,医院里昂贵的放射设备有不少是这家公司提供的,现在放射科使用的胶片也是从他们的渠道购买的。主意一定,他就马上行动起来。

两天后,宏大公司总裁钱三民如约来到了办公室,秦声给他沏了杯浓茶,略做寒暄后,就切入正题:"钱总,我这次找你有一事相求——"他停顿了一下,下意识地瞟了钱总一眼,钱总笑眯眯地看着他,洗耳恭听,他定了定神,继续说:"我已忝列工程院院士有效候选人了。"

钱总迫不及待道:"我祝贺晚了,真不好意思,今天向你负荆请罪喽。"

秦声连连摇头,说:"你这么说,我承受不起。"

"公司这些年能够高速发展,绝对离不开你的大力扶持!饮水不忘掘井人啊。"钱总开始知恩图报了。

秦声讪笑着,说:"我这次真有一事相求——"

"你尽管吩咐。对你的涌泉之恩,我最不济也得滴水相报喽。"

秦声咧嘴一笑,说:"我想请你帮我打理、疏通院士评选这档事。"

"对院士评选的流程我略知一二。以前我曾操作过,最后成功了。"

"你在这方面肯定很有经验,正好可以助我一臂之力。"

"医药卫生学部有一百多名院士,其中三分之一我都能联系上,并且关系不错,学部中最德高望重的就数肖传恩老院士了。这老头在学部里一言九鼎。他曾亲口跟我说过,他跟学部里一批人关系很铁!只要跟他牵上线,就等于一只脚迈进了工程院。放心,你的头等大事就是我的头等大事,就算赴汤蹈火我也在所不辞!"他说得掷地有声。

"钱总,不是我对院士汲汲以求,蝇营狗苟,你要明白,院士对我们而言意味着什么。"

"我太理解啦,尤其像你这样的功成名就人士。我会竭尽全力为你效犬马之劳。"说完,他马上跟秦声商量开了具体的操作方案。

翌日,秦声刚要下班时,接到了钱三民的电话:"秦院,我已跟肖传恩院士牵上线,他大胆推测:"鉴于你在医学界的声望,进入第二轮评审板上钉钉,但最终能否胜出不敢保证。肖老对你颇为欣赏,他虽然跟你不是同一学科,可他非常愿意助你一臂之力。他所在的曙光医院是医疗界的黄埔军校,一共有五名院士,肖老答应动员他们投你一票;朝阳医院的林正跟我关系很铁,他那医院的三票不出意外也会投给你;仁和医院的张兴邦教授是我的哥们,他掌握的三票基本也是你的盘中餐了;我有一朋友叫孔立,手中掌握着医学界十五位院士的选票,据说他跟这些院士关系非同一般。孔立这次也要为一个叫侯三强的主任拉选票,我就同他交换手里的票源。可我没将手里所有的票源都给他,因为他力推的那个医生是你潜在的竞争对手,我不能将底牌全曝了,要不到时会无牌可打。我就跟他等价交换十五票左右。这样我手里基本能掌握四十五票左右。"

"太好啦!我自己手里掌握着十多张选票,请你告诉我你所掌握的有选举权的院士名单。"秦声高兴得跳了起来。

钱三民将院士名单像报菜名似的流利地报了一遍,其中有两名与秦声所掌握的重叠,这么说他们能掌握的选票已超过半数了,秦声深深地舒了一口气,恍如自己已成为一名正式的院士,正坐在大会议室里跟其他院士一起决定着下届增补院士的定夺大权。

进入第二轮评审的候选人名单出炉了,秦声赫然在列。这个名单经过大浪淘沙,仅剩下二十一人,根据钱三民打探到的内幕消息,最终当选正式院士的只有七人,也就是说,三分之二的人选势必被淘汰。竞争白热化了。

这些天,钱三民一直坐镇京城,运筹帷幄,指挥着这场浩大的战役。钱三民将这名单告诉秦声后,他的心脏差点从嗓子眼蹦出来。原先他一直以为自己势在必得,可到眼前这个节骨眼上,他的心里却打起鼓来。钱三民已了解到,名单中有五人呼声最高,这是第一方阵;秦声跟另外两人实力在伯仲之间,列第二方阵,在这方阵中,平心而论,秦声自认只能忝列末尾,要想咸鱼翻身,必须要使出浑身解数。决战的时刻到了,秦声全身的每一个细胞都处于亢奋状态。钱三民向肖老讨教。肖老告诉他,这届选举是这几年来最激烈的一届。就算呼声很高的人选,要是稍有疏忽,也会名落孙山。他向钱三民面授机宜。实际上每个人选都拉帮结派,各显神通,实力比较强的自然捷足先登。秦声的位置比较尴尬,运气好的话,他能一举跃入龙门;运气不好,只能被拒之门外。这一轮选举除了要超过规定的票数外,还需要得高票,根据票数高低按名额依次当选,票数当然越高越好喽。选前钱三民以为孔立力推的侯三强进不了第二轮,他乐得送个顺水人情,可不承想侯三强不但进入了第二轮,而且竟是秦声的强劲对手,钱三民这下傻眼了。侯三强实力不俗,现在在第二方阵中实力较秦声略胜一筹。这下,钱三民暗自庆幸自己当初留了一手,没有将自己手里掌握的票数一股脑儿全倒给那哥们,要不现在就会噬脐莫及。

形势非常严峻,钱三民如坐针毡,马上想到了医学泰斗肖传恩老院士。钱三民跟肖老颇有渊源。十多年前,他就跟肖老牵上了线,那时,肖老的儿子要到某国留学,他穿针引线,费尽九牛二虎之力才玉成此事,肖老感激的话说了一箩筐。钱三民觉得不应仅仅在电话里随便跟肖老聊聊,而应登门拜访——

钱三民如约造访肖府,还没坐定,他就打开了话匣子:"无事不登三宝殿,这次我为秦声院长的事专程来听你面授机宜的。"

"说句心里话,目前你的公关非常到位。"

"可接下去步步惊心,肖老走过的桥比我走过的路都要多,万望你指点迷津。"

"这张名单中第一方阵的前五位的地位几乎无法撼动,现在只好在后两个名额上做文章了。恕我直言,我认为秦声冲顶成功只有四成的把握。在这一溜人中,秦声大概排在八至十位左右。"

"肖老,我在秦院面前立下了军令状!"

"实话告诉你,在二十一名人选中,跟我打过招呼的有十五人,你说我为不为难?说句不中听的话,有时只好用脚投票喽。"

"肖老,你能决定这么多人的命运,本身就是一种荣耀吧。"

"是有自豪感,可我觉得这次压力最大。"

"你一定得拉秦院一把,他能不能上全指望你了。"

"第二方阵中实力还是很接近的,谁上都很正常。要想使谁上,首先得投他的票,其次不能投他的竞争对手的票,此消彼长才是双保险。"

"这倒是。具体就看肖老你的鼎力相助了。"

"我这环节你甭费心思了。看来,只好得罪一些人了。"

"谢谢你啦。"

最后的名单出炉了,秦声赫然在列。第二方阵中侯三强没有搭上末班车,第一方阵中一个很有名的医生也名落孙山,意外的是,一个名不见经传的内科医生中了彩。从钱三民嘴里得知这消息时,秦声比范进中举还要激动。

第八章　吞下苦果

应洞宾下了手术台,已是中午十二点。菲菲值中班,他趄进护理站,菲菲向他努努嘴,说:"饭菜在你的抽屉里。"

他冲她露出会心的微笑,戏谑道:"小妹对哥真是有情有义啊。"说完,他朝她扮了个鬼脸,轻快地走出护理站。

洞宾刚吃完中饭,菲菲冷不丁趄了进来。她瞅着四周无人,压低声音说:"我怀孕了。"

"真的?"他呆了一下,随即恢复常态。

"嗯。"

"自检尿妊娠试验了吗?"

"做过了,阳性。"

她充满期待地凝视着他。

他调侃道:"要是不实行计划生育,你准会给我生一打的孩子。"

她听了后眉头紧锁。

他发现自己玩笑开大了,忙敛起笑容,一本正经地说:"那怎么办好呢?要不打胎吧?"

"我从没想过要打胎。"她哭丧着脸。

护理站有人在呼唤，她风快地冲了出去。应洞宾这下意识到摊上大事了，自嘲道："你还配是个医生，连快活了会播下风流种子都懵懂无知，真是只呆头鹅！嚯，我这准星，真该上战场了。别管上不上战场了，应付燃眉之急吧。唉，到哪儿打胎好呢？总不能在本院吧？要是弄得全院人人都晓得了将来还有脸见人？况且，现在我这张面孔很光鲜，大家有如众星捧月一般围着我转，如果他们晓得了这档糗事，那我的光辉形象不是要轰然坍塌了？看来，只能到别家医院打胎！可找哪家医院好呢？同班的李明不是分配在我老家的医院吗？将菲菲送到他那里打胎神不知、鬼不觉。只是，省城距老家有一百五十多公里，硬拽着菲菲长途跋涉是否太折腾她了？可眼下确实没有更好的办法，只好如此了，相信菲菲会理解的。"

下班后，他马上约菲菲去小饭馆吃了顿饭。

饭后，菲菲提议去歌剧院看场歌剧。

他有点不耐烦地问："什么歌剧？"

"《费加罗的婚礼》。"

他撇了撇嘴，说："这种老掉牙的歌剧你也会看？你的鉴赏力只停留在刀耕火种时期啊。"

"名剧永远百看不厌。"

他"哼"了一声，提议道："还是去茶馆消遣一会儿吧。"说完，他大步流星，她只好郁闷地尾随着他。

进入茶馆包间，他俩相对而坐。他笑吟吟地说："你看，这环境多富诗情画意，不像剧院人声鼎沸。"

菲菲倔强地反驳道："这是两个不同的地方。"

"这么说，你不喜欢茶馆喽。"他怫然不悦。

"不是这意思。我是指这两个地方没有可比性。我喜欢剧院，并不等于不喜欢茶馆。不能非黑即白。"

"好啦，我们别抬杠了，不要破坏眼前这迷人的气氛啊。"

她咧嘴一笑，算作回应。

他瞟了她一眼，装作若无其事地说："你去打胎吧，我已经联系好了。"

她凛然一惊，马上恢复了平静，一字一顿地说："我不去。"

"你疯啦? 我现在正往上爬,不能让小孩拖了我的后腿。我不是向你坦露过我的志向吗? 秦院就是我的学习楷模,他刚刚戴上了院士帽,这不是对我很好的鞭策吗?! 事业未成,何以家为?!"

"我们不能剥夺宝宝来到这世上的权利。"

"你真是不可理喻。"

"你理解不了我们女人的心。"

"我们认识时间不长,就这样怀上孩子人家会笑话的。"

"要么我们马上去领证,将婚礼办了。"

"现在就结婚,不是将婚姻当儿戏吗? 结婚可是一辈子的事!"

"那好,我去打胎吧,要不然,你会以为我死乞白赖想吃天鹅肉。"

"我不是这意思。菲菲,我的意思是我们两个都还年轻,年纪轻轻就结婚生子不利于我们今后的发展,现在正是我们上坡的时候,要以事业为重。"

她意味深长地瞟了他一眼:"唉,一步错,步步错。"

"别唉声叹气了,我不是在你身边吗?"

她本想说你在我身边怎么样,可觉得这话听起来太过刺耳,就咽下不说了。

"看得出来,你是个通情达理的姑娘。"

她的脸上露出一种很怪异的表情,似乎吞下了一只死苍蝇。

"我已经给你联系好医院了,到时我陪你去。打胎没有什么神秘、可怕的,我们都是医护人员嘛。"

她低头沉吟不语。

"我知道你心里很难过。你打完胎,我会好好疼你的。"

她没有抬头,眼泪不由自主地流了出来,滴在胸前的裙上。他走了过来,坐在她的旁边,伸出手抹着她脸上的泪水。她将头偏向一边,不让他抹,随后,她进出一句:"你真狠。"

"不狠,我们的麻烦山大。"

她充满哀怨地瞥了他一眼,抽泣着说:"我成了杀人犯了。"

"这怎么叫杀人犯呢。现在时间还早,我陪你看歌剧去?"

"我不想去刀耕火种了,免得惹你笑话。"说完,她狠狠地剜了他一眼。

打完胎后,原本快乐得像只喜鹊的菲菲脸上时不时掠过愁云。应洞宾的不少做法令她无所适从，他俩的关系已蒙上一层阴影。跟他在一起时她怎么也高兴不起来，她发现他似乎不适合她，她品尝不到多少爱情的甜蜜，就不由自主地审视起他俩的关系来。

第九章　惊鸿丽人

　　应洞宾收住一个叫牟玲芳的乳腺癌病人,她的爱人及两个千金在床边陪同。他详细了解了她的病史,并认真做了体格检查。两个千金十分靓丽,尤其是大女儿落落大方,明艳动人,浑身散发出浓浓的大家闺秀的气质。他不由自主地将她跟菲菲相比,觉得菲菲一副小家碧玉相,气质被她甩开几条街。

　　他将那大家闺秀和她的老爸请到医生办公室,向她反复介绍她老妈的病情。牟玲芳的爱人沉默寡言,那大家闺秀却伶牙俐齿,事无巨细,问个不停,他不厌其烦,一一解答。最后,他要求家属在联系人栏目上签个字,那大家闺秀大笔一挥,签下了自己的名字:李姗姗。

　　"你不就是电视剧《奇门女侠》中的女一号岳灵姗的扮演者?"说完,他两眼放光,瞳仁里全是小星星。

　　"对。谢谢你记得我。"她碰到了粉丝,自然笑意盈盈。

　　"怪不得你好面熟,原来你是个大明星。"他开始仰望她了,对她的好感自然也就水涨船高。

　　她谦虚地说:"我出道不长,离明星差得远哪。"

　　他一向对那些明星充满好感,可明星们的形象只是在银幕上惊鸿一瞥,无缘在现实中目睹;而现在,站在他面前的就是这样一个大活人明星,他怎么会不激动呢?

"我很喜欢看你出演的电视剧,更喜欢你扮演的角色,你会成为国际巨星的。"他羡慕地说,开始巴结她了。她听了后,脸上绽放出甜美的笑容。他当场向她保证:"我们会竭尽全力医治好你母亲的病。改日我请岳主任会诊一下,争取由他亲自给你妈手术。他是全国大名鼎鼎的乳腺癌治疗专家。"

"谢谢你。"

"应该的。"他不卑不亢,不想表现过头,过犹不及。

李姗姗的父亲说:"应医师,你真是个好医生,古道热肠,现今像你这样的医生真是太少了。"

洞宾眨眨眼,连连摇着头。李姗姗冲他嫣然一笑,向老爸招呼一下,父女俩走了出去。应洞宾沉浸在刚才李姗姗给他带来的快乐之中,脑海里闪现的全是她那蒙娜丽莎式的微笑,不由得在心里赞叹不已:"这姑娘婀娜多姿、美丽多情,跟她这只凤凰相比,菲菲不啻是只鸡。要是我有幸跟她处朋友,那才是艳福哪。上天垂青我啦,我一定得抓住这千载难逢的好机会,千万不能让我的洛神从眼前溜走。嗯,要是姗姗真的愿跟我交朋友,那我拿菲菲怎么办呢?一脚踹了她?跟她都那个了,就这样跟她分手太不厚道,我势必会成为千夫所指的薄情郎。况且,她为我付出这么多,不能让人骂我是现代陈世美啊。"

翌日,应洞宾将岳主任查房结果电话告诉了李姗姗,她非常感动,连声表示感谢。

他巴结地说:"岳主任要我马上进行术前准备,择日手术。我将你当作我的亲戚,请求他为你妈主刀,他答应了。"

"真是太感谢了。应医生,不瞒你,我通过你们医务人员了解到你的一些情况,他们都对你竖起大拇指,夸你是青年才俊,前途无量哩。"

她这席话将应洞宾夸得心里乐开了花,他忙自谦地说:"我刚进入新岗位,新手上路,菜鸟一只。不过,我志向高远着呢。"他先抑后扬,最后还是小小高调了一下。

她神秘兮兮地说:"我准备送你一件礼物。"

"我们不接受病人家属的礼物。"他忙推辞。

"放心,这不是什么奢侈品,我怎么会害你这个未来的名医呢？我一直对医生崇拜得很。"

她的恭维话使他笑逐颜开。他隐约觉得她对自己很有好感,这个明星范儿十足的姑娘才是他的梦中情人,他要向她展开情感攻势了,准备忍痛割爱跟菲菲的关系,更何况这阵子菲菲对他窝着火,爱理不理的,自己借机抽身顺理成章。他总觉得那妞儿跟自己不搭调,古板、守旧。既然她对他不仁,他只好对她不义喽。他觉得自己跟菲菲在一起产生不了那种酣畅淋漓、销魂蚀骨的快感,就是在爱爱时她都死抱着那份臭矜持,倒好像他会偷走她身上的珍宝似的。该找个时间试探一下她了,也许她巴不得离开他呢。他暗忖道:"要是她主动离开我,我就不会背上骂名了。谁找对象会有这样的好眼力,第一眼就能找到那个在灯火阑珊处的伊人？谁在结婚前不会处上几个对象？如果爱情不能给我们带来心醉神迷的感觉,我有必要死抱住这种不死不活的爱情不放吗?!"他似乎已经说服自己放弃菲菲了。

牟玲芳的手术非常顺利,病灶周围也没有发现转移灶。手术一结束,应洞宾就向李姗姗报喜了。她听了后高兴得像只喜鹊,热情邀请他下馆子,他很想接受她的邀请,可最后婉拒了。他打定主意必须给她留下深刻的印象,轻举妄动只会使自己失分。

"要么晚上我请你喝茶,顺便将我的礼物送给你。"她提议。

他乐得爽快答应。

晚上,洞宾跟姗姗相约来到医院旁边的顺兴茶馆。

当他们隔着茶几相对而立时,姗姗向他道了个万福,洞宾连声说:"不敢当,不敢当。"

他们坐了下来。他抬头看着她,只见她穿着一袭嫩黄的连衣裙,青春逼人,尽显大家闺秀的范儿。她的眼睛水汪汪的,脸颊红扑扑的,嘴唇性感诱人,他看了后不禁怦然心动。

她笑意盈盈地看着他,眉毛向上一扬,说:"我说过要送给你一件礼物,现在我带来了,你猜是什么?"她似乎一点都不怯生,跟他一见如故。

他好奇心被勾出来了,忙低头绞尽脑汁思考。良久,他猜测道:"你的传记?"

她"嘻嘻"一笑，摇了摇头，说："我刚出道，怎么会有传记呢？再猜猜。"

"到底是哪一类礼物呢？"

"跟我的演艺有关。"

"剧本？道具？"

"有点靠谱了。"

"还不对？那可猜不出了。"他露出一副黔驴技穷的样子，掩饰起自己的锋芒。

"一个U盘，里面全是《奇门女侠》剪辑内容的集锦。我看你这么喜欢这部电视剧，就想起要送你这件特殊的礼品。它可珍贵了，在市面上买不到的，你喜不喜欢？"她揭开谜底。

"我喜欢极了。"他大喜过望。

"对有些电视剧来说，那些被剪辑的部分比播放的要精彩得多。"

"可惜我没带手提电脑，眼下不能一饱眼福喽。"

"甭急，回去慢慢品赏。"

"这真是一件珍贵的礼物。"

"最近我在省城西郊的影视城拍摄《错爱》，你要是有空的话就去探班。"

"探班？我去合适吗？"他暗忖道，"探班是恋人之间的事，我一个局外人去探班是不是有点唐突？"

她似乎读出了他话里的潜台词，忙补充道："你可以去观摩我们都是怎样拍戏的。实际上我们从事的职业既苦又累，不像外人所想象的那么惬意、浪漫。有时在穷乡僻壤一待就是几个月，连鸟儿都看不到，日子过得比原始人还单调。"

"只有付出才会有回报。我真羡慕你年纪轻轻就大红大紫了。"

"我们是吃青春饭的，而你们却要经过长期的磨砺才能成功，这是我们不同的地方。"

"你们不努力，也是很难获得成功的。梅花香自苦寒来。"

"你很上进，很阳光。听说院领导很器重你，准备将你当作重点栽培的对象了。"

他呵呵笑着，说："有这回事。你有所不知，我们肿瘤外科是医院最好的科室。"

"听说还是国家重点学科,人才济济,院长、副院长都是你们科出来的,院长还是个院士呢！院士就相当于我们影视界的巨星吧?"

"对医生来说,院士就是国内最高的荣誉了。"

"你跟着他,肯定会有大出息的。说不定以后你也是个院士呢。"

"院士并不是常人所能争取得来的,这要经过一辈子的努力才能评得上。这些人都是医学界名副其实的大师。"

"我衷心地祝愿你能够成功。"

他意味深长地说:"但愿你是我命中的喜鹊。"

第十章　一江春水

等到牟玲芳出院时，应洞宾跟李姗姗已多次约会，两人的关系急剧升温，这事让菲菲知道了。一天，她约应洞宾去医院附近的小饭馆吃饭，他如约前往。来到饭馆时，她马上点了几个他平时喜欢的菜。他俩埋头吃饭，没有多少交流。

吃到半饱时，她冷不丁地问："听说你跟一个病人家属好上了？"

他凛然一惊，忙否认道："怎么会呢？你连这都信？"

"有人看到你俩出双入对。听说她是个戏子？"

"那天她是出于感激邀请我喝茶，我盛情难却才去的。"

"你放心，我不会要你向我保证什么。就算你甩了我，我也不会哭哭啼啼，寻死觅活的。强扭的瓜不甜。我见过那女人，气质倒是不凡，我这只丑小鸭，怎么能跟她那只白天鹅相比呢。"

"菲菲，你真是个醋坛子。我跟她之间清白、纯洁得如同蒸馏水，你别钻牛角尖了。"

"我感觉得出来，你对我不大满意。我不够大方，土得掉渣，顽固守旧，这些评语你曾脱口而出过。"

"菲菲,你是个很不错的姑娘,我们曾磕磕碰碰过,可我确实爱你。"他心软了,忙安慰起她来。

饭后,他站起来去结账。

走出饭馆,他提议:"去附近的江滨公园坐会儿,怎么样?"

她点头同意。他俩一前一后来到公园,找了把椅子坐了下来。他们的面前横亘着本省最大的一条大江——灵江,哗哗的流水声悦耳动听,如同钢琴里弹出的美妙的旋律。

他问:"这些天感觉舒服吗?"

"马马虎虎。"说完,她凝望着眼前那影影绰绰的江面。

他问:"你在看什么?"

"我正在看着江水向远方流去。"

"你讲起话来就像个哲学家。"

"我倒觉得自己像个傻瓜。"

"晚上你怎么闷闷不乐的?"

"我们分手吧。"

"你走火入魔了?"

"我觉得我俩不般配,我只是个平庸的女人。我有预感,就算我们现在不分手,将来注定要分手的,长痛不如短痛。"她表现出女子少有的坚毅、果敢。

他伸出双手,紧紧地箍着她的纤腰,她用力挣脱着,可没有成功。眼前掠过李姗姗的身影,他忙定神一看,却是幻影。他心虚地说:"菲菲,让我们好好学习如何去爱吧。"

"你错了,爱是学不来的,爱是用心灵感悟出来的。"说完,她终于挣脱了他的搂抱。

今晚,他见识到了她心灵的另一面。

"菲菲,你不爱我了?"

"这些天,我想了很多,觉得我俩性格不合,就算凑合过日子,以后还不是同床异梦?"

"你对我俩的将来不看好?"

"我不怪你,我只怪自己。我是自找的。"

"你以为我在玩弄你?"

"没有。"

"那你怎么如此悲观呢?"

"我深思过了,我俩不般配,我无非是个供人驱使的小护士而已,而你则是个人见人爱的大医生,前途无量哪。"

"你在取笑我吧?"

"我一个小人物哪能取笑你呢?! 我俩是两条道上的人,根本无法走到一起。听我一句话,以后好好去珍惜该珍惜的东西吧。那个女演员比我强多了,你已经被她迷得七荤八素了。"

"菲菲,你怎么怀疑我对你的爱呢?"

"就算你爱我,你也是俯视我的。一个人很难在别人俯视的目光下将日子过得有滋有味的。"

她说得对,他确实俯视着眼前这个姑娘,可是,他却仰望着李姗姗,就好像她是挂在天边的一颗璀璨的星星似的。他暗忖道:"姗姗已是个明星,而自己仍默默无闻,追求她妥当吗? 我真的愿意娶她为妻子,她愿意下嫁我这个菜鸟级的医生吗? 我是不是在意淫呢? 我真的要跟菲菲挥挥手,一拍两散?!"

"我俩缘尽了。"她伤感地说。

"不,时间老人会滑润我俩的关系的。"

她倔强地回应道:"对沙漠,你就是灌多少水还是干燥的。"

"菲菲,我俩的关系真成了荒芜的沙漠了?"

她低下头,抿紧嘴,不断地绞着双手。一会儿后,她说:"我感到有点冷。"

他俩心照不宣地同时站了起来,一路无语。

大约步行了二十分钟,他们来到了菲菲的家门口,她说:"晚安。"

他一时语塞,觉得从未有过的失落,眼睁睁地看着她消失在门后,那扇门发出"嘭"的一声,关上了。他踽踽独行,头脑近乎真空,记忆库被洗劫一空。他漫无目的地走着,像一具行尸走肉。

第十一章　得陇望蜀

　　周五,洞宾轮到补休,就抽空去了一趟郊区的影视城。他来到影视城门口,只见游人如织。他被人群裹挟着,机械地进了门,旁边一瘦一胖两个小伙的对话钻进了他的耳朵。瘦子说:"今天正在拍摄《错爱》,我们挤过去看看。"

　　胖子问:"在哪里拍摄?"

　　"就在我们前方那座古色古香的大院里。"

　　"那我们快去吧。我平时只看过屏幕上的电视剧,根本没看过实景拍摄,这下可以一饱眼福喽。"

　　瘦子说:"主演就是李姗姗。这妞漂亮极了,既清纯可爱,又楚楚动人,气质更是一流,有几分赫本的影子,我是她的粉丝呢。"

　　胖子开始意淫:"我也是。要是能娶这妞,这辈子没白活了。"

　　"癞蛤蟆想吃天鹅肉!"

　　应洞宾没心思理会他们耍贫嘴,一门心思朝前拱。

　　洞宾快接近那栋古朴的大宅时,只听见里面传出悠扬的小提琴声。大宅的大门有人守着不让进,他急得抓耳挠腮。良久,他才想起向姗姗求援,忙拨通了她的电话，没人接听，看来她正忙着，他只好干站着，不住地埋怨应该提早给她捎个信儿。小提琴声停止了，里面传出了一段急促、带有强烈的情感色彩的对话，可具体内容却听不分明，估计是剧中人正在吵架。他踮起脚尖，引颈眺望，好不容易看到拍摄现场人影幢幢，其中有个穿白裙子、高挑的姑娘很像是姗姗。他紧紧盯着她看，可距离过远，看不大分明。

兜里的手机响了，他忙取出一看，发现是姗姗打来的，忙接通，那熟悉的声音传了过来："洞宾，你刚才给我通话了？有事吗？"

"我正在你的拍摄现场，进不了门。"

"噢，等会儿，我马上过来。"

没多久，她风风火火冲到门口，对那个守门人说："他是我表哥，你放他进来吧。"

守门人冲姗姗咧嘴一笑，调侃道："什么表哥，是你的小白脸吧？你承认了我才放他进来。"

"你这糟老头就晓得胡说，我去告诉剧务，让他辞了你。"姗姗佯怒，柳眉倒竖。

守门人涎着脸，说："跟你开玩笑呢。好吧，我放他进来就是了！"

洞宾像接到号令似的，一脚迈进大门。他俩来到了拍摄现场，她上前跟戴鸭舌帽的中年人打了个招呼，那人转身打量了他一眼，脸上挂着怪异的表情。

她来到他的身边，低声说："导演同意你在现场观看，别发声。按理说，现场不许外人进来的，你看我的面子够阔吧？"

"你肯定是导演眼中的大红人喽。"

"你这话是啥意思？"

他意识到自己说的这话有股妖气，忙辩解道："我只是说导演肯定很器重你，因为你是女一号。"

"呵呵。"

"我以为刚才那个穿白裙的就是你。"

她脸上露出鄙夷的表情，不屑地说："怎么可能是我呢？她就是我在剧中的情敌，最后我毫无悬念地战胜了她。她什么都输光了，只好投河了此残生。"

"她的结局这么惨?"

"是她自找的。谁叫她不识时务要插足呢?对这类第三者就该斩尽杀绝。"

"她是第三者?"

"没错。"

"你真像奥黛丽·赫本。"

"谢谢你的夸奖。"

"你的微笑太养眼了。"

她拽了一下他的衣袖,轻轻地说:"这场戏快结束了,我们该走了。中午我请客。"

"要你破费多不好意思!你已请过一回了,这次让我表示一下吧。"

"好吧,恭敬不如从命。"她巧笑倩兮。

他俩并肩走了出去。

他们在影视城里找了家干净的餐馆进餐。那餐饭吃得特别开心,两人时不时开怀大笑。

饭后,他试探地问:"晚上歌剧院上演歌剧《图兰朵》,我已经买好了票,你晚上有空吗?"说完,他紧盯着她看,只见她的脸上现出讶异的表情,似乎根本没想到他会发出邀请。

她慢慢恢复平和的表情,嫣然一笑,说:"晚上我没空,实在不好意思。"

他失落极了,忙问:"晚上你还要拍戏?"

"对。导演要赶时间呢。"

"太遗憾了。"

"《图兰朵》是世界名剧,我看过几回。"

他转移话题,冒昧地问:"我们可以交个朋友吗?"

"现在我俩不是朋友吗?!"她故作惊讶。

他不知道该如何接腔,忙低下头思考起来。良久,他才挤出一句:"你不明白我的意思吗?"

她眯缝着眼,沉吟片刻,答:"我明白你的所指,可我已经有男朋友了——"

他不甘心这样放弃,就鼓起余勇,向她发起新一轮的感情攻势:"我对你一见钟情。"他开始喷涌出滚烫的爱的岩浆了。真不知道这岩浆会不会灼伤她？

她瞟了他一眼，低下头，轻声说："很可惜，我们在一个错误的时间点碰上了。"

"我们相见恰逢其时！"

"我们认识时间不长，就算我没有男朋友，我也无法贸然答应你的请求。不过，不管以后我们是否能走到一块，我们仍然可以做朋友。"

他确实揣摩不出她到底对他印象如何，但看她一脸真诚，似乎动了真感情，只是演员惯会演戏，常常将自己的真情实感捂得严严实实，内心就像一口深井，常人很难看透。他抬起头，继续火辣辣地表白："你气质如兰，高贵优雅，就是我梦里寻了千百度的那个姑娘！"

"你太抬举我了，我都被你夸得有点飘飘然了。"

"我现在不要你马上答应我的请求，我可以等，让时间见证我对你浓浓的爱。"

"跟你们接触后，我对你们的职业有了更深刻的了解。我总觉得演员与医生似乎不是最佳的婚姻组合。"她想浇灭他身上熊熊燃烧的爱火。

"我不这样认为。"

"你知不知道我妹妹晓丽很喜欢你？"

"你想将妹妹介绍给我？"他的脸上露出不悦之色。

她呆了一下，没有意识到他会如此直白发问，忙转移话题："你不喜欢她？"

"我喜欢她；可喜欢她，与爱她是两码事。"他不想打马虎眼。

"我明白你的意思了。她对你赞不绝口，直夸你才华横溢、风流倜傥。"

他没有继续示爱的心情了，只好保持沉默。他觉得自己来影视城"探班"是多么可笑，向她冒失地表白爱慕之心则更荒唐。他终于明白，她根本不想跟他谈情说爱，自己只不过在单相思罢了。他误判她喜欢自己才冒失向她做了那番愣头儿青式的表白，真是太幼稚了。也许，眼前这个女人当初只是想利用他才谄媚地巴结他，才使他误以为自己就是她心目中的白马王子。

后来，她曾多次跟他通话，向他反复解释自己当时的唐突，他意兴阑珊，这才明白：他只是用华丽的锦缎织出了一座海市蜃楼，而这座蜃楼随着艳阳高照注定会不见了踪影。

第十二章　渐行渐远

几天后,应洞宾想起了他的小家碧玉,准备好好陪菲菲去旅游一次,借以修复业已破裂的感情。下班前,他给菲菲发了个短信,邀请她一起吃晚饭。她接受了他的邀请。下班后,他俩准备前往原来就餐过的那个小饭馆。一路上,他俩缄默无语。

来到小饭馆后,他点了几个菲菲喜欢的菜,提议道:"喝点红酒?"

"好,我陪你喝。"

他迫不及待地打开红酒,斟上,捻起酒杯,优雅地轻晃着,笑吟吟地盯着她看,蓦然想起在影视城曾跟姗姗也喝过这种品牌的红酒,不禁打了个激灵,忙垂下眼皮。菲菲将他那瞬间变化的表情看在眼里,不知道他心里到底在想些什么。

她貌似无意地问:"这些天在干些什么?"

他说:"每天在舔伤口。"

她平静地问:"不会是我伤害你吧?"

他轻松地答:"不是你会是谁?"

她放下酒杯,冷不丁地问:"听说前些天你去影视城看望那个演员了?"

"谁说的?"他猛然想起那天自己的身边有个影子克格勃似的跟踪着。

"没有就好。"

他觉得硬捂着对自己不利,索性将话挑明:"前些天我确实去过影视城,但不是我主动去看望她,是她特意邀请的。你要是不信,可以去问她。"说完,他发觉自己比猪还蠢。

"我不是太平洋上的警察。"

"她只是邀请我去观摩一下她的拍戏现场。改天有机会陪你去一趟。"

"我是个俗人,怎么好意思去附庸风雅呢。"说完,她淡然地瞥了他一眼,那眼神出奇地纯净,竟一下子强烈地震撼了他的心灵。他心慌意乱,思维顷刻短路,大脑一片空白。多年以后,这眼神时不时地在他的眼前闪现,每一次闪现都使他的心脏痛苦得滴血。

他猛然想起上次在这里就餐时她曾提议去看歌剧,于是就发出邀请:"晚上我们去看场歌剧?"

"什么歌剧?"

"《图兰朵》,都连演几周了,人们仍趋之若鹜,盛况空前啊。"

她眼睛一亮,随后,又黯淡下去,慵懒地说:"看歌剧需要心情,眼下我的心情不好,就不去糟蹋好歌剧了。"

他不知道,两天前她已独自去看过了。那晚,她沉浸在剧情中不能自拔,泪流满面。

他凝视着她,冷不丁地问:"你知道图兰朵的三个谜语吗?"

"知道。"

"是什么在白昼死去,却在夜晚诞生?"

"希望。"她不假思索地答。

"希望为啥是这样的?"

她淡然地打量了他一眼,自信地说:"在残酷的白天,往往看不到希望;而只有在夜深人静的晚上,希望才会在我们的脑子里像星星点点的萤火,一闪一闪的。"

"你的意思是希望的火苗只能在梦中才会点燃?"

"现实是残酷的,也许只有梦才能抚慰断肠人那颗破碎的心。"她的话像锥子般刺痛了他的心。

他本想通过这谜语来点燃希望,不承想却收获了失望的稗子,始料未及啊。

他不死心,继续问:"是什么有如火焰般燃烧,但当人死去,它就变得冰冷?"

"热血。"

他不失时机地说:"只要一个人血管里流淌着热血,他就会激情四溢。"他想借此点燃她心中激情的火焰。

菲菲似乎识破了他的伎俩,款款地说:"一个热爱生命的人,都会充满激情的。"

"对,在我们的血管里奔腾着的不应该是寒流。"

她若有所思地瞥了他一眼,欲言又止。

"王子的强吻融化了图兰朵那颗冷漠的心。"他一语双关。

"王子说出了那句既朴实又普通的话:我不会强迫你,要你真心爱我。"她的话句句都戳到他的痛处。

他终于明白:眼前这个菲菲已不是原来那个了。他原以为她很浅薄,只不过是只绣花枕头,哪里晓得枕芯里竟藏着钻石。他一向对自己敏锐的感觉引以为豪;可现在,他发现自己的感觉迟钝得如同几十年没磨过的锈迹斑斑的柴刀。他隐隐觉得菲菲现在已渐行渐远,心里直嘀咕:"难道她真会读心术,已读懂了我的内心,了解到了我内心深处最隐蔽的秘密?这不可能。我在影视城跟姗姗无非见过一面而已,有什么大不了的?她较什么真呢?!菲菲啊,菲菲,你真是太敏感了。难道男女之间就不能单独见面?你的脑筋真没有开化啊。连姗姗都说过男女之间可以存在友情。如果男女之间没有友情存在,那这个世界不是要黯然失色了?真是个封建的小女子。"想到此,他又恼恨起她来了,觉得她太小心眼了。他越来越看不懂坐在对面的这位姑娘了,不由得叹起气来。她怔怔地盯着他看,他虽低着头,可眼角的余光已扫到她在注视他,暗忖道:"就凭她眼下那种关切的注视,她的心里还是有我的。"

"菲菲,你看过《图兰朵》?"他恍然大悟。

"前晚看过。"

"你怎么不约我一起去呢?"

"我想一个人静静地去欣赏。"

"你生怕我拒绝你的要求吧？"

她沉吟不语。

他暗忖道："我猜对了。我屡屡使她失望，看来她对我不抱希望了。"

这餐饭，他食不甘味，她当然也味同嚼蜡。吃完饭，他俩心照不宣地来到灵江边，不约而同地坐在原先坐过的那把椅子上。他瞟了她一眼，她脸上的表情不甚分明，但他感觉得到她内心的悸动。

他慢慢靠近她，将手搭在她的肩头。她打了个激灵，下意识地躲开了。他心存愧疚，忙转过身，紧盯着她，暗暗自责："幸好菲菲只晓得我去影视城观看过姗姗拍戏，要是她晓得我当时的真实目的，肯定会悲伤得捶胸顿足的。我的内心真是太龌龊了，我怎么如此不堪？！"转念一想，又怨怼起她来，就愤愤不平地说："菲菲，你不信任我，总是横挑鼻子竖挑眼！"

"我怎么不信任你？你错怪我了。不过，我们确实性格不合。我太爱虚荣了，以为你就是我的真命天子，哪里晓得我是高攀不上你的。我俩中间横亘着一条不可逾越的鸿沟哦。"

"我俩之间压根儿就没有鸿沟，这条鸿沟是你硬生生挖掘出来的！"

"我很崇拜你。对一个崇拜的人，我怎么能跟他结为连理呢？"

"歪理！"

"我说过了，我仰望着你，而你则俯视着我，我们是多么怪异的一对。这么怪异的一对要是结合，注定不会幸福的。"

"不对！仰不仰望就看你站在哪个平台上。"

她凝视着他，说："我感到有点冷，回去吧。"说完，她站了起来。

他不情愿地起身走了。

他霎时明白他这个所谓的天之骄子是多么的可怜，姗姗不接纳他，而菲菲也要离他而去。他觉得自己比那个没穿衣服的皇帝还要可笑，比那个站在乌江边的项羽还要悲惨。

第十三章　运筹帷幄

卫生厅打算在全省所有二十多家三级甲等医院中评选出一家三级特等医院，省内的那些三甲医院的院长得知消息后如打了鸡血，跃跃欲试，准备向三特医院发起冲刺。不出意外，最后的竞争会在杏泽医院与济仁医院间展开。评审将在一年后进行，杏泽医院、济仁医院开始了新一轮的明争暗斗。三特医院评选不是衡量谁有资格上，分数达不达标，而是看哪家医院的分数更高，独占鳌头才有望冲顶。

面对这千载难逢的好机会，杏泽医院上下自然摩拳擦掌，院领导更是如此。秦声风风火火，马上召集领导班子开会。当大家到齐后，秦声迫不及待地亮出会议主题。会场像炸了锅，与会者两眼放光，兴奋异常。

张德民自然当仁不让，率先发言："近年来，我院在秦声院长的主持下，业务开展得有声有色，取得了长足的进步。许多学科有了质的飞跃，学科群在我院初步成型，各科科研成绩斐然。最难能可贵的是我院出了个全省医学界首位院士，这个三特医院的称号我院势在必得！"说完，他瞟了秦声一眼。

秦声插嘴道："我院虽捷报频传，但还没有一览众山小，只能说我们跟济仁医院处于同一条起跑线上。这次,我们就该瞄准济仁医院,跟他们展开全方位的比拼,全面压倒他们,只有这样,我们才能脱颖而出。"

秦声话音刚落,张德民继续发挥:"这些天,我一直在思考我们医院的优劣势。目前我们拥有中国工程院院士一名,全省医学界唯一的一名,973首席科学家三名,肿瘤外科、肝胆外科是国家重点学科,去年争取的科研经费超过一亿元,远超济仁医院,SCI收录的论文数进入全国医疗机构前十强。还有,我们医院主办的《国际肿瘤学杂志》已被SCI收录,影响因子达到一点二。但我们也有劣势,国家千人计划入选者只是独苗,而济仁医院有两名;今年济仁医院的心血管内科、血液内科也被评上国家重点学科,在重点学科方面我们已没有优势。近年来,济仁医院获国家科学技术进步二等奖五项,我院只有四项,这次进步奖评选马上就要开始,我们必须再加把力,务必要在得奖项目总数上追上或超过济仁医院,我们得马上组团进京公关了。去年我们门诊人数超过济仁医院,但住院及手术人次不如济仁医院,我建议马上再开设床位,动员医生多收病人,争取在今年使这两项指标全面超越济仁医院。济仁医院的PET、回旋加速器的档次比我们高,今年我们应该添置更高档次的设备,我们的设备总值仅六亿元,而济仁医院已达近七亿元,明年我们必须要加大设备的投入喽。上述有些指标虽然在三特医院评审时不考核,可都代表医院的总体实力,代表医院的形象。专家一旦对我院留下好印象,在打分时就会体现出来。"

秦声及时呼应:"刚才德民全面分析了我院的情况,接下来我们就要切切实实开始行动了。不过,我们千万要注意三特医院的评审标准中的指标不只有医疗技术指标,还包括护理、医技、后勤以及医院整个管理层面。这次,我院只准成功,不准失败,一旦失败,那对我们医院而言是灾难性的,因此,大家一定要激发出集体的归属感、荣誉感、使命感,增强凝聚力,力争冲顶成功。"

李岳接过话题,表起态来:"我们行政、后勤这条线决不会给这次评审拖后腿,我们一定会全力配合一线,决不做缩头乌龟!"

梁英明说:"刚才德民说过,我院整个设备投入不如济仁医院,我们真的要迎头赶上了。实际上,评审就是烧钱,谁的钱烧得多,谁的分数就会高,我们中国式的评审注重形式有余,注重内涵不足。"

张德民笑着说："梁书记真是一针见血，我们想脱颖而出，也只有咬牙烧钱喽。"

李岳搭腔："我们行政、后勤这条线的压力虽没有一线那么大，可也不可小觑。要迎接这种特大型的评审，对我们医院而言史无前例，我们在环境改造方面肯定要投入大笔钱，千万别让检查专家认为我们太寒碜了。我们的外科大楼工程已完成一半，但财务报表显示我们现金流出现困难，下一步的智能化投入可能要捉襟见肘了。我们是不是向省财政化些缘呢？若再不有所行动，现金就要告罄，我这个账房先生快要变成衣衫褴褛的乞丐了。"

听了李岳的一席话，秦声皱了一下眉头，叹了口气，说："改天我去省府找省长化些缘吧。"

主管科教的副院长蔡世祥说："刚才秦院做出了全面的部署，德民、李院从具体的操作层面也做了强调，我院科研有些方面确实不如济仁医院，这次国家科技进步奖评选，我得亲自跑一趟，秦院要是抽得出时间去皇城根督阵更好。这些年来，我院科研开展得有声有色，现在最大的问题就是有些医生拿来课题后后续的研究抓得不紧，周期拖得太长，影响了科研成果的产出，还有我们科研经费投入比济仁医院多，而奖项却比不过他们，确实说明我们的科研经费没用在刀刃上，其他的开销太多，什么招待、会议的支出占的比例太高，如果不加强管理，科研经费使用的效率不会太高。"

张德民随声附和："老蔡分析得很有道理，我也认为我们在科研经费的支出方面把关不严，随意性太大。有些课题经费太多，用不完，就拼命巧立名目，突击消费，甚至连娱乐的费用都给报销了。在一些科研设备的采购方面也不太严格，动辄几十万花出去，而购回来的却是一堆废铜烂铁，太不珍惜辛辛苦苦争取来的血汗钱了。"

秦声清了一下嗓子，说："你俩的分析一针见血，我们以后一定要严格规范科研经费的使用，要真正将来之不易的经费用在刀刃上。老蔡牵头拟出一个细则出来。"

蔡世祥爽快地答应："好。只有规范科研经费的使用，才能使我们的科研产生更大的效益。"

秦声说："李院，整个医院也要美化一下，你后勤线得马上行动起来，一定要使我们医院旧貌换新颜。评审既令人激动，又令人揪心。我们这次可一定得交出一份满意的答卷!"

"我们一定会将整个医院打扮成一个临上轿的大姑娘,漂漂亮亮的!"李岳挺起胸膛,接过令箭。

梁英明发着牢骚:"医院都这么忙,可隔三岔五得来一次评审、检查,而这些评审、检查过于注重形式,使我们疲于奔命。这种中国式的评审几时会走到尽头呢?"

秦声意味深长地瞟了梁英明一眼,似乎向他暗示他说的这席话不合时宜。私底下发发牢骚还可以,在这种正式的场合发飙显得有失身份。梁英明虽是书记,可平时口无遮拦惯了。他瞥见了秦声的眼神,摇摇头,表示歉意。

"近日内我们得召开一次创建三特医院动员大会,将大家的劲儿鼓起来。各条职能线要制订出详细的计划。"秦声开始动员了。

张德民随声附和:"老秦,不少科室有很多资料不是很齐全,我们得发动科室加班加点,争取将资料做得漂亮些。济仁医院决不会甘为人下,作为哀兵,他们会爆发出惊人的能量,跟我们血拼,我们千万不能沾沾自喜、掉以轻心,一定要借着评审这股东风,大打一场翻身仗。"

秦声接腔:"德民说得对,我们一定要营造好氛围,要对每一个环节精雕细琢,千万不要阴沟里翻船。这次三特创建办设立规格要比以前的三甲创建办高些,我提议是否请德民担任创建办主任?"

在场的班子成员点头表示同意。

"我们虽经过三甲医院评审的洗礼,可大家别认为三特医院评审大同小异,驾轻就熟,三特医院远比三甲医院的创建难得多,压力也大得多。大家一定要竭尽全力!"秦声不忘提醒。

　

三特评审动员大会召开后,岳波马上召集全科人员进行科内动员,并布置任务。他动情地说:"三特评审是我们医院院史上的一件大事,我们一定要全力以赴。更何况秦院、张院都出自我们科室,我们一定得给他们争光,当然,如能评上三特医院,感到最荣耀的就是我们这些职工,什么集体归属感、荣誉感、使命感就在这次评审中必须要高度体现出来,养兵千日,用兵一时,我们甩开膀子好好干吧。大家别忘了,我们科是国家重点学科,全院三千多双眼睛齐刷刷地紧盯着我们，我们得站直了，别趴下！"

副主任李建进立马表态："是啊，对我们来说，这是千载难逢的好机会，我们一定得好好珍惜、把握住这个机会。"

"大家除了上班时做好分内事之外，下班时也要多撰写论文，特别要多发表SCI收录的文章。以前，我们虽在论文发表方面做得不错，但这只代表过去，我们不能躺在功劳簿上吃老本。"岳波继续发挥。今晚，他说得比平时果断、严厉多了。

"这次我们护理线决不能拖后腿，我们一定会去狠抓护理质量，特别是实施好护理示范工程。"张敏护士长声援。

岳波郑重地说："反正大家经历过三甲医院评审，心里都很有底，不过，三特医院的评审要求更高，压力更大，指标也更难达到。秦院说过：为了更好地跟三特医院评审呼应，以后高级职称的聘任除了考虑技术水平之外，更要跟发表的SCI收录的论文数挂钩。"

岳波的话如同一枚炸弹在他们中间炸开了，副主任林建民首先诉苦："岳主任，这规定过于严苛了。如果人人都去拼命写论文，不去提高业务技术，那不是本末倒置了？大家可能认为我发表的SCI收录的文章不多，替自己说话，实则不然，因为我已被评为主任医师了，我是替那些要晋升主任医师的医生们说话，如果一味考虑论文，那谁去提高技术？！医生首先要提高的是技术水平，其次才考虑去提高科研水平。我们医院就有几个有名的论文匠，一年发表的论文多得如在流水线作业弄出来的，可技术呢，实在不敢恭维。"

岳波瞟了他一眼，反驳道："老林，现在不是考虑医院大政方针的时候，现在我们要做的就是如何更好地执行院领导的决策。"

"好吧，我持保留意见。"林建民妥协了。

"科研与临床如同一个人的两条腿，相辅相成，缺一不可，要是一个医生有很强的科研功底，完全可以指导临床实践更好地发展。当然，我也不赞同成天去搞科研而荒废了临床。"

林建民低下头，缄默不语。

岳波两眼放光，继续口吐莲花："我们肿瘤外科是国家重点学科，全国肿瘤学界的佼佼者，必须要对自己提出更高的要求，勇于进取，向世界知名学科迈进,我们要有决心使我们科成为世界肿瘤学界的圣地。"他一说完,内心的激情之火在熊熊燃烧。出席会议的医护人员全都露出会心的微笑。他们的学科差不多已处于我国肿瘤学界的巅峰,接下来,就是如何长途跋涉,向国际肿瘤学界的奥林匹亚山迈进。也许这个过程需要几十年,甚至上百年,他们有这个雄心。

林建民似乎被岳波的话感染了,发自内心地说:"这蓝图太诱人了。"

"我差点忘了正事了。刚才说到论文,接下来,我要强调一下技术指标。我们科室经过这些年的发展,技术实力已十分雄厚,凡是三特评审强调的技术指标我们大抵都达到了,但我们平时的资料收集、整理问题很大,很不规范,我们必须查漏补缺,尽量将资料做到完美、富有内涵、格式严谨,按JCI(国际医疗卫生机构认证联合委员会)的标准要求自己,决不能敷衍了事。这方面的具体工作就由建进主任牵头解决。"说完,岳波瞟了他一眼,他默默点头,用表情领下了"军令状"。

经过半个小时的布置,动员会就结束了。散会后,岳波拉住李建进的手,说:"论文发表我们一定得抓紧,尽量利用有限的时间拿出几篇高等级的、能被SCI收录的文章。我思忖过,虽然我们也拥有一本SCI收录的杂志,但将这些文章全发到自家的杂志上,会遭到别人尤其是济仁医院的抨击,为了避嫌,我们只好另辟蹊径喽。"

李建进哭丧着脸,说:"SCI文章并不是想发表就发表得了的,关键要看文章的质量,现在时间这么紧,怎么能赶得出这样高质量的文章出来?粗制滥造肯定发表不了。"

"我没有要求大家都去粗制滥造,文章的质量还是要讲究的,当然,考虑到要赶时间,文章的质量势必比平时会低些。"

李建进嘟囔着说:"质量一低,要发表就比较难了。"

"某某医院主办一本被SCI收录的杂志,我和那杂志的主编打声招呼,要求他将我们的文章发表到他那杂志上去,投桃报李,我们也鼓励他们向我们的杂志投稿,尽量给他们发表,这不是两全其美吗?"

李建进频频点头。

离开后,李建进心里直嘀咕:"岳波,你别仗着自己是两位院长面前的红人,就拼命打压我!什么脏的、累的活都分派给我,好像我是个苦力似的!"他对岳波的不满不是一时三刻冒出的,几年前就想"揭竿起义"了。"哼,科研经费全向他自己倾斜,留给我的只是杯水车薪;重大项目变着法儿阻挠我申报,好处他全捞光,揩屁股的事却要我顶缸,他溜得比兔子还快,我真是受够了。要是工作环境再不改善的话,我就一走了之,此地不留人,自有留人处!难道我非得在一株树上吊死不成?!"平心而论,他不得不承认岳波还算得上是个好主任。岳波除了对他处处压制之外,对科室其他医生倒是蛮开明的,估计是他跟岳波资历差不多,岳波怕被他超越才处处使绊子的。

第十四章　特立独行

建进走后,岳波留在主任办公室整理资料。他敬业、严谨,临床、科研一肩挑,哪头都没落下。不一会儿,他听到敲门声,转身打开门,只见应洞宾一脸凝重地站在门外,忙招呼后者进来。应洞宾走进办公室,干站着。这后生分进科室后,岳波就认定他是肿瘤外科的后起之秀,对他关爱有加,尽力栽培他。

看到洞宾鼓着腮,岳波小心地问:"谁欺负你啦?"

应洞宾抬起头,凝视着他,非常严肃地说:"我想离开林建民主任那组,不想跟他了。"

"你俩吵架了?"

"架倒没吵,我觉得向他取不到多少真经。"

"你师傅好歹是个主任,你怎么取不到真经呢?年轻人不能好高骛远啊。"

"主任,我不是好高骛远,你没发现他不是个合格的师傅?"

洞宾将了主任一军,岳波一下子陷入尴尬之中,一时不知该如何开导他。

洞宾瞥了主任一眼，说："按理说，他是我师傅，我应该为尊者讳，不该指责他，可我憋了很久了。"

"那你说说为啥要离开他，你总该给我一个正当的理由吧？"

"理由现成摆在那儿。我觉得他是个安于现状的人，没有多少开拓精神，成天吃老本。"

岳波凛然一惊，不得不承认他说的有几分道理。

没等主任表态，应洞宾继续自说自话："这阵子他没传我多少真经，却将江湖油子那套习性全灌输给了我。"

"什么东西呢？"

"我治病喜欢按照教科书上所说的去做，可他偏不，常常逼我用一些稀奇古怪的药，后来我才知道这些药都是有药扣的。还有，他做手术时随意性很大，不够严谨。"

岳波不得不承认这位后生对他师傅的评价一针见血，可觉得自己不能怂恿他造师傅的反，还是安抚为上："你可能没发现你师傅身上也有很多优点。"

"主任，我今晚鼓着勇气才跟你说的，希望你理解我这个小辈。我想拜你为师！"

岳波进退两难，沉吟半晌，说："谢谢你对我的信任，可你这样做会将我置于火山口，我总不能横刀夺爱吧？"

"你没有从林主任手中夺走我，而是我自愿拜你为师的。"

"你是个聪明人，应该晓得这样做的危害，我不支持你的做法。当然，我可以找老林沟通一下。"

"主任，你找他沟通，他要是晓得我在你面前告黑状，非给我穿小鞋不可。"

"我会掌握分寸的。林主任毕竟是我科的资深医师，医术上乘，你别戴着有色眼镜看他。"

"我看到他的优点，可是我无法容忍他的缺点。我觉得他缺乏的就是规范。医学是门很严谨的学问，尤其他的用药我不敢苟同，什么药返扣多就用什么药，这不是违背医学本质吗？"

"你可能刚到我们医院，不知道这毛病不是某个医生身上才有。"

"如果全按药扣多少选药,那这么多的指南有什么用?"

"药扣就是癌!"

"既然药扣是癌,那我们就切除它啊。"

"可我们无能为力。国外医药已分家了,而我们却还在以药养医,政府拿不出这么多的钱来补贴,就只好睁一只眼闭一只眼喽。"

"这我就不懂了,针对民生问题,却拿不出这笔钱,可政府部门那些公仆们每天在大吃大喝,如果从他们的牙缝里抠点肉屑,早够医院发展了吧?!"

"我也这么认为。我国每年对卫生的投入已令我们在全世界人民面前无地自容了。医生的收入不高,药扣就成了贴补了。这是个怪圈啊。"

应洞宾忧心忡忡地说:"如果这些问题不解决,我们的医院就成不了一片净土。癌瘤真是无处不在啊。"

岳波凝视着他,说:"洞宾,近日我得跟你师傅沟通一次,如果真的不行,我决定带你,哪怕给你师傅造成伤害也在所不辞。"

"主任,并不是我多高尚,我只是觉得既然我们读过书,就要按书本所说的去做。"

"我理解你的意思。你虽然来我们科的时间不长,可我已考察你一阵子了,准备不日提拔你担任我们科的住院总医师。"

"谢谢主任的信任,我会尽力去干的。"

"你虽没跟我同台做过手术,可我冷眼观察过你,你已具备一个外科好医生必备的素质,前途无量啊。秦院、张院都很欣赏你,他俩都是医界的泰斗。"

"这两位前辈都是我学习的楷模。"

岳波由衷地说:"他俩也是我学习的楷模。"

应洞宾没想到主任在他面前如此谦虚,一时不知道如何说好。想了一会儿,他才说:"主任,你仨就是我们科的三驾马车,全科上下都对你尊敬有加呢。"

岳波下意识地说:"我还没到这地步,不佩服我的人还是有那么一两个的。"在应洞宾面前,岳波敞开心扉,将眼前这个小伙子当作自己的忘年交了。应洞宾敢爱敢恨,对自己瞧不上的人他会将鄙夷写在脸上,而对自己认可的人,他会佩服得五体投地。在他看来,他的师傅林建民属于前者,而岳波则属于后者。

第十五章　铭心刻骨

上午,菲菲给一位叫李不凡的病人输液,在扎针时,那病人痛得龇牙咧嘴,顺手扇了她一耳光。

菲菲突遭打击,呆了一下,指责道:"你怎么打人?!"

李不凡非但不认错,反而恶声恶气地说:"打你怎么啦?谁叫你的手艺这么差劲,一个小护士,有什么资格向我吼叫!"

她委屈地流出了眼泪。

李不凡欲伸手再揍她,刚路过病房门口的朱和平眼尖看到了,一个箭步冲上前,挡开了他的手,质问道:"你为啥打她?"

李不凡气呼呼地答:"她扎痛我了,扎针水平不咋的。"

朱和平板起脸说:"谁说扎针不痛的?你怕痛别来住院了!我们又没强迫你来!素质真低。"

李不凡气歪了脸,菲菲以为他要发作,忙一把拽开朱和平。

李不凡扬了扬眉,无奈地说:"朱医生,你蹚什么浑水呢?"

朱和平怒气冲天:"我阻止你撒泼算什么蹚浑水?你要撒泼到大街去,我们这里是治病救人的医院!"

李不凡向他求饶:“朱医生,我服你了,你走吧。”

“你得向小郁道歉!”朱和平偏哪壶不开提哪壶。

“朱医生,你别敬酒不吃吃罚酒。”

“你想动粗?”

菲菲忙打起圆场:“和平,我们犯不着跟他一般见识。”

“我偏要修理一下这号人。”朱和平怒气难消,犟劲上来了。

此时,李不凡的妻子进来了,一看这架势,早唬得目瞪口呆。等她了解全过程后,马上赔着笑脸说:“朱医生,我这老头被病缠得脾气都变了,我们全家都治不了他,你就放他一马吧,我向你俩赔礼道歉。”

朱和平气哼哼地瞪了李不凡一眼,说:“我们医务人员可不是受气包,好欺负的。这次看在你老太的面上不跟你计较了。”

李不凡两眼望着天花板,泄气地说:“朱医生,我算服你了。无非打了那小护士一巴掌,你逞什么能呢?她是你的相好,是不是?”

“不管她是谁,你都无权掴她。”

李不凡的老太赔着笑脸将他俩送出病房。

在走廊上,菲菲充满感激地说:“和平,谢谢你给我出了口恶气。”

朱和平淡淡地答:“别谢,我只是路见不平。”

菲菲走进护理站,倚在椅背,生着闷气:“在病人的眼里,护士跟医生有着天壤之别,难怪人们贬称我们为小护士。忍吧,谁叫你选择护士的行业。”她想到这些天自己跟应洞宾之间磕磕碰碰,悲从中来,眼泪如同断了线的珠子似的,夺眶而出。她不免嫌弃自己的职业了,洞宾虽跟自己拍拖,可骨子里却瞧不起她;更气人的是他见异思迁,恋上了那个骚戏子,竟瞒着她去幽会那狐狸精,说不定他俩已有一腿了。她伤了和平的心,可他却仗义帮她,她觉得自己最对不起的就是他。她为了应洞宾竟无视他,真是瞎了眼了,现在落得鸡飞蛋打,只好偷偷抹眼泪,自食其果了。这几个月,应、朱二人为了自己暗中较劲,双方谁都想压对方一头,应洞宾终占得上风。上至院长,下至本科员工,大都对应洞宾青眼有加,朱和平虽是住院总医师,却渐渐被边缘化了;而应洞宾呢,在他的面前昂着头,比雄鸡还高傲,他连想死的心都有了。他曾有过撂挑子的想法,可总觉得这样做太过意气用事,只好隐忍不发。应洞宾有灵气,手感好,虽入行不长,可做起手术来轻盈得如同钢琴家在弹奏。应洞宾这菜鸟竟成为众星捧月的主儿,他那个气愤啊,如同被人挖了祖坟似的,他似乎透视到了自己那被人压制、郁郁不得志的悲剧人生了。跟应洞宾争女朋友以失败告终,似乎昭示他将来注定被应洞宾全面压制,无法出人头地,这对心高气傲的他来说无疑是当头棒喝。他受不了应洞宾那咄咄逼人的进攻,心理防线已被冲得稀里哗啦。他曾想离开肿瘤科漂到其他的科室发展,可想到如此临阵脱逃会遭到别人的鄙视,只好硬着头皮继续在肿瘤科雌伏。应洞宾现在业务开展得风生水起,最近怀里还搂着他的梦中情人,他真是羡慕嫉妒恨啊!听说,院领导有意推荐应洞宾参加省"十大杰出青年"评选,这家伙已驶入人生的快车道了。

下班时,菲菲破天荒主动约应洞宾下馆子,他喜出望外,以为她回心转意,要向他投怀送抱了。他俩踩着点一起下班,彼此心照不宣地来到原来那个小饭馆。他卖力地点了几个她喜欢的小菜,抬头打量着她,只见她表情十分平和,眉头舒展,那片诱人的上唇微微上翘着。他扬了扬眉,问:"要不晚上喝点红酒?"

她粲然一笑,点了点头。服务员端来了一瓶红酒,随后打开,给他俩各斟了半杯。不一会儿,热菜上来了。他轻快地晃着酒杯,情意绵绵地盯着她看。她被他瞧得不好意思,羞涩地低下了头。

他俩碰杯,一饮而尽。

不一会儿,只见她两颊绯红,灿若桃花。他情不自禁地赞叹道:"菲菲,你真美,美得使我馋涎欲滴。"

"我已不胜酒力,再不能喝了。"她求饶道。

"菲菲,让美酒将我们心里的不快全溶化吧。"

她微微颤抖了一下,抬起头,目不转睛地盯着他。

他夹了一把可口的菜放在她面前的碗里。他们一边吃着,一边聊着张家长、李家短,气氛十分融洽,菲菲全没了平时的矜持拘谨,表现得落落大方,清新脱俗。

饭后,她提议道:"到你的寝室坐一下吧。"

他马上答应:"好啊。我那室友今晚凑巧没在,我们好好聊聊。"

他俩来到了他的宿舍,她幽幽地叹了口气,心想:"我有几周没来这里了,这个避风港已显得有点陌生。"她走近他的床前,坐了下来。他瞟了她一眼,坐在她的旁边,紧挨着她。

她不紧不慢地说:"你是个出色的小伙子,众星捧月的感觉特棒吧?"

他咧嘴一笑,调侃道:"你不会在取笑我吧?"

说完,他伸出手轻轻地挽着她的小蛮腰,她微微倚在他的肩膀上。他就像得了鼓励似的,趁机点吻了她,她没有抗拒。

他咬耳低语:"菲菲,你使我产生了非分之想。"

她回眸一笑。

他转身趁机紧搂着她,激吻起来,她迎合着他,他心旌荡漾,一下子将她压倒在床上,双手抚摩着她那红扑扑的脸颊。她两眼迷离,似乎非常享受他的爱抚。他的双手顺着她的颈部往下滑,滑到了使他心悸不已的乳峰,她的全身扭曲得像麻花。他解开她的衣扣,她下意识地用手遮掩着自己的酥胸。他忘情地激吻着她那乳峰,她发出阵阵欢快的娇哼低吟。他的全身震颤着,阵阵心醉神迷的感觉在他的四肢百骸流转、震荡。

等到他俩平静下来后,她不敢正眼看他。刚才那令她耳热面赤的一幕已成为她不能承受之重。

他春心荡漾,情不自禁地说:"菲菲,你真是个可心的妙人儿。"

她嘟着嘴,表情异样地说:"这是最后一次了。我要使你对我留下刻骨铭心的印象,哪怕在你生命的最后一刻,你还忘不了我。"

他充满疑惑地问:"怎么是最后一次呢? 我们的好日子不是刚刚开始吗?"

菲菲闭上眼睛,轻轻地摇了摇头。

洞宾百思不得其解,觉得眼下太诡异、蹊跷了,忙将手搭在她的肩上,焦急地问:"到底是怎么回事呢?"

"宾哥,实话告诉你,我已通过了Y国的语言及护理知识测试,准备到那里工作啦。"

"你要出国了?"

"嗯。"

他听了后,如五雷轰顶,气急败坏:"菲菲,你怎么不告我一声? 你疯啦? 你舍得离乡背井?"

"我已经深思熟虑过了,摆在我面前只有华山一条路,我别无选择。"

"你这么狠心,就想逃离我? 菲菲,在那个人地生疏的地方,你举目无亲,孤苦无依。"

"我相信自己受得了。我了解过了,在Y国,护士非常受尊重,收入也不低,不像在我们这里,护士比路边的野草还低贱。我跟两个姐妹相约一道去,她们全都通过了。到那里后,我们不就成了一家人了?!"

"我们国家对护士会重视起来的。"

"也许吧。不过,照目前的情形,我这辈子很难享受到阳光雨露,只好远走天涯了。"

"我不相信你的解释,这不是你真心话,你就想逃避我,离我远远的。"

"我不想得过且过。你有所不知,我们累得腰酸背痛,为病人无怨无悔地付出,可收获的却是白眼、冷脸,这日子怎么过呢? 在一个得不到尊重的环境里工作,那滋味比死还难受。你是医生,可能不大明白我们心里的悲苦。"

"可这至多只算一部分原因。如果你找到了爱,你愿意狠心将这纯真的爱扼杀于摇篮之中吗?"

"我曾恼过你,可现在已经烟消云散了。爱是种复杂的情感,而现实更是充满变数,心中有爱,可有时在现实中长不出翠绿的叶子。我不否认爱你,可我们的爱情之树不幸生长在沙漠中,注定结不出硕果的。"

"看来你恨我恨到骨子里了。我知道我有劣根性,做事太自我,全然不顾别人的感受,可我以后一定会痛改前非的。菲菲,请你相信我,我真的离不开你。"他信誓旦旦地向她表白起来,那一刻,他根本不像个大医生,倒像个小可怜。对他来说,能做到如此,近乎卑躬屈节了。

"人身上有些东西可以改,有些东西一辈子都改不了。"

"你瞧不起我?"

"没有。"

刚才如此颠鸾倒凤的一对,现在却要劳燕分飞了,他做梦都想不到。他原以为她只不过生着一张漂亮的脸蛋,内心肯定非常浅薄,可当他摘下有色眼镜后,才恍然发现她是个非常有内涵的知性女人。

"你不爱我啦?"

"以后你一定会遇到比我优秀百倍的姑娘的。"

他猛然紧抱着她,在她的脸上狂吻不止。她任他喷涌灼热的情感岩浆,如同一个局外人带着好奇心冷眼旁观眼前的火山爆发。情感的暴风骤雨过后，他凝视着她，带着颤音说："菲菲，不管以前我曾怎样伤害过你，希望你不要放在心上！以后，我会好好珍惜你！你曾批评过我对美好的东西不知珍惜，我知道自己错了，恳求你留下来，我会毫不留情地挖掉身上那些可憎的劣根的！"

她的脸上又出现了那种使他心里发毛的淡定，此刻，他明白，要她回心转意已是徒劳了。他这才领教了她的倔强，那种倔强，远不是咬定青山不放松所能比拟得了的。

他泄气地说："菲菲，你对我的成见比海深。"

"我对你没多大的成见，我不会隐瞒自己对你的喜欢。虽然你很优秀，可恰恰是因为你太优秀了使我觉得你高不可攀。我是痛下决心跟你分手的。另外，我对自己周围的环境也不是很满意，我不是一个很安分的人，我想挣扎一番，改变自己的命运。当初我俩压根儿就不该发展关系，我大错特错，现在我狠心跟你分开只不过是悬崖勒马。这些天你可能会有些失落，可用不了多久，你会找到意中人的。追求你的人，趋之若鹜，你千万可别让乱花迷了你的眼。"

他不由得张开双手，再一次紧抱着她。此刻，他才明白，他的怀里紧抱着的是个人精，是个将离他而去的人精，是个他无福结缘的人精。他撕心裂肺地喊出一句："我在暴殄天物啊！"

听到他的哀叹，她突然动了恻隐之心，想跟他再牵手下去，可最后，她还是咬紧牙关，硬生生地掐灭那点时隐时现的火苗。她太理智了，理智得有点让人觉得她非常冷酷无情。可她明白，自己必须为自己的将来着想，今天的动摇只能换来将来的不幸，她不能再铸成大错了。这些天，她对应洞宾有了清晰的认识，清晰到就好像她知道人如果没有呼吸就不能生存一样。在她看来，她和他的分手就是宿命。她像一个先知那样看清了自己今后的命运。她五味杂陈地瞟了他一眼，淡淡地说："你要好好照顾自己。"

"你孤身一人在外，更要照顾好自己！"

"我会的。生活嘛，意味着只要有一口气就要生生地活着。"说完，她泪流满面，用苦涩的眼泪送别了这段只开花，不结果的情史。

风吹来了，带来了一丝凉意。

第十六章　一山两虎

　　下午临下班时，朱和平来到岳波的主任办公室，表情凝重，欲言又止。岳波关切地问："和平，有事吗？"岳波平时对年轻医生非常和蔼，不端大主任的臭架子，年轻人十分喜欢找他反映情况，坦露心迹。

　　朱和平胆怯地说："主任，我想调离科室。"

　　岳波心里"咯噔"一下，直嘀咕是否有人将要任命应洞宾为住院总医师这件事捅出去了。现在，住院总医师是朱和平，要任命应洞宾，自然要免掉朱和平的职务。如果这信息真的捅出去了，那最大的嫌疑人就是应洞宾，因为除了自己，就只有他知道这事儿。莫非这小子真的有点飘飘然，口无遮拦了？

　　岳波抬头望着朱和平，探询地问："你不喜欢我们科室？"

　　"我喜欢我们科室，更喜欢在你手下工作，可是，可是——"

　　"你有什么难言之隐？是不是听到什么谣言了？"

　　"难言之隐倒是有，可没有听到什么谣言。"

　　"什么难言之隐呢？"

　　"我觉得自己再在科室里待下去，前景黯淡。"

　　"和平啊，和平，有多少年轻人挤破头都想挤进我们科室，你、洞宾莫不如此！难道你忘了当初自己是怎么向我表露心迹的？我出于爱才才收下你的！"

"岳主任,谢谢你。"

"你就痛快倒出自己的苦水吧,别弄得我一头雾水。"

朱和平深深地舒了一口气,郑重地说:"我不想跟应洞宾共事!"

"他碍你什么啦？他不是院长,也不是主任,出道比你还晚,你怎么怵他呢？"

"他是个蛮横、霸道的人。我承认,他天赋比我高,虽然我比他先进科室,可不管将来我多么努力,用不了多久,他就会超越我的。一旦他超越我,他就会压制我,我永无出头之日,一山不容两虎嘛!"

"哪里来的歪理？"

"岳主任,我看透了他,他就是这么个人。"

岳波低下头,沉吟不语,想不到朱和平会跟他说出这么一番话来。他抬起头,瞥了和平一眼,安慰道:"你多虑了,不管以后洞宾怎么样,你该怎么发展就怎么发展,你俩井水不犯河水。"

朱和平扬扬眉,轴劲上来了,固执地说:"这不现实。我只要还有出头之日,哪怕做应洞宾的垫脚石也心甘情愿,可凭应洞宾的禀性,他绝不可能任我出人头地的。"

"别忘了现在我是主任,应洞宾还是菜鸟一只。"

"岳主任,这事儿我见得多了。用不了多久,应洞宾就会扶摇直上,秦院喜欢他,张院也青睐他,你更是视他为掌上明珠,他的一生遇到这么多的贵人,他不想成功都难!"

"你也不弱啊。"

"正因为我不弱,应洞宾更会出狠招打压我! 在我们的周围,这种情形无处不在! 岳主任,我也想发展,正因为我有这个志向,我才决定离开自己心爱的科室!"

朱和平的一席话令岳波感到震惊,他陷入沉思之中。想起自己跟李建进之间剑拔弩张的关系,他不禁赧起来,不得不承认眼前这位小年轻窥见了人性的恶。

"岳主任,我是经过深思熟虑才做出这个痛苦的决定的,请你高抬贵手吧。"朱和平加重了语气。

"就算我同意,秦、张两位院长也不会同意的。一旦你离开我们的科室,就会在全院掀起轩然大波的!"

"我想好了,我会淡化这个理由,就说自己的条件不适合搞肿瘤。岳主任,我知道你会认为我的要求不可理喻,可我的面前就只有华山一条路了。"

"你还是回去好好再考虑一番。况且,我们科是国家重点学科,如果科内一个医生撂挑子不干了,我这张脸往哪儿搁?哎,我真看不懂你们这些年轻人,动不动就意气用事,全然不顾大局。难道我跟你们之间真的出现代沟了?"

"主任,我不是个特立独行的家伙,更不是个莫名其妙的怪人,只是我将这一切看透了。"

"现实中肯定有许多不尽如人意之处,别将现实当作桃花源!"

"主任,我没生活在童话里。"

岳波若有所思地说:"听说过你俩都追求过菲菲,可搞不懂你俩关系竟这么僵。现在,菲菲走了,你俩总该相视一笑泯恩仇了吧?"

"他横刀夺爱我也忍了,可后来他却猪八戒倒打一耙,四处诋毁我,是可忍,孰不可忍!应洞宾这家伙自恋、自私,信奉人不为己,天诛地灭。"

"你有点门缝里看人吧?"

"我看透了他内心深处最阴暗的本我。我已认定自己无法跟他融洽相处,他就是我一生的死敌!"

"凭你这句话,我认为你身上的问题不比洞宾少!和平,还是将这件事冷处理,别将心思花在内耗上,好好工作才是正道。我会找洞宾沟通的,我相信他是个理智的小伙子。我跟你再说一句,一个人不是孤立的个体,而是一个社会的人。"

朱和平欲言又止,摇摇头,沮丧地走了。

岳波独自坐着,脑子里乱糟糟的。他扪心自问道:"和平、洞宾天赋都很出众,本应成为科室未来的双子星,可现在,竟莫名其妙地内耗起来了,这些年轻人到底怎么啦?看来,我对他们太缺乏了解了,翻着老皇历办事怎么不会将事情办砸了?!洞宾要休师,和平要转科,他俩尽给我添乱,得好好想法子使他俩化干戈为玉帛了。这两个家伙用得好,将会是我们科室的福气。

千万不能用高压手段逼他们就范,必须动之以情,晓之以理。嘻,我现在大道理讲得一套一套的,自己怎么样呢?我与李建进好到哪里去?难道我真的与他水火不容?我在工作中对他压制吗?有没给他搭一座平台,供他施展才华?怕不怕他超越自己?嘻,上梁不正下梁歪,看来,我给全科带了个坏头。"

岳波想探探应洞宾到底跟朱和平之间有什么疙瘩存在,就约他谈话。应洞宾来到岳波的办公室,岳波忙招呼他坐下,说:"下午跟你谈谈心。"

洞宾将心提到了嗓子眼,凭直觉,他觉得岳主任肯定有什么重要的话要跟他说,他的直觉一向蛮准的。不过,他不想贸然开口,假装笃悠悠地等着主任开口。岳波没窥出晚辈的心思,不想单刀直入,想从外围开始试探一下他的火力:"洞宾,跟同事相处融洽吗?"

"不错啊。"

说实话,应洞宾在岳波心目中的形象非常正面,是只潜力股,值得好好培养。岳波觉得两人再打太极,纯粹浪费时间,于是就开门见山:"你觉得朱和平怎么样?"

"他不错,工作比较刻苦,认真负责,值得我学习。"

"你俩相处得怎么样?"

洞宾沉吟半晌,不敢正面回答,可觉得一味回避也不是办法,只好不情愿地答:"我俩关系一般,谈不上至交,知心话儿不多,可能性格不同吧。"他只好实话实说,不想糊弄主任。

"你俩都是青年才俊、栋梁之材——"岳波不想再说下去,觉得说这话显得有点别扭,怕洞宾窃笑,因为他自己做得远谈不上完美无缺。近日风闻李建进想辞职,不少人认为李的辞职就是他逼的,虽然他不承认,但并不是一点关系都没有。他在晚辈面前实在唱不出高调。不过,他确实想弄清他俩到底还有没有其他深层的原因:"洞宾,你要允许别人有不同看法,君子和而不同,要学会求同存异。"

洞宾陷入深思之中,思索着自己跟朱和平不能相容的最深层原因。朱和平悟性高,有灵气,也许朱和平的这些特质吓着他了。

"我一直在思考自己为啥跟朱和平无法相容,原因确实很复杂,真是一言难尽。"

"你俩都是我们科室的未来,要是你俩精诚团结,我们科室的未来就会是一片艳阳天喽。"

洞宾点点头。

李建进走进了院长办公室,秦声忙招呼他坐下。他黑着脸,坐在秦声对面的那把黑色皮椅上。秦声发现他表情异常,故作轻松地问:"你碰到难题了?"

"秦院,我待不下去了。我的苦水比海水多。"

"怎么啦?"他有时对这个下属很器重,有时又会选择性忽略。

李建进舔了一下嘴唇,深深地吸了一口气,说:"我想调动。如果调动行不通,那我就辞职。"

秦声愕然,半晌合不拢嘴,明知故问:"到底怎么啦? 碰到了什么绕不过的坎了?"他已风闻李建进为何要走,但当这一幕真的出现时,他怎么也转不过弯来。

李建进重复了一句:"我没法再待下去了。"

"这么严重?"

"我与岳波已势不两立,有我没他,有他没我。我在技术上不输他,可他总想压我一头,怕我超过他。秦院,对这点,你心知肚明! 你评评理,到底是谁的错?!"

"建进,别急,让我出面给你俩调解一下。"

"秦院,你没少调解,可效果怎么样? 只要你调解一次,他就变本加厉地打压我。我求求你别做无用功了。"

秦声面露愠色:"你们俩怎么就不能男子汉一些? 同行如此相轻,真令人汗颜。"

李建进大胆反驳:"我很男人,一次次忍气吞声、委曲求全,可他却将我当病猫,我越退让,他越咄咄逼人,这不,我都快钻进死胡同了。"

"你向我下最后通牒了?"

"我真是受够了,此地不留人,自有留人处。大不了最坏的结果就是辞职。秦院,对不起了。"说完,他站了起来,想拂袖而去。

"好吧,你有种,就这样背叛我们! 我看出来了,不是因岳波打压你你才想一走了之,而是你已攀上高枝了。既然你身在曹营心在汉,我就不挡你的道了!"秦声气不打一处来。

李建进没想到院长反应这么激烈，一下子呆了。

"建进，你在我们医院都上了二十多年的班，难道就没有一丝感情？"秦声发现自己言重了，马上缓和一下口气。

李建进干咳一下，嘟囔着说："怎么没感情？可是在这样的环境再工作下去，我就要疯了！"

秦声轻轻地叹了口气，说："你回去再掂量掂量，世上可没有后悔药。"

李建进冲院长讪笑，落寞地走了出去。

秦声马上拨通了岳波的电话，要他赶快过来，他火急火燎地一溜小跑过来。他一进来，秦声劈头盖脸数落道："你干的好事！"

"怎么啦？"岳波丈二和尚摸不着头脑。

"建进提出要调动了。他一走了之，人家肯定会骂你容不下他。"

"他决意要走，谁都拴不住他的心。"岳波意识到问题的严重性，态度强硬起来。

"你真的容不下他？"

"秦院，我承认跟他相处不融洽，可他一走了之，并不全是我的错。前些天我就想瞅空向你汇报，因太忙一下子忘了。"

"汇报什么？"

"他这次铁定会离开，这不关我的事。"

"他找到下家了？"

"我打听到了，这几个月来济仁医院一直在利诱他，据说许诺过只要他愿意去那儿，一定委任他当科主任，并重奖他，他乐疯了，像中了彩似的。"

"真有这回事？济仁医院如此挖墙脚，太不厚道了。"

"你不是一直在说，目前的竞争就是人才的竞争吗？济仁医院的甘院长不是呆子，自然明白这个地球人全都明白的理儿。"

"这消息确切吗？"

"不会有错。是李建进透露给建民，建民告诉我的。"

"我倒要向甘院长兴师问罪了。"

"秦院，你怎么好责问他呢？普天之下，挖人天经地义啊。"

秦声想想也是，于是打消了念头，可不责问又咽不下这口气，气得站也不是，坐也不是。

"让他滚吧!"

"看得出来,你巴不得他走,你真的视他为眼中钉了。"

"不是我想将他扫地出门,而是他抛弃了我们。"岳波转而一想,觉得用"抛弃"这字眼不太准确,于是忙改口,"他总认为自己怀才不遇,觉得谁都欠他,你有所不知,他还数落过你呢,说你一味偏袒我,将他当空气。天底下竟有这种忘恩负义的小人!"

秦声默然。这话确实击中了他的要害,他暗忖道:"何尝不是呢?这些年来,我一直将岳波捧在手里,漠视了李建进的存在。看来,他心灰意冷了。我该反思自身的问题了,我暴殄天物啊。"想到此,他自责道:"我确实犯了错误。我不该忽视他,我太偏袒你了。"

岳波原想点燃秦院长对李建进的怒火,不承想竟让火烧着了自己的眉毛,直怪自己刚才说漏了嘴,后悔不迭。他下意识地瞥了秦声一眼,忙开始扑火:"秦院,他这么说,是在往你的身上泼脏水。这家伙人品短斤少两,差劲极了。"

秦声一分为二地说:"他的人品不会有问题,只是你戴着有色眼镜看他。我倒认为他性格耿直!"

岳波无言以对。

"你总是对他抱有成见。就算济仁医院不挖角,他也会另攀高枝!你该反思自身存在的问题了,要站在对方角度多想想。你得赶快好好跟他沟通一回,修复一下关系,务必使他回心转意;当然,我到时请德民也出面挽留一下。"秦声索性说个痛快。

"要想挽留他,除非请他出马当科主任。秦院,如果对科室有利,我乐意让贤,不会挡他的道的。"岳波打开天窗说亮话。

"你向我示威?"

岳波不敢继续硬顶,说:"好,我屈尊跟他沟通一回吧。不过,效果如何,我不敢保证,我没这份自信。"

"你一定得真诚跟他沟通一回,别像完成任务似的,敷衍了事。"

"我准备去掏心掏肺。"说完,岳波站了起来。

"他走了,对我们的科室是个重大的损失。"

"我明白。"说完,他走了出去。

岳波走后，秦声开始反思自己身上存在的问题："建进就这样跟我们掰了，这说明我平时对他关心太不够。在岳波、建进俩起纷争时，我往往站在岳波一边。如此一边倒，肯定伤透了他的心，他不一走了之才怪呢！我就是这样关心人才的？嘻，怎么使他回心转意呢？平心而论，他取得的业绩一点都不比岳波逊色，只是岳波资格老点，捷足先登了。再加上自己平时跟岳波走得近，视岳波是自己的嫡系，而跟他总隔着那么一层，比较生分。唉，我只重亲疏，不重业绩，现在终于酿出大祸了。我这领导是怎么当的?!"

张德民跟李建进接触后效果不佳；而岳波更是铩羽而归。李建进准备一条道走到黑了。没办法，秦声只好硬着头皮再当一回说客，他晓之以理，动之以情，苦口婆心地劝说："建进，我承认，以前我确实对你关心不多，在这里，我先对你表示歉意。我不是个称职的领导。"为了能挽留住这位下属，秦声煞费苦心，不惜降低自己的身份，比刘备三顾茅庐还求贤若渴。

李建进咧嘴一笑："秦院，我不怪你。我并不全因为岳波给我穿小鞋才一走了之，主要是考虑济仁医院给我的待遇太优厚了，我无法拒绝，我不想再瞒你。你是位好领导，这些年我院在你的管理下蒸蒸日上，我实在舍不得离开这家医院，可是，我实话实说，在我们医院，我确实没有多大的舞台。我想验证一下自己到底有多大的能耐，是骡子是马，想出来遛遛。"

"外面的医院不一定像你想象的那么好。"秦声谆谆劝导。

"我真的舍不得离开，况且，我们科又是国家重点学科，牌子顶呱呱的。可是，我真的想到别处试试水。"

"如果你执意要走，我也拦不了你。如果你以后混不下去了，我们张开怀抱欢迎你回娘家。"如此情意、胸襟，看来刘备也要拜他为师了。

"说真心话，要是在济仁医院混不下去，我无脸再回来了。看来，这辈子跟杏泽医院的缘分尽了，跟你的缘分也尽了。"

秦声叹息了一下，不知道说什么好。

李建进闭上眼睛，轻轻地摇了摇头。一切尽在不言中。他站了起来，无声无息地走了出去。

秦声抬起头，看着他走出办公室的门，背影在门外消失了。他不禁自责道："这样的人才流失了，你脱不了干系。你平时对人才确实不够重视，他们已经对你怨声载道，而你却蒙在鼓里，你的感觉太迟钝了。"

第十七章　华丽转身

　　下午,岳波坐在主任办公室里撰写论著。正聚精会神间,他听到了敲门声,忙去开门,只见朱和平怯生生地站在门外,他小心地问:"有事吗?"

　　和平点了点头。

　　岳波拍拍他的肩膀,说:"进来吧。"

　　他走了进去,表情凝重得化都化不开。岳波指了指桌边的那把椅子,示意他坐下。他犹豫了一下,似乎很不情愿地坐了下来。

　　"碰到什么难事了?"

　　"主任,我想了很久,现在终于想清楚了,我想辞职。"

　　岳波惊诧得脸上的表情都凝固了。良久,他才缓过神来,问:"你疯啦?"

　　"我没疯,这是我深思熟虑后做出的决定。"

　　"和平,你已经读了七年医学专业的书,现在都是硕士了,难道你要将这些都放弃了?!"

　　"放弃是有点可惜,可我没办法。"

　　岳波意识到问题的严重性,想起以前他曾跟他提过要转科,于是就顺水推舟:"前不久你不是提过要转科吗? 如果你非得要转,我就找秦、张两位院长给你疏通一下,也许还有转圜的余地,你不必走极端。"

"以前,我确实想过要转科,可现在,用不着转科了,我想一步到位,干脆辞职。岳主任,我就跟你打开天窗说亮话吧,我已经厌倦了医生这职业。"

"怎么会这样呢? 刚分进我们科那阵子,你不是意气风发,信誓旦旦要做个名医吗? 你的话仍在我的耳边回响,可一眨眼工夫却打起了退堂鼓,这太不可思议了! 我晓得你跟洞宾不和,认为自己会被他长期压制,实际上你多虑了,你俩要是各退半步,完全能成为我们科室未来的双子星,一山不见得就容不下两虎,秦院、张院不是照样相处得不错吗?!"岳波给秦、张两人溢了美,实际上,秦声、张德民在肿瘤科合作时磕磕碰碰,不过,他俩都是君子,没有使阴招坑害对方。他俩的关系虽算不上范本,但大体上还是说得过去的。

和平吞吞吐吐地说:"我辞职并不是因为怵洞宾,说句心里话,现在我对洞宾没有多少反感了。当然,起初我想离开科室确实是考虑到他对我的威胁,我不够男人,不敢直面困难。可现在,我要辞职跟他就没有一毛钱的关系了。我主要考虑到这职业不会使我动心了,我对医学充满着失望情绪。岳主任,你不觉得现在的医务人员成了全社会讨伐的对象了? 讲得难听点,医务人已成了过街老鼠,人人喊打了。这职业一点都没给我带来尊严感,我不想再耗下去了,再耗下去无疑是浪费青春,浪费生命!"

和平的话使岳波受到了深深的震撼,他瞥了和平一眼,叹了口气,颇为失落地说:"想不到是这原因使你决定辞职。和平,你不当医生真是太可惜了,不要过早下结论,是不是再重新考虑一下呢?"

"这就是我最后的决定了。谢谢你这些年来对我的提携,我没齿难忘。"说完,和平苦笑了一下。

岳波拍拍和平的肩膀,关切地说:"你辞职后准备干哪一行?"

"做医疗器械推销,我不想完全脱离医学。"

"哦?"

"我已跟一器械公司联系过了,老总给我一年的期限,如果我干得好,他准备委任我为大区经理。做那行业虽然压力较大,但能免去很多麻烦,我有信心去试水。"

和平都已到这份上,岳波不好再说什么了。良久,他才担忧地问:"你要

088

是不成功怎么办？"

"不成功我就转到其他行业去，我不会再做医生了，开弓没有回头箭。"

说完，和平站了起来，摇摇头，离开了主任办公室。走出门口，他只觉眼眶一热，眼泪差点流了出来。在他眼里，岳波是个好主任，这些年来，他在主任的言传身教下，受益匪浅。想到此，他踅回办公室，向岳主任鞠了一躬，饱含深情地说："岳主任，谢谢你的教诲，可惜，这辈子我无以为报了。"

岳波难过地摇摇头。朱和平是他们肿瘤科第一个辞职的医生。肿瘤科号称医院的第一大科，又是国家重点学科，竟也有医生辞职下海，真是匪夷所思。

朱和平辞职后，他明里做起了推销医疗器械的业务，暗里兼做器官黑市交易。不久前，朱和平的朋友鲁立找上了他，说他有个叫李正军的朋友开了家地下器官交易所，生意红火得很，现在业务已拓展到国外；可李正军始终打不开杏泽医院的市场，听说朱和平是鲁立的朋友，于是就通过他牵线找上了朱和平。李正军向朱和平承诺，他每介绍一病人视器官情况可以得到八千到一万五千元的提成。一开始，朱和平非常反感，觉得自己堂堂一个医生沦落为黑市器官买卖的掮客，斯文扫地了，可想到报酬如此丰厚，颇为心动。经过深思熟虑后，他最后还是不顾脸面毅然接受了李正军的邀请，跳入"黑市"了。黑市器官买卖这个见不得人的地下交易确实是个匪夷所思的大市场，法律对器官移植做出了明文规定，不允许器官买卖，但还是有不少人铤而走险做起了非法交易。目前，中国愿意死后捐献器官的人不多，且由死刑犯提供的器官亦十分有限，自然地下器官交易市场生意就非常红火了。别看这市场见不得人，可买卖的流程十分严密：首先，要及时得到需移植病人的信息，并掌握病人血型等相关资料；其次，及时联系上跟病人相配的自愿捐献者；再次，及时跟病人家属接上头，谈定器官价格，伪造捐献者的相关资料，因为《人体器官移植条例》规定活体器官的捐献者仅限于接受人的配偶和近亲。目前视不同的器官，价格从十万到三十万不等。最后，将捐献者安排住院，由医生取出器官，签订协议，一手交货，一手交钱。当然，医生们都对黑市器官交易心知肚明，只要捐献者手续齐全，他们也不捅破，因为医生们明白：一旦这条途径被堵住，那器官移植手术就会大大萎缩，这就不利于挽救病人及器官移植科学的发展；况且医生们都清楚从捐献者体内取出一个器官或一部分器官对捐献者本身影响不是很大,当然也就默认了病人与捐献者之间两相情愿的结果了。朱和平正是瞅准法规的空当毅然踏入这行业,不顾自己的做法是不是道德。他想过一旦败露也许有牢狱之灾,可因为自己毕竟不是主犯,处理到他头上的刑罚不会很严重。朱和平一做出决定,就甩开膀子大干了。凭借自己原来在医院里积攒起来的人脉,他轻而易举地建立起了这网络。这样,病人方、中介方、捐献者方、医生方自然达成默契,四方心照不宣,各取所需,而朱和平则成了这四方之间穿针引线的角色,也是一个很重要的角色,要是没有了他,那四方就根本无法达成交易,更遑论各取所需了。朱和平的同事们根本想不到他的转身竟如此"华丽"。

第十八章　致癌基因

　　手机铃声响了,应洞宾忙接通,只听见一个娇滴滴的女声传了过来:"洞宾。"

　　应洞宾马上问:"你是谁?"

　　"你忘了我啦?我是姗姗啊。"

　　"姗姗,是你呀。有事吗?"他原本在手机里储存着李姗姗的号码,后来删了。

　　她沉吟半晌,说:"我有事找你,电话里一时半会儿说不清,现在你有空吗?"

　　姗姗竟会有事找他,他倒没想到,他原以为她无非是他生命中的一个匆匆而过的过客,不承想她现在又"雁南飞"了。他斟酌着该怎么开口。

　　"你怎么不说话呢?是不是不理我啦?"

　　"我上午坐诊,你有事到门诊找我吧。你是个大明星,我怎么不理你呢?巴结都来不及!"

　　"我马上过去。"

　　"我等你。"说完,他挂了电话。他已将李姗姗从自己的记忆内存中抹掉了,没想到她竟会找上门来。

半小时后,李姗姗火急火燎地来到应洞宾的诊室,坐了下来,眼光扫视着门口,那神秘的样子就好像地下党在接头。

他忍俊不禁,调侃道:"我是余则成?"

她莞尔一笑,倏忽敛起笑容,说:"我碰到麻烦了。"

"失恋了?"

她凑近他,顾不了羞涩,低声说:"我的右乳上长了个肿块,我害怕自己也得了乳腺癌,这该死的病会遗传吗?"

他凛然一惊,马上敛起脸上轻松的表情,答道:"癌会不会遗传一时半会很难讲清楚,不过,你妈患了乳腺癌,你患癌的概率比普通人是要高些,这跟致癌基因有关。"他只好实话实说,一点都不打马虎眼。

她哭丧着脸,一副大祸临头的样子。

他马上宽慰道:"别太担心。先检查一下。"

"要是真得了癌,我就不想活了。"

"姗姗,要振作起来,不管得了啥病,都得挺住,生活总要继续下去。"他直觉她得癌的概率很大,故先给她打气。

"我年纪轻轻的就得了这恶病,活着有啥意思?"

"要么请岳主任给你诊断一下,我给你体检太不方便了。"他下意识回避。

"你先给我检查一下吧。"

他不好意思再推托了,只好硬着头皮给她检查。她解下乳罩,露出右侧乳房。他不大利索地检查起来,确实触及到了一个比鸽蛋大点儿的肿块,活动度很差,恶性的可能性极大。他不想将自己的疑虑写在脸上,于是若无其事地说:"摄张钼靶片吧。"

"好。"

他开了申请单,眼下没其他病人,就陪她去放射科。

摄片报告高度提示乳腺癌,应洞宾慌了,眼前这个姑娘虽然没跟他牵手,可他毕竟曾梦牵魂萦过,自然就多了一分担心。她从他慌乱的眼神中读出了自己情况不妙,差点哭了出来。他提议由岳主任会诊一下,她同意了。

岳主任看了片后,初步诊断跟应洞宾不谋而合。李姗姗吓瘫了,应洞宾忙搀扶着,并要来了她父亲的号码,马上给他通话。半小时后,她的父母一起赶到医院,看到双亲,她霎时号啕大哭,妈紧抱着她,爸在一旁抹着眼泪。这打击对她真是太大啦。肿瘤外科的待住病人都已排到半个月以后,应洞宾从中斡旋,李姗姗及时住进了病房,没有耽搁治疗。

李姗姗住院第二个晚上,轮到应洞宾值班。那晚,病房里病人的病情比较稳定,他就坐在电脑前敲着病历。十点左右,她如灵蛇般潜到他的身旁,他吓了一跳。她怯生生地盯着他看,那哀怨的样子惹人怜爱。

他关切地问:"你怎么不好好休息?爸妈没陪你吗?"

"我没让他俩过来,想独个跟你聊聊。洞宾,谢谢你的帮助,我没看错人,你真是个棒小伙。我瞎了眼了,当初竟会拒绝你的求爱!"她发自内心地说。

"别提陈芝麻烂谷子了,感情的事是勉强不来的,我俩没缘分才牵不了手。放心,我会尽力帮你渡过难关的。"

她非常感激地冲他咧嘴一笑,说:"我虽跟你联系不多,可我一直在关注着你,现在,你已经是我省医学界的一颗超新星了,前途无量啊。"她跟他套近乎。

"你怎么跟我讨论起我的前途来了?"

她尴尬地苦笑了一下,说:"那阵子我确实有了男朋友,可不久后我俩就拜拜了。"

他暗忖道:"她为何要跟我提这些,生怕我对她的治疗不上心?"

她困惑地盯着他看,正在等待他的回答。

他意识到自己的失态,忙说:"我们会竭尽全力为你治疗的。"

"我的手术方案定了吗?"

"手术方案得根据病灶的情况而定,现在我们还没完全制订好。"说完,他关切地盯着她的脸看,隐约发现她的脸颊上似乎还留着泪痕,不免怜悯起来。

"我想保留乳房,可不可以?"

他摇了摇头,难为情地说:"乳房保不保留得住得看病灶情况。我理解你的迫切心情,到时能保留我们尽量保留;可是,就算全部切掉乳房也可以再造一个,现在这方面的技术已经非常成熟啦。"

她斩钉截铁地说:"我就想保留乳房,不要再造的假货。"

她已经将他当作了自己的亲人,因而在他的面前就直来直去,不再羞羞答答,犹抱琵琶半掩面了。

他两手一摊,颇为难地说:"你给我们出难题了。"

"只要你们能保留得了乳房,我一辈子都不会忘记你们的大恩大德。你一定得对我负责哟。"

"我们一定会在你的治疗和要求之间找到平衡点。"昨天刚听到自己得了癌症时,她呼天喊地、捶胸顿足,现在心情平和多了,情感的转换非常快捷,真不愧为演员。

"你是个优秀得令人眼花缭乱的小伙子。"

"谢谢你的夸奖。"

她依依不舍地走了。

他两眼发直,捧着头,大脑滴溜溜转:"一个花季少女患了这种恶疾,真够倒霉的,但谁能说否极就不能泰来?! 医生的使命迫使我必须竭尽全力去治疗她的病! 看得出来,她非常信任我,对这样一个信任自己的人我必须加倍付出。"

术后,李姗姗很快就醒了。她一睁眼,就问:"洞宾呢?"

"他刚才来过,可你没醒过来,他就走了。"妈平静地答。

"手术的结果怎么样?"

"他说过,你的病属早期,以后会恢复得很不错。"

"他现在还在办公室吗? 如果他还在,你就叫他过来,我有话要问他。"

妈只好硬着头皮走了出去。没多久,妈跟应洞宾一起走了进来。一看到他,她就像盼来了救星,两眼放光,忙招呼他过来。

他走近她的床前,笑吟吟地说:"你太幸运了。我们在手术中没发现转移灶。"

"这么说,我的乳房保住了?"

"保住了,我真替你高兴。"

"谢谢你! 你一定得替我谢谢岳主任。"

"我已经替你谢过啦。"

"你是我的恩人,我一辈子都不会忘记你的恩情的。"

"我应该做的。"

"你没骗我吧?"她总觉得这一切就像是一场梦。

"我怎么会骗你呢?"

她下意识抚摸自己的胸部,脸一下子飞红了。

"好好休息,祝你早日康复。"说完,他走了出去。

妈笑眯眯地说:"你真是太幸运了。"

"出院后我得好好感谢一下洞宾,要不是他从中斡旋,我要到猴年马月才能住进院,到那时,说不定病就耽搁了。"

"这小伙子真不错,古道热肠。要是你能找这样的好小伙做男朋友,就是前世修来的福气啦。"

"妈,你出院那阵子,他曾向我求过爱。"

"你没接受?"

"我那时拒绝了。"

"你真傻,这样的好小伙打灯笼都难找啊。"

"我伤害过他,他倒若无其事,还热心帮我,我不知道该怎么谢他了。"

"你刚醒过来,肯定很累,别胡思乱想了。"

李姗姗确实感到全身疲惫不堪,只好噤口,可她的大脑却没停止思考。

应洞宾走出病房后,长长地舒了一口气。姗姗的乳房终于保住了,这是乳腺癌手术的最好结果。他一想起姗姗,心里就像打翻了五味瓶。自她妈手术后的半年多时间里,他再没跟她联系过,而且还从电话簿里删掉了她的号码。不过,他倒一直在留意着她的行踪,对她参与拍摄的每一部电影、电视都非常热心地去观看,对她的每个角色能如数家珍,娓娓道来。

晚饭后,应洞宾百无聊赖,蓦地想起了菲菲,眼前闪现着她那副小鸟依人的样子。菲菲跟他分手已经一年多了。在这一年里,他俩经常通电话。这两人虽分手,可原先那份火热的感情还没完全冷却。眼下,他一直跟菲菲微信联系。他躺在床上,给菲菲发了一条微信。一会儿后,她拨了他的电话,他忙接通,她那甜美的声音传了过来:"洞宾,今天上班吧?"

"上班,忙着呢。今天接连做了几台手术。"

"都是哪些病人?"他刚想介绍姗姗,猛然刹车了,他移情别恋是菲菲跟他分手的导火线,他不好意思往菲菲的伤口里撒盐,忙岔开话题,介绍起其他的病人来。

听完他的介绍,菲菲由衷地赞叹道:"洞宾,你越来越有出息了,真替你高兴啊。"

"不管我怎么折腾,小媳妇熬成婆非得花几十年的时间,你懂的。"

"国内这机制确实成问题,我这儿出头容易多了。我的职业在国内连商场服务员都不如,没有一点尊严,可在这儿,大家都敬重我,报酬丰厚倒是其次。"

"你这么一夸,我都心动了,也想辞职跑到你那儿去捧个饭碗。"

"你不要过来。"

"你的口气怎么变啦?刚才还将自己的执业环境夸得天花乱坠呢。"

她沉吟半晌,淡淡地说:"我跟你的情况不一样,你是个干大事业的人,需要一个很好的平台。"

"难道你那边没有一个供我很好发展的平台吗?"

"我不是这意思。"

"那你到底是什么意思呢?"

"我这儿不适合你,你的根在国内。别忘了,医院两大巨头秦院、张院都对你十分欣赏,你该珍惜啊。"

"秦院、张院确实力挺我,可是国内的机制明摆着对我们年轻人不利,我已经等不及了,我想出头。"

"你别太心急。好好将自己这把锥子放在口袋里,你会有脱颖而出那一天的。"

他很纳闷菲菲为啥要阻止他去她那儿,她的想法倒很现实,她明白:洞宾这么个优秀的人才不管到哪儿都会成功的,何必要远涉重洋呢?她不愿意看到他整天在她的面前晃来晃去,她最怕他跟她重续前缘,曾经沧海难为水,她实在没有跟他第二次牵手的激情与动力了。她最担心自己架不住他的软磨硬泡跟他鸳梦重温,可处于感情空窗期的他眼下却将她当作寄托自己感情的对象了。这娇小的女子拼命将他拒之门外,坚决不让他走进她的心扉。

"菲菲,看得出来,你不想跟我重新牵手。"

"你是白天鹅,不要再留恋我这只丑小鸭了。你完全会找得到你心仪的女朋友的。"

"你现在找到男朋友了吗?"他只好转移话题。

"没有。"她回答得很干脆。

"你不打算找啦?"

"找对象不是捡树叶,得慢慢去寻啊。"

"这倒是。"

"你呢?"

"我吗,众里寻她千百度,蓦然回首,那人却在海外。"

"好好照顾自己!"

"你孤身一人,更要照顾好自己。菲菲,你在我心目中留下的印象美得像玫瑰花。"

她听了后,眼圈红红的,眼角噙着泪,她知道他是真诚的。她在心里暗暗替他祝福。

第十九章　最后冲刺

"三特"评审在即,秦声召集院部核心成员开会。一俟他们到会,秦声马上直奔主题:"一周后马上进行评审了,我们得商量一下评审前的准备工作。请德民、李院先介绍一下你们各条线目前的准备情况。"

按惯例,张德民先打开话匣子:"我们医疗线准备比较充分。经过一年的努力各项技术指标已全面超过济仁医院。我们对医疗质量进行了试打分,分数比较高。"

秦声继续问:"那护理线、科教线如何?"

蔡世祥说:"科教方面我们取得了长足的进步,经过大家努力原先很多'烂尾'课题都结题了,今年我院还拿了国家科技进步二等奖两项,省科技进步一等奖三项,成绩斐然。"

罗芬说:"护理质量多年来一直不如济仁医院,可今年我院颇见起色,已跟济仁医院相差无几,估计分数很接近,不会拖这次评审的后腿。"

秦声轻嘘了一口气,得意之情溢于言表。

梁英明接腔:"老秦,这些年,我院在你的主持下,各项工作开展得有声有色,你现在已成为全省医疗卫生界的一面旗帜了。全院的凝聚力、战斗力都到了史上最强的水平,重铸杏泽医院的辉煌指日可待喽。"

秦声被夸得不好意思,忙说:"我院取得的业绩,都是大家努力的结果。"

李岳插嘴道:"主要是你领导有方啊。"

秦声说:"李院,谈谈你们行政后勤线的准备情况。"

"我们行政、后勤线的职工也非常努力,我们对全院的各项制度全都按正规格式重订了一遍,现在制度十分健全,各科的人员配置尤其是护理人员的配置已符合要求,高级职称、博士生导师的比例已超过济仁医院,后勤系统对全院的各项设施都进行了改造,尤其是我们花了近三百万元对全院的外环境进行装潢,现在面貌焕然一新,肯定会为我院赚得不少的印象分。"李岳如数家珍。

张德民问:"听说这次评审组专家有近三十人?"

秦声答:"对。"

梁英明调侃道:"跟以前皇帝出巡差不多了。"

秦声说:"如何接待这批专家可是一门学问。如果接待得好,他们打分就宽些;如果接待不好,我们可能就要遭殃。"

李岳随声附和:"每次检查还不都是这样?! 如果我们接待得好,分数可以增加几十分,因此,这次我们接待的规格必须是高等级的。现在很多检查成绩的高低取决于招待的规格。"

秦声接腔:"对,我们必须要高规格接待。"

张德民提议:"各条线我们是否也一对一陪同?"

秦声答:"肯定要一对一陪同。现在名单在我手里,各条线分头去行动,八仙过海,各显神通。"

张德民说:"这次'三特'的检查采纳了部分 JCI 标准,现场考核比例较大,评审日精兵强将必须全上场,并且事先要好好模拟多遍。"

秦声说:"该冲刺了!"接着,他们商量好了各组的主陪人员,外科组的主陪是岳波。

岳波接到任务后,诚惶诚恐,大外科是这次检查的重点,必须扬满帆去迎接检查,做到每一环节都尽善尽美,稍一疏忽就会噬脐莫及。张德民已经告诉他外科检查组组长是东济医院大名鼎鼎的心胸外科主任占厉名。岳波跟这专家仅一面之交,不敢贸然打招呼,生怕弄巧成拙。他本想请本院心胸外科朱令民主任出面跟占厉名套近乎,可碍于朱主任不是自己的铁哥,开不出口。无奈,他只好另起炉灶。他忽然想起大学同学莫康进现在是京西医院的心胸外科主任,估计跟占厉名会有些交情,想请这位老同学牵线搭桥。他拨通了莫主任的电话:"老莫,现在忙不忙?"

"你半年都没给我通话,怎么眼下给我阳光雨露了?"

岳波讪笑着说:"让老同学批评了。"

"现在你可是院长眼里的大红人,怎么还会记得我这个土鳖呢?!"

"哪里,哪里,现在不是跟你联系了吗?"

"醉翁之意不在酒吧?找我有啥事?"

"你跟东济医院的占厉名关系如何?"

"关系不错,一哥们儿。啥事?"

"我院马上就要评审了,占主任是外科检查组组长。"

"你要我游说他?"

岳波讪笑道:"我知道老同学会两肋插刀的。"

"嘴巴涂了蜜啊。好吧,我帮你打个招呼。"

通过莫康进的引见,几次电话联系后,岳波跟占厉名虽未谋面,可关系已非常熟络了。占主任明确表态,到时肯定会多加关照的,请他放心好了。岳波总算如释重负。

评审前几天,最忙的就算张德民了。业务线是检查的重点,千头万绪,他不能遗漏一个死角。他们已经组织院内外专家预评过,资料层面准备得相当充分,扣分点很少,关键就是现场真刀真枪的考核。为了应付实战,他安排了精兵强将。尤其是急诊演练,张德民本人隔三岔五去现场观摩、指导,务必将各个步骤演练得尽善尽美。

现场考核打分虽有细则,可跟考核专家掌握规则的尺度也有很大的关系。对现场考核的各位专家,张德民或直接或间接打了招呼。秦声也忙得不亦乐乎,他同样打起专家们的主意,最绝的一招就是他除了请同行打招呼之外,还委托跟他们医院关系较佳的各大公司老总出面跟专家们套近乎。在参选院士时他确实尝过这样的甜头,这次照方抓药。他觉得这一招远比检查时带专家出去活动或施些小恩小惠要管用得多。

第二十章　曾经沧海

值夜班时,应洞宾下意识地踱到李姗姗的病房门口,透过玻璃窗瞥见她正倚在床头怔怔出神,就推门进去。李姗姗看到他后,大喜过望,忙招呼他过去。邻床的李姓病人下午已转到放疗科了,新病人要等到明天才入住。

"晚上你爸妈没陪你?"

"我将他俩支走了。不过,我妈肯定放不下心会回来的。"

"噢。"

"听护士们说,你当上住院总了,恭喜啊。"

"不足挂齿。"

"这算是几品官?"

"算不上品。"

"那到底管些啥?"

"协助科主任管理科室的一些日常事务,有点像管家婆,全名叫住院总医师。"

"我虽没搞清这住院总是怎么回事,可我觉得你启航啦。洞宾,你真的前途无量,全科室的男男女女都对你赞不绝口哩。"

正在这时,李姗姗的母亲走了进来,看到应洞宾,忙热情地向他打招呼。应洞宾趁机向她俩道别。

应洞宾走后,妈眨了眨眼,神秘兮兮地说:"洞宾看上你了吧?"

"妈,你也会促狭?"

"那他半夜三更怎么会来到你的身边?"

"晚上他值夜班,例行公事来到病房,就你自作多情!"

"洞宾真是个好后生。姗姗,你别在演艺圈里找对象了,还是嫁给洞宾这样的后生靠谱啊。"

"妈,并不是我想跟他发展关系他就愿意啊。"

"他看不上你?不会吧?有多少人围着你团团转,将你围得里三层,外三层。我不相信洞宾对你不来电!瞧他看你的眼神,早泄露了他内心的秘密了,他一准喜欢你。"

李姗姗似笑非笑,调侃道:"妈,你在指导我如何找对象吧?"

"我女儿是什么人,用得着我为她支招吗?"

"妈走过的桥比我走过的路都要长,心底里肯定有一集装箱的经验要传授哦。"

她被女儿夸得脸上绽出比玫瑰花还美的笑容,一下子打开了话匣子:"洞宾现在虽只是个普通医生,可看得出来,他笃定会有个非常远大的前程,妈十分看好他。姗姗,找对象别看对方现在怎样,要看他将来会怎样,要找就得找潜力股。在妈看来,洞宾就是一只前途无量的潜力股。"

"妈,你笃定洞宾会喜欢我?"

"傻丫头,他不是向你求过爱吗?"

"可我拒绝了他,伤他的心了。他以前喜欢过我,不见得现在还喜欢我。"

"你一向都是信心爆棚的,怎么眼下熄火了?这不像是你的性格啊。"

妈的想法很现实,母女俩都患了乳腺癌,要是找一个医生做乘龙快婿,那她俩的后半生不就买了保险啦?!更何况洞宾实在优秀,这样出色的小伙子真是打灯笼都难找啊,她就迫不及待地给女儿当起红娘来了。她还有个难以启齿的想法:女儿得了癌,肯定掉价了,别成天想着去钓金龟婿,该面对现实了。这么一想,她就认为洞宾就是她心目中女婿的不二人选。她还在翻着老皇历,以为女儿瞧不上洞宾,哪里晓得女儿早已芳心暗许啦。

"妈,我一定会找个使你满意的姑爷的。"李姗姗驾轻就熟,用上戏剧中的台词了。

"你老大不小了,别再挑三拣四啦。要是你有意,让我去试探一下洞宾的意思吧。"

"妈,你是给自己,还是给我找对象呢?"

"哪有你这么当女儿的,简直翻天了。"说完,她轻轻地在女儿的脸蛋儿上拧了一把,姗姗发出夸张的"哎哟"声。

"夜深了,睡吧。再过一两天我们就回家喽。"说完,她将女儿后脑勺下斜着的枕头放平。

李姗姗躺在床上,怎么也睡不着,往事如同一部大片在她的眼前闪现。当初洞宾向她表白爱慕之心时,她确实跟一个男演员打得火热。她爱他,可他后来劈腿,跟剧中的一个女演员假戏真做,勾搭上了,她一气之下跟他分了手。事后,他挖空心思讨好她,想跟她重续前缘,她已经意兴阑珊了。想着,想着,她陷入了梦乡。在梦中,她在一个繁花似锦的公园碰到了洞宾。他脉脉含情地凝视着她,她不好意思地低下了头。他走近她,伸手挽着她的小蛮腰,她心旌荡漾。他饱含深情地说:"你不知道我有多爱你!"她嫣然一笑。他挽着她走进密林深处。他俩站在一株高大的银杏树下,他捧起她的头,她看到他的眼里爱的碧波在翻滚,不禁心醉神迷。他将脸颊贴近她的鼻尖,激吻着她的湿唇,爱的潮水在她的内心激荡,他俩的舌头卷在一起,搔得她一阵阵战栗——

应洞宾午睡醒来,有点百无聊赖,就倚在床头开始胡思乱想。手机铃声冷不丁响起,他吓了一跳,心想科室可能有事呼他,忙抓起手机,一看,显示的是姗姗的号码,赶快接通,她那呢哝细语传了过来:"洞宾哥,在家吧?"

他忙答:"在家。"

"下午有没兴致跟我去泡茶吧?"

"你是病人,怎么还有兴致去喝茶?"

"我已经恢复得差不多了,你不是说过明天给我办理出院手续吗?"

"不过,现在你最要紧的是休息。"

"那现在我保持快乐的心态不就是战胜病魔的重要保证吗?!"

"那倒是。"

"你同意陪我泡茶吧啦?"

"改天吧。"

"你不接受邀请我马上去你那儿。"她撒起娇来。这些天,由于恢复得快,她那心灵的天空早雨过天晴了。

"好吧。"他一听慌了神,心想这次非去不可了,只好服软。

"我在医院大门口等你,不见不散。"

他挂了电话,忙穿上衣服,飞快地冲了出去。

等到他来到熟悉的医院大门口时,她已等候多时了。看到她那张略带苍白的脸,他不由得怜惜起她来,忙迎了上去。她瞥见他后,碎步上前,伸出手,想挽他的臂膀,他下意识避开了。她自觉失态,忙整理一下自己的心情。

他问:"订了哪个茶座?"

"等你订。"

"医院边上有个顺兴茶馆,既幽静雅致又富有情调,要么我俩上那儿吧?"

"好啊。"

一刻钟后,他俩步行来到顺兴茶馆。他多次来过,自然熟门熟路。进入包间后,他俩就相对而坐,她笑意盈盈地盯着他看,看得他难为情地低下了头。

不一会儿,他抬起头,由衷地赞叹道:"我真心佩服你的调节能力,你真是个勇敢的姑娘。"

她听了后,脸上现出醉人的笑容,深情款款地说:"你的夸奖已使我整个人都酥软了。"说完,她走了出去。不一会儿,她回来了,坐在原先的位置上,笑靥如花。他不知道她葫芦里卖的是啥药。

她抿了一口茶水,说:"我得的癌真是早期吗?"

"对。你约我就为了问这?"

"我明天就要出院了,想趁下午好好向恩人表示谢意。我伤害了你,可你仍真心帮我,令我很感动,你真是个宅心仁厚的好小伙。"

"你都这样了,我再不帮你还是个人吗? 医者仁心!"

"你会成为一代名医的,我真羡慕你。"

"名医的称号就是用血汗换来的。你们演员,年纪轻轻就能开山立派,扬名立万;而我们则要到满头白发时小媳妇才能熬成婆。"

"这倒是。但我们只吃青春饭,而你们则越老越香,头发斑白的程度与名气的大小成正比,岁月就是你们的东风哦。"

"你今天准备给我上课啦?"

"我好意思班门弄斧?你抬举我啦。"

"你这个大明星用得着我抬举吗?"

"说心里话,我真心喜欢你。"说完,她羞涩地低下了头。

他不知所措。

两人相对无言。

良久,他才呼应道:"我受宠若惊。"

"当初你向我表白时,我心里比喝了蜜还甜。只是,我确实有了男朋友才婉拒的,并不是我不喜欢你。我不能脚踏两只船。从认识你的那一刻起,我就喜欢上了你。"实际上,她当初瞧不上他这样的菜鸟医生。

他真佩服她会在这一刻向他表白爱慕之心,忙回应:"我也一样。"

"我跟男朋友已经分手,现在又成了快乐的单身汉啦。"说完,她幽幽地叹了一口气。

"那我俩成了一对孤男寡女了。"他调侃道。

她饱含深情地凝视着他,眼里春水荡漾。她欲言又止,良久,才略带羞涩地说:"冒昧问一下,你现在还喜欢我吗?"

他凛然一惊,好像脚底碰到地雷了。他根本想不到她会这么问,一时搞不清该如何回答。她充满期待地盯着他看,似乎不盯住他他就会从她的眼皮底下溜走似的。沉吟半晌,他说:"我喜欢你,喜欢你的灵气,喜欢你的聪颖,喜欢你那吹气如兰的气质。"

她眼波流转、笑靥如花,娇滴滴地说:"谢谢你喜欢我。"

服务生走了进来,手捧着一束紫罗兰,很绅士地递给应洞宾,他呆了一下,说:"你搞错了吧?"

服务生镇静地说:"没搞错,是这位美女送给你的。"

他惊诧得合不拢嘴,只怔怔盯着她出神,机械地接过服务生手中的紫罗兰。服务生悄无声息地退了出去。

"真是你送给我的?"他迷惑地问。

她笑意盈盈地说:"是的。"

"你为什么送给我紫罗兰?这是一种很奇特的花。"

"对。紫罗兰就是维纳斯的眼泪孕育出来的。"

"我知道。"他确实知道这典故,绞尽脑汁想着她为何要送给他这束花,他隐隐觉得这里面肯定大有深意,可又不好意思问出口。

她脉脉含情地盯着他看,深情款款地问:"你知道我为什么要送给你紫罗兰吗?它会替我说出许多我说不出的话。"当初,他向她求爱时,她却拒绝了他;而现在,她竟主动向他示爱了,这令他始料未及。他原以为她请他喝茶只是简单表示谢意,根本想不到她会别出心裁搞出这么一个节目变着法子向他求爱。他抬起头,瞟了她一眼,只见她脉脉含情地注视着他,他被她盯得脸上热辣辣的。

"你喜欢紫罗兰吗?"

"喜欢。"

维纳斯用自己为情人所流的眼泪孕育了紫罗兰,而她则将自己对他的情意溶进了这高贵的花朵里。她相信他定能收到她通过花传递给他的情意。她爱上了这个小伙子,可他却没了跟她谈情说爱的心情了。

出院两周后,李姗姗约应洞宾来她家。他没有思想准备,可最后还是去了。一走进她的家门,他就被她家所散发出来的高贵典雅迷住了,不由得赞叹道:"你的家真是富丽堂皇啊。"

李姗姗听了后,脸上绽放出比玫瑰花还要美的笑容,忙招呼他坐下,并给他泡了杯他喜欢的绿茶。

他问:"你买这套房花了多少钱?"

她笑意盈盈地说:"七百多万元。"

"这么贵。"

"有两百多平方米,每平米三万多元。"

"噢。我一辈子都赚不了这么多,可你只花了几年时间!"

"这并不全是我自己赚的钱,我爸妈给我垫了两百多万元。"

"那毕竟五百多万是你自己赚来的。你知道我现在年收入多少吗?"他不惜自曝家底。

"十几万应该有吧?"

"以我现在的年薪,要花将近一百年的时间才能买得起你这套房,而你仅花了几年,我的年收入不到你的十分之一。同你相比,我简直就是乞丐了!"他不再将自己的心里话藏着掖着,干脆来个竹筒倒豆子。

"你不要妄自菲薄哦。"

"我高大上不起来啊。"

"我们不必再谈你的地位了,我喜欢你。"她大胆、热烈地向他表白。她觉得只有如此表白才是对他最好的认可。

"谢谢你的喜欢。我无地自容。"

"我以前喜欢你,现在更喜欢你了。"说完,她走近他,将手搭在他的肩膀上。眼下,他俩的地位颠倒了,她很主动,而他却成了惰性元素,很难产生"化学反应"。

他明知她对他的喜欢是真实的,不是假惺惺的;可是,他总觉得她对他的喜欢不像真的,他就处于这种患得患失的状态。

他将她的手从肩膀上拉下来,捧在自己的手心里,轻柔地抚摩着。

她深情款款地说:"你真有双巧手,不愧为外科医生。连我这个外行都看出来了,你前程似锦,会一飞冲天的。"

他缓缓低下头,在她那细嫩的手背上轻轻地吻了一下,她不觉心旌荡漾。

"我好喜欢你。可是,我患了重病,你瞧不上我了。"

他忙不迭地否认:"我根本不是这么个人。"在她看来,她如此主动追求他,而他没表现出她想象中的回应,她认为他对她的好感被风刮跑了,根本没想到他会是怎样复杂的心理。

"多亏了你,我才会恢复得这么快。"

"你很坚强啊。"

"我晚上得好好下厨烧一桌的好菜,犒劳一下恩人哦。"

"你大病初愈,不要这样折腾自己。"

"恩人在上,受小女子一拜。"

他暗忖道:"她向我表白爱慕之心是否也出于感恩?要是这样,我可不要她的爱慕,这种爱慕根本不是发自内心的,而只是感恩的副产品。"

"你以为我虚情假意吗?"她以为他缄默不语是不认可她的话,才这么问。

"我相信你。不过,我这么做只是一个医生的本职工作,用不着对我如此感恩。"

"放心,下厨不会累坏我的,平时我一直这么做。要是你真怕我累,就屈尊打回下手。"

"好啊。"他觉得她这主意不错,就满口答应,她的心里乐开了花。

一小时后,色香味俱全的一桌菜就呈现在他俩的眼前。

她情不自禁地说:"我们的合作真是珠联璧合。"

他露出会心的微笑。

"你真有一双艺术家的巧手,我真羡慕你。"

"不是艺术家的巧手,而是一个外科医生应有的一双巧手。"

"对。"

"谢谢你的夸奖。"

"晚上来点红酒,活跃一下气氛,怎么样?"她提议。

"你刚初愈,酒就免了吧。"

"我不会酗酒,不碍事的。"

"好吧。"

她从酒柜里取出一瓶红酒,递给了他。他打开了,各斟了一小杯。他俩碰了杯,一饮而尽。不一会儿,她的脸飞红了,他看到她那张红扑扑的脸,不禁心旌荡漾。她忽闪着她那双水汪汪的大眼睛,真是千媚百娇。

饭后,他俩坐在客厅里看着电视,她紧挨着他。她看到了一个精彩的桥段,对他说:"我俩将刚才这桥段表演一遍,怎么样?"

"我不懂表演,恐怕不行吧?"

"那你拜我为师,我手把手教你。"

"让我将刚才的内容再揣摩一遍。"他开始默诵起台词来。

半晌,他瞥了她一眼,欲言又止。

"怎么啦?"

"这些台词太煽情,我都不好意思说出口。"

"我传给一招,你就当自己是剧中人好了,这样就会免去一些尴尬。我们要好好沉入到剧情中去。"

她怂恿他表演；他期期艾艾，浑身不自在，脸上挂着尴尬的笑。犹豫再三，他才站了起来，在心里酝酿着表演所需的情感。

她模仿着剧中女主角的口吻说："相民，你爱不爱我呢？"

他模仿着男主角的口吻说："温岚，我怎么不爱你呢？你没看到我的眼里喷射着爱火吗?!"

她瞟了他一眼，说："我没看到。"说完，她失望地甩了一下头。

他捧起她的脸，含情脉脉地说："你抬起头来，盯着我的双眼，有没看到里面喷射着爱火？"

她羞怯地抬起头，盯着他的双眼看，嫣然一笑。

"你的表情告诉我了，你看到我眼里燃烧着的爱火了。温岚，我爱你，爱得抓狂！"

她用双手挽着他的头颈，全身紧紧地贴在他的胸口，她那对"白鸽"在他的胸脯上柔柔地摩挲着，他不觉心旌荡漾。他捧起她的脸，只觉得她那张脸就像一朵正在绽放的玫瑰花，情不自禁地激吻着她那两片殷红的湿唇，全身一阵阵颤抖起来，她发出一声声娇哼低喘。

"你的演出本真自然，饱含感情。洞宾，我爱你，很爱你。我这条命是你赐的，我的全身都是你的。"

他激吻着她，这可不是剧情，而是他发自内心的反应。他俩的心已无限接近了。

刚才的表演是她故意设计的，她想接近他那颗心，可他却死抱着矜持，洒脱不起来。

他不识她的用意，想当然地认为她这些天一直住院，技痒了才拖他一起过把瘾。他忘情地说："你清纯、雅致、气质如兰——"

她喁喁细语："你看过我的身子，也摸过我的身子，这下，我缠住你不放啦。"

情欲被点燃了，他一下子紧紧抱着她，在原地旋转一圈，她在他的怀里咯咯笑着。他将她轻轻放在沙发上，她的脸上荡漾着醉人的笑容，嘴里不住地说："洞宾，你不知道我有多爱你，这一生，我跟定你啦。"

他站在她的身边，凝视着她，两眼泛动着爱的涟漪。

她一骨碌坐起来，将双手挽在他的颈项，将他拉近自己。他一下子扑在她的身上，两人像藤儿似的缠在一起。他情不自禁地将手伸进她的酥胸，耳语道："还痛吗？"

"早好啦。"说完，她噘起那张性感的湿唇，像水蛭似的吸在他嘴上。他充满激情地回应着，两人沉浸在爱河中神魂颠倒了。不一会儿，他像被火烫着似的一把推开了她，猛然醒悟自己不能爱上她。他暗忖道："我俩太不般配了。她家多么富丽堂皇，我敢在这儿住下去吗？经济基础才决定我俩的关系！唉，我真是自惭形秽啊。"

她不知道他怎么啦，怔怔地盯着他看。

他不合时宜地说："夜深了，我该走了。"

"我惹恼你了？"她大惑不解。

"没有。我有点困了，明天还要上班呢。明天我排了三台手术，虽然我不是主刀，可也够累的。"

"噢，那你早点休息。"她若有所思地说，她的心头蒙上了一层阴影。

应洞宾离开李姗姗的家后，她曾几次邀请他去她家，他都婉拒了。他明白：她不是他所爱的人，他不想再陷进去难以自拔，当断不断，反受其乱。

第二十一章　黑天鹅事件

　　杏泽医院成功登顶，三级特等医院即将"黄袍加身"，可大家高兴没多久，黑天鹅飞过来了！

　　下班时分，张德民急吼吼跑到秦声办公室，连珠炮般高声喊道："老秦，糟啦，医院出大事了！"

　　秦声焦急地问："怎么啦？"

　　"昨天，同康医药公司业务员林某的文件包丢了，被郑姓病人捡到，包里有一沓药品返扣的统计表，这小子似乎觉察出端倪，将整包的资料全交给了自己的熟人——省电视台记者杨明。刚才杨明给我通话，将这件事的来龙去脉全捅给了我。"

　　秦声气急败坏地说："竟有这回事？马上唤梁英明、李岳他们来商量对策，赶快组织人员灭火！"

　　不一会儿，梁英明、李岳一前一后来到秦声的办公室。秦声忙招呼他们坐下，简单将这件火烧眉毛的丑事告诉他们，他俩唬得两眼发直。秦声斩钉截铁地说："现在我们得赶快进行危机公关。"

　　张德民头脑灵清，忙提议道："我觉得当务之急就是尽快跟杨明牵上线，最好能将他手上那颗定时炸弹卸下。"

秦声问:"你跟那个记者熟悉?"

张德民将头摇得像拨浪鼓,说:"我跟那家伙不熟悉,但我熟悉省报刘进记者,请他出面跟那个姓杨的通融。"

"你赶快跟他联系。"

"好。"说完,张德民拨通了刘进的电话,将事情的来龙去脉简单告诉了他。

刘进说:"杨明特立独行,是块难啃的骨头,很难搞掂。我曾经在他面前碰过一鼻子灰。这次你有求于我,我定当两肋插刀,只好硬着头皮去碰碰运气,哪怕自取其辱也在所不辞。不过,你们别抱太高的期望。"

张德民说:"谢谢你,我们等你的好消息。"说完,他挂了电话。他们四人龟缩在院长办公室,面面相觑,谁也不想打破眼下的沉闷局面。几分钟后,秦声首先打破了沉默:"这下,我们为老百姓准备了一个吐槽点,要是他们知道了这丑事,非骂死我们不可!"

"真是糟透啦!"

秦声听了后,叹了口气。他们坐在那里,魂不守舍,战战兢兢地翘首等待着刘进的"判决"。

三十分钟后,刘进来电:"张院,我刚才跟杨明联系上了,他一口回绝了我的请求,看来我的面子不够大,你另请高明吧。"

张德民迫不及待问:"谈崩啦?"

"他不会将这沓资料交给你们,他这次是王八吃秤砣,铁了心要修理你们啦!"

"没有转圜的余地了?"张德民不死心。

"我无能为力了。"

"你知道谁能跟他说得上话?"

"除非你去找省里的大领导。"

"谢谢你。"说完,张德民求援似的盯着秦声看。秦声闷闷的,抱头沉思。

梁英明说:"总得将死马当活马医啊。"

刘进又来电了,张德民再次接通,他那焦急的声音传了过来:"张院,刚才太焦急了,忘了告诉你,杨明已带着一批记者直扑你医院了,你们赶快想个万全之策！我是记者，最清楚他们折腾的本领，他们设的圈套层出不穷，专等着你们上钩；你们要是一不小心，就着了道儿了。"

"真的？这家伙真像个催命鬼！"

"一定得小心。"

"我们尽快去准备。"他匆匆挂了电话，忙转身对秦声说："不好，那家伙猛扑过来了。"

秦声深深地吸了一口气，说："我们躲得过初一，也躲不过十五，既然来了，我们只好硬着头皮去应付了，水来土掩，兵来将挡吧。"他停顿了一下，冲着梁英明点了点头，继续说，"老梁，有劳你组织监察室、外联办去'接待'那帮讨厌的家伙。我死都不相信，杨明真的不食人间烟火！"

梁英明苦笑了一下，无奈地说："眼下也只有我这个救火队长能上了。不过，那家伙将我们打了个措手不及，看来来者不善啊。"

十分钟后，办公室主任金振慌慌张张跑进院长室，对秦声说："秦院，一群记者来了，指名道姓要见你。"

梁英明像火烫了似的跳了起来，说："速度快得迅雷不及掩耳，好吧，让我去会会他。"说完，他冲秦声眨巴着双眼，转身走了出去。

梁英明来到小型会议室，杨明一行已等候多时了。金振朝杨明招招手，说："他是我们医院的梁英明书记。"

杨明"霍"地站了起来，伸出了手。梁英明不情愿地握了杨记者的手，火烫似的放开了。杨明从兜里取出名片，递给梁英明，他忙接过，瞥了一眼，随手放进口袋里。梁英明坐了下来，杨明一脸凝重，严肃地说："梁书记，你可能知道了我们此行的目的，希望你能配合我们的采访。放心，我们一定会客观报道的，决不会有意往你们的脸上抹黑。"

梁英明顺水推舟："你该明白，医院里有很多怪现象都不是我们自己造成的。"

"这些怪现象到底是怎么造成的容我以后跟你探讨，现在我想核实一下几个事实。在核实之前，我想泛泛问一句，你承认你们医院存在药扣吗？"

梁书记听了后，一下子呆在那里，根本没想到他会单刀直入，真是哪壶不开提哪壶。他沉吟了半晌，硬着头皮答："这是个全国性的问题。"

"这一周，我们有记者在你们医院暗访，已经掌握了不少第一手的资料喽。"

梁英明听了后脑袋"嗡"地一下，大脑一下子短路了。

"我们的记者拍摄到了医药代表行贿的场景。"杨明不容梁英明缓过气来，穷追不舍。

"杨记者，请你放心，只要我们查实，决不姑息。对药扣，我们医院抓得很紧，可林子大了，什么鸟都有，这世界总少不了那些铤而走险的家伙。"

杨明从那沓资料里取出一张，递给梁英明，说："可否请你解释这张纸上列出的这些药到底代表什么意思？"

梁英明忙接过一看，只见纸上画着一张表格，上面密密麻麻列着许多药，每行药都标着数字。他不由得瞥了那行数字，冷汗涔涔，在心里盘算，到底该怎么解释。他眉头一皱，决定来个缓兵之计，忙冲金振点点说："你去将张副院长请过来。"

金振得令去搬救兵。

梁英明瞥了杨明一眼，大倒起苦水来："政府的投入少得可怜，医院的处境真是太艰难了。我承认医院有些方面违规操作，可这是逼上梁山啊。"

杨明似笑非笑，脸上露出一副高深莫测的表情。梁英明看了后心里直打鼓，按理说，他也是个见过大世面的人，今天怎么见了这个不入流的家伙竟像老鼠见到猫似的，胆战心惊？！

张德民悄无声息地走了进来，坐在梁英明的旁边。梁英明挨身跟他小心嘀咕着。张德民基本弄清事情的来龙去脉后，点了点头，冲杨明咧嘴一笑，说："在我们医院确实存在药扣现象，这是我国医疗行业的通病，希望你能客观对待。我国的医院在夹缝中生存，一路走过来确实不容易啊。"

杨明问："听嗓音，你是张德民？"他毕竟跟张德民通过话，对他的嗓音依稀有些印象。

梁英明抢着答："对。他就是我们医院的业务院长，医疗方面的那些事儿都属他管。他是全国知名的肿瘤专家，在同行中口碑颇佳。"

杨明说："幸会幸会。"

张德民意识到纸包不住火，只好据实回答："这些数字就是返扣的金额数。"他希望自己的坦率能博得杨明的好感。

杨明点点头。

张德民意犹未尽:"杨记者,我们医院有员工三千多,而国家财政拨款只有区区几百万,还不够我们发后勤系统员工的工资,杯水车薪啊。"他准备以情动人了。

杨明同情地说:"刚才你们梁书记诉过苦了,以后我有机会替你们多呼吁。"

"杨记者古道热肠,太令我们感动了。记者们都是铁肩担道义的大侠,是我们民族的脊梁。"张德民不失时机继续发射糖衣炮弹。

杨明润润喉,说:"张院长将我们捧得太高了。实际上,我们记者群体里良莠不齐,遭到人们唾骂的害群之马也不少。"

"我们医生也一样,接下来我们一定要在全院进行一次严格的自查,清理门户,请你相信我们。"

杨明脸上挂着怪异的笑容。

梁英明随声附和:"是啊。实际上我们对那些铤而走险者处理相当严厉,决不容许一粒老鼠屎坏了一锅羹!到时我们一定会将处理意见告诉你。杨记者,时候不早了,晚上我们请你吃顿便饭,你千万别驳了我们的面子。"

杨明连忙推辞:"吃饭免了,可否请张院长唤来几个主任让我再详细了解一下?"

张德民怫然不悦,不冷不热地说:"这么说,你要一查到底喽?看来你想要将我们医院查个底朝天才甘心!"

"我该做什么我自己最清楚,用不着你指手画脚吧?!"

"真是大水冲倒龙王庙,自家人不识自家人了。"梁英明马上打起圆场来。

张德民酸溜溜地说:"梁书记,谁跟谁是自家人呢?我们认人家是自家人,人家不见得会认我们是自家人啊,别一张热脸贴在别人冷屁股上。"说完,他拂袖而去。

杨明冲着张德民的背影说:"张院长,你可以不合作,反正我的手头已经有铁证了。你会为自己的傲慢买单的,好吧,我们撤!"

梁英明忙打圆场:"杨记者,请你别激动,我们会配合的。你要唤哪位主任?"

"你就请肿瘤外科的岳波主任到场吧。"

梁英明凛然一惊，暗想："肿瘤外科是老秦、德民的地盘，我将他们的镇科之宝请来试刀，他们的后院一旦起火，我要吃不了兜着走啊。"主意一定，他灵机一动："岳波主任出差去了，能否请其他的主任来？"

杨明一语道破："我打听清楚了，岳主任今天就在病房上班，不会此刻刚出差吧？"

"前几天我听他说要出差。你为何一定要请他？岳主任可是我们医院德艺双馨的国宝级专家，你千万别砸了他的金字招牌！杨记者，砸牌子容易树牌子难啊，我们得珍惜他的荣誉。"

"请你放心，我不会往他身上泼脏水的。"

"你为何专找他？"

"跟你实话实说，有人给我提供的视频中就有他接受医药代表返扣的画面。"

"你们看走眼了吧？"

"我们已经核实过了，画面中的那个医生就是他。"

梁英明这下犯难了，沉吟了半晌，他决定还是跟秦声磋商一下，一旦得罪了秦、张两位大佬不就作茧自缚？他瞟了杨明一眼，站了起来，说："不好意思，我去方便一下。"说完，没等杨明反应过来他就慌不择路地逃了出去。

梁英明匆匆走进了秦声的办公室，看到秦、张两位正僵坐在那儿生着闷气。秦声瞥了他一眼，点头示意他坐下。他摇摇头，无奈地说："我没工夫磨叽了，现在有一烦心事请你们定夺一下。"

秦声问："什么事？"

"那混账家伙要采访岳波，答不答应？跟那些家伙接触的人没有一个不晦气的！"

"他不撒泡尿照照自己，竟爬到我们头上颐指气使来了。老秦，千万不能答应他的无理要求！"张德民像被火烫了似的一下子跳了起来。

秦声沉吟半晌，摊了摊手，无奈地说："不答应他会让他安上不配合采访的恶名。唉，人在屋檐下，不得不低头。"

张德民气急败坏地说："这种小人，拿着鸡毛当令箭，我们干脆别理他，看他怎么收场！"

梁英明试探地问:"不配合恐怕不好吧?"

"我也这么想,德民,只好听他的吧。老梁,赶快跟岳波打个招呼,别到时弄得太被动。唉,让这些家伙粘上了,不死也会脱层皮。"

梁英明瞧了张德民一眼,似乎在等待他的反应。张德民闭上眼睛,失落地摇了摇头。梁英明只好讪讪地退了出去。这个岳波,作为肿瘤科主任自有其过人之处,他能在秦声、张德民两位大佬之间游刃有余,足见其有很深厚的平衡功夫。进入会议室前,梁英明拨通了岳波的电话,将大致情况告诉了他。

十分钟后,岳波忐忑不安地来到了会议室。梁英明向杨明介绍了岳波的身份,杨明略欠欠身,准备切入正题。岳波怯生生地盯着杨明,心里就像十五个吊桶打水,七上八下,他觉得自己这次全身而退的可能性等同于陨石掉到自己的头上。既然做不到毫发无损,那就只好将损失减少到最低限度。记者们个个伶牙俐齿,他生怕自己抵挡不住,不过,既来之,则安之,眼下唯一出路就是硬着头皮让杨明肆意蹂躏吧。杨明露出了自己那副锋利的牙齿:"岳主任,我也不用开场白,实话告诉你,我手里有一段别人举报你的视频。"说完,他打开自己的手提电脑,调出那段视频,回放起来。

岳波心神不定地踱到杨明的身边,看了起来。他不看则已,一看傻眼了,脑子里条件反射般蹦出这个念头:"到底谁想陷害我?!看来,这里面肯定有阴谋。"

杨明关闭了视频,意味深长地打量着岳波。岳波避开了他的眼光,盘算着如何自保。

杨明单刀直入:"岳主任,画面里那个戴着灰帽的人是你吧?"

岳波小心地答:"是我。"

"站在你对面的那个女的是医药代表吧?"

"没错。"他尽量言简意赅。

"她正将一沓钱交到你的手里吧?这笔钱是不是传说中的返扣?"杨明在肆意玩弄着自己手中的这头猎物,嘴角掠过一丝得意的冷笑。

岳波硬着头皮回答:"她确实将一笔钱塞进我手里,可我后来退还给她了。"

"谁作证呢?"

岳波冷汗涔涔，准备以攻为守："你不是在审问我吧？"

杨明马上撇清："我没资格审问你，我只是在采访。"

岳波意识到自己的唐突，口气马上软了下来："我不得不佩服你那锐利的眼光——"杨明看着他，不置可否，岳波像是得了鼓励似的，声音也比刚才高亢了，"杨记者，我看过你的文章，你写的那些文章既老辣又缜密，鬼斧神工，切中时弊。优秀的记者就是社会的良心、时代的良心、人民的良心，他们的监督已令不少贪官污吏闻风丧胆，他们都是我们这个社会真正的检察官。"

杨明"扑哧"笑了出来："你夸得我有点飘飘然了，不管你是真心还是假意，听了你的话，我还是很受用。"

"我发自内心，没在拍你马屁。"

"别以为我们记者天生都是以坑人为乐，说句心里话，我真不想坑你，尤其像你这样的名医。在采访你之前，我已经久闻你的大名啦。"

"惭愧，我至多算个二流专家，秦院长、张院长的名头才如雷贯耳。"

"听说你们的肿瘤外科是国家重点学科？"

"是啊。秦院长、张院长都是我国肿瘤学界泰斗级的专家，秦院长还是工程院院士呢。"

"你们科真是人才辈出，现在你接过他们的班了。"

"哪里哪里，我的造诣跟他俩相比，有如云泥，要差几个光年呢！"

"我从你身上发现了一般医生所没有的厚重的内涵。"

"过奖。"

"我真不忍心伤害你，可手头好不容易有这笔材料，不用它真是暴殄天物啊。"

"我意识到自己问题的严重性，以后一定得杜绝收受药扣。药扣——说白了——就是癌症。癌症对人体意味着什么，那么返扣对医学界就意味着什么，恶性程度一模一样。"岳波开始斗私批修了。

"打开天窗说亮话，老百姓对药扣已经深恶痛绝。这个毒瘤不切除，你们医生就摘不了白眼狼这顶帽子。"

"你真是一针见血。不过，老百姓有所不知，我们也不想接受药扣。"

"按你这么说，药扣是医药代表逼迫你们收受的？"

"逼我们收受也不符合事实。可以这样说,药扣是医生与医药代表间演的一出双簧,有点像周瑜打黄盖。"

"你这观点倒有几分代表客观事实,可老百姓不想被坑啊。"

"如果政府将药价的虚高水分全都挤掉了,那药扣不就成了无源之水了? 物必先腐也,而后虫生之。"

"我同意你的观点。"

"这么说,你比较同情我们医生的处境了。"

"同情你们的处境不等于不披露啊,用你们医生的话来讲,不能讳疾忌医。"

"你说得太好了。一个医生高明与否取决于他能否找到真正的病根,而不是头痛医头,脚痛医脚。"

"我对你已经产生一点好感了。你这人看起来很像我心目中的名医。"

梁英明一直没插嘴,眼下找到了发言的机会:"杨记者,实际上你们大张旗鼓地报道我们医院这些糗事于事无补,因为药扣的病根不出在我们医院! 你应该从更高的层面去挖掘医药供销环节许多匪夷所思的问题。池塘里一条鱼死了,可能是鱼本身的问题,可池塘里的鱼死了一片了,那可能就是水质的问题喽。"

"你的意思是我不该找医院的碴,而应该找政府的碴?"

"你说呢? 该抨击什么,你自己最清楚吧?"梁英明忍了大半天,觉得自己不能再窝囊下去了。

"你不是在讽刺我吧? 放心,我决不会避重就轻的。我对岳主任刚才大倒苦水深有同感。我本想将他的视频当作重磅炸弹,可跟他接触后,我改变了主意,觉得医生确实有难言之隐,还有他引用的那句物与蛀虫的关系我也很欣赏,我决定淡化他的情节。"

没等岳波开口,梁英明就抢了话题:"医院现在变成了爷爷不痛,奶奶不爱,父母不要的弃儿了。我们不仅是弃儿,也成了替罪羊了,不管有错没错,反正都是我们错! 希望你能充分了解医院目前的困境!"

杨明安慰道:"梁书记,请你们放心,我尽量减轻报道对你们医院造成的冲击。我很欣赏你刚才这段经典的话,准备将整段移植到我的报道中。岳主任刚才也说过了,药扣是个癌症。切除这样的癌症,我虽不是个高明的主刀,但还是可以做个助手的。请你相信我的诚心,我无意拿医院开刀,我只觉得这种现象不能再继续下去了。眼下,中央政府对医改很重视,医改的重头戏就是药品零差价,我想为这场如火如荼的改革再添一把火。"

"杨记者,现在医院如同在汪洋中漂泊的一叶孤舟,再也经不起风吹浪打了。只要你放我们医院一马,我愿接受医院对我的任何处罚!"岳波说。

"岳主任,说句真心话,我对你颇有好感,决定将这次报道的重点放在整治药扣的源头上,你们医院这次风波无非是引子而已,我会尽可能隐去你们医院的名称。这些年来,你们医院在秦声院长的管理下,已经脱胎换骨,取得了长足的进步。"

岳波见缝插针:"太不容易了。医务人员起得比鸡早,睡得比狗迟,吃得比猪差,干得比驴多!也许你以为我们替自己粉饰,可事实的确就是这样:当夏天别人一家人坐在空调边胡吹海聊时,我们却在病房里挥汗如雨;当冬天别人一家人围在炉边其乐融融时,我们仍在手术室里加班加点;人家有周末,我们有吗?!我们隔三岔五值夜班,又有多少人'享有'这个待遇?!一旦出了医疗纠纷,我们胆战心惊,直盼祖宗坟头冒紫气,下辈子别再穿上这身自己日夜诅咒的白大褂了。我们每天如履薄冰,战战兢兢。现今,医务人员根本没得到公正的对待。也许你不相信我嘴上所说的,可你去医学院采访一下,这些年来,报考医学院的考生逐年减少,分数一降再降,这难道不是最有说服力的事实吗?!这些事实难道还不发人深省吗?!杨记者,我以为这些才是你们报道的重点,如果你能在改变医疗的现状方面出点力,那你就功德无量喽!"

"岳主任,你说得太好了,我会将你这段精彩的言辞放到报道中去!你这席话使我心悦诚服,谢谢你贡献了这段千金难买的点睛警句!"杨明拍案而起。

梁英明插嘴:"杨记者,希望你别再揪住我们不放,这次我们一定得清理门户,最后我会将结果告诉你。"

岳波掏心掏肺地说:"是啊是啊,我再声明一下:只要你不报道这起事件,我甘愿接受院方对我的任何处罚!"

杨明似笑非笑。

岳波看了后有点发忧,暗忖道:"看来这家伙是吃了秤砣铁了心了,我要说服他真是瞎子点灯白费蜡!"

杨明意味深长地打量着岳波,宽慰道:"岳主任,请你放心,我决不会往你的身上泼脏水,看得出来,你身上虽有瑕疵,可还是一身正气的。"说完,他站了起来。

"杨记者,请你好好考虑我们医院的处境,好好考虑这起报道对我们医院的冲击。医院本是个治病救人的地方,可现在却被各方妖魔化了。试想,难道读医的都是些道德败坏的无良之徒吗? 我不否认打铁还须自身硬,可目前大环境如此,换一拨人还不是半斤八两? 说不定还不如我们这拨人! 我想,现在我们应该好好反思该如何使医院成为一方净土,还医院一片艳阳天了。"梁英明不放弃最后的努力。

杨明小步过来,握了握梁英明的手,不急不慢地说:"我知道怎么做这个节目了。再见。"说完,他领着伙计们,走出了会议室。

梁英明、岳波将他们送到电梯口,道了别。他俩来到了院长办公室,秦声看到后就像盼到救兵似的,忙招呼他俩坐下。岳波坐下后,低着头,心中忐忑不安。秦声焦急地问梁英明:"那记者下一步会怎么办?"

梁英明垂头丧气地说:"看来那家伙揪住我们不放了,记者们都是些追腐逐臭的混账东西,只要他们叼住一块肥肉,死都不会松口的。"

张德民恨恨地说:"我早知道那家伙黄鼠狼给鸡拜年,不安好心,我们别奢求他发慈悲了。"

秦声微微叹了口气,说:"那我们总不愿引颈就戮吧? 得找找门路喽。"

张德民猛拍一下自己的脑门,恍然大悟:"老秦,我想起一个救星来了——"

秦声迫不及待问:"谁?"

"李颂,刚走马上任的省广电集团老总。"

"他?"秦声迷惑地问。

"前年,他老丈人生了肺癌,他通过熟人找上了我,要我亲自主刀,我答应了。术后,他丈人恢复得不错,他感激得不行,将我当作他的铁杆朋友了。后来,我们经常保持联系。他老丈人至今活得好好的,原先那张灰暗的脸现在倒满面红光了,谁也看不出他曾生过癌。"

秦声小心翼翼地问:"他会买你面子吗?"

"应该会吧。我晚上去趟他家,跟他面谈。"

"但愿他能拉我们一把。唉,现在这社会谁都认为自己是弱势群体,实际上我倒觉得医务人员才是名副其实的弱势群体!可全社会都认为我们是强势的一方,什么信息不对称啊,霸王条款啊,各方负面评论铺天盖地。"

岳波抬起头,怔怔地看着秦声,嚅动了一下嘴唇,说:"秦院,都是我惹的祸,你狠狠处理我吧,我认罚。"

秦声眉头紧蹙,半安慰半责怪地说:"你也太不小心了,竟树起这种坏榜样,一世英名毁于一旦了。"

张德民问:"那医药代表叫什么名字?"

"林婉音。"岳波答。

秦声问:"女的?"

"是的。"

梁英明插嘴:"老秦,看来我们得马上联系上林婉音,了解一下到底她给多少医生送了药扣,尽量将不良影响降低到最低程度。"

秦声说:"对。你找罗干一起去办吧。"

"那我趁热打铁,马上去找她。"说完,梁英明走了出去。

房间里剩下秦声、张德民、岳波三人。岳波抬起头,怯生生地盯着秦声,说:"秦院,你认为该怎么处理我就怎么处理吧,我一不会找托词,二不会喊冤。我真是活该,我给张院脸上抹黑了,给你脸上抹黑了,给整个医院抹黑了。院领导决定要开除我,我也认了。"

"岳波,既然错犯下了,我们眼前只有好好去弥补了。处理你又有什么用? 不知那个杨明会刮起多大的飓风?"秦声闭上眼睛,头后仰,声音低得如同地心传上来的。

张德民在一旁埋怨道:"岳波啊岳波,真有你的。"

"我真不争气,给你俩添乱了,我辜负了你俩的殷切期望啊。"

"刚才梁书记在,我不好狠狠批你;现在你该将功补过,马上协助梁书记他们尽量封住林婉音的嘴,一定得将损失最小化;同时,还得好好在科室排摸一下到底接受了多少药扣;如果有,赶快督促他们上缴到监察室,事不宜迟! 德民,你认为呢?"秦声说。

"我也觉得只好如此了。"

第二十二章　净土江湖

　　张德民如约来到李颂的家。李颂一看到他，笑吟吟地奉承道："张大院长登门造访，寒舍蓬荜生辉喽！"

　　"哪里，我是无事不登三宝殿。"

　　"你有什么事需要鄙人效劳的？你可是我家的大恩人哦。"说完，他忙给张德民沏了一杯绿茶。

　　张德民开门见山："李总，大麻烦缠住我们了。"

　　"什么麻烦？"

　　"贵台一个叫杨明的记者揪住我们不放！"

　　"他？他可是个不好惹的主儿、狠角！"

　　"这么说，你也罩不住他了？"张德民拉长了脸。

　　"我尽力吧。到底是怎么回事呢？"

　　张德民竹筒倒豆子般将大白天碰到的那场风波全倒了出来。李颂听了后，眉头紧蹙，沉吟不语。

　　张德民宽慰道："李总，我知道这事解决起来难度太大，没关系，他要报道就让他报道吧，反正药扣是医疗界的公开秘密，碰多了，我们麻木了，只是我们觉得这事不能全怨医生！讲句不好听的话,医生无非做了回替死鬼。"

"我不是每天生活在桃花源里,怎么不知道这档事呢?"

张德民赌气地说:"虱多不怕痒,让他去折腾吧。"

"张兄,别破罐子破摔,让我替你想个两全其美之策。杨明虽是一根筋,但对我,他还是要买面子的,只是我要费一番口舌才能搞掂他。"

"拜托啦。"

"好不容易逮到为你效劳的机会,怎么能让它从我的指尖溜走呢?你的麻烦就是我的麻烦,我定会两肋插刀的。"李颂开动脑筋,盘算着应对方案。他沉吟半晌后,说:"我已想好对策了,你就等着好消息吧。"

张德民讪讪地说:"我真过意不去。实际上闹到这份上,我也难辞其咎。如果我不针尖对麦芒,也许杨明会放我们一马,我只有将功补过了。当然,这场风暴对我们来说虽不是灭顶之灾,可肯定会使我们元气大伤的。暂且不说我们在同行中会声名狼藉,老百姓更会将我们当作过街老鼠,人人喊打！更何况这场风暴的重灾区恰是我们肿瘤外科,老天似乎在考验我们啊！"

"我太理解你的苦衷了。"

"有劳你了。"

他们又寒暄了一阵子,张德民就告辞走了。

一坐进驾驶室,张德民马上给秦声通话,权当报喜。秦声听了他的话后,大喜过望。对他俩而言,肿瘤外科是他们的一亩三分地,这方自留地如出现洪灾、泥石流,那他俩准吃不了兜着走。张德民相信,有李颂这扇厚重的闸门把关,不管哪股污泥浊水都休想恣肆横流。

晚上,梁英明联系上了医药代表林婉音,约她来医院一趟。林婉音对这次见面恐惧不安,但还是如约而至。梁英明虽没告诉她为啥约她,可她隐约意识到自己被奸人利用了,正陷入泥潭之中不能自拔。林婉音战战兢兢地走进小会议室,梁英明、罗干正襟危坐。林婉音怯生生地向他俩打了招呼,梁英明示意她坐下,她硬着头皮用犹豫的目光扫视了一下四周,小心地坐在梁英明的对面。她闭上眼睛,试图镇定下来,随后,很不情愿地睁开双眼,忐忑地打量着对面的一行人。以前,她没跟梁英明打过交道,来医院前,她特意进入医院网站浏览了一下梁英明的介绍,心里已经有底了。梁英明盯着她看,表情很凝重。她低下头,回避他那令她窒息的如炬的目光。梁英明不紧不慢地问:"你大概已经揣摩出我们为什么要约见你吧?"

林婉音紧闭着嘴,将头摇得像拨浪鼓似的。

梁英明威严地问:"那沓有关药扣的资料是你弄丢的吗?"

"不是我!"林婉音条件反射地否认。

梁英明威严地说:"林女士,你不能睁眼讲瞎话。"没等他说完,岳波不请自至。林婉音看到岳主任进来后,脸一下子变得煞白了。

岳波踱到罗干的旁边,坐了下来,随后,掠了一下额角的头发,严肃地说:"小林,你不用抵赖了,如实告诉梁书记整个事件的来龙去脉吧。顺便告诉你,你交给我药扣的那一幕也被人偷拍了。"

林婉音头脑"嗡"的一声,心脏"嗵嗵"直跳,一时手足无措。沉吟半晌,她怯生生地说:"我就全抖出来吧,那沓资料确实是我不小心弄丢的,我给你们添麻烦了,我该死!"她不敢说出真相。

梁英明说:"你用不着在我们面前捶胸顿足了,现在不是谴责自己的时候。你一定得实话实说,好让我们做好善后工作;否则,山洪海啸就要来了。"

林婉音哭丧着脸,不自觉地瞟了岳波一眼。

岳波不耐烦地说:"有什么讲什么,别顾忌我。告诉你,我已将自己的问题全捅给梁书记了。"

梁英明问:"你将药扣送给了多少医生?"

林婉音从包里取出一张纸,说:"我已将这月你们医院的药扣返还情况全列在上面了。"

梁英明接过一看,只见上面密密麻麻列着至少上百名医生的名字——有很多名字他耳熟能详,一下子傻眼了。如果这张字条落在杨明手里的话,杏泽医院必将大面积塌方。岳波瞥了一眼,发现他们肿瘤外科几乎所有医生的名字都赫然在列,霎时冷汗涔涔,毛骨悚然。他晕头转向,脱口一句:"林婉音,你这下害苦了我们!"

林婉音打了个激灵,说:"对不起,对不起!"

梁英明问:"你每个月都给医生药扣吗?"

"对。"

罗干插话："你保存每个月的药扣清单吗？"

"都保存了。"

罗干看着梁英明，似乎在等待他的指示。梁英明意味深长地向罗干眨着眼，罗干似乎心领神会，反问道："你们为什么不销毁这些清单，而是要保存呢？"

林婉音面露难色，撇了撇嘴，说："这是我们公司的要求。"

罗干问："你的上司是谁？"

"杨含进。"

岳波逼问："请你告诉我他的手机号码。"

林婉音期期艾艾，榨油似的说出了上司的手机号码。岳波向梁英明请示了一下，马上拨通了杨含进的手机。岳波自我介绍后，大致讲述了这起风波的来龙去脉，询问他如何处理药扣清单——这些"烫手的山芋"。

杨含进吞吞吐吐，回避着问题。

"杨含进，我不想跟你说得太多，你是聪明人，会明白城门失火，殃及池鱼的道理。"岳波气急败坏。

"我们会亡羊补牢，将损失减轻到最低程度。我得知林婉音摆的乌龙后，一下子懵了，到现在还没缓过神来。"

"你有没打算让林婉音这阵子出去避避风头？"

"我们会安排的。岳主任，请你相信，在这方面，我们的利益是一致的，你们倒霉，我们也跟着倒霉。说句不好听的话，我们就是拴在一根绳上的蚂蚱。"

听了杨含进的话，岳波在心里自嘲道："妈的，堂堂正正的人现在倒变成蚂蚱了。"随后他就挂了电话。

梁英明问："你在我们医院推销药品有几年了？"

林婉音沉吟一会儿，答："快五年了。"

罗干问："你是本省人？"

"对，我是滨海县人。"

罗干瞥了梁英明一眼，压低声音说："李岳不也是滨海县人吗？"

梁英明答："对。"

罗干盯着林婉音看，问："你认识李岳副院长吗？"

林婉音马上接腔："我不认识他。"说完，她将头摇得像拨浪鼓。

罗干嘟囔着说:"不对啊。几个月前我曾看见你从李岳的办公室里出来,难道我看走眼了?"

林婉音马上撇清:"我没去过他那儿。"

"那人跟你太像了。"

岳波问:"你怎么这样马虎? 什么不能丢,竟丢了这个!"

林婉音弄丢这沓绝密资料,岳波颇感蹊跷,只是不好意思再盘问下去。

离开会议室后,岳波一头钻进张德民的办公室,随手关上门,坐在沙发上,半晌不置一词,不知从何说起。

张德民先开口:"跟林婉音接上头了?"

岳波嚅动了一下嘴唇,说:"情况比想象的还严重。我们科成了重灾区了,个个医生几乎都榜上有名。"

"岳波啊,岳波,你带的好头!"

"我该死,请组织处分我吧。"

"处分你我们就解气了? 整个科让你们给毁了。毁牌子易,树牌子太难了。"

"我后悔莫及啊。你那边沟通得怎么样了?"

"李总倒是爽快人,凭他的身份,还是能罩得住杨明之流的。这事只要电视台不报道,我们尚可逃过一劫,怕只怕躲得过初一躲不过十五。不过,现在这情形只能拖一日算一日了。"

"我已经做好了最坏的打算。"

"只要检察部门不介入,内部处理就可以大事化小。最怕的就是检察部门嗅到异味,找上门来。"

"我总觉得这件事很蹊跷,那鬼丫头怎么将这绝密的东西弄丢了呢? 在会议室里我想细细盘问她,可觉得如此盘问确实不妥,只好打住。"

"你怀疑是她有意泄露的? 这不对劲啊,她想砸自己的饭碗?"

"指责她有意泄露确实不合常理。不过,我们不是听到过有医药代表故意丢失保存着药扣记录的U盘?"

"那都是竞争对手落井下石恶搞出来的。林婉音不会是个自虐狂吧?"

"罗书记曾看到林婉音从李岳的办公室出来,她却一口否定,竭力想撇清跟李岳的关系。罗书记不会看走眼的,她在睁眼讲瞎话。"

"你怀疑她去过李岳的办公室密谋了?"

"对。"

"你这情节编得太狗血了,李岳不会使这种阴招的。况且医院遭殃了他脸上也无光啊。"

"他不会这样想的。药扣属梁书记与你管辖的范围,他巴不得药扣东窗事发,说不定眼下他正偷着乐呢。"

"他如此不堪?"

"老张,防人之心不可无啊。"

张德民眯缝着双眼看着他。

岳波焦急地说:"我并不是为自己开脱。你们该怎么处理我就怎么处理,我决不喊冤。可我不能眼睁睁看着人家将屎盆扣在你的头上,将刀架在你的脖子上。说不定李岳这小子想将我俩一勺烩!"

张德民若有所思地说:"他针对我我倒还会理解,可他为何要拉你给我垫背?"

岳波耐心解释道:"他总觉得自己在秦院手下怀才不遇,郁郁寡欢,心里肯定对秦院也怀恨在心,你说是不是?!秦院一退,你上位的呼声很高,在这节骨眼上,他肯定要往你的身上泼脏水,一举扳倒你;我虽不是他的竞争对手,可听说他在外面开始放风了,说一旦你当上院长,我被内定为副院长,他巴不得拆散我们!至于这次我们科室成为重灾区,那就是他最毒辣的招数,李岳打击我们科室间接就是打击秦院、你还有我,一箭四雕!"

张德民听了后低下了头;随后,他伸出左手擦了一下脸颊,仰脸望着天花板,长长地吐出一口气:"你有什么证据?不会凭空捏造吧?我们医生可是最重客观证据的!"

"证据俯拾即是。你想想,那个林婉音丢了这一大包东西哪怕算不上蹊跷,罗书记曾看到她出入李岳的办公室她睁眼抵赖也不算蹊跷,可她交给我药扣时竟让人偷偷拍下了还不算蹊跷?这不是说明有人故意陷害我们?"

"你这个分析倒有几分道理。"

"我想有两种可能:要么林婉音跟李岳串通一气诱我钻圈套,抓我的小辫子;要么有内鬼自曝家丑想搞臭你我!"

127

张德民将信将疑："难道他真的坏到如此匪夷所思的地步?！你将人心看得太险恶了！"

"老张,别将我的好心当作驴肝肺啊。放眼全院,我才是你的铁杆！哎,后院失火了,你竟还浑然不觉!"他有点口不择言了。

"照你这么说,我有血光之灾了?"张德民猛拍了一下自己的额头。

"我们都有。"

"李岳虽不怀好意,可我做梦都想不到他会这么坏！但经你这么分析,里面确实大有文章。难道李岳真的是那个幕后操纵者? 这有点令我不寒而栗啊。"

"我不是在胡编乱造,我是深思熟虑后才说出口的。我就是你的马前卒,只要你能登上院长的宝座,我甘愿为你做一块垫脚石！"

"李岳如果真的这样玩火,一旦东窗事发,他不就会身败名裂吗?"

"他为了达到目的,会不择手段,铤而走险的。我有办法摸清林婉音跟李岳之间到底有无猫腻。嘻,这对狗男女设个圈套,我这个棒槌竟傻乎乎去钻了。"

"照你这么分析,我们这个专家荟萃,原以为是一方净土的医院也成了险恶的江湖了?"

"你还认为医院是一方净土?"

张德民沉吟不语。

"要不要跟秦院通气? 眼下风声鹤唳,你俩应该拧成一股绳,否则,会让险恶之徒乘虚而入,各个击破。"

"可是,秦院不见得会扶我上位,别热脸贴在人家的冷屁股上。"

"现在都什么时候了,还这么优柔寡断? 你到如今还不知道秦院的性格,他与其扶持李岳,还不如扶持你。虽然你俩间有许多理念不同,可你俩毕竟还惺惺相惜。要么这样,我先出面找秦院投石问路一下。"秦声是他的伯乐,而张德民则是他情投意合的同事加上级;他虽然骨子里跟张德民贴得更近一些,可面上跟两上司保持着等腰三角形的关系。张德民跟他年龄相仿,平时无话不谈,不分彼此,因此,他俩私底下交流起来经常口无遮拦,根本不会文质彬彬、字斟句酌。

张德民微微点头,以示作答。

第二十三章　火线刺探

　　岳波找到了秦声，将自己对"药扣门"的分析全抖了出来。听了岳波的一席话，秦声也认为这场风暴非常蹊跷。说句心里话，他有意让贤，希望德民接班，如德民无法接班，他还想再干一届；这些年来，他觉得自己亏欠德民不少，总想扶德民上位，可现在半路杀出程咬金，李岳竟觊觎起院长这把交椅，他不由得凛然一惊。虽然张德民跟他有隔阂，可毕竟是个干事业的人，不像李岳尽干些钩心斗角的龌龊事儿。前不久，他曾在组织部新任部长高远望面前就不避嫌推荐了张德民这个欢喜冤家。他明白，有棱有角的张德民一直对自己不那么服气。在张德民的眼里，他取得的成就包括评上院士无非是拜院长的职位所赐，如果他不是院长的话，那么院士就是张德民的囊中之物了。他不得不承认，张德民是接替自己的不二人选，必须阻止李岳这居心叵测的家伙上位，更何况这家伙目前不但将矛头指向张德民，还张牙舞爪、杀气腾腾向他叫板了！是可忍，孰不可忍！他最恨的是李岳竟将火烧到自己的一亩三分地！肿瘤外科是个百年老牌，他绝不愿看到这个王牌科室在自己的手里元气大伤，一蹶不振。他盘算了一下，觉得当务之急是探明张德民的真实心理。在约见张德民之前，他先梳理一下自己的思路：岳波虽然分析得很有道理，可毕竟手里没有攥着真凭实据。他远没像张德民那样相信岳波，说真的，岳波是张德民的死党，根本不是他的铁杆粉丝，那两家伙一直在他的眼皮底下打得火热。不管岳波分析得如何丝丝入扣，秦声总觉得他有转移目标之嫌，先暂且按兵不动，等待他的调查结果吧。

这几天，岳波连轴转，进行绝地大反击，否则，他们这拨人将全都歇菜。他认为要将这起风暴的来龙去脉厘清，突破口就在林婉音身上，但要是她与李岳之间订立了攻守同盟，那就甭想从她的嘴里撬出点料来。解铃还须系铃人，他先得单独约见林婉音这鬼丫头再说。这些年来，她似乎扮出一副嘴脸，处处维护他的形象，设身处地替他着想，现在看来这不过是个假象！这不，现在不是让她玩了一回？知人知面不知心啊！细细想来，这女人确实不是什么好鸟，刚结识她那阵子，她隔三岔五请他下馆子。他呢，瞧她那副面善、靓丽的样子，就不由自主地让她牵着鼻子走了。

五点左右，林婉音如约而至，而岳波已等候多时了。他不想让她先进入包间，生怕她在房间里做手脚，搞录音。不过，这次他已有预谋，随身带来了录音笔，准备在撬开她的嘴时好好将她的话录下。她只看到他一个人在包间，不禁呆了一下，霎时恢复平静。

他调侃道："单独跟我吃饭，习不习惯？"

"习惯着呢。在这个风口浪尖，岳主任有兴约我吃饭，不怕狗仔跟踪吗？"

他没搭腔，已在脑子里盘算好了，晚上无论如何必须让她酒后乖乖吐真言，实在不行，就催眠她。

"在我碰到的医生中，你最'正人君子'了。"她巧笑倩兮。

"谢谢。"说完，他招呼她坐下，觉得她没心没肺。

他俩相对而坐。

她打量了四周，情不自禁地说："这包间的情调真浪漫啊。"

他一边敷衍着，一边暗中打开了录音笔。他不经意瞟了她一眼，提议道："来点红酒如何？这才算得上浪漫。"

她酒量不小，又敢喝，自然来者不拒。

他暗忖道："她跟我玩暧昧，大献殷勤，以为我要跟她来一腿呢。嘻，我沦落到跟这种女人眉来眼去,真是斯文扫地了。"他一下子点了四瓶普通红酒。喝酒他是海量,鲜有对手,她虽然酒量不俗,可跟他差几个数量级。

不一会儿,服务生手捧红酒,小心翼翼地走了进来,打开酒瓶,给两人斟了酒后,悄无声息地退了出去。两人提起酒杯,碰杯对酌。没多久,他俩就碰杯三次,她倚在椅上,斜睨着他,笑意盈盈。他冲她眨巴着眼睛,跟她互动。他俩有一搭没一搭地聊着。半个小时后,服务生上齐了菜,岳波冲着服务生点点头,他知趣地退了出去。岳波瞟了林婉音一眼,感觉她微醉了。他不想将她灌得酩酊大醉,这不利于他实施计划。

只见她两颊绯红,醉眼横斜,他夸赞道:"林小姐青春靓丽,真是一副美人坯子。"

"你夸得我有点飘飘然了。这些年承蒙你关照,赚了几个小钱,你是我的衣食父母哦。"说完,她自斟了半杯酒,一饮而尽。此时,他俩已喝了三瓶红酒,他觉得自己有点醉醺醺了,暗忖道:"如果她烂醉如泥了,该怎么送她回去呢?"他不敢再灌她了。她摇摇晃晃地站了起来,向他道了个万福。他怦然心动,觉得她这一刻倒有几分可爱,忙招呼她坐下去,生怕她站不稳,跌倒在地。她颤巍巍地坐了下来,闭上眼,头左倾,倚在椅上。

"你困了,就打个盹吧。"他怜香惜玉起来。

"打盹? 这顿烛光晚餐太过瘾了,春宵一刻值千金呢。"

"林小姐,真佩服你,小小年纪就在外面打拼了。"

"别看我表面风光,可有一肚子辛酸呢。医生大多不尊重我,常对我动手动脚。我误入这一行啦。"说完,她抽泣着,两行眼泪溢出眼窝,沿着脸颊逶迤而下。

他情不自禁地说:"唉,人人都有一本难念的经啊。"

"岳主任,杏泽医院医生中数你最尊重我。"

他哑然失笑,暗忖道:"她自作多情,我哪里尊重她,要说尊重只是面上,骨子里很瞧不起她。"

她虽没睁开眼,可似乎洞悉他的心思:"在你们医院风传我跟医生上过床,他们在诋毁我,吃不到葡萄才说葡萄酸! 不过,我有办法笼络住那些色狼医生。哎,不少医生跟我一起时色迷迷的,只有你才做到坐怀不乱。"

他怜悯她,违心地说:"我没将你想得多么坏。不过,你要懂得自重。"

"谢谢你的好意。"她眯缝着双眼打量着他,继续说,"你是个好人,我特崇拜你,你别笑我矫情。"

听了她的话,他无地自容,觉得自己今晚约她的动机有点龌龊。她的脸上荡漾着婴儿般天真无邪的笑容,他这才明白这姑娘远比他想象的有素质,不觉怀疑起自己前阵子对药扣门的分析是否全错了。

"我害苦你们了。"

"我们只不过是自作自受。"岳波瞟了她一眼,继续说,"你的经历有点神奇啊。"

她忘情地说:"我的经历确实与众不同。中考时考上了县里最好的中学。我父母很早就离异了,母亲含辛茹苦将我拉扯大。高中时,母亲得了重病,肾功能衰竭,家里一贫如洗。我不想再念书了,母亲不肯,死活要供我读书。可经此打击,我无法集中精力好好读书。高考时,我只考取一所普通院校。要是我是你的孩子该多好啊,肯定可以去全国最好的大学深造。"

"只要你努力过就无憾了。看得出来,你非常努力。"

"岳主任,从小到现在这么大,除了我那些老师外,你是真心夸我的长者。你不要以为我是个没有廉耻心甚至有点淫荡的女人,我真的不是。"

"我相信你。"

"毕业后,是李岳介绍我做医药代表的,我们是同乡。"

他听了后,心脏"嗵嗵"直跳,连忙抑制住自己的激动,不想打破林婉音眼下不设防的心境。他弱弱地说:"这么说,他是你的引路人喽。"

"什么引路人,他才不怀好意呢。"

"李岳是个好人,怎么会害人呢?"

"他要是好人,满世界就没有坏人了。你不知道,他怂恿我做他的地下情人,跟我赌咒发誓要跟他那个黄脸婆离婚,明媒正娶我。我当时一阵激动,以为自己钓到金龟婿了,可几年过去了,没有一点动静,他竟在玩弄我。"

她停顿了一下,喃喃自语:"李岳,你抢走了我的青春,抢走了我的贞洁。"

"你会找到幸福的,会找到的。你入错行了,这行业是个大染缸,好人都会变坏的。"岳波大喜过望,看来自己的分析很靠谱。

她断断续续地说:"大染缸——好人——大染缸——好人——"

他灵机一动："林姑娘，你怎么会丢了这沓要命的资料？这对你，对我们都是沉重的打击。"

"药扣的资料？我要它丢它就丢了。我不能跟你说它怎么丢的，这太吓人了。李岳，你发达了，对我有什么好处？我再也不想绑在你这架破车上，我厌烦透了。"

真是踏破铁鞋无觅处，得来全不费功夫。在他的眼里，此时的林婉音已进入忘情状态了，千万不能将她的思绪引回到眼前的现实中来，得再猛夸她，让她继续梦游幻境。他顺势说："看得出来，你是个很有主见的姑娘，有自己的奋斗目标，有自己的审美情趣。像你这个姑娘，应该得到理应属于你的幸福哦。"

"可是，我要取得成功真是太难了。小小一个医药代表，谁都瞧不起，那些大大小小的医生，只想揩我的油，吃我的豆腐。一个小女子真是太难混了。要想混个人模狗样，首先就得忍受非人的苦难，千万别将自己当人看。"

他随声附和："俗话说，吃得苦中苦，方为人上人。不过，在我的眼里，你是一朵出淤泥而不染的莲花。"虽然，以前他认为她很不堪，为了赚钱可以不择手段，现在，他对她的看法已经改变，她似乎良心未泯，更不是天生的贱坯。这一刻，他确实有点发自内心地同情她了。她突然裂帛般大笑起来，笑得花枝乱颤，可仍没睁开眼睛，酒精支配着她，使她陷入恍惚之中不能自拔。他大致厘清了她与李岳的关系，看来自己的眼光确实很毒，在临床一线摸摔滚打了这么多年，屎壳郎也修炼成精了。他绞尽脑汁想着该如何从她的嘴里撬出更多这场风暴背后的秘密，当然，千万别碰到她心灵的伤疤，否则，她会从目前的恍惚幻境中霍然醒悟，他就会落得竹篮打水一场空。他小心翼翼地问："这阵子你生活过得不顺心吧？"

她两眼闪着泪光，嘟着嘴说："唉，我的日子过得比黄连还苦，根本不是人过的。现在，很多医生不再信任我，我这是作的什么孽啊？我毁了自己了，我自作自受。你知道这一切都是谁指使我的吗？"说到这里，她突然睁开眼睛，好像刚从噩梦中惊醒过来。一看到他，她尖叫一声："啊？我这是怎么啦？岳主任，我怎么跟你在一起？"

他讪讪地说："你喝多了。"

她反问道："真的？"说完，她拎起酒瓶，"咕嘟咕嘟"往自己杯中倒，端起杯,仰头一饮而尽。他看呆了,晚上发生的一幕已经偏离了他预先设定的轨道,该刹车了。她怔怔地盯着他看,嘴角流着涎,一副小浪女的撒泼样儿。霎时,她泪眼婆娑,梨花带雨。他情不自禁地踱过去,轻轻拍了拍她的肩头,招呼她安静下来。她扑在他的怀里,"嘤嘤"哭出声来。他一下子慌了,最怕这一幕被人摄下来讹诈他,忙轻轻推开她。她那副楚楚动人的样子唤醒了他心里沉睡很久的柔情,他伸出手,想揩掉她脸上的泪水,手刚摸到她的脸颊,就像火烫着似的缩回,尴尬地停在半空。他暗忖道:"要是这妞儿跟李岳串通一气加害我,我跳到黄河都洗不清了。"

她似乎看出了岳波的尴尬,说:"岳主任,在这世界上,我最不想伤害你了。我佩服你的胸襟,感谢你对我的——尊重。可我——我——我还是伤害到你了,以后我会弥补的。我太轻率了,鬼迷心窍啊。——我准备离开这个是非之地,避避风头。我离开对你们有好处。有人逼我留在这儿,但我还是决定离开。要是——要是电视台播报了,纪委、检察院就会介入,那我们全都玩完了。"

"电视台方面我们已经摆平了,我们暂时躲过一劫。"他搞不清这妞儿是真醉还是假醉,她的思维很缜密,条理非常分明,这不像真醉;但根据自己对她的了解,如此口吐真言,这又跟她平时的性格不符。他暗忖道:"如果她真的设个圈套给我钻,我就万劫不复了!"酒精蒙住了他的心,他觉得自己有点控制不住了,决定晚上的游戏至此为止,不能再没完没了地玩下去。他踱回到原来的位置,坐了下来。

她抽泣着,断断续续地说:"岳主任,我全跟你说了:有人想玩死你们,特地逼我主动丢失一些可以暗示你们吃药扣的证据,引来政府相关部门彻查这件事,搞臭你们。我信任你,就豁出去将真相告诉你了。"

他虽然预料到这些,可真的从她的嘴边得知这不幸而言中的消息,还是大吃一惊,不相信这一切是真的。

看到他沉吟不语,她焦急地说:"岳主任,你可能以为这一切不是真的,就像天方夜谭。这确实是真相。医药这行业太黑,太深,我不想再玩下去,准备改行了,我已无所顾忌。这次我伤害到了你,我诚心诚意向你道歉。前几天,当我俩见面时,我无意瞥见你射来的那股阴冷的目光,就意识到你怀疑我有意为之了,你的目光真敏锐。这些天,我一直等你上门找我,今晚你真的找上我,我不想再回避了。"

"我佩服你的勇气。"

"你饶恕我啦?"她一说完,眼睛里充满了期待。

凭直觉,他相信她晚上不会再加害他了,就大胆地问:"你当初为何会受坏人的蛊惑呢?"

"我鬼迷心窍了。"

"你确实走火入魔了。"

"医药这个行业真的太黑了,好人都会变坏的。再这样下去,我无可救药。离开是迟早的事,可迟离开不如早离开。我现在还没想好以后要从事哪个行业,可我铁定心要离开这行业,明天就离开。当断不断,反受其乱。我原先一直以为医药行业是个神圣的行业,可现在我不这么看了,它已经被一股无形的、神秘的力量裹挟了。我必须尽快逃离这行业,否则,我会被它生吞活剥,不留下一丁点渣儿。"

"我钦佩你,你远比我想象的要好。"

"谢谢你的夸奖。实际上,我没像你想象的那么好,我是个虚荣心很强的女孩。"

"嗯,夜深了。"

"你怎么不问问勾搭我的那个老男人是谁? 怎么不问问我那个要搞臭你们的险恶计划? 如果你直截了当地问我,我会如实告诉你,不留一丝的秘密。"

"那个老男人就是李岳吧?"

"我曾经天真地倾心于他,可他屡屡玩弄我,我受够了。"

他将她送到家门口。随后,他马上将相关的信息一股脑儿全告诉了秦声、张德民。

回到家,岳波既感到如释重负,又感到心事重重。他终于搞清了李岳要对他和德民下狠手,蓦然明白下一步该怎么防备那家伙了。只是,他知道得太晚,现在这局面已覆水难收了。杨明似乎对自己印象不错,总不大会对自己致命一击,可也不好说啊。因为记者太注重博取眼球,他会放弃已到嘴边的那块肥肉吗? 看来,自己也别对他抱什么幻想了,要他发慈悲无疑与虎谋皮。岳波独自坐在客厅里发呆。妻子李玲从卧室里蹀了出来,看到他那副落寞的样子,忙问:"你不舒服?"

他抬起头,瞟了她一眼,忙又低下头,不敢正视她。

"明晚要陪妞妞的班主任吃顿饭,你一定得张罗一下。妞妞今年就要高考了,我们可不能扔下她不管。你要是不尽心尽意,我跟你没完。"她凶巴巴地说。

他斜睨着她,低声说:"知道了。"声音远得好像从地心传过来似的。这夫妻俩关系始终一会儿冷,一会儿热,冷的时候如堕冰窖,热的时候如胶似漆。她原先是个护士,后来辞职了,他通过熟人将她介绍到保险公司上班,账面上她的收入可不比他的少,经济基础决定家庭地位,她每天自然在他面前昂着头,骄傲地迈起猫步了。

今晚,岳波觉得特别吃力,早早就上了床。

东方露出鱼肚白,岳波借着灰蒙蒙的亮光盯着手表看,已是凌晨五点。他喃喃自语:"新的一天开始了。"他开始思考今天的工作安排,今天需做三台手术,约花八个小时左右。上午八点上手术台,到下午四五点左右手术会完毕,手术时必须干净利落,不能再拖班了。如果到下班时还没结束,老婆就要絮叨了,因为晚上要约妞妞的班主任吃饭呢,这可是正事。他在脑子里揣摩着这三台手术的手术步骤以及注意事项,同时将这三个病人的病史及各种检查结果在脑子里像放电影一样过了一遍。这些年来,虽然自己行医几十年,做起手术来已出神入化,可对每一例手术他还是高度重视。不过,这些年,他对新技术的应用没像前些年那样大胆了,因为一旦出现意外,说不定所尝试的新技术就成为不能承受之重,自己也就成了病人家属攻击的靶子。"你胆子太大了,北京、上海大医院的名医们都没采用你敢冒险?""你是不是将我们病人当试验品啊?书本上怎么没介绍呢?"等等,不一而足。前些年,他去美国、西欧遛了一圈,发现国内的医院跟国外的医院有很大的不同。国内的医生大多是医匠,出不了几个大师。虽然年年都有一批人被评上院士,可水平到底怎么样,只有天晓得了。国内医生沉下来好好搞科研的时间实在太少了,车载斗量的论文大多是粗制滥造。我们添置新设备的速度一点不比国外慢,可新技术、新项目开展的程度尤其是原创性跟国外顶级医院间的差距就不是一两年了。不知不觉间,时间已到六点,他一骨碌爬起来。几乎每一天,他都在这时点起床,因为驱车到医院至少需要一个小时,如果碰到路堵,那所花的时间就更长了。今天老婆不上班,她呀,只要将几个大客户稳住,自然就不愁奖金了。他只好自己动手做早点。冰箱里有袋装速冻馒头,他蒸了三四个,将昨晚的冷饭烧成泡饭。洗漱好了,他风卷残云似的将一碗泡饭连吞带咽灌了下去。时间已是六点二十分。今天一路畅通无阻,到他驱车进入医院大门口,只花了五十分钟,上班还早着呢。他大多提早半小时上班,可今天足足提早了五十分钟。他来到病房,穿上白大褂,就去查房了。他重点巡视这三个手术病人,一一了解这些病人的现状,幸好都没出现新的情况,手术可如期进行。对其中一例手术病人,他特别向手术室询问了该准备的特殊手术器械是否已准备好了,在得到他们明确答复后,这才如释重负。

林婉音一觉醒来时,阳光已在她的脸上溜达了,她感到刺眼,忙用手揉了揉眼睛,摇了摇头,伸个懒腰。她依稀记得昨晚曾跟岳波在一起,但到底发生了什么却虚无缥缈得像梦境。她搞不清有没将自己与李岳之间的苟且关系捅给了岳波,她非常后悔自己卷进李岳导演的这出见不得人的闹剧中去,心里直嘀咕:"你真是鬼迷心窍了,怎么会听信他的鬼话?你竟幻想他会娶你,真是白日做春梦!你想男人想疯了,竟会委身那猥琐的男人。幸好他没娶你,要是他真娶了你,那你不就堕入魔窟了吗?你应该醒醒了,回头是岸!李岳这坏蛋太阴险了,竟会使出这种下三烂的手段陷害人。你不能再害这些好人了。让李岳见鬼去吧!"她有点迷惑昨晚自己怎么喝高了呢?她一向酒量很大,在酒场上不大会失态,也许这阵子心情不好,酒量变小了吧。她似乎意识到昨晚自己曾向岳波透露过一些药扣门的内幕,可吃不准,真想拨通他的电话,向他了解一下自己昨晚到底都跟他谈了些啥,只是提不起勇气。在她看来,他是个正人君子,不像有些色狼,总爱占自己的便宜。自踏进这行业后,她无奈做过一些不堪的丑事。一想到那些不堪的场面,她就羞愧难当!这跟卖春有什么区别?!她已经厌倦了眼前这种人不像人、鬼不像鬼的生活,想彻底告别这些不敢面对的日子。她盘算着下一步该怎么办。苦思冥想了很久,她终于揣摩出了一个方案,又在脑子里将这方案回放一遍,最后决定付诸行动。于是,她拨通了上司杨含进的电话,说:"杨总,我决定辞职。"

"怎么想到辞职,你不是一直干得好好的吗?"

"可这次的丑事严重影响到公司的信誉,我没脸再混下去了。"

"我们也觉得你太不小心了,可你平时的业绩十分骄人,大家都有目共睹。"

"谢谢头儿的认可,这次我已铁心要离开了。"

"还是深思熟虑一下吧。别冲动。我们没将你一棍子打死。"杨含进对她的离开觉得非常惋惜。虽然前阵子他对她捅了这么大的娄子非常恼火,可现在火气已消了大半。

挂了电话,她如释重负,就好像做了一个重大的决定。杨含进根本不知道她跟李岳狼狈为奸合演的双簧。如果知道了,他非扒了她的皮,抽了她的筋不可。她竟玩起这类上不了台面的阴招,岂不说明自己的心肠比蛇蝎还毒?!

自从出了药扣门,她声名狼藉,不敢踏进杏泽医院的大门,决定告别这份带血带泪、充满屈辱的工作。她本想破釜沉舟,揭下李岳的画皮,可又觉得这样做无疑彻底毁了自己,只得放弃这种杀敌一千,自损八百的做法。眼下,什么都别想,出去避避风头再说。

今天的手术很不顺利,岳波估计下午五点左右可以顺利完成三台手术,不承想下手术台时已是八点,手机早被老婆打爆了,感到十分歉疚。他立马和她通话,遭到她一顿臭骂。可臭骂归臭骂,他还是习惯性地来到苏醒室看望自己的"作品",最早手术的那个病人恢复了神志,已经搬回到普通病房;第二个病人仍处于昏迷状态,但程度较浅,生命体征稳定,估计不久后会苏醒。第三个病人患肺癌,其病灶靠近中央,手术很复杂,岳波已尽其所能将病灶周围的微小转移灶一一清除,尽量不使它们有死灰复燃的机会。肿瘤外科三驾马车秦声、张德民、岳波,每人的手术风格各不相同。秦声处于最前沿,他喜欢将癌症的治疗跟移植联系起来,并已经建立了肝癌移植治疗的"秦氏标准";而张德民则强调癌症的早期干预,他在癌症的早期干预方面具有非常丰富的独门经验,已成为国内癌症早期干预的第一人。如果这次他能登上院长的宝座,凭借这个光彩夺目的平台,他成为中国工程院院士是早晚的事。前面有这两位大佬罩着,岳波自然逊色多了,但他一点都不怨天尤人,因为他明白如果没有这两位师友的提携,他也不会走到今天。

等到岳波驱车来到饭店时,妻子李玲、妞妞晓岚已在打扫战场,准备打道回府了。岳波看到妞妞的班主任张作栋老师后,忙不迭地致歉。

张作栋笑吟吟地说:"不要紧,不要紧。"

岳波恭维地说:"现在离高考仅半年时间,你现在肯定忙得脚不点地了。"

张作栋扬了扬眉,说:"太忙了。"他瞟了晓岚一眼,夸赞道,"晓岚天资聪颖,后天又努力,相信肯定会考上一所重点院校的。我具体不给她定目标,生怕给她添压。不过,晓岚抗压能力倒是顶呱呱的。"

晓岚不好意思地低下了头。

岳波一边囫囵吞枣似的扒着饭,一边向张老师讨教高考冲刺时的注意事项,他一一作答。晓岚坐在一旁聆听着,一言不发。他们吃好饭后,各自散了。在分手前,岳波背着晓岚将三张面值各一千的购物卡塞到张老师手里,他客气地推让一番,最后笑纳了。

等到他仨回到家,晓岚没顾得跟父母闲聊,忙冲进书房,去做作业了。夫妻俩坐在客厅里看着电视。看了一会儿,李玲余怒未消,气鼓鼓地说:"天底下就你是大忙人,张老师以为你怠慢他,脸上挂不住了,要不是我好说歹说,他早拂袖走了。"

岳波抱歉地说:"可那三台手术好事多磨啊,真是剃头匠遇上癞痢头了,我也没法啊。"

"什么破职业,干脆跟我做保险去。"

"就你能!"

李玲意识到自己刚才口气太冲,就缄默不语。

"不过,我确实没想到会拖得这么久。"他缓和一下气氛。

"你将前些天我陪老乡吃饭的那几张发票带回去给报了吧。"她不想再纠缠,就另启话题,交给他一个光荣而又简单的任务。

他面露难色,不置可否。

她怨气上来了,讥讽道:"你的境界怎么一下子拔高了?你不是常跟我说科研经费多得用不完,现在正在变相消费吗?"

"就是用不完，你也不能胡乱报销啊。"

"别在我面前充包公了，你以前不是报销过类似的发票吗？"

"此一时，彼一时，现在我发现问题了。"

"那你不报销，多出来的经费岂不是要被充公？充公多可惜，不如变着法子给消费了。"

他非常不情愿地说："真拿你没辙。"他确实拒绝不了妻子提出的杂七杂八的"正当理由"。

她像发现新大陆似的，问："你们的科研经费为什么会多到用不完呢？难道上头审批时都不去核实？"

他太累了，确实没心思给她启蒙解惑。

可妇人不想善罢甘休，穷追不舍："这里头到底有什么奥妙呢？"

他没好气地说："你去问国务院那些头头脑脑吧，就你爱刨根问底。"

"有种你能躲过眼前这一劫，在我面前逞什么能呢？"她来了犟劲。

"你就饶我一回，让我清静一会儿，好不好？"

她嘟囔着离开了。这对夫妻，要是不抬杠就会觉得浑身不自在。

第二十四章　雪上加霜

　　有人举报杏泽医院在"三特"评审时存在作弊现象,秦声听了后,一下子跌入了冰窟。举报内容大致有两方面:一是杏泽医院将梁桂花医疗纠纷赔偿金隐瞒不报。二是肿瘤外科林建民医生曾在某地市医院走穴,做了一例高难度手术,术后,这病人不明不白死亡。经医学会鉴定,结论为一级医疗事故,医生负次要责任。秦声马上唤来张德民商量补救对策。当张德民火急火燎跑来时,秦声将遭举报这糗事一股脑儿告诉了他。张德民呆若木鸡,良久,才转动眼珠子,问:"这是哪个王八蛋干的?"

　　秦声沉吟半晌,底气不足地说:"可能是李建进干的吧?"

　　"不可能!"张德民断然否定。

　　"你为啥这么肯定?"

　　"我相信他的人品。"

　　"现在,他已是济仁医院的人了,完全有可能反咬我们一口。"

　　"他是个正直的人,不会这么恩将仇报的。"

　　"那你认为谁的嫌疑最大?"

　　"李岳。"张德民毋庸置疑地说。

"你为啥这么肯定?"

"直觉告诉我。"

"你是不是对他成见太深了呢?"

"老秦,看来你对他还是抱有幻想。'药扣门'都捅出来了,他怎么不会弄出个'评审门'?"

"没有确凿的证据,我们不能乱冤枉人。不过,我倒没有完全将他排除。"

"八九不离十了。"

秦声幽幽地叹了一口气,恨恨地说:"不管是谁举报的,我们都得商量补救方案了。医疗纠纷赔偿金超标,会扣除我们不少分,而这次评审,我们比济仁医院高不了几分,要是按实扣,我们就悬了;更要命的是林建民这起所谓的事故要是算在我们头上,那可是一票否决的指标,我们连入围的资格都没有了。"

张德民期期艾艾地说:"这起医疗事故不在我院发生,不该算在我们头上吧?"

"就看厅里怎么认定了,不日厅里肯定会派人来调查,得马上召集班子成员好好商量对策了。"

"李岳也参加?要是他将我们的讨论内容举报了,那我们真的要让他给一锅端了。"

"可不叫上他,怎么行呢?"

张德民无奈地摇摇头,泄气地说:"那我们讨论对策千万得注意分寸!"

班子成员讨论过后,秦声意犹未尽,拉上张德民来到自己的办公室。

张德民没等秦声开口,就迫不及待地说:"刚才李岳的表现已证明我的怀疑不假。"

秦声随声附和:"我刚才也一直观察他的表现,他举报的嫌疑确实很大!嗐,他真是人渣啊!"

"梁桂花那起纠纷要不是高层插手,我们连一个子儿都不给,现在倒好,我们将自己玩死了,真比窦娥还冤!"

"我不知道说什么好了。"

"我初步估计过,就算将这笔冤枉钱当作赔偿金扣掉我们几分,我们的总分仍比济仁医院高,煮熟的鸭子飞不了。"

"可要是弄虚作假的帽子扣到我们的头上,人家就会给我们贴上骗子的标签,我们以后怎么混呢?"

"我们得打起十二分精神来了。"

"我想过了,到时我们向调查组老老实实晒出真相吧,这类窝囊事每家医院都会碰到,还不算太丢人,关键是林建民那起事故不能摊到我们头上。"

"现在允许多点执业,林建民的'走穴'合乎规范。他曾向我解释过:这起纠纷根本算不上事故,只是患方来头不小,早已活动过了,那些评审专家只好鸡蛋里挑骨头,硬按上一桩罪名,他就做了冤大头。"

"我总觉得上头有点吹毛求疵,偌大的一个医院几年来怎么可能不出一起医疗事故?这不是存心要我们不走正规解决途径吗?唉,这么要求,法治可是遥遥无期喽。"

"对啊。"

"当然,我不是鼓励医生弄出一个事故出来,只是有些事故确实是难免的。允许多点执业,可这类所谓的事故责任该如何界定呢?真是剃头匠碰到癫痫头了。"

"哎,我们有不少法规纯属逼良为娼。"

"我觉得这起事故不能算到我们头上,我们可以据理力争。"

秦声原以为调查组来后,只要自己好好解释,会过关的,不承想厅里考虑到这起举报并不是空穴来风,查有实据,就这样给杏泽医院挂上"三特"医院的牌子,肯定会触犯众怒,于是就硬生生地将杏泽医院拉下了。分数排名第二的济仁医院本想捡漏,可也有人举报,自然上不了位了。煮熟的鸭子飞了,这对杏泽医院的打击不是一般的大,真可谓屋漏偏逢连夜雨。这场轰轰烈烈的"三特"医院评审就这样草草收场,真是始料未及啊。

第二十五章　姑息疗法

自认为是平生杰作的"重磅炸弹"被电视台扣压了，杨明感到很恼火。他不知道是什么原因，最后才弄清自己这个杰作让老总李颂给"和谐"掉了。李颂坦言这篇报道火药味太浓，生怕引起医疗界群情激愤；同时，他还认为药扣的根源一言难尽，将脏水全泼到医生头上是病急乱下药。如果这篇报道一发出去，那医生们就成了冤大头了。杨明做梦都想不到头头会禁止放行，按理说，李颂走马上任，眼下正烧三把火，决不会如此畏首畏尾、投鼠忌器，他百思不得其解。他怀疑可能是张德民在搞鬼。一想到此，他来劲了，马上拨通了张德民的电话。没等张德民的声音传过来，他就气势汹汹地质问道："张德民，是你在背后搞鬼吧？"

"杨大记者，你这话是什么意思？我们现在正引颈就戮，等着你高举屠刀呢！"张德民假装糊涂。

"别假模假样了！咱们骑驴看唱本，走着瞧吧！我不相信治不了你，更不相信这世上竟没有开封府！"

张德民没说一句话，"啪"地挂了电话。等到冷静下来后，他发觉捅了马蜂窝，自己刚才如此激惹那个无冕之王，保不定杨明会做出什么极端的举动！冲动是魔鬼啊！

张德民的担忧不幸变成了现实，暴风雨终于带着吓人的吼叫声盛气凌人地迎面扑来。秦声等人一直认为只要省电视台不播报，就定能将这场不期而至的风暴扼杀于青蘋之末，根本想不到那家伙竟攀上了高枝。央视著名的《啄木鸟》栏目组得到杨明的那段视频后，如获至宝，连夜赶制出来，两天后就高调播报。虽然报道时将岳波的脸打上马赛克，可结尾处他们有意设计的张德民拂袖而去的镜头太过冲击力，张德民不幸"中枪"了。那报道在黄金时段播放，林婉音最先看到，意识到自己捅了大娄子，将功补过，立马将这报道告诉了岳波。岳波得知后，直接向秦声、张德民做了汇报。秦声在电话里跟张德民商量了一会儿，立即指示办公室主任金振，紧急通知医院班子成员连夜来医院开会，商量对策。秦声早早来到办公室，心里直嘀咕："请他们来商量应付这场风暴的对策妥不妥当呢？梁英明是个老好人，专会和稀泥；张德民虽然平时跟自己磕磕碰碰，可他眼下正处于暴风眼一定会跟我同舟共济，结成强大的统一战线的；罗芬是个女流之辈，大多时候只是个跟屁虫；蔡世祥是自己一手提拔上来，虽然没有什么真知灼见，但不会给自己添乱；罗干平时话语不多，城府比较深，很爱扮深沉，不会和盘端出自己的想法的；李岳则是个危险人物，也是"药扣门"的始作俑者，他巴不得这场闹剧愈演愈烈，找他商量不是'引狼入室'吗？可排除他又不妥啊！"不一会儿，班子成员陆续到达。八点半左右，会议开始。秦声已事先请金振告知了晚上紧急会议的主题，开场白无须铺垫，一下子就切入主题："今晚请大家来就是为了商量如何应对这次'药扣门'危机。这些天，大家都明白，我们已被'药扣门'折腾得灰头土脸。那姓杨的竟将这些内幕捅到央视《啄木鸟》栏目上了，这比省电视台报道影响要大得多，摆在我们面前的当务之急就是如何去危机公关了。"

梁英明打头炮："这次我们确实够呛，我认为在省卫生厅介入前应马上成立院内检查组，好好对这起'药扣门'事件彻查一下，拿出自己的处理意见，算是亡羊补牢。再不行动，有关部门会指责我们不作为。"

罗干马上声援："对，我们就应该马上成立检查组，采取主动。前些天我们曾联系过那个医药代表，初步了解过这次'药扣门'涉及面的广度，心里大致有底了。想不到杨明那家伙跟我们一根筋犟到底。"

张德民心里就像打翻了五味瓶，哀叹道："哎，我原以为跟省电视台老总打过招呼后就能禁止那视频出笼，想不到那鬼东西捅的窟窿竟更大了。"

李岳嘴角边掠过一丝不易觉察的冷笑，假模假样地说："眼前不是叹气的时候，最要紧的就是如何启动应急预案。"

梁英明随声附和："对，既然覆水难收，我们只好硬着头皮苦思补救对策，死马当活马医了。"院领导除了秦声、张德民，谁都不知李岳是这场闹剧的导演。

秦声提议："老梁，你经验丰富，这次有劳你亲自出马了。"

"责无旁贷啊。我提议一下，我当检查组的组长，老罗当副组长——"

没等梁英明说完，秦声举双手赞成，大声表态："好！"他根本想不到和事佬梁英明今晚表现出少有的果敢。

梁英明继续端出自己的对策："我们首先设立一个廉政账户，要求医生将返扣汇到这个账户上去——"他停顿了一下，观察秦声的反应。秦声首肯，他有了底气，继续说，"同时要设定一个时限，三日内上缴返扣，好不好？"

秦声拍板："就这么办。估计从明天起记者就像苍蝇嗅到腥味般蜂拥而至，请老罗负责接待，充当医院发言人，怎么样？"

"好。我连夜准备措辞。"罗干马上签下了军令状。

李岳跃跃欲试："秦院，哪一摊分给我呢？"

秦声厌恶地皱眉头，但不易觉察，沉吟半晌，说："你就给梁书记他们分担一下，主动去找那些问题医生做工作，要求他们尽快上缴；否则，一经查实，处罚从重。还有，你认不认识那个姓林的医药代表呢？"秦声有意将李岳一军。

李岳呆了一会儿，突兀地回答："不认识。你要不要我出面找她沟通？"

秦声似乎漫不经心地说："你不认识就算了。还是请德民去做工作吧。"

张德民点点头，爽快答应。

"会议一结束，我就马上跟省卫生厅王厅长通气，交换一下意见。"

等到跟王厅长通完话，秦声像虚脱似的，全身似乎被抽成了真空。

张德民这回真是哑巴吃黄连，他本以为有李颂把闸，杨明不会兴风作浪，做梦都想不到那魔头玩得更大，竟端起无冕之王的架子来了。事与愿违,他心里非常自责,觉得自己将这场戏演砸了,冥思苦想着该如何弥补,尽量挽回损失,可怎么都想不出一个全身而退的好办法,看来这阵飓风刮过以后,整个医院肯定会一片狼藉。他在心里狠狠骂着杨明,恨不得自己能化身为捉鬼的钟馗,镇克杨明这恶鬼。他更恨李岳,如果不是这个阴毒小人使绊子,杨明也不会粉墨登场上蹿下跳演鬼戏了。他虽没掌握李岳使阴招的铁证,可根据这阵子搜集到的林林总总的证据,李岳是幕后指使者应该是昭然若揭了。他跟岳波通了话,要他马上跟林婉音联系,叫她明日务必来他的办公室一趟。岳波情知军情紧急,连夜跟林婉音联系上了。虽听到岳波说过林婉音跟李岳闹翻了,可他最担心他俩为了某种利益重新沆瀣一气,狼狈为奸。他揣测李岳眼下不会只枯坐在老板椅上看着这幕大戏上演,还会四处活动,说不定为了稳住林婉音,又会开出他拿手的空头支票。不知道那臭丫头上了李岳N次当后,又会不会再上N+1次当?! 女人是个感性的动物,说不定那丫头让李岳连哄带骗后又会乐得屁颠屁颠,乖乖钻进他的圈套浑然不觉。那晚,张德民将自己那双眼睛瞪得比天上的满月还圆,整夜无眠。

　　翌日上午,林婉音如约来到张德民的办公室。她怯生生地站在他的面前,不断搓着手,嗫嚅着。张德民看到她那副窘相,不由得动了恻隐之心,礼貌地招呼她坐下。林婉音激动地抄起一把半新的皮椅,坐在他的面前。张德民开门见山:"我知道你在这一行混不容易,可做人要有底线,千万不能为了谋一己私利将别人往死里整。"

　　林婉音看到张德民一脸正气,忙替自己辩解:"张院,我敬重你,崇拜你,绝对不会使阴招伤害你。"

　　一听到"阴招"这词,张德民凛然一惊:"我不是恭维你,看得出来,你一脸的清纯,内心总不至于已被社会这个大染缸染得墨黑了吧?"

　　"我良心未泯,绝不会是个害人精,就是人家逼我害人,我也不会高举屠刀的。请你相信我。"

　　他表情凝重,冷冷地说:"你总不会否认,眼前这场腥风血雨的始作俑者就是你吧? 当然,我不否认医院里也有害群之马。"

　　"就算我犯了错,也不怨别人。请你宽恕我给你们带来的灾祸。我犯了低级错误,罪该万死。"

看到她那副自责的样子,张德民不忍心再往她的伤口里撒盐,遂另启话题:"我们现在处于同一条战线了,既然已经犯事了,接下来我们一定要携起手来,竭力将损失降低到最低程度。损失小,对你也有利,弄得地动山摇,以后你怎么再混下去?!"张德民尽量掌握说话的分寸。

"我知道,我一定会尽量去弥补自己的过失,你要我咋办我就咋办。"她在心里盘算着他到底了解多少内情。

"你自己去权衡一下吧。这一两天各级纪委肯定要对你狂轰滥炸了,你知道自己怎么应付了吧?"

"实际上,我当时遗失的只是一部分资料,大部分资料我事后全销毁了。我不会将事态扩大的。"

"这场风波可大可小,就看你如何导演了。"他不想再赤裸裸说下去,生怕授人口实。虽然她看起来不像是个害人精,但也不能对她太放心,毕竟她是李岳的人;说不定李岳那阴险的家伙一忽悠,她又会见风使舵了;但根据岳波掌握的信息,她不会再对李岳言听计从了。想到此,他觉得有必要再刺探一下"军情":"你涉世未深,不识周围都是险滩暗礁,得时时把握自己,要不然会遭到灭顶之灾的。"

"谢谢你的提醒,我已经有了切肤之痛。这社会太复杂,有些人太无耻。"她有感而发。

"连医院这个神圣的地方现在都鱼龙混杂,不要说其他地方。当然,我没有在你的面前炫耀我们医务人员。确实有一些医务人员日复一日从事单调的工作,悲悯、同情心早让猪油给蒙了。"

"谢谢张院跟我平等对话。"两行眼泪从她的眼眶中溢了出来,她胆怯地瞟了他一眼,继续说,"这一次,我会咬紧牙关好好把握自己,不会再犯二了,我不会砸了你们这块百年老院的金字招牌的。我可以向你保证。我知道下一步该怎么做了!"

他的脸上露出了不易觉察的欣慰笑容,心里已非常有底。她略寒暄了几句,告辞走了。张德民感觉这女子不太像要搞垮他们的样子,虽然她跟李岳勾搭在一起,但不见得她会愚蠢到给李岳当枪使。他搞不清目前这两人的关系到底发展到了什么程度,但根据岳波提供的信息,她似乎准备回头了。只要她不对李岳亦步亦趋,他还是可以躲过一劫的;只是岳波经"药扣门"的打击，进阶之路已被封死。他不知道眼前岳波有没有意识到自己的处境，如果洞明了，那他眼下的心境肯定比吃了黄连还苦。不过，只要留得自己这座青山在，岳波不怕没柴烧。

纪委书记罗干牵头召集监察室主任张令以及几个办事员对林婉音"遗失"的那沓名单进行地毯式的排查。那些医生全都"供认不讳"，并将林婉音运作的几个品种的药扣全来个竹筒倒豆子。罗干要求他们将那些药扣限期全上缴到医院的廉政账户。等到省厅检查组进驻医院时，医院自身的排查工作已告一段落。检查组组长对院方雷厉风行的做法充分肯定，并责成他们一定要从中吸取教训。组长找到相关医生稍做了解，就带着医院自身的调查结果打道回府了。几天后，卫生厅的处理意见下来了。由于岳波收受的药扣最多，达两万多元，给予全省通报，并责成院方拿出一个处理意见，院领导商量决定将岳波降为科副主任；其他医生主动上缴，且加上金额不是太大，免于处罚。很多人认为仅根据上缴的金额处分很不合乎情理，纷纷替岳波叫屈。实际上，很多人拿到的药扣远比岳波的多，只是岳波据实上报而已。对上述的处理，杨明不依不饶，要求院方必须问责张德民，因为他是直接领导，要负领导责任。在他这条线出了这么一件丑事，不处理主管领导有点避重就轻；而对岳波的处理他认为是小题大做。杨明对岳波的印象不坏，如果仅仅牵扯到岳波一人，他绝不会将这起"药扣门"捅到著名的《啄木鸟》栏目，因为他不忍心岳波倒霉。他这次想拿下的是张德民，因为那家伙在他面前牛气冲天，自以为老子天下第一，太不把他这个无冕之王放在眼里。可现在竟让这条大鱼溜走了，他无论如何咽不下这口气。于是，他直接向省纪委反映。省纪委领导觉得他反映的有理，责成省厅追加处罚。省厅将省纪委的意见告知秦声，秦声听了后慌了，马上找张德民商量对策。当张德民急吼吼地跑到院长办公室时，秦声焦急得头顶都冒烟了。张德民意识到不妙，顾不上礼貌，劈头就问："有急事？"

秦声直率地说："麻烦大了。省纪委认为我们的处理太轻，责成追加处罚，特地点明要处理你。这个难缠的杨明咬住你不放了。"

"真有这回事？"

"情况太严重了。"

"老秦,你碰到的棘手局面比我多,按眼下的情形,我该如何做?总不能乖乖束手就擒吧?"

"这局面你不可赤膊上阵,由我出面调停,况且我又是杏泽医院的一院之长。"

张德民沉吟片刻,说:"老秦,既然要处理我,就让他们处理吧。这次'药扣门'我确实脱不了干系。"

"我更脱不了干系。我想,我快下台了,要处理就处理我吧,反正我没有前程好影响了;而你,以后的路子还长,还有很多的工作等着你去做。"

"要处理肯定先处理我这个直接领导,哪有跳过我直接处理你这个一把手的道理?!"

"可你要是留下这污点,煮熟的鸭子就飞了。德民,听我的,让我为你挡一阵子。我马上去找省纪委王书记沟通一下,或许这件事还有转圜的余地。别急,天无绝人之路。我保护你实际上也为了自己,别忘了,我将来的退休金还想向你索要呢!"秦声尽量将严肃的话题说得轻松些。

张德民凝视着秦声,若有所思。对他来说,一切尽在不言中。

秦声苦笑着,说:"枪眼还是我去堵。我马上去王书记办公室一趟。我跟他是老交情,估计我的面子他多少要买的。"

"好吧。老秦,别太勉强。反正,我想通了,大不了我回临床一线去。说不定我的事业还在临床,而不是什么院长、副院长的岗位。"说完,他朝秦声点点头,蹀出了门外。

秦声马上给王书记通话,得知他恰在办公室后,就通知司机,驱车直奔省纪委。

王书记热情地接待了秦声。

秦声觍颜说:"王书记,这次给你们脸上抹黑了,我夜不成寐啊。"

王书记安慰道:"我不是桃花源中人,对你们的药扣也略知一二,知道这是全国性的通病。你们太不小心吧?"

"可是,这次风波确实非常蹊跷——"

"到底怎么回事?"

"估计有人想陷害张德民、岳波,因为这次'药扣门'主要涉及到肿瘤外科,而他俩都是该科出身。"

"我跟张德民有一面之交,不熟悉岳波。"

"岳波是肿瘤外科主任。不久我要退下来了,院长人选省委组织部正在考察,张德民是重量级人选,竞争对手与医药代表有可能合谋往他俩身上泼脏水。"

"有证据吗?"

"板上钉钉的证据还没有。"

"不过,即使能搞到证据,对你们医院来讲也不是什么光彩的事。"

"我们也这么想,故不敢查下去了,最怕越查越臭,只好刹车了。"

秦声跟王书记颇有交情,故在他的面前讲话比较随便,根本没将他当作令官员们望而生畏的纪委的头头。

"确实林子大了,什么鸟都有。你认为谁在背后做手脚、搞阴谋,是院内还是院外?"

"院内的可能性更大。我马上要退下来了,有些人为了上位肯定要钩心斗角,什么阴招都会使出来。"

"老秦,我们都是有身份的人,千万不可捕风捉影啊。"

"王书记,我是医生出身,医生这职业最讲究的是严谨,我决不会将子虚乌有的山海经言之凿凿铺排成医学论著的。"

"你具体怀疑谁?"

"王书记,今天我只是跟你闲聊,并不是反映工作的。一直来,你都是我信赖的领导——"

"老秦,你别给我戴高帽了,我很不适应啊。"

"好吧,长话短说,我切入正题。我首先向你剖析一下我卸任后院长最可能的人选。应该说,呼声最高的是张德民——"

"噢。"

"凭他的资历、声望、能力,完全能掌舵得了整个医院;如果一定要指出缺点,那就是灵活性不够。"

"我明白了,你的意思是指他的竞争对手在设局陷害他。"

"我高度怀疑有人想彻底搞臭他。"

"谁?"

"李岳嫌疑最大。"秦声铤而走险了。

"他不也是副院长吗？可我对他不是很了解，他的老爷子就是李前进老领导吧？"

"对。"

"他的业务水平怎么样？"

"他的业务水平乏善可陈，可阴招层出不穷。常常能玩一个人于股掌之上，而被玩者却浑然不觉。"

"竟有这回事?!"

"现在他俩正在冲刺，你说李岳不会使出浑身解数？更何况现在李岳处于下风。"

"按你这么说，李岳的人品令人侧目喽。"

"我对他认识很深刻，他为了谋一己之私利会不择手段的。如果这家伙生在一个黑暗的朝代，肯定会掀起腥风血雨的。"

"你认为他跟那个医药代表联手了？"

"那林姓医药代表已间接承认。他俩原是老乡。"秦声本打算倒出李岳对林婉音说过的要娶她的许诺，可投鼠忌器，怕牵连到正处于风暴眼的岳波，于是就打住了。可怜的岳波再也伤不起了，任何风吹草动都可能成为压垮他的最后一根稻草。

"既然没有铁证，法律主张疑罪从无。"

秦声无奈地摇摇头，沉吟不语。

"老秦，并不是我不相信你，你别多心。"

"我没责怪你不相信我。"

"我认可你的分析，但根据你提供的所谓证据定李岳的'罪'太过牵强，我们不能罗织莫须有的罪名。"

"我理解你的意思，但我凭第六感觉察到这里面藏着一个巨大的阴谋。"

"我理解。要么我们直接从这医药代表入手，弄个水落石出？"

"我们也曾想过这么做，也许可以从林婉音的嘴里撬出点猛料来，但要是李岳来个一问三不知，那我们岂不是自讨没趣？弄得不好，让李岳反噬一口可不是闹着玩的。"

"你这分析倒有道理。那你认为目前怎么办才好？"

"目前这局面用我们医学术语描述，就是没有根治术，只有姑息疗法。

我的意思就是不能将这次'药扣门'弄得地动山摇。你千万别认为我在推卸责任,我只是考虑弄得太大对张德民很不利,而李岳则更有可能浑水摸鱼,达到不可告人的目的。王书记,不是我危言耸听,一旦李岳上台,医院会被他弄得乌烟瘴气,脏得像猪圈。"

王书记表情凝重,一字一顿地说:"经你一分析,我觉得这里面确实很蹊跷。杨明曾找过我,言辞激烈,拼命揪住'药扣门'不放。"说完,他陷入沉思之中。

秦声假装惊愕地问:"那家伙找过你了?"

"对! 他抱怨省卫生厅对你们的处理避重就轻,还说不处理张德民誓不罢休,好像跟张德民不共戴天似的。"

秦声若有所思:"这更说明问题了。说不定李岳、杨明、林婉音抱团了。"

"这不见得吧? 不过,据电视台李颂台长反映,杨明是个偏执狂,爱钻牛角尖。"

"我们看透了这家伙,他以无冕之王自居,不自量力啊!"

"他一向自诩为正义的化身、人民的良心。他揭露起阴暗面来绝不留情,一查到底,不管什么威胁利诱绝不收手!"

"不管他是人民的良心还是正义的化身,在这起'药扣门'上他确实胡搅蛮缠。他之所以咬住'药扣门'不放,除了他有可能跟李岳他们联手外,还有可能就是张德民得罪了他。当时他在采访时,张德民确实不够配合。"

"照你这么说,这里面似乎存在一个巨大的黑洞。"

"我确实这样认为。现在,药扣在每家医院里都存在,各级政府是否要深思根源在哪里?"

"你确实点到了病根。"

"按照目前的体制,药扣在我们卫生系统的确是野火烧不尽,阴风吹又生,老实说,我也无能为力。不过,我得向你保证,本人绝没收到过一分药扣,真的。"

"我相信你。不过,既然事情到了这份上,我们该商量个对策了。'药扣门'太诡异了,我们不能草率认定李岳就是始作俑者。"

"王书记,李岳完全可能为了私利不择手段,铤而走险。这些年来,我也没少受他的暗箭。只是碍于我毕竟在全省还是个有头有脸的人物,他稍微收敛些。"

"嗯。"

"鉴于目前的情形,你们纪委是否对我们的'药扣门'事件网开一面。我不是为自己求情,我是出于考虑医院的整体利益以及将来的发展。我既不想往自己的脸上涂脂抹粉,也不想看到我们这家老字号的医院从此一蹶不振。尤其对医院来说,带头人太重要了,稍有不慎,满盘皆输!"

王书记听了后陷入了沉思。良久,他才笃悠悠地说:"我们会充分考虑的。我们最不愿看到你们这艘航母沉没。但是,我该如何帮你们呢?我了解张德民,他是全国知名的医学专家,这样一个专家阴沟里翻船,确实比窦娥还冤。只是,我们可以放张德民一马,可杨明却在背后虎视眈眈,会搅得我们人仰马翻的。"

"这该怎么办呢?我总觉得,虽然张德民没给杨明面子,可他总不至于紧紧盯着张德民不放吧?如果他真的对张德民如此深仇大恨,他的意图就昭然若揭了。看来,他是非扳倒张德民不可。唉,德民这次很难过关了。"

"该怎么办呢?"

秦声灵机一动:"要么我拉下脸皮去见杨明一面,因为我毕竟跟他没过节。我一定会对他晓之以理,动之以情的。"

"眼下也只有这步棋可走了。"

"我先告辞了。"说完,秦声站了起来。王书记点点头。秦声跟他道了别,转身走出了办公室。

回到医院,秦声习惯性地在急诊科转了一圈,不时跟擦肩而过的医护人员打着招呼。他回到自己的办公室,沏了一杯绿茶,抬起头,瞥了窗边那盆君子兰一眼,只见笔直的花梗托着一簇扇形的花瓣,金黄的花瓣鲜艳夺目,雍容华贵。他对君子兰情有独钟,一看到它,心中的郁闷就一扫而光。他站起身,踱到那盆君子兰边,伸出右手,轻抚着笔挺的花梗,俯身闻着那簇金黄的花瓣,不觉心旷神怡。他眺望着远处的群山,目光沿着逶迤的山峰一路望去,直到看不见的远方。遥想当年,张德民分配进肿瘤外科时,秦声就对他刮目相看,觉得他天生就是块搞外科的料。平心而论,他觉得张德民在业务方面比自己略强,眼光也比自己更独到,其奇思妙想常常赢得他击节叹赏,尤其是张德民对癌症早期干预的研究已达到了世界级水平。如果他参选院士,估计不会像自己这样惊心动魄。虽然自己在全国肿瘤界的声誉比他高,可他的研究成果更吸引眼球,撇开场外因素,他更配得上院士的称号。正因为此,秦声这些年来,总觉自己亏欠他,想在自己手中还有权时拉他一把。秦声觉得当务之急就是马上跟杨明牵上线,恳求他别再死死咬住张德民不放。

秦声跟杨明联系上后,如约来到他的家。杨明见到秦声后,夸张得大呼小叫:"幸会啊,秦院士。你的大名如雷贯耳,哪阵风将你吹来了?"

秦声讪讪地说:"无事不登三宝殿啊。"

杨明将秦声迎进客厅,说:"秦院士喜欢喝什么茶,龙井、铁观音还是普洱?"

"来杯龙井吧。有劳大记者了。"

"别客气。"说完,杨明沏了一杯龙井茶,坐下,问:"秦院士光临寒舍,有何吩咐?"口气文绉绉的。

秦声半开玩笑半严肃地说:"你已经将我们医院掀得人仰马翻了,真厉害。"

"不好意思哦。"

"实际上药扣是全国性的通病,你有所耳闻吧?"

"我确实听到过。"

"既然是全国性的通病,我们也不例外。"

"秦院士,我无意找你们的碴,我真正的目的就是引起高层的注意,从源头上堵住药扣。你千万别认为是我为了泄私愤才跟你们铆上劲的。如果我能为连根拔除药扣出点绵薄之力,那对老百姓来说,我就功德无量喽。"

秦声苦口婆心:"我想,药扣问题很复杂,恕我直言,这问题并不是发几篇报道就能根除得了的。"

"那么,我就去做这个挑战风车的堂吉诃德吧。"

"你确实具有仁人志士才会有的担当精神,我向你脱帽致敬。可是,让你这么一搅,我的医院可是元气大伤了,一旦落得这样的结果,那真是老百姓的不幸。"

"秦院士,听得出来,你要我放你们一马。只是你那个张德民涵养太浅,

155

视我为无物,以为自己能耐大,想封杀我。"

"你言重了,他怎么封杀得了你?! 不过,我确实认为他处理欠妥。张德民是全国知名的肿瘤专家,你是不是发发慈悲放他一马呢?"说到此,秦声在心里揣摩着到底该不该将摆在张德民面前的千载难逢的机会透露给他,可转念一想,觉得如果杨明真的跟李岳抱团那自己岂不是自投罗网,于是就打住了。

"我根本无意与他结下梁子。"

"听说你严厉抨击省卫生厅对医院的处理,认为避重就轻,并且对不处理张德民颇有微词! 有这回事吗?"秦声投石问路。

杨明倒快人快语:"确有这回事。我真的看不惯张德民那副嘴脸,他以为自己无所不能,手眼通天哪。"

"你错怪他了,他可是个低调的人,不跋扈,不张扬,只是害怕你的报道对医院冲击太大才出此下策。我在这里向你负荆请罪了。"

"你真是医术高,涵养深。我不看僧面也得看佛面啊。"

"接下来我们医院肯定会进行一番整改,整改结束后我们一定会将结果向你通报。"

"岳波涵养也比较深。"杨明顾左右而言他。

秦声颔首赞同:"他确实不错,手里有两把刷子。"

"听说本来组织部内定他当副院长?"

秦声凛然一惊:"你的消息真灵通啊。"他避开正面回答。

"可惜他这次很难全身而退了。"

"还全身而退,断胳膊断腿算轻了,重则自毁前程。这次处理已拿他开刀了。即使在此之前组织部曾考察过他,以后他也不会有出头之日了。"说完,秦声唏嘘不已。

杨明急促地说:"你言重了吧?"

"真的。"

杨明摇了摇头,似乎有所触动。

"我这次是代表医院来向你求情的,希望你三思。我不再占用你的宝贵时间了。"秦声认为自己现在离开恰到好处。

"我会权衡轻重的。"

听了杨明的话，秦声咧嘴一笑，缓缓站了起来，向他点点头，向门口走去。

离开杨明的家，秦声在路上将跟杨明沟通的情况一股脑儿全告诉了王书记。他觉得自己不虚此行。

这些天，张德民的心情糟透了，用他自己的话说，这阵子是他人生的低谷，一脚踩到狗屎上，却没沾上狗屎运。李岳已武装到牙齿向他包抄过来，而杨明却在正面战场上跟他刺刀见红，他觉得自己遍体鳞伤，心力交瘁。他暗忖道："我削尖脑袋拼命往院长的位置拱是否值得呢？难道院长对我来说真的如此重要，非得如此'蝇营狗苟'？李岳想干就让他干吧，我为何要跟他一般见识？我不是还有专业吗？虽然留给自己奋斗的时间不长，但假如自己沉下心来好好干它几年，说不定会开拓出一片崭新的天地。"他始终对自己的业务能力很有信心，可总觉得自己在行政管理方面捉襟见肘，磕磕碰碰，像个咿呀学语，蹒跚学步的小屁孩。眼前的局面弄得他焦头烂额，幸好老秦在前面给他顶着，如果老秦没顶着，他不知道自己会不会挺得住，想到此，心里就涌上对老秦的一丝敬意。老秦都快退休了，还颤巍巍地去灭火，真难为他了。想到老秦一路力挺他，他不禁羞愧交加，觉得自己的境界比上司低多了。"这些年来，我对老秦始终敬而远之，抱着戒心，促膝谈心的机会少之又少。现在，我就这样打退堂鼓，老秦会怎么看自己呢？无论如何，必须振作起来，连这种场面都挺不住，那我抗击打能力太弱了。我应该抖擞精神，跟李岳真刀真枪大干一番，宁可站着死，也不能跪着生！可问题是李岳背后还有个百足之虫，死而不僵的老头子，虽然老秦现在为我上下奔走，可那老头子凭着盘根错节的关系网，门生、下属遍布全省上下，我要胜出谈何容易！"

第二十六章　不二人选

几天后,省委组织部高远望部长约秦声面谈,秦声如约前往。他走进高部长办公室,高部长笑吟吟地接待了他,并为他沏了一杯绿茶,稍做寒暄后,就直奔主题:"老秦,我这次找你非为别事,主要是请你向我推荐下一届院长的人选。"

秦声投石问路:"高部长,我不知省里领导怎么想,是想空降呢,还是从我们内部就地取材?"秦声以前就很熟悉高部长,故口气比较随便。

"根据省里的意思,决定还是从你们医院里提拔,空降有可能水土不服,更何况你们那儿人才济济,根本没必要冒水土不服的风险。"

"说实话,你不找我我也想找你了。我觉得我们医院正处于一个微妙时期。医院出了个'药扣门',我该负主要责任,可是,既然出了,我们只好直面应对了。"

"这件事确实很挠头。不过,既来之,则安之。这些年来,医院在你的掌舵下确实取得了长足的进步,尤其是肿瘤与器官移植方面走在全国的前列,你功不可没。在此,我代表省委在非正式的场合谢谢你了。"

"但也留下了很多的遗憾,比如学科的发展不均衡,人才梯队的建设不是很到位,更可惜的是这次'三特'评审临门一脚没踢好。唉,只能将这些遗憾留给后任去解决喽。"这阵子,秦声太憋屈了,这些话如骨鲠在喉,不得不一吐为快。

"你用不着做自我鉴定了,我们还是切入正题吧,这次我找你来主要想听听你分析一下谁是下一任院长的合适人选。"

"在我看来,医院内最佳的人选就是张德民。他能力超强,思路清晰,脑子活跃,很能服众。"秦声不吝溢美之词。

高部长笑吟吟地说:"在你看来,他就是院长的不二人选喽。"

"我觉得院长非他莫属。"

"但你们医院出了事,张德民失分不少。"

"这倒是。我也替他焦急。可出了这个'门',主要责任在我。"

"在你的心目中,还有其他的人选吗?"

秦声觉得有必要让高部长更多地了解他们医院的情况,于是就说:"现任书记梁英明人倒很直爽,待人真诚、坦荡,但硬伤有两块:一是年龄偏大,再过一两年就要退下来;二是他原从部队转业,是个政工干部,对医学不懂,是个门外汉。"

"嗯。"

"罗芬是个女同志,护理出身,也不适宜挑大梁。"

"嗯。"

"管科教的蔡世祥是我提拔的,老本行是呼吸内科,业务能力中上。这几年,我院的科教在他的主持下取得了一些进步。不过,他不具备院长该有的素质。至于纪委书记罗干,要想再上一级台阶的可能性微乎其微。"

高部长迫不及待地问:"那么李岳呢?"

秦声凛然一惊,暗想:"真是哪壶不开提哪壶!"想好后,他笃悠悠地说:"对李岳,真是一言难尽。你想要听我详细分析吗?"

"越详细越好。"

"那我就从他进院时谈起——"秦声觉得将李岳的情况谈得越详细,省里领导就会对他越不看好。

高部长似笑非笑地说:"好吧。"

秦声就打开了话匣子:"李岳一九八四年毕业于本省的医学院,其父曾在'文化大革命'时期担任过本省的革委会主任,是那时的风云人物。如果他没有这么一个老爸,估计也不会被推荐上来。"

"他的经历我耳有所闻。这么说,现在他到了知天命之年了。"

"快到了。"

"如果他能上,至少还可以干一届的。"

秦声听出高部长话外有话,忙问:"组织部在考察他了?"

高部长意味深长地说:"在没最终决定谁当院长之前,组织部对谁都可以考察啊。"

秦声随声附和:"那当然。"

高部长示意他再说下去。

秦声就续上原来的话题:"在医学院读书时,他成绩平平,有一两门课曾经补考过。毕业后,他本被分到某县城,可他老爸在幕后活动,愣是将他重新分配到了我们医院。对李岳来说,他一下子跃龙门了。"说到此,秦声停顿了一下,瞟了高部长一眼,只见他气定神闲,不动声色,就继续说,"李岳一进入医院,院方就对他一路开绿灯。那时,胸外科是我们医院的名牌科室,也是他的最爱,他就被照顾进了该科室。那些跟他同时分配进医院、成绩比他好得多的毕业生只有忍气吞声的份了!可后来,他发现自己动手能力不行,不适合搞胸外科,又转到了内科系统他相对较喜欢的血液内科。我比他早几年分配进医院,亲眼目睹他进入医院后趾高气扬的样子。可看得出来,他根本不是块悬壶济世的料。进入血液内科后,他不好好钻研业务,整日纠集一批小青年吆五喝六,不务正业。自然,他的业务也好不到哪里去。几年后,他终于赚到了主治医师的职称,院领导趁机任命他当科副主任,其升迁跟火箭一样快。可是,他毕竟没多少真才实学,难以服众,常常被科室同事弄得灰头土脸。等到他弄到副高职称后,科主任就让他硬生生给挤对走了。可自从他担任科主任后,科室业务每况愈下,他惊慌失措,忙向院领导毛遂自荐去质控部当主任。院领导权衡利弊后同意了他的要求。他原以为会在新岗位上干得风生水起,不承想质量控制远比他想象的难搞。幸好,他手下有个能力很强的副主任,才使质控工作没滑坡——"

高部长打断了秦声的谈话,质问道:"这么说,李岳业务能力不太强喽?"

秦声郑重地说:"如果仅仅能力弱倒不致命,要命的是他玩弄起人来手段真是超一流。在临床一线时,他曾跟科主任不搭调,硬生生逼走了老主任,大大削弱了该科的实力。可不管他能力怎么样,反正他鸿运高照,主任的位置还没焐热,没多久就被提拔为副院长。当时,我刚担任医院的院长,曾竭力阻止他升迁,可他背后的靠山太硬,胳膊扭不过大腿啊,后来我顾全大局只好屈从了。李岳的父亲虽早已退位,可提拔李岳不费吹灰之力,这些你比我更清楚,用不着我饶舌了。他上位后,我不断受到他的掣肘,但他不敢面对面真刀真枪跟我干,因为我毕竟在医院里有些根基与人望。他曾反复写举报信,弄得我防不胜防。"

"他竟拿你开涮了?"

"对!"

高部长意味深长地说:"老秦,按你这么说,他是个不折不扣的问题人物喽。"

秦声似乎听出了高部长话里的弦外之音,决定再加一把火:"要是仅仅是问题人物就好了。谁跟他共事,谁每天都战战兢兢。"他停顿了一下,掂量着该不该抛出那枚重磅炸弹,最后决定应该主动出击了,"高部长,我们高度怀疑最近的这起'药扣门'幕后主谋就是李岳!"

"老秦,你这话是什么意思,他自毁长城?他神经错乱了?"高部长如被火烫了似的一下子从椅子上跳了起来。

"虽然我手里没掌握铁证,可已经八九不离十!"秦声清了清嗓子,说。

"这太不可思议了。"

秦声似乎觉得高部长不太相信自己说出的话,于是就将岳波从林婉音嘴里了解到的情况一股脑儿来了个竹筒倒豆子,反正岳波经'药扣门'的打击,升迁已戛然而止,摊上这起不光彩的"地下工作"对他影响也不大,对秦声来说,眼前最重要的就是丢卒保车,只要张德民无恙,岳波将来总还有东山再起的一天。想到此,秦声决定再度包装张德民:"高部长,你对张德民了解多少呢?"

"了解一些,但不是非常了解。"

"那我就向你详细推介一下张德民的有关情况。他来自农村,有幸在七七年恢复高考时,考上了本省的医学院。一个泥腿子,考上了本省著名的高等学府,确实很不容易。至于他在大学里读书的刻苦程度我就不在你面前碎嘴了,总之,每门成绩都非常不错。毕业后,他分配进了我们医院。两年后,经过一番努力,他考上了我院知名肿瘤专家董培林的研究生。董老对他很器重,倾囊传授。经过董老的一番打磨,张德民夯实了基础。研究生毕业后,经董老竭力推荐,张德民顺理成章进入了肿瘤外科,成了董老手下的一员——"

高部长插嘴:"董老我认识,他是我省医学界的泰斗级医学名家。"

秦声忙接腔:"对!"

"只是他去世得太早了。"

"要是他长寿的话,取得的业绩会更加辉煌。"

"德民能得到董老的真传,水平肯定突飞猛进啊。"

"不错。德民成了这样一位名家的得意门生,真幸运。后来,董老将自己的掌上明珠嫁给了德民,他就成了董老的乘龙快婿。那时,我是肿瘤外科的住院总医师——"

"是这么一回事。"

"不过,董老对我也是比较欣赏的。"

"你也是董老的研究生吗?"

"不是,我是吴法明老先生的研究生。"

"吴老? 他不是跟董老齐名吗?"

"对,两人在学术方面不相上下,可不少观点却很难调和,两人始终谈不到一块,但董老并没有因为我是吴老的研究生就打压我。"

"我刚想说同行嫉妒,想不到董老境界高人一筹。"

"对。他算得上是我的半个老师。"

"他是个真正的名医,无愧于'悬壶济世'这四个字。"

"几年后,他提拔我当肿瘤科副主任。在学术方面,我有一些观点与他相左,他都能做到求同存异。很幸运,我俩间没出现他与吴老之间那种剑拔弩张的现象。"

"不忘提携后进,这才是个真正的长者。"

"是啊,有幸在他的手下工作是我的福分。"

"如果先行者都能做到这点,就能确保薪火相传。"

"董老退休时,推荐我担任科主任,我就这样走马上任了。上任后,我不忘投桃报李,提拔德民担任科副主任,成为我的左右手。我跟张德民相处得不是很融洽,有点磕磕碰碰,医学上有些观点的碰撞常弄得我俩很不爽,但我俩惺惺相惜。"

"德民跟你相处得并不融洽,你在我面前这么力挺他,真是难得。"

"我觉得他确实是个人才,不能埋没这样的人才。我始终认为,他搞业务是把好手。在肿瘤研究方面,他颇多建树,是全国首屈一指的肺癌治疗专家,获得过国家科技进步二等奖。"

"他真是个难得的人才。"

"他的管理水平与业务技术都很拔尖,专才、通才一身兼得。"

高部长意味深长地说:"看来,你对他的评价相当高啊。"

秦声听出他话外有话,忙补充道:"当然,他也有缺点,比如变通不够。"

"噢。"高部长不置可否。

秦声瞟了一眼高部长那张高深莫测的脸,心里如同十五只吊桶打水,七上八下。

良久,高部长首先打破沉默:"组织在选拔时肯定会考虑德才兼备。"

秦声顺水推舟:"你有一双火眼金睛,不会看走眼的。"

高部长以异样的目光打量了秦声一眼,看得秦声心里发毛。他跟高部长关系不错,可平时一想起"组织部"这三字,就觉得一股寒流在任督两脉打着旋儿。在他眼里,组织部显得有点神秘,高不可攀,虽然自己已做到厅级干部。平时,他在堂堂部长们面前没有如此果断、决然,可今天,他却表现出破釜沉舟的气势。他必须阻止李岳上台,因为只有他意识到这可恨的家伙上台对医院、对别人、对自己意味着什么。

高部长凝视着秦声,郑重地说:"老秦,你反映的情况对我们很有帮助。今天请你来就是要想听听你掏心掏肺的话的,看来,我达到目的了。"

听了高部长的话,秦声如释重负,觉得自己刚才这步险棋走对了。看来,这世界无处不存在赌博啊。他俩略寒暄了一下,秦声告辞走了。

秦声今天没带司机来,独自驱车驶入大街,这才发觉夜幕降临了。大街两旁华灯初上,流光溢彩将夜景点缀得分外迷人,皎洁的夜空被万家灯火映照得分外明亮。秦声此刻的心情已与明亮的夜空融为一体,浑如天人合一。回到家后,老伴曾心敏已翘首以待多时了。吃上老伴烧的饭菜,他情不自禁地夸赞道:"这饭菜真可口。"

老伴呆了一下,说:"今天怎么啦?组织部要任命你当钦差大臣了?"

"你也学会取笑我了?"秦声的脸上绽放出灿烂的笑容。

"现在我多敲打你,你下台后就不会失落了。"

"你以为我染上官瘾了?放心,我本是平头百姓,会过惯平凡的生活的。这些年来,谢谢你一直在幕后默默支持我。什么军功章有你的一半,有我的一半这类话就不'肉麻'了。"这对夫妻这几十年来关系确是够融洽的,在他俩之间,什么插科打诨、揶揄自嘲,十八般武艺,样样精通。秦声也确是打心底感谢老伴多年来的付出的。

老伴端着饭碗,求证般问:"今天你莫不是碰上什么好事了?准备去省里当高官,再发挥余热去?"

"这就是你的开胃菜?"秦声调侃道。

"今天你跟部长大人谈得怎么样了?看你满身的喜气,肯定收获一箩筐喽。"

"你说对了。我想为德民拉票,打压李岳。"

"老头子,我看你陷入太深了吧?都快要下台了,还要上蹿下跳,不怕讨人嫌?"

"必须坚决阻止李岳上台。"

"你太忧国忧民了吧?李岳上不上得了是组织部门的事,你不是瞎忙吗?好好安享晚年吧!"

"可李岳这厮人品太低劣了。"

"别弄得七寸没打着,倒被他反咬一口。你好了伤疤忘了痛了?老糊涂了吧!对这号人,咱们惹不起,总躲得起吧!可别指责我明哲保身。这些年,耳边没让人少絮叨,我想耳根清净几年!"

秦声讪笑道:"放心,我肯定会让你耳根清净的。完成这件事,我就告老还乡,两耳不闻窗外事了。"

"反正我也习惯了,你爱折腾就折腾吧。"说完,她幽幽叹了一口气。

这时,秦声才觉得这辈子亏欠她太多了,埋头扒着饭。

"看你一脸兴冲冲的样子,目的达到了吧?"

秦声忙接腔:"应该有效果吧。这些年,每天你都提心吊胆,我太过意不去了。"

她调侃道:"我嫁给你,担惊受怕就是我的命哦。"

"看来,你什么都看开了。"

"你也用不着给我喂蜜了,不喂胆汁我就烧高香了。"

正谈笑间,兜里的手机响了,秦声忙取出一看,是李岳打来的,他怔了一下,不知道该不该接。

她问:"怎么啦?"

"李岳来电了。"

"怎么不接?"

"我不想接。"

"你躲得了初一躲得过十五?"

秦声在心里盘算着李岳找他到底为了何事,莫不是跟下午自己去组织部有关吧? 如果高部长将下午的事全抖给了李岳,那自己岂不是作茧自缚? 想到此,他不由得打了个激灵,硬着头皮接通了李岳的电话。

"秦院,现在你在家吗?"李岳那略带嘶哑的声音钻进了他的耳朵。

"在家。你找我有急事?"

"急事倒没有,想找你谈谈心,汇报一下思想。"李岳打起了太极。

"谈心没必要黑灯瞎火,大老远跑到我家,明天去我办公室吧。"

"晚上反正没事,去你那儿串串门吧。好久没拜访过你了,心里过意不去哦。"

秦声只好顺水推舟:"好吧。"说完,他挂断了电话,匆匆扒光碗里的饭,吩咐老伴赶快打扫一下,迎接这位不速之客。

她嘟囔着说:"他好久没来我们家了,这次来干啥呢?"

"黄鼠狼给鸡拜年,不安好心。"

她默然。

他来到客厅,坐在沙发上,紧闭双眼,暗忖道:"这李岳,早不来,迟不来,偏在这节骨眼上来,估计十有八九跟下午的事情有关了,看来,高部长给他捎过信了,我必须打起十二分精神来,跟他周旋了。"

半小时后,李岳来到秦声的家,一见到上司,笑容可掬。秦声将他迎进客厅,曾心敏跟他打了个招呼,顺便给他沏了一杯铁观音,说:"你们聊。"说完,她就闪进了书房。

秦声坐下后,敷衍道:"有什么大事要跟我商量?"

李岳笑吟吟地说:"今晚不谈大事,纯粹聊家常。我们俩好久没聊过了,感情这东西也要复习的。"

"确实如此。"秦声霎时感到一阵伤感,继续说,"不过,以后像眼前这样纯粹谈心的机会会越来越少喽。"

李岳忙安慰道:"不会的,不会的。以后只要秦院找我谈心,我乐意奉陪。在此,我得首先感谢你这些年来栽培我。我能取得今天的成绩,都是你教诲的结果。饮水不忘掘井人,我晓得知恩图报。"

"你这么说,今晚是来我家答谢喽?"

李岳似乎听出了上司的话外话,不禁皱起眉头,可随即发现不妥,忙驱散眼角的"阴云",说:"我对你的感激不是一锤子买卖,而是永远都应该怀着的。"

秦声默然。

"这些年来,我们医院在你的主持下,业务发展一日千里,你的业绩有目共睹。虽然前些日子出了那档子糗事,可瑕不掩瑜,根本损害不了你的高大形象。太阳不是也有黑子吗?!"

看得出来,晚上李岳来秦声家不仅仅为了唠嗑的,肯定另有所图。阅人无数的秦声早看穿李岳的花花肠子了,只见他似笑非笑地打量着李岳,若有所思地说:"以后医院的发展就指望你们这拨人喽。"

"只要组织信任,我义不容辞。只是——"他停顿了一下,等待秦声接腔。

秦声大略知道李岳的意思,就跟他玩起太极来:"组织部那些人都是人精,全都长着一双火眼金睛。"说到此,他开始转移话题,"以后,你有什么打算呢?"他索性将话题挑明,试探李岳心底里的活思想。

李岳投石问路:"秦院,你能否给我指点迷津呢?我现在很困惑啊。"

"你是否想再前进一步呢?"

"确有此意。"李岳觉得自己不能再犹抱琵琶半掩面了,索性打开天窗说亮话,"不知道组织部门看不看得上我?不过,我觉得你一言九鼎,高部长肯定会征询你的意见。"

这下，秦声可犯难了，说好听点吧，心里老大不愿意；说客观点吧，又怕刺激到李岳的神经，真是左右为难。他沉吟了半晌，不卑不亢地说："你以为自己胜算如何？"

"现在我心里直打鼓啊，不知道他们有没看上我？你在高部长面前推荐过我吗？"李岳索性撕下画皮，不再忸怩作态了。

"你用得着我推荐吗？"面对李岳的单刀直入，秦声来个太极推手。

李岳讪笑道："你过奖了。你可否抽空去高部长那儿替我美言几句呢？"

秦声瞟了他一眼，想从他脸上窥出高部长有没将下午的谈话捅给了他的蛛丝马迹，可心里没底。看到他一脸的殷切期望，秦声只好违心地说："有机会我会在高部长面前推荐你的。"说完，他暗忖道："要是李岳晓得下午我跟高部长的谈话，肯定会大骂我是伪君子的，可眼前顾不得这些了。"

"借你这方宝地，我预先谢谢你的推荐了。"说完，他似乎如释重负。他俩略寒暄了一番，李岳起身准备告辞了。临走前，他从提包里取出二瓶洋酒，冲秦声讪笑，说："朋友送的，我不胜酒力，就借花献佛了。"说完，他将洋酒放在茶几上。

"我这阵子肝脏不好，不贪杯了。再加上我不喜欢洋酒，无福消受，你送给别人吧。"秦声忙推辞。

李岳急了，忙说："我怎么好意思拿回去呢？"

秦声觉得没必要跟他"演双簧"，也就不再推辞了，反正不就是两瓶酒吗！

送走李岳，秦声才发现自己已汗流浃背。他暗忖道："这家伙真令我反胃，难道他没觉察出我根本瞧不上他，对他没一点好感？要我当他的伯乐不是强人所难吗？真是奇哉怪哉！"

老伴从书房里走了出来，问："李岳走啦？"

秦声点了点头。

老伴嘟囔着说："你真没礼貌，他走时你怎么不跟我打声招呼呢？人家大老远跑过来，我该送客送到门口啊。"

秦声冲着老伴讪笑，说："他走那一刻，我的大脑确实短路了，根本没想到要唤你出来。他呢，也怪，怎么不跟你道别呢？看来，我跟他都中邪了。"

"好啦，反正他走了，再责怪自己也没意思了。累了吧？早点休息哦。"

秦声觉得有点疲乏，就上床睡了。那晚，他做了个梦，梦见李岳指着他的鼻子，对他破口大骂："秦声，我对你摇尾乞怜，你就以为我是软骨头，得了佝偻病了？一旦我上位了，看我怎么跟你秋后算账。你以为我真的敬重你吗？我呸！你真以为自己是个正人君子？谁不知道你假惺惺的！你手脚干净吗？清正廉洁吗？人家信，我不信！你的院士是怎么评上的？你以为自己做得神不知、鬼不觉？真是自欺欺人！你只不过表面光鲜，背地里尽干着龌龊的勾当！你干的这些见不得人的丑事，瞒得了别人，怎么逃得过我的火眼金睛?! 下午你去高部长那里告我的黑状，你以为我是聋子、瞎子？我只是不想戳穿你的鬼把戏罢了！谁不知道你当面笑嘻嘻，背后使诡计?! 你道貌岸然，谁不知道你既想做婊子，又想立牌坊?!"秦声被他骂醒了。梦境历历在目，他头痛欲裂，胸口憋闷，仿佛大祸临头似的。他反思自己当院长这几年的所作所为，不由得扪心自问："你胸襟坦荡吗？严于律己吗？你的院士货真价实吗？你真的没打击过别人吗？你一直深信李岳在玩你，可你现在不照样在玩他?!"秦声窥见了自己灵魂的污垢，一下子明白了不该如此鄙视李岳，因为自己灵魂的污垢一点都不比他的少。可转念一想，他又觉得自己远比李岳高大，因为自己至少没为了一己私利去损害集体的利益。这么一想，他那颗绞痛的心脏稍微释然些。一夜就这样过去了。

上午，秦声一来到办公室，就约张德民过来。张德民看见他一脸凝重，意识到出大事了。秦声示意张德民坐下，开门见山地说："昨天下午，我去了趟组织部，高部长约我去的。我向他推荐了你。他似乎对李岳颇感兴趣，向我打听了一些他的情况。目前形势很严峻，但我估计省里不会草率任命李岳当院长。"说完，他瞥了张德民一眼。

"李岳的老头子在省里还是有些能量的，看来我的希望不大——"

"你不想搏一下？就这样放弃抵抗，缴械投降了?"秦声马上打断了他的话。

"现在我腹背受敌，前有杨明，后有李岳，有点扛不住了。"

"我不是在挡着吗？"

"谢谢你。"

"现在不是谢的时候，振作起来。杨明不会再咬住你不放了，我跟他沟通会有成效的。"

"最可怕的是杨明要跟李岳沆瀣一气。"

"根据我的观察,杨明不大会跟李岳联手的。"

"如果不会,那他这阵子为何拼命咬住我不放,难道真的咽不下那口气?太蹊跷了。"张德民道出了自己的担忧。

"你的分析不无道理。可一个自诩为'人民的良心'的人如此意气用事不是自毁形象吗?!凭我的直觉,杨明应该会打住了。"

"但愿如此。"

"我在高部长面前将李岳解剖了一遍,估计会有效果。组织部不会冒天下之大不韪贸然扶李岳上位吧?别泄气。"

"我想过了,不当院长天不会塌下来,还是继续去搞业务吧。"

"德民,你想想,如果李岳上来,我们的品牌不是要让他给砸了?难道他这人品会当得好院长?!"

张德民默然,不好赤裸裸评论自己的竞争对手。眼下,在整个医院,谁都清楚他俩正暗中较着劲儿。

"在这节骨眼上,我一定会竭尽全力帮助你。"

"谢谢。"张德民表现出一副宠辱不惊的样子,目前在他眼前展现的那幕活剧已折腾得他心力交瘁。

"振作一下。你跟李岳竞争并不是为了个人,而是为了我们这家医院!"秦声为他打气。

张德民一声不响,已没有对话的心情。看到他这副糟糕的表情,秦声不禁摇了摇头,暗想:"看来,他受到的冲击实在是太大了。谁被人当头泼来一桶臭粪都会受不了的。"

张德民默默站起来,冲秦声点点头,走了出去。

张德民走后,秦声绞尽脑汁想着对策,觉得自己有必要找梁英明交一下心。他跟老梁虽在同一个屋檐下上班,虽没有多少深交,但也没有什么过节。秦声给老梁通了个话,得知他在办公室后,就向他那儿踱去,没有像平时约他过来商量。

看到秦声走了进来,老梁有点惊愕,忙招呼他坐下,给他沏了杯绿茶,问:"有急事?"

秦声正在揣摩着该如何开口。虽然这次谁当院长跟他没多少利害冲突，因为他毕竟快退了，可任命院长决定着医院的前途，他自然十分上心。他盘算好后，说："老梁，我们都快到花甲了，日子过得真快啊，可刚进院时的情景还历历在目呢。"

老梁插科打诨："你也怀旧了？在我眼里，你是个一直往前看的智者啊。"

"往前看是智者，那朝后看是蠢蛋了。"秦声自嘲着，借以营造一个轻松的氛围。

"你来我这儿就想自虐？"

"别急，有正事呢。老梁，我就要下台了，你有没想过给我找个接班人？"

"那是组织部的事，我不在其位，不谋其政。"

秦声激将道："堂堂共产党的书记竟是个吃饭不管事的甩手掌柜！"

老梁敛起笑容："接受批评。我谈的只代表个人，不代表组织。看得出来，你喜欢德民接你的班，我也喜欢他。问题是组织部门是否认可他？况且我们医院刚遭重创，城门失火，殃及池鱼，德民作为主管领导，无法全身而退。这类事在省委领导的眼里，可大可小。如果他们看得大点，那势必会影响德民的前程；看得小点，德民就毫发无损。"

"我已嗅出火药味了，这件事对德民的影响不会小。如果因这件事拖累了他，那只能怪我了，我没管好医院。"

"我的罪过更大，因为纪检属我管。"

"我们谁也别硬将责任往自己身上揽了。在这节骨眼上，我们是否联手扶德民一把？"

"怎么扶？只要我办得到，自会鼎力相助的。"

"你能否去一趟组织部，在高部长面前帮德民美言几句？"秦声不再犹抱琵琶半掩面了。

"你去过了吗？"

"去过了。我生怕势单力薄，就拉上你了。"

"我也看好德民。好吧，我上午就去趟组织部。"

下午一上班，老梁就来到了秦声的办公室。没有寒暄，他就直奔主题："上午，我跟高部长沟通得还可以，他比较认可德民，还说你已经在他面前力荐过德民了。"

秦声脸上露出欣慰的笑容,随后,似乎想到了什么,马上敛起脸上的喜悦表情,问:"高部长在你面前有没谈到过其他人?"

老梁沉吟了一下,似有难言之隐,一会儿后,点点头,说:"他向我了解有关李岳的情况。"

秦声刚想问"你是怎么回答的",可觉得如此赤裸裸的问话非常不妥,遂打消了念头,等待老梁再说下去。老梁舔了舔嘴唇,抿紧嘴,似乎没有开口的意思。秦声不好追问,只好干等着。老梁轻轻地叹了一口气,说:"我猜测高部长对李岳比较感兴趣。"

"在你看来,他对李岳的兴趣程度超过了对德民?"

"话倒不能这么说。凭我的直觉,德民比较悬了。"

"不管怎么悬,组织部不会选择李岳吧?他们这些人都是人精,长着一双火眼金睛,看人不会走眼的。"

"噢,忘了告诉你,我到省府大院后看见李岳的车停在那里,估计他也在大院里。"

"咦,真的?他开始上蹿下跳了?"秦声停顿了一会儿,觉得用这字眼不妥,忙改口:"看来,他在活动了,可德民倒笃悠悠的,纹丝不动!"

"德民心灰意冷了吧?"

"得激德民一下。老梁,你随和,我急躁,还是请你出马做做德民的工作吧。"

"既然你分派给我任务了,我自然去努力完成喽。"

秦声想再试探一下梁英明对李岳的看法,问:"你对李岳的印象如何?"

"说真心话,我对他不那么看好。"

"这人身上问题太多,太阴险,一旦他上位,肯定会搅得整个医院乌烟瘴气的。"

"他身上问题确实不少。"

秦声抬头看着天花板,绞尽脑汁想跟老梁结成统一战线,他很明白,眼下最迫切的就是跟老梁结盟,坚决堵住李岳加官晋爵的渠道。这阴险的家伙设的局不但使德民元气大伤,而且也弄得他灰头土脸。他试探地问:"老梁,你不怕他一旦上台,会将医院搞得一团糟?"

"是有这种担心,可如果组织部真的要任命他,我们根本阻止不了;况且,李岳的老爷子在省里关系网盘根错节,我们就算联手恐怕还是鸡蛋碰石头。"

"老梁,不管怎样,我们总该要搏一搏!"

"是该要搏一搏,要不然我这个书记不就成了花瓶了?! 在其位,该谋其政。"

"那我们分头去行动吧。"

"好。"说完,梁英明站了起来。

第二十七章　双重打击

半年后，岳波的女儿岳晓岚就要考大学了。晓岚成绩不错，想报考医学院校，可岳波坚决不同意。周末的晚上，女儿又开始跟老爸磨叽起来："爸，我还是想报考医学院校，悬壶济世的感觉真不错。"

岳波没等女儿将话说完，马上粗暴地"腰斩"："你为啥非得要考医学院校，没看到老爸日出夜归，忙得脚不点地？你一个女孩子，就别遭这份悬壶济世的罪了。"

"晓岚，你爸说得对！你没看到他落魄了半辈子吗？这职业哪是人干的？！"站在一旁的李玲自然不答应女儿的请求。

女儿倔强地说："老爸，那你当初为何要读医？"

"此一时，彼一时。如果要我现在选择，打死我也不会选择穿白大褂活受窝囊气。"

"爸，你对自己的职业怎么没一点自豪感？你对得起白衣天使的光荣称号吗？还是个名医呢，害不害臊？"

岳波苦笑着说："岚，老爸可是为你好。这大半生，老爸可受够罪了，白天提心吊胆不说，连夜里做梦都梦见自己被人打了，或者就是眼睁睁看着病人死在手术台时家属射来的冷漠、怀疑的目光,你说这日子还有什么快乐可言? 整日愁眉苦脸像个吊死鬼!"

"老爸,我看你真是自卑到家了。抢救成功一个重病人,你难道不高兴? 境界这么低,你怎么当的医生?"

他噎住了,脸涨得通红。

女儿扬扬自得地说:"难住你了吧?"

"我不得不承认你讲得有那么一点歪理——"

"爸,你这话有语病。"女儿马上打断他的话。

"我不同意你报考医学院校,是为你好。不管哪个医生,救活一个重病人确实有成就感,可是,就为了这点可怜的成就感搭上自己整个人生,代价太大了吧? 你还以为自己有九条命啊?! 保尔大哥说过了,人的生命只有一次!"岳波无奈地摇摇头,但不放弃自己的立场。

女儿沉思起来,嗫嚅着半晌不说一句话。

岳波趁热打铁:"即使你是个男孩子,我也不会同意你报考医学院校,更何况你是个丫头! 我不想看到你每天顶着这么巨大的压力心力交瘁地工作!"

"我不怕挑战,也不怕压力,我的血管里流淌着岳氏先辈们的血液。"

岳波瞟了女儿一眼,苦笑着摇了摇头,女儿则挑衅般扬了扬头,就像一头看见红布在前面挥舞的公牛。

"岚,爸只是给你提个建议,至于你以后如何选择还是由你自己做主。"岳波一脸的无奈。

"爸,我刚才跟你抬杠呢。我这双脚该不该迈进医学院的大门你最有发言权,到时,我会好好采纳你的意见。"她一下子心软了。

这父女俩达成某种微妙的妥协了。

岳波由于在这次药扣飓风中处于风暴眼的位置,遭到几近毁灭性的打击也在情理之中。不过,他以为自己主动缴出了这笔赃款,上头肯定会降低调门,对他从轻处理,可后来走势并不像他想象的那么简单,卫生厅动了真格,责成杏泽医院一定要严厉处罚卷入"药扣门"的那些医务人员,他自然首当其冲,这不,现在正变副了。虽然仅降了半级,可对他来说,相当于被夺去了半条命。

周末傍晚，他做完了一台高难度的手术，独自坐在办公室旁的吸烟区美滋滋地嘬嘴喷着烟圈，那串串烟圈在空中盘旋着，幻变着，挤眉弄眼，张牙舞爪。他欣赏着烟圈的即兴表演，下意识猛吸了一口烟，冷不丁一阵呛咳，忙站了起来，往痰盂里吐了一口痰，无意发现痰里竟带着条条蠕动的血丝，心一下子揪紧了。他马上联想起自己这阵子一直觉得胸闷，原以为自己遭此重大打击造成气滞血瘀、胸口憋闷，不曾想到病魔已虎视眈眈，张开血盆大口要生吞他了。顷刻，他的脑子里闪过一个可怕的念头："难不成患上肺癌了？"这么一想，他决定拍片。几十年职业生涯使他养成了一个职业病，老爱用悲观的眼光看待每个病人，动不动将疾病跟癌症挂钩。他本想马上联系放射科李主任，可觉得自己如此沉不住气说不定会让人家小瞧自己，被人贴上心理脆弱的标签，就忙抑制住自己的冲动，将检查时间往后挪。

回到家后，岳波装作若无其事的样子，对妻子封锁消息。他环视了一下客厅，问："晓岚还没回家？"

妻子答："她早回了，在书房里做作业呢。"

他机械地踱进书房，悄无声息地站在女儿的身后，只见她伛偻着背，聚精会神地做作业。

他站了几分钟，冷不丁听见女儿问："爸，你怎么不说话？"

"你的背脊长眼睛了？"

女儿仰起头，俏皮地冲他莞尔一笑："心灵感应嘛。"

他由衷地说："知父莫如女啊。"

她马上敛起自己的欣悦的表情，冲他神秘地说："爸，都说女儿是老爸天生的情人，你说对吗？"

他惊骇得半晌合不拢嘴，沉吟半晌，才说："你都是从哪个垃圾桶里捡来的臭袜子？"

"爸，你老土，怎么没有一点现代眼光？别以为情人都是龌龊、暧昧的，我的心地纯洁得就像你穿的那身白大褂。不过，老爸，我特崇拜你，你始终是我的励志哥。"

听了她的一席话，他觉得自己的脸上热辣辣的，羞得无地自容。

她安慰道："爸，你还是我的一面镜子。你别以为我的选择非理性，我只不过是你这磁场里的一块磁铁!"

他充满慈爱地拍了拍女儿的肩膀,露出既赞许又羞怯的微笑,若有所思地说:"妞,我的这身白大褂已不那么洁白了,上面污迹斑斑。"

女儿瞪视着他,半晌才迸出一句:"爸,我发现你怪怪的,变得我认不出了。是不是降了职心里受不了? 我在学校里也不过是个副职,你的官衔都跟上我了,你还不知足?"

他情不自禁地拍了拍女儿的肩膀,动情地说:"爸一辈子都以你为傲。"他觉得自己的眼圈湿润了,忙转过身,趁机离开了。他落寞地坐在客厅里,怔怔出神。一会儿后,他猛拍一下脑门,恍然大悟,站起身,冲进厨房,站在妻子的身后,饶有风趣地看着她准备晚饭。

妻子没转身,说:"你一脸疲惫,去客厅休息一会儿吧。"

他弯腰捡起地上的一把青菜,择掉黄叶,准备清洗。妻子瞟了他一眼,说:"你一副脉脉含情的样子倒撩得我春心荡漾了。"

经妻子一撩拨,岳波便忘记了烦恼,插科打诨道:"开始怀春了?"

妻子敛起笑容,郑重地说:"这阵子你烦心,我对你关心不够。放下包袱吧,别将废物扛在背上。秦声处理你并不冤,他不处理你处理谁呢? 谁叫你撞到枪口上! 不过,唉,说归说,这类事真处理到你头上我也有点想不通,俗话说,法不责众,这世界到底怎么啦? 处理到你就万事大吉了? 那些官老爷整天叼根烟,喝杯茶,就拿不出一张药方了? 医院都烂了几十年了,我们也该告他们不作为啊!"

岳波幽幽地说:"一言难尽啊。"

翌日中午,临下班时,岳波跟李主任打了招呼,随即直奔放射科。拍片前,他说:"老李,不管拍出什么怪物来,你都得实话实说,不要瞒着我。"

李主任含笑说:"你长着一双火眼金睛,我瞒得了你?"

李主任亲自给他拍片。拍完后,岳波就坐在办公室里等待报告结果。一刻钟后,他估摸着应该出结果了,快步来到李主任的面前,说:"片子洗出来了吧?"

李主任表情凝重地对他说:"好了。"说完,他拎出那张黑乎乎的片子,继续说,"你自己看吧。"

他忙接过片子看起来。当他发现右下肺有块阴影时,一下子感到胸口憋闷。半晌,他自言自语:"跟这鬼东西打了半辈子的交道,这次自己终于被它蜇上了。"

李主任站在一旁,不知道如何安慰好。

他淡淡地对李主任说:"做个肺部CT吧。"

李主任默默地将他带到CT室,亲自为他操作起来。拍完片,他马上来到显示器前回放每张摄下的图像,那个块状阴影赫然出现在他的眼前,右侧胸腔有了积液,他的心一下子沉到脚底,只觉得天旋地转,脑子里就一个念头:"完了!"他根本没想到癌细胞在自己的肺里安营扎寨了。

李主任小心翼翼地问:"要么再做个PET?"

他强打精神说:"好吧。"在等待出结果过程中,他听天由命。不过,幸好PET结果未发现胸外转移灶。李主任将岳波的病情告诉了院主要领导。

岳波冲他苦笑了一下,说:"我走了。"他踽踽独行,来到了肿瘤外科医生办公室。

年轻医生张茅看到岳波面色苍白,忙问:"岳主任,你今天不舒服?"

他淡淡地说:"嗯。"说完,他冲张茅无声地苦笑了一下。

秦声、张德民一前一后来到医生办公室。岳波同样冲他俩无声地苦笑,笑得有点凄惨。

秦声朝他扬扬眉。

他点了点头。

张茅如堕五里云雾,疑惑地问:"岳主任生病啦?"

没等秦声俩回答,岳波先开腔:"肺癌瞄上我了。"

张茅惊愕得跳了起来,慌不择言:"开玩笑吧?!"

岳波将一叠片子递给秦声。秦声忙将片子插在读片灯上,跟张德民一起看了起来。一会儿后,他俩开始交头接耳,似乎忘记了岳波的存在。岳波饶有兴趣地看着他俩,就好像自己是个局外人。良久,他俩才想起了岳波,忙将后者拉了过来。

秦声试探地问:"要不剖胸探查?"

岳波没有了平时的麻利、干脆,期期艾艾地说:"你俩定方案吧。"

秦声瞟了张德民一眼,问:"那就探查一下?"

张德民点了点头。

秦声表情凝重地对岳波说："马上住院吧。"

岳波表情怪异地盯着秦声，说："我就这样从医生变成病人了？真是黑色幽默哦！"他尽量表现得沉稳些，不想让他俩看见自己那副脆弱的可怜相。

张德民说："让我通知张敏安排床位吧。"

秦声点了点头。

张德民走出了医生办公室。

站在一旁的张茅半晌没开口。

秦声问："有没将病情告诉玲妹？"

岳波尽量使自己的脸上现出平静的表情，说："没有。我还是回趟家吧。"

秦声劝阻道："不用了吧。"

岳波伤感地说："秦院，我还是回趟家。万一我在手术台上翘了辫子，这辈子就再也没机会进家门了。"

秦声听了他的话，眼圈一下子红了，忙劝慰道："你别讲丧气的话，难道对我跟德民的医术都不相信？"

岳波苦笑着，摇了摇头。

"你还是回趟家吧。玲妹在家吗？"秦声忽然想起了什么，改变了态度。

"她今天不上班。"

"快去快回。"

张德民走了进来，冲岳波努努嘴，疑惑地问："哪里去？"

秦声代他答："他想回趟家。"

岳波朝门口走去。秦声俩目送着他走出门外。秦声、张德民俩面面相觑，不约而同地摇了摇头。

张德民焦急地说："我送你回家吧。"

"不用了。"岳波头也不回地往前走。

"我真混账！"秦声狠狠骂道。

"我也一样！"张德民同样狠狠骂道。

张茅哭丧着脸："命运在嘲弄岳主任啊。"

秦声俩抬起头，不约而同地瞥了张第一眼，不置一词，一前一后走出了办公室。

岳波回到家,李玲看见后,疑惑地问:"你怎么回家啦?"

他拍了拍她的肩膀,说:"你要坚强些。"

"哪个病人找你麻烦啦?"

岳波淡淡地说:"不是病人,是病魔索命来了。"

"怎么,你生病啦?"

岳波凝视着她,一时打不定主意该不该将真相告诉她。想了一会儿,他觉得躲得过初一躲不过十五,干脆将真相和盘端出:"我一只脚已迈进鬼门关了。"

她听了爱人的话,心一下子揪紧了,忙问:"你得了啥病?"

他紧抱着她,将自己的糙脸贴在她那张还算光滑的脸颊上,闭上了眼睛,柔肠百结。

她仰起头,关切地凝视着他,焦急地问:"你怎么不说话? 急死我了。难不成得了啥不治之症?"

他抱着她的头,目不转睛地盯着她看,一字一顿地说:"你说中了。"

她一下子瘫了,他猛然抱紧她,将她箍在自己的怀里,嘴里不住地念叨:"你放心,我会治好了的。我怎么舍得离开你们呢? 我们的好日子还在后头呢!"

她的泪水溢出眼眶。

他安慰道:"没关系,无非就是肺癌。这癌不是癌中之王,我还有救的。"

她含泪点点头,说:"要不要马上手术?"

"马上,秦院、德民给我手术! 你看我的规格多高。"

"你马上去住院,我送你。"他俩分头准备随身携带的物品。

一刻钟后,他俩离开家,向楼下走去。刚走到一楼,岳波冷不丁对爱人说:"你去看看,门有没有关上?"

她默默地朝楼上走去。一会儿后,她重新回到他的身边,对他说:"你放心吧。"

他冲她难为情地苦笑了一下,说:"我有点婆婆妈妈了。"

她微微摇了摇头,说:"我开车吧。"

他默默地将钥匙交到她的手上。

车驶进了杏泽医院大门，岳波下了车，抬头仰望眼前的病房大楼，想起自己在这座大楼里足足上了十多年的班，肿瘤外科原不在这儿。他自言自语："我几乎每天都在这座大楼里上班，竟没好好观察过它。它原来有这么高，高到我仰望它就觉头晕目眩。"

她似乎理解他话里的意思，默默地站在他的身边陪伴着他。他转过身，打量着病房大楼前那个错落有致的花坛。在花坛中央，正对病房大楼正大门矗立着一座大约五米高的人物石雕，他就是杏泽医院的创始人吴天栋院长。在全省，吴天栋的大名如雷贯耳，名气不亚于如日中天的秦声院长。他非常羡慕这两任院长，有时幻想将来有一天在花坛里能矗立起一座自己的雕像，这是多么了不得的荣耀啊。那一刻，他似乎忘记了自己已病入膏肓，倒好像自己就是个追梦少年。他慢慢朝花坛蹲去，她读懂了他的心思，尾随着他。花坛中央是个人工湖。整个湖不大，显得小巧玲珑，精致典雅，湖边种植着一簇簇挺拔的秀竹。他站在湖边出神，湖面上泛起了如诉如泣的涟漪。他想沿着小湖溜达一圈。说真的，虽然他无数次路过小湖，但只是朝它匆匆一瞥，根本没有好好沿着湖边逛过。现在，他很留恋这些既熟悉又陌生的地方了。他踏上了湖边的鹅卵石小路，心无旁骛地向前蹲去。半个小时后，他才想起了自己现在不是来上班，而是来住院的，忙冲她尴尬地笑笑，一言不发地朝病房的大门走去。

岳波住进了病房。

晚上，秦声、张德民来到病区，将岳波叫到医生办公室，跟他商量起手术方案来。他对两位上司说："我是病人，你俩给我定方案吧。"

秦声强挤出笑容说："你既是病人，又是医生，有权参与治疗方案的拟定。"

他们仨热烈地探讨起来。半个小时后，方案拟定，秦声决定在后天给岳波手术，张德民主刀，他担任一助。

当他俩离开岳波后，秦声微微叹了一口气，对张德民说："看来，这次'药扣门'事件对岳波的打击不轻。眼下，他的内心肯定很苦闷，我们没保护好他，真内疚啊。"

"人真是脆弱啊！"张德民有感而发。

"但人也是坚强的！"

张德民点点头。

入院后的第一个晚上，岳波怎么也睡不着，在床上翻来覆去，思绪如同脱缰的野马，肆意驰骋。他回顾了自己大半生一路跋涉所走过的路，百感交集。

凌晨时，岳波总算迷迷糊糊睡了过去。刚睡不久，他就做了个噩梦，梦见自己得了重病，躺在床上，奄奄一息，他的鼻孔里插着鼻导管，胸口憋闷难忍。一阵阵濒死感袭击着他。他惊恐地问自己："难道我真的要离开人世了？我的一生就这样谢幕了？"他的脑子里冒出了一些快离开人世的人可能会有的念头："一个人真有来世吗？"不一会儿，他否定了自己的念头，来世是虚幻的，人死了就死了。以前，他曾经也想过自己会死，可那念头稍纵即逝，不料，现在死神竟真真切切地立在他的眼前，对他横眉冷对。他阴郁地想："我就这样死了，从此，这个花花绿绿的世界离我而去了，我无非就是这个世界上一个来去匆匆的过客。唉，人的一生真是短暂，刚刚对这个世界怦然心动，就要向它挥手告别了。"他胡思乱想着，视线慢慢模糊了，大脑变得混沌一片，不一会儿就进入半昏迷状态，恍惚觉得自己飞了起来，周围的世界漆黑一团。突然，只见眼前一片雪亮，他眯缝着双眼打量着这个奇异的世界，渐渐对周围有了一些适应。他看见自己在天空中飞翔着，白云在他的头顶掠过，只见前面出现一个洞口，洞里漆黑一片。他忽然惊觉起来："这个隧道莫不是通向阴间吗？是的，没错，前方就是阴间，让我再瞥阳间一眼吧，这是最后的一瞥了。从此，我就永别阳间，成为阴间的一个孤魂野鬼，我就这样离开了妻子，离开了女儿，离开了人世。我的生命就这样消失了。"他伸出手，想抓住现世，可现世却如虚无缥缈的云朵。他想让自己停下来，可身体怎么也不听使唤，仍惯性地向前飞去。不知过了多久，他终于飞出了隧道，只见眼前鬼哭狼嚎，阴风飕飕。一只巨兽向他飞奔过来，张开血盆大口，生吞了他，他发出"哇"一声，惊醒了。他睁开双眼，打量着病房那白色的墙，惊魂甫定，心里直嘀咕："嗯，我现在正站在生死的关口。难道我真的要告别人世了？我不想死啊，我有许多的事情要做，我还年轻。"

术前,岳波想得很多。他怎么都想不到一个跟肿瘤打了大半辈子交道的医生,竟被这恶魔击倒了!遭此打击,他才体会到平时跟病人谈话时是多么隔靴搔痒,根本漠视了病人的感受。他原以为在癌症面前,医生就是个玩弄癌症于股掌之中的顶天立地的勇士,哪里想得到原来医生也是个玻璃人,一碰即碎。这说明医生在癌症面前那副气吞山河的气势只不过是色厉内荏、装腔作势。现今,医学如同堂吉诃德正在倔强地挑战着癌症这具风车,虽然盛气凌人,但一切的反抗均属徒劳。

术后,岳波一醒过来就问身边的妻子:"两位院长走啦?"

她回答:"走啦。"

他焦急地问:"手术结果怎么样?"

"他们要我转告你,周围没有大的转移。"

"他们在骗我吧?"

"不信你打电话问他们。"她急了。

他摇摇头。

"秦院说了,过阵子他会来看望你。"

他只觉得全身乏力,累得闭上了眼睛。正当他神思恍惚时,凭第六感觉出秦声、张德民两位院长进来了,忙睁开眼睛,只见他俩笑吟吟地看着他。

秦声故作轻松地说:"你的情况比我们术前估计的要乐观得多,我们将那些已浸润的淋巴结全清扫了,手术很成功啊。"

"情况不会这么乐观吧? 秦院,你俩故意给我吃定心丸!"

岳波的话音刚落,张敏护士长走了进来。她看见两位院长在病房里,忙跟他俩打招呼。

秦声表情凝重地对她说:"张敏,你可得护理好你们的大主任啊。"

她忙答:"我们一定会的!"她对岳波怀有一份别样的感情。

最后的病理报告出来了,岳波患的是小细胞肺癌。秦声跟张德民商量要不要将结果告诉岳波。因为在肺癌家族中小细胞肺癌恶性程度最高,是该家族的癌中之王,岳波一旦得知真相后所受的打击太大;但不告诉真相,下一步治疗无法开展,因为小细胞肺癌同其他的肺癌治疗不同,弄到最后,还是会真相大白的。他们权衡利弊后,觉得与其遮遮掩掩,不如痛痛快快告诉岳波。他俩一起来到病房。岳波一看到他们进来就好像盼到了救星,脸上露出了这些天少有的灿烂笑容。

李玲说:"他在盼着你们来呢,今天多次问过我他那病理报告的结果。"

岳波不好意思地笑了起来。

秦声说:"病理结果出来了。"

岳波迫不及待地问:"怎么样?"

张德民故作轻松地说:"岳波同志,当了这么多年的临床医生,怎么还这么沉不住气?"

"对啊,急什么呢! 是福不是祸,是祸躲不过!"岳波的脸上露出孩子气的笑容。

秦声搭腔:"大岳,病理报告是好是坏就看你的心态。我倒觉得结果不错呢。"

"哦?"

秦声不动声色地说:"小细胞肺癌。"

"这不是催命符? 还有什么结果比这更糟呢? 秦院,你当我是白丁啊。"

"可这种癌对放疗、化疗非常敏感。"张德民安慰道。

"平时,我对病人介绍化疗或放疗方案时,眼睛连眨都不眨一下,现在轮到自己头上,却不知所措了。这下,切切实实尝了一回做病人的味道。"

张德民搭腔:"虽然结果很残酷,但是我们只有面对它了。"

岳波唉声叹气:"一上化疗、放疗,等于一只脚迈进棺材里了——"

秦声马上打断他的话:"话可不能这么说,你怎么对自己的职业也怀疑起来了?"

"得了癌后,我就开始反省自己的职业了。我们自以为每天都在扮演救命恩人的角色,实际上我们拔高自己了。对那些癌症病人,我们所起的作用很有限。我们对癌症这顽疾还是一筹莫展,只不过我们打肿脸充胖子罢了。"

秦声、张德民听了后唏嘘不已,他俩何尝不是这么想呢?

岳波瞟了俩上司一眼,继续说:"不过,我始终坚信我们人类总有一天会攻克癌症,只是我挨不到那一天了。什么化疗啊,放疗啊,全都是治标不治本,要想根治癌症,唯一的方法就是从基因调控上入手!"

张德民随声附和："你说得一点没错，从基因入手确实是今后治疗癌症的根本方向。"

岳波调侃道："原以为医生是个很神圣的职业，现在发现我们只是孤芳自赏。在癌症面前，我们不过是懦夫。"

秦声有感而发："既然我们有了方向，相信我们总有一天会攻克癌症的。"

"我等不到那一天了。"

正当他们感慨时，岳晓岚进来了。她一看见秦声俩，忙亲切地打招呼："伯伯好。"

张德民笑吟吟地问："听说晓岚是个尖子生啊！"

岳波情不自禁地夸赞道："这小家伙读书真不错。"

秦声问："晓岚，听你爸说你有志于医学事业，欢迎你加入到我们天使行列中来。"

岳晓岚噘着小嘴说："我爸不同意我学医。"

"现在学医的人都是真正热爱医学的勇士。"张德民不由得感叹起来。

岳晓岚调皮地说："看来我就是这样的勇士。"

岳波表情凝重地盯着女儿看，非常严肃地说："晓岚，我现在想通了，同意你学医。我渴望你替老爸见证一下医学史上老爸无缘见到的历史性时刻。"

"老爸你真的同意了？那太好了。"她没有读懂老爸最后一句话的意思。眼前的这场大病已使岳波毅然同意女儿的选择，他仰头看着天花板出神。岳晓岚似乎不相信老爸的话，不由得再次确认一下："老爸，你真的同意了？"

岳波盯着她，说："我要求你成为一代名医，取得的成就跟眼前这两位伯伯相媲美。"

秦声马上纠正："怎么只能达到我们的高度？晓岚会青出于蓝的。"

"我会做到的。"

秦声看到岳波脸上现出疲态，忙对张德民说："我们走吧，让大岳休息一下。"说完，他俩跟岳波一家道了别，随后朝门口走去。走到门口，秦声转过身，对李玲说："玲妹，好好照顾我们的大主任，我们还指望他继续发光发热呢！"

她抿着嘴，点点头，泪光莹莹。

他俩的身影在门口消失了。

岳晓岚坐在床边，老爸充满慈爱地凝视着她。岳波住院后，一直没告诉她自己的病情，只说是良性肿瘤，手术后可一劳永逸地消除后患。迄今，她不甚清楚老爸得了不治之症，并且还是癌中之王。她抚摸着老爸那只已轻微脱水的右手，表面的皮肤比较粗糙，不禁柔肠百结，心痛地说："爸，看你这皮肤，跟树皮差不多了。"

李玲听了后，埋怨道："晓岚，你怎么尽说些丧气的话？"她说完话，眼圈就红了。

女儿意识到自己失言，下意识吐了下舌头，向老妈扮了个鬼脸，俏皮地苦笑着。

岳波忙岔开话题："晚上作业多吗？"

女儿愤懑地说："怎么不多呢，有些题目都做了 N 遍了，可老师愣是要我们再做一遍，烦不烦啊。"

岳波转移话题："离高考就两个月，到了冲刺的时候了，加把劲啊。"虽然岳波也认为对学生素质教育注重不够，可默认应试教育。眼下，要是高考成绩不行，什么都是白搭；他非常看重女儿的学习成绩，当然，他也不放松对她进行一些价值观的灌输，常常言传身教。这次自己虽然陷入了"药扣门"事件，可女儿倒非常通情达理，没有瞧不起他，将屎盆往他的头上扣，相反，他在女儿心目中的高大形象完好无损。不过，岳波总觉得自己在女儿面前矮了一截，讲起话来畏首畏尾，底气不足。

女儿冷不丁地问："老爸，你真的同意我来接你的班了？"

他笑眯眯地说："同意嘛。"

她调侃道："这次生病使你大彻大悟了吧？"

李玲忙嗔怪道："你怎么没大没小的？"

"老妈，你怎么重夫不重女？女儿是你的心头肉啊。"她拿母亲开涮了。

岳波一下子忘了自己的病情，无所顾忌地跟女儿开起玩笑来："你吃醋了？"

李玲无奈地说："这父女俩真是对活宝。"

他俩相视会心一笑。

李玲继续说："岚，别使你老爸累着，他现在正恢复呢。"

女儿拍了一下脑门，说："我忘了正事了，病理报告上都说了些什么？"

不等妻子回答，岳波就抢着说："不碍事。你没看见刚才两位伯伯冲着

185

你开怀大笑吗?! 你老爸这把老骨头还是蛮结实的,不是纸糊的灯笼,不会一下子被病魔击倒的。"

女儿情不自禁地说:"这下好了,老妈,你以后要待老爸好些,他这辈子太累了。"

妈泪眼婆娑,凝噎不语。

女儿惊觉起来:"老妈,你怎么啦?"

"女儿这么孝顺,你妈怎么不潜然泪下呢? 这是喜悦的泪水啊。"岳波忙替妻子掩饰起来。

妈顿时涕泗滂沱。

女儿似乎窥出了妈的异样,疑惑地问:"妈,我就这几句话,也不至于使你感动得一塌糊涂吧? 妈,你到底怎么啦?"

妈忙抽出纸巾,将满脸的泪水揩掉,抑制住自己的抽泣,冲女儿苦笑一下,脸上的肌肉高度扭曲着。

"老爸,妈到底怎么啦?"

"这些天,你妈一直陪伴着我,太辛苦,情绪有点失控。"

她不住地点着头,随声附和着丈夫的解释。女儿将上排牙齿紧紧咬住下唇,站起身,走向妈,将自己那张稚嫩的脸蛋贴在她那张多日没经护理略显粗糙的脸上。看到母女俩的表情,他只觉得脸颊发热,喉头哽咽,忙闭上双眼。

没多久,他打破了眼前的沉闷,安慰起母女俩来:"你俩怎么这样伤感呢? 就不笑一笑给我增添战胜病魔的信心?"

岳晓岚这张脸如同六月天的天气,骤然从阴天转为晴朗,忙摇着妈的肩膀,说:"老爸说得对! 妈,我们该鼓起他战胜病魔的信心!"

岳波霎时回忆起住院那天自己走进病房大门前曾经仰望过天空,那时只见天空点缀着一片银白色或大或小、形状各异的云朵,这些云朵眨巴着,多像天神的眼睛啊。他回过神来,看到母女俩仍依偎在一起,眼泪如同断了线的珠子似的滑落下来,忙转过身,不想让母女俩看到这一幕,就偷偷抹掉脸上的泪水。接下来,只有接受该死的放疗与化疗了,总得挣扎一番啊。想到这两种治疗会杀敌一千,自损八百时,他不由得打了个激灵。可是,不接受这两种治疗,那不是意味着自己就此缴械投降了?! 自己搞了大半生的肿瘤,至今还没弄清这人间恶魔的真面目,真是汗颜。这大半生基本是在推石头上山可又眼睁睁看着它滑下山去,白忙乎一场。他觉得自己今年倒透霉了,先是陷入"药扣门"被降了职,眼下又让癌症擒获,雪上加霜。降了职还可以东山再起,可得了癌症老命丢了,本钱也就蚀尽了。

岳波恢复得比想象的快。妻子连日陪他,非常疲劳,他恳求她去休息一会儿,自己则准备小憩。在睡梦中,他被手机铃声吵醒了,忙从枕头下取出手机,瞟了屏幕上的号码一眼,发现是陌生号码,忙挂了,嘟囔着说:"真不识相,不知道人家在休息吗?"

可铃声继续聒噪着,他只好非常不情愿地接通,那头传来了女声:"岳主任,是我,婉音,你没忘记我吧?"

"你怎么给我通话?"他如同被火烫着似的一下子惊跳起来。

"听说你生病住院了,不好意思,我到现在才知道。"

"谢谢你的关心。"他生硬地说。

"我想去医院探望你。"

他忙不迭地拒绝:"你千万别来,你害我落魄到这种地步还不够吗? 我不想见你。我们科是你的伤心地,你好意思再来?"那头传来了"嘤嘤"哭声,他觉得自己太过分,口气软了下来:"不好意思,我太粗暴了。不管怎样,我都得谢谢你的好意。"

"岳主任,我知道现在去看望你不妥,可我怎么赎得了自己的罪过呢?!我明白,你的病一大半是由我造成的,我毁了你。要不是我的轻率,你绝不会被病魔击倒。岳主任,我不求你的原谅,我不配。这世上,也只有你将我当人看,下辈子,我做牛做马服侍你。"

听了她的话,岳波怦然心动。他明白,这小女子,本质不坏,只是让李岳这人渣利用才鬼迷心窍,他不该没完没了地指责她。

"好了,听你的,我不去医院看望你了,但我忘不了你,你是我碰到的最好的人。岳主任,我想通了,我要扳倒李岳,哪怕自己身败名裂,更何况我既没什么名,身体也不过是具龌龊的皮囊。"

岳波安慰道:"小林,别冲动,就算你扳倒他对我们也没什么大帮助,因为我们身上的污点怎么也抹不掉了,更何况弄得不好,又会闹得满城风雨。

188

李岳这家伙远比你想象的阴险、狡猾,我们吃够他的苦头了,到时别没打着蛇的七寸,却被反咬一口。"

"岳主任,我那时怎么这样傻,让他的花言巧语哄得团团转?"

"谁都会为自己的成长付出代价的。"

"好了,那我不打扰你了。岳主任,想不到我的轻率会使你们元气大伤。我竟将自己所谓的幸福建立在你们的痛苦之上,真不是人啊。"

"我也觉得你过了,你当时怎么也不想想自己轻率的举动会对我们造成多大的冲击?!"

"我怎么没想过?我以为法不责众,不会因药扣处理医生的,其他医院不是也出现过所谓'药扣门',后来还不是都轻松过关了?我哪里晓得李岳在利用我,更想不到会对你们造成这么大的伤害,特别对你。"

岳波幽幽叹了一口气,说:"现在你说什么都没用了。"

"我害苦你了。"

"也不能全怪你,谁叫我手脚不干净呢?!"

"我不该在你生病时还说这些。不说了,祝你早日康复。以后有机会再去看望你。"

"谢了。"岳波低声说。说完,他挂了电话。顷刻,他的眼前浮现出林婉音那张如诉如泣、梨花带雨的俏脸,她的电话使他已经平静下来的心海重又起了波澜:"她说得不错,如果没猝然遭到如此打击,我不会得这种可恶的癌症。哼,这不是自欺欺人吗,亏你是个肿瘤科大夫,竟说出这种既无知又可笑的屁话,难道癌症都是气出来的?!"

经过一疗程的同步放疗、化疗,岳波出院了。炼狱般的经历使他脑洞大开,想法大变。自从走上工作岗位后,他每天都忙忙碌碌,现在他倒有时间沉下心来好好思考以前无暇思考的问题了。多年前,那部有关癌症诊治方面的专著就已列出提纲,可一拖再拖,一直未动笔,经此变故,如果再不动笔,这部专著就要胎死腹中,他准备每天抽出时间好好撰写。在家休息了一周,岳波觉得自己的体力已恢复到病前的水平,不想再在家里宅着,准备出去见见太阳了。

第二十八章　醍醐灌顶

　　清晨,岳波心血来潮,准备游览一下离家不远处的江南古刹——宇净寺,他并不是想皈依佛门,只为了却平生的心愿罢了。说来也怪,宇净寺虽近在咫尺,可他竟没去朝拜过。他有个习惯,总是将最值得一游的景点留待以后观赏,可一拖却拖了几十年,眼下再不去恐怕以后就没机会了。妻子已去上班,家里就剩下他一个人。

　　他驱车直驶向宇净寺,来到寺庙的山门,停下车,带着一颗虔诚的心,踏进了山门。耸立在他眼前的就是巍峨的天王殿。他一进殿门,只见弥勒佛笑吟吟地看着他,他暗忖自己目前的苦境,羡慕弥勒佛笑口常开、乐观豁达,真想伸出手摸一下他那肉嘟嘟的下巴。大殿两旁的哼哈二将向他迎面扑来,这哥俩的表情令人忍俊不禁,不知道他俩为谁乐,又为谁悲。大雄宝殿里海上佛国的浮雕蔚为壮观,慈眉善目的观音端庄地站在正中,垂眼俯视着芸芸众生。他不大相信眼前这大慈大悲、救苦救难的观音能使他霍然而愈,别再存非分之想了。说真的,他非常喜欢《六祖坛经》里渲染的那种高妙境界,但他总觉得自己达不到“菩提本无树,明镜亦非台”那种心境。他虔诚地踱出大雄宝殿,感到气短心悸,就坐在殿旁的石凳上微微喘气。他想起了寺庙里那些每天听着晨钟暮鼓的僧人们,非常佩服高僧们伴着枯灯静坐参禅的劲儿。在旁人看来,这种日复一日的枯燥生活苦不堪言,可他们却乐此不疲。一个人虽不能做到像他们那样每日雷打不动地静坐参禅,但应该拥有一颗看庭前花开花落,望天空云卷云舒的平常心。一想起平常心,他不禁对自己这些天来的表现羞赧不已。他有点纳闷:"佛要我们忘记人世间的烦恼,难道佛本人每天真的都笑口常开、无忧无虑?佛要我们别留恋这喧闹的尘世,他老人家不会教诲我们别留恋生命吧?佛要我们别做恶事,否则会堕入阿鼻狱,为何要用阿鼻狱来吓唬凡人?就为了使凡人行善事?"他开始思考起那些老套的问题:人生是什么?生命又是什么?几十年来,他的脑子里不时掠过这些问题,如惊鸿一瞥,他也蜻蜓点水般思考过这些问题,可至今还懵懵懂懂,怎么也参不透。他总认为这些似乎永远没有答案的问题只有那些吃饱了撑着的哲学家才会皓首穷经去求证。不过,在眼下这非常的日子里,他条件反射般想起了这些要命的问题,扪心自问:"我已去日无多,在这倒计时的日子里能否参透得了呢?我总不能糊里糊涂踏上黄泉路啊。"他瞥了一眼殿前的香炉,香炉上方香烟缭绕,在香烟的衬托下,远处的建筑就像涟漪一样晃动着、变幻着。从殿里传出的佛歌那悠扬、徐缓的曲调轻柔地抚慰着他的心灵。他蓦然觉得自己那颗饱经沧桑的心恰如逢春的枯木,绽出了憨态可掬的嫩芽。这条生命的多米诺骨牌要倒就让它倒吧,反正自己根本无法阻挡它们倒下,与其每天自怨自艾、形影相吊,不如振作起来,折腾一番。病前,他总觉得以后的日子长得没完没了,很多有益的事不必急着去干,准备留待将来去精雕细刻,这下倒好,想雕刻也没有机会了。眼下,他觉得该做的事情多如牛毛,压得他喘不过气来。他久久坐在殿旁的石凳上,不甘心自己的人生就这样草草谢幕。佛学中弥漫的神秘与劝诫时不时叩击着他的心扉,他不知道自己心底里是否曾留下一爿福田?终极的问题如幽灵般纠缠着他:到底有没永生呢?在这之前,他从没肯定过永生,可现在却大发神经,竟挑战起自己心目中那个深信不疑的信念了。悠扬的佛歌沁入心田,似乎在向他传递着某种不可言传只可意会的天籁信息。一个僧人悄无声息地向他踱过来,他茫然不觉。

"施主在想着什么呢?"一个温和、沉静的声音向他传来。

他忙抬起头,看见披着袈裟的僧人正笑吟吟地盯着他,不由自主地冲他莞尔一笑,说:"大师父,我累了,歇会儿。"

师父慈祥地问:"有什么心结需解开吗?"

他不得不佩服大师那双慧眼,忙屏息凝神思考了一会儿,诚恳地说:"谢谢师父的关心。"他还是不想捅出自己心里的苦衷。面对师父,他蓦然觉得自己似乎太执着于生死,而佛理中不推崇执着。他不由得埋怨起自己来:"去日无多,为何还要背着这沉重的包袱上路,你不觉得累吗?真傻。"这样一想,他觉得自己的心里释然了。

师父试探地问:"施主做什么的?"

他沉吟片刻,调侃道:"医生,修理人体的。"

师父笑吟吟说:"好职业啊。"

"好什么呢?在古时还差强人意,属臭老五,现在地位每况愈下了。"

"救人的职业会得到尊重的。我们常说:救人一命,胜造七级浮屠,佛理、医理一脉相通啊!"

他会心一笑,答:"这倒是。"

"我觉得施主心藏大智慧。"

他诚惶诚恐,脱口而出:"过奖了。"说完,他瞥了师父一眼,蓦地想起了一件事,忙问,"佛学反对执着,可是,修行本身如果没有锲而不舍的执着行吗?执着真的该这么深恶痛绝吗?"

大师父刚才较为轻松的表情瞬间变得凝重,不由得低下头深思起来,一会儿,缓缓抬起头,正视着他,说:"你认为执着该不该深恶痛绝呢?打个比方,你觉得你们医生手中的药物是该夸呢还是该咒呢?"

他恍然大悟。

"施主真有慧根哦。"

他冲师父点了点头,缄默不语。师父悄无声息地走了,岳波目送着他远去,缓缓站了起来,在寺庙四周悠闲地踱着。他不觉踱到放生池旁,下意识打量着池面,只见池面碧波荡漾,各色鱼儿在池里欢快地畅游着,心中直嘀咕:"鱼儿们多么无忧无虑,而人呢,却被尘世的烦恼折磨得不成人样了。人该学学鱼儿那股洒脱劲儿啊。"顷刻,他的思绪如同被微风吹皱的一池涟漪,绵延不绝:"噢,我今年五十一岁了,已是知天命之年,可我知天命了吗?现在是我心境最恶劣的时候,可我曾有过欣悦的时刻吗,金榜题名时?考上大学那阵子确实是够快乐的,也够幸福的,可这幸福中却掺杂着淡淡的苦涩。对我来说,考上大学真是太不容易啦。"一条金黄色的鱼儿向他摇头摆尾游了过来,他羡慕地说:"鱼儿啊,你太自由自在了。我的身世比你苦多了。小时候家庭成分不好,被划为富农,老受人歧视,什么龙生龙,凤生凤,老鼠生儿打地洞。当我听到这些话时,心比刀绞还痛。你不知道,我有多少次看到自己的父母在戏台上胸前挂着一块屈辱的木牌被人揪斗。我的童年愁苦不堪,哪有快乐可言?!"那条鱼儿似乎没听懂他的话,憨态可掬,优哉游哉,他失落极了。"我怎么变得这么伤感了?高中毕业那阵子也没这么伤感过!"他至今还记得自己高中毕业时的情景。那是1975年,他读了两年的高中,毕业了。在高中时,他成绩拔尖,是年级的高才生。那时虽然流行读书无用论,交白卷蔚然成风。可他却不随波逐流,拼命吸取知识的养料,那些看不惯他的同学挖苦他想变天。当时,他没想过要变天,但想改变自己命运的念头倒在脑子里开花结果。当他看到那些目不识丁、根正苗红的同学被推荐上了大学,他这个小兔崽子既羡慕又嫉妒啊。他还清晰地记得自己毕业回家时赌气对老爸说过的那席话:"都是你害了我,要不是你连累我,我早被推荐上大学了,还轮得到那些斗大的字不识一箩筐的龟孙子去高等学府假充斯文?!"老爸唉声叹气:"阿波,认命吧。"他倔强地说:"我就不认命!这些龟孙子无非凭着自己有个好出身才跳了龙门!"老爸摇了摇头:"你命中注定只是个泥腿子。"他觉得不该对老爸发火,毕竟他供自己读完高中,很不容易了;但是,如果上不了大学,高中毕业又有啥用?虽然他不甘心,可最后还是回乡务农了。他这人有个特点,就是干一行、爱一行,既然没别的出路,也就死了这条心,老老实实脸朝黄土背朝天吧。一年后,他经人介绍,来到当地卫生院上班。那时,对执业的要求并不严格,他稍作培训,就坐起门诊来了,不像现在需要执业证书。在卫生院上班时,临时护士李玲看上他,倒追起他来。当时他对李玲没来电,但她出身也不好,出于同病相怜,他就跟她交往起来了。交往时,他总觉得她不是自己心目中的白雪公主,几次想跟她掰了,可一看到她满脸的期盼,就硬生生地打消了这念头。他俩的关系就这样不温不火地发展着。1977年那年出了一件对岳波而言至关重要的大事——恢复高考了,延续了很多年的推荐上大学制度——用当时的流行语讲——终于被扫进历史的垃圾堆,岳波表面上若无其事,可心底里却欢呼雀跃。他跃跃欲试，足足花了几个月的时间复习功课。由于他原先基本功扎实，复习起来驾轻就熟。等到高考放榜之日，他名列前茅，最后被省医学院录取。多年来一直困扰他的出身问题烟消云散，他终于可以扬眉吐气地昂首挺胸了。那一刻，用现阶段的时髦话讲，就是一次名副其实的高峰体验。进入高校后，岳波如鱼得水，踌躇满志，一扫胸中阴霾，准备在医学的海洋里扬帆远航。在大学期间，接触的人多了，眼界也高了，李玲在他的眼里成了只丑小鸭。他想甩了她，可实在架不住她的软磨硬泡，更何况他最怕人家骂他是当代陈世美，人言可畏啊。自出娘胎来，他一直低人一等，这回可不能授人口实，让人轻视。这么一想，他只好硬着头皮将他俩的关系维系下去。他先从改变李玲的处境入手，动员她复习参加高考。李玲底子太薄，根本没信心再次捧起课本。他只好退而求其次，将她的目标定在护理专业。为了拉近跟心上人的距离，她只好咬牙复习。终于，功夫不负有心人，她如愿考上了省卫校护理专业，岳波深深地舒了一口气。大学毕业后，由于成绩优异，他被分配到杏泽医院。那时，李玲已在老家的县医院工作了一年。当时，他本想也分配到县医院里，可总觉得平台太低，就打消了这念头。那一年，他已二十五岁了。工作一年后，他就跟李玲领了结婚证，过起小日子来了。洞房花烛夜没给他留下太深的印象，人生的另一大快事对他而言不过尔尔。不可否认，李玲是个很会过日子的贤惠女人，对他也呵护备至，他们的日子过得虽算不上雅致、浪漫，可算得上朴实、温馨的。结婚两年后，他费了九牛二虎之力，终于将她调进了杏泽医院，从此，他俩才算朝夕相处了。婚后，他跟李玲约法三章，不想过早要孩子，等到事业有了起色再说，李玲二话没说，一口答应。直到他三十三岁时，岳晓岚才呱呱坠地，来到了这个全新的世界。他听到女儿第一声啼哭时，柔情似水，有点后悔自己不该这么迟才让她来到这个世上。他看着女儿那张充满稚气、未脱胎脂的脸，充分享受着初为人父的感觉。前些年，他主持的一个项目拿到了国家科技进步奖二等奖，为此，他足足高兴了很长一阵子，付出得到相应的回报，谁不高兴呢?! 这时，他看见一条墨绿色的小鱼憨态可掬地向他游来，不由自主地将身体往前倾，暗忖道:"不久以后，我可能再也看不见悠悠的白云，看不见清泠的溪水，看不见那些形形色色的小生命在怡然自得地逍遥着，也看不见女儿成家立业的那一天了。从不远的将来的某一天起，我的眼前就会一团漆黑，直到地球毁灭的那一刻。我觉得自己这辈子欠妻子最多,我已到饭来张口,衣来伸手的地步,可我给她什么呢? 我对她嘘寒问暖过吧? 我了解她的所思所想吗? 我关注过她的喜怒哀乐吗?"他猛然想起现在已临近晌午,得马上告诉她自己的行踪,要不会急坏她的,就忙取出手机,拨通了她的电话。

"你没在家吧?"妻子细声软气的声音传了过来。

岳波奇了,她怎么会这样问呢? 难道真有心灵感应? 他顾不得多想,跟她说:"我没在家,中午不回家吃饭了。"

"你在哪?"

岳波估摸着该不该告诉她自己现在在哪,可转念一想,还是善意地撒了个谎,说:"我在公园里散步呢。"

"为啥不回家吃饭?"

他干脆将错就错:"刚才我肚子饿了,已吃过了。"

"那我就在公司附近胡乱填饱肚皮。你早点回,别累着。"

"你放心,我马上要回了,不会逛得太迟的。"说完,他挂了电话。

已近正午,烈日当空。他感到浑身燥热难耐,准备打道回府。他来到停车场,瞥了一眼不远处的畦田,只见金黄的稻谷在微风的吹拂下掀起一阵阵稻浪,他蓦地想起了孔迈老人——那个他曾收治过的病人。这老人多时没来复查过,不知道他现在怎么样了,岳波不由得牵挂起他来,心里竟涌出想看望他的冲动。他收治过无数的病人,孔迈老人是个奇人,真正做到在癌症面前视死如归。他真想驱车去老人那儿,只是路途遥远,有两个小时的车程。可是,这冲动如此强烈,迫使他马上采取行动。他忙给妻子通话:"玲,有个朋友约我有事,我要去他那一趟。"

她焦急起来:"他住在哪儿?"

"有个把小时的车程。"

"你自己驾车去?"

"我现在体力不错,不碍事的。"

"那来回就要两三个小时,你怎么吃得消呢?"

"要是吃力,我晚上就宿在他那儿了。"

"这个朋友跟你关系很铁吗?"

"生死之交。"

"我熟悉吗？"

"他就是我跟你说过的孔迈老人，是秦院和我一起给他做的手术。"他不想再犹抱琵琶半掩面了。

"我上次好像听你说过他老家距省城很远，怎么只有个把小时的车程？你骗我吧？"

"要是我觉得累，我就停下来，休息一下。我不会跟自己过不去的。"那一刻，他的脑子里忽然产生了一个奇怪的念头：他跟妻子有几十年没见面了。

"好吧。"

"你放心吧。"说完，他挂了电话，一下子如释重负。他猫腰钻进驾驶室，驱车上路了。到那县城的是条高速公路，路面平坦。

两个半小时后，他到达了孔迈老人所在的那个县城，循地址找到了老人的家。虽然岳波事先告知了老人自己会来他家，可老人看到岳波时，还是惊讶得合不拢嘴。岳波笑眯眯地看着他。

老人半晌回过神来，问："你来看我了？"

岳波不置可否，想了一会儿，淡淡地说："我也生癌了。"

"啊？怎么会呢？你可是个治癌的医生！"

"老天在考验我吧。"

"你会好起来的。看看我，身子骨多硬朗。"

"你有大半年没去复查了。"正在这时，孔迈的老伴走了过来。看见岳波正站在自己的家门口，她惊讶的程度一点都不亚于老头儿，忙不迭地说："岳主任，屋里坐，屋里坐。死老头怎么不请岳主任进来坐？他可是你的救命恩人哦。"

孔迈老人忙将岳波迎进屋。他坐了下来，抬头瞟了还兀自站着的老人一眼，疑惑地问："你一切都好？"

他的老伴接腔："回到家时，我还怕他翘辫子呢，哪里晓得他现在比病前还棒，胃口好得能吞下一头牛。"

老人马上调侃道："她巴不得我闭眼呢。"说完，他猛然想起岳主任也生癌了，忙敛起笑容。

她说："老头子，你看人家岳主任多有情义，大老远跑来看望你。"

195

岳波忙澄清:"我是顺路来看望你们的。"

老人转身对老伴说:"岳主任也生癌了。"

她惊讶地问:"真的?"

岳主任抿着嘴,点点头。她唏嘘不已。

老人安慰道:"岳主任,癌并不可怕,真的不可怕。你看我出院都快三年了,现在红光满面,浑身有用不完的劲。"

"我真羡慕你。"

老人说:"每天这时候我都要去散步,岳主任,跟我一道散步去?"

岳波马上响应:"好啊。"

"你疯啦?人家岳主任大老远过来,肯定很累了,让他歇会儿吧。"老伴马上阻止。

岳波说:"我倒想在你的屋前屋后转转呢,你们这儿的空气真新鲜啊。"

老人冲老伴孩子气地笑笑,说:"岳主任是大医生,懂得什么好什么不好,哪像你,整天窝在家里,像个刚进门的小媳妇。"

老伴被他数落得满脸紫红,讪笑道:"岳主任,我这老头做事让人难捉摸,你别在意啊。"

岳波虽觉得有点累,可兴致颇高,已经站了起来。他俩一前一后走了出去。走了大约二十米左右,迈上了一条铺着石子的大路。路旁是两排樟树,枝枝丫丫非常茂盛。岳波闻着樟树发出的香味,不觉心旷神怡。他远眺前方那美得像水墨画的群山,感叹道:"这里真是世外桃源啊。"

老人不解地问:"世外桃源是什么地方?"

"那是个传说的地方。"

"传说的地方敢情不错。"

岳波颇有诗意地说:"听说那地方山花烂漫,烟雨缥缈,民风淳朴。在那里,一个人活到一百岁没问题。"

"我可不管是桃源还是李源,这儿比那些地方都要好。"

岳波暗忖道:"要是退休后能住在这儿,肯定是很理想的选择,问题是……"他不敢想下去了。

"岳主任,看你心事重重的,还在念叨着那癌吧?"

岳波被他击中要害,脸一下子涨成猪肝色,忙撇清:"不想它了。想了也没用。"

老人说:"我刚得知自己生癌时,也非常难受;可后来转念一想,担心有什么用? 害怕又有什么用? 癌来了,你挡也挡不了。"

岳波若有所思地说:"随遇而安吧。"

老人冲岳波狡黠地笑了笑:"幸好当初没做什么化疗,要不,我这把老骨头早散架了。要是真的来个化疗,癌细胞没杀死,正常细胞早被杀得差不多了。我相信自己一定会将癌症逼走的。"

"你真乐观豁达。"

"我从棺材里漏出来了,你一定也漏得出。你得了什么癌症? 是不是跟我的一样?"

"我得的是肺癌。"

"这些年,我们村有两个老头得了肺癌,全没命了。他俩很有钱,据说每人治病都花了上百万,用钞票买不来命啊。可癌呢,最怕不怕癌的人。"

岳波感慨道:"你说得太对了。"

老人似乎意识到什么,忙掩口噤声。

岳波感慨地说:"对癌症,我们医生确实没什么好办法? 我们在医院里跟病人说的是一套,可我们私底下想的又是另一套,现在我可不是以医生的口气跟你说话。"

他们来到一片土坪前,方圆大约有百来平方米,只见坪上东西两侧各有一株高大的古樟。老人忙向岳波介绍:"听说这两株都是老寿星,活了上千年了。"

岳波看到树身上钉着一张银白色的牌子,忙趋前细看,只见上面写着树龄,有一千一百多年了,老人说得确实没错。他对老人说:"你说得对。"

老人天真地问:"人活一百多年就算长寿了,树怎么能活一千多年呢? 是不是人有脑子的缘故呢?"

岳波忙搜索枯肠,忽然想起自己曾在网页上看见过树木为什么活得长的道理,只是当时浏览时浮光掠影,对原因一知半解。他整理一下思路,郑重地说:"据我所知,树木活得长有几个因素:一则它们新陈代谢比较慢;二则树内的器官时常更新。"

"什么叫新陈代谢呢?"

岳波犯难了，不知道如何通俗地解释这个医学术语，思考了一会儿，决定以打比方的形式解释："新陈代谢就是生物体不断用新物质代替旧物质的过程。比如，一个人吃下食物，食物通过转化成为自身物质，而人体里的废物通过大小便、发汗等途径排泄出去。"

"我有点懂了。"

"新陈代谢越慢，寿命越长。"刚一说完，岳波发现问题来了，因为前些年，科学家已经颠覆了这个结论，认为新陈代谢越快，寿命越长。他有点怀疑自己对长寿的解释是否站得住脚，到时一定得上网检索一下，将结论弄个水落石出，这么一想，他马上补充道："这理论是否正确我心里没谱，到时我一定将正确结论告诉你。不过，树内的器官更新速度快倒是树木长寿的一个重要原因。比如拿人说吧，如果体内的器官时常更新肯定会长寿的。"

"这我理解得了。就拿我来说，虽得了肝癌，要是能长出一个新肝来我还怕什么肝癌呢？"

岳波觉得老人悟性较高，不由得问："老叔，你读过书吗？"

"没有读过。要是读过书，我早发达了。"

可岳波倒不这样认为，他认为不读书有不读书的好处，懂得的知识越少，花花肠子也越少。在癌症面前，老人能葆有不屈的信念，可他就不能，想得太多，太复杂。

老人欲打破砂锅问到底："岳主任，上次住院时，我听旁边的一个病人说，要是以后医学进步了，能够造出新的器官进行移植，代替老化的器官，人类就能长生不老了，也就不怕什么鸟癌症了。"

岳波想不到他会有这么快的接受能力，并且接受得很准确、到位，忙郑重地说："以后医学会进步的。实际上，现在就可以在体外造出一个新的器官，只是技术还不成熟。"

老人沉吟片刻，说："我老是在想，你们能否测出一个人的某个器官极容易得癌，就事先将该器官切掉，换上新的器官？你觉得我的想法怪不怪？"

岳波情不自禁地喊出声来："老叔，你不当医生真是屈才了。"

"岳主任，你莫不是在取笑我吧？"老人难为情地"嘿嘿"笑出声来。

"我怎么会取笑你呢？你天生就该当医生。"

"我在胡说呢。"

他暗忖道:"岳波啊,岳波,你跟眼前这位老叔相比真是天差地远。你枉为一个医生,竟没有像他这样的识见。你看他在癌症面前,屹立不倒;而你呢,却成天怨天尤人,像个身处深闺的怨妇。"如灵光一闪,他一下子大彻大悟:"你为什么每天对自己得了癌这件事念念不忘呢?你得将这该死的癌症抛到九霄云外!"这就是他跟老人见上一面后所得到的感悟。能有这么大的收获,他真的不虚此行。他想好了,趁养病期间,好好思考平时来不及思考的一些问题。他俩回到老人的家时,老太太已经准备了一桌丰盛的菜肴。老人的两个儿子从地里回来了。他俩一看到岳波,就亲切地跟他打招呼。那一餐,岳波吃得特别开心,特别惬意,尤其对那几盘清爽可口的山珍,他赞不绝口。他这么一夸,老太太笑得合不拢嘴,惹得孔迈老人眼红不已。

第二十九章 浓缩人生

礼拜六大清早,岳波吃了早饭,忽然冒出个念头,准备沿本市的环城东路、南路、西路、北路心无旁骛地逛一遍,这四条大动脉加起来至少二十公里以上。他搞不清为何会心血来潮冒出这个怪异的念头。他来到了环城东路1号。1号是一座不起眼的平房,显得古色古香,看上去颇有来历。他朝门内瞥了一眼,很想进去一探究竟,可觉得这么做太唐突,不敢贸然私闯民宅。不一会儿,一位童颜鹤发、精神矍铄的老人飘然而至,他竟浑然不觉。看到岳波那副神游天外的样子,老者不禁问:"有事吗?"

他一下子惊醒过来,忙将头摇得像拨浪鼓似的,说:"没事,没事,我只是路过。"

老人露出慈祥的笑容。

他瞟了老人一眼,顿时肃然起敬,不禁在心里赞叹道:"好一个颐养天年的老人。"他冲老人露齿一笑,问:"老先生今年高寿啦?"

老人笑吟吟地答:"八十四岁了。"

"真羡慕你啊。"

"羡慕我?不会取笑我吧?一把老骨头,早该入土了。每天灶台转炕头，两点一直线，烦透了。"身子骨如此硬朗的老人竟有一肚子的苦水，这令岳波始料未及。一个两三岁的小男孩颤巍巍地向老者靠近。老人露出天真烂漫的笑容，俯下身，将小孩揽在怀里，小不点在他的怀里"咯咯"笑着，笑声如银铃般清脆。这对老小配令他羡慕不已。他依依不舍地离开了1号门口，朝前方不紧不慢地踱着方步，路上行人如织、摩肩接踵。他抬头仰望天空，可天空被路边梧桐树遮住了，阳光透过叶间漏了下来，投射到墙壁、路面上，肆意地晃动，变幻着各种神秘的光影。前方是十字路口，他站在那儿，等待放行。他踏着信号灯上那个绿色小人的节拍穿过了马路。不一会儿，只见一溜看不到尽头的汽车从他的身后鱼贯而行。不远处传来了小孩叽叽喳喳的叫声。哦，他来到了一个幼儿园的门口，忙驻足凝望，想起了自己的童年时代。那时候，他每天无忧无虑，总觉得日子长得望不到尽头。可现在蓦然回首，却发现自己这只倦鸟正飞翔在返巢的路上。他无声地叹了口气，踽踽前行。突然，如电光石火般，他的脑子里闪过这个怪念头："世上真有轮回吗？"可一下子，他马上扑灭这火星："你走火入魔了，世上怎么会有轮回呢？什么投胎，全是骗人的鬼话，猪都不会相信。"可他似乎总感到有一股真气在四周缥缥缈缈，氤氤氲氲。"轮回不可能，可一个人走了，总会在世上留下一点痕迹吧。有些人如洪钟大吕，经久不息；有些人则几近湮没无闻，连渣都没留下。我走后，在这世上会留下什么呢？我是那片在海滩上熠熠发光的贝壳，是那朵在悬崖峭壁傲霜斗雪的雪莲，还是那颗在天空中眨巴着双眼的星星呢？"

　　他终于踱到环城东路环城南路的交界处，停了下来，柔柔地梳理着自己的思路。不一会儿，他折入环城南路。环城南路比较短，不过两三里长。这段路应该是今天最轻松的一截，可这条路却是本市最繁华的地段，是全国鼎鼎有名的步行街，各种舶来品、奢侈品琳琅满目，是豪商巨贾神往的天堂，白领一族血拼的乐园。对那些富丽堂皇的大商店他这个五大三粗的大老爷丝毫不感兴趣，它们只能魅惑那些时尚、前卫的"善男信女"。他在大街上碰到的尽是那些来也匆匆，去也匆匆的行人，他们个个圆瞪双眼，时不时两眼放电，像打了鸡血，仿佛发现了新大陆，只有他悠闲自在地踱着方步，成了个异类。也只有在这里，他才充分感受到人世的喧哗与骚动。在环城南路中段，矗立着一座电视塔，高达四百多米，虽比不上东方明珠富丽堂皇、高大挺拔，可也令人肃然起敬,赞叹不已。他加快脚步,直奔电视塔入口,伫立在那儿,抬头仰望,只见电视塔那硕大无朋的中球高悬在头顶。他被游人裹挟进一楼迎宾大厅,买了票,乘电梯直升中球的旋转餐厅。升到中球,他感到饿了,独自坐在餐桌前,细嚼慢咽。他一家仨曾在这里大快朵颐,可现在,他形单影只,落寞地扒着饭。对了,该点一壶酒。不用了,你这病残之躯不能喝酒,千万别糟蹋自己。什么话,在世上的日子屈指可数,还怕几滴酒?! 你这是自暴自弃! 他左右大脑开始唇枪舌剑。最终,他还是服从了更理性的左脑,没有要酒。以前,他虽算不上贪杯,可跟酒的关系还是比较暧昧的,有点留恋酒精所带来的欣快与飘忽。打了个饱嗝后,他起身离开餐厅,来到观光层。他瞥了窗外一眼,脑子里冒出古怪的念头:"眼前我所看到的不就是现世吗?! 我现在快走到了现世的出口,将进入来世的入口。什么来世,全是用来诳人的!"他将头略伸出窗外,俯视着观光层的下方,只见脚下一根粗壮的柱子支撑着整个球体,这样的柱子共有三根。他想起了哲人讲过的柱子的美德:"柱子越是上升得高,越加美丽而柔和。人类不总是对高度产生疯狂的崇拜吗?! 那句'我要飞得更高'的歌词不是传遍大江南北吗?! 谁说高处不胜寒,谁的内心没有一个向上的情结?! 我现在站得够高了,眼下我所看到的肯定跟在地面看到的迥然不同。雄鹰与飞蛾视野不同,见识也迥异啊。可是,这些天我多愁善感,像个处在深闺中的怨妇,我何不站在心灵的高处,为自己的心灵大厦撑起几根粗壮的柱子,给自己的心灵搭起一座瞭望台,让自己的心灵视野触及宇宙深处,洞悉那现实背后的奥秘?!"一想到此,他如醍醐灌顶,豁然开朗。

他静静地站在窗前,不由得将目光朝自己认定的那个家的大致方向聚焦。他冥思苦想着自己家的周围到底有什么标志性的建筑可供定位,蓦地想起了家的东南方有个教堂,马上朝那个想象的方向搜索着教堂那标志性尖顶。可那不高的尖顶早已淹没在高大的建筑物身后,哪里还有半点影子? 那杏泽医院在哪里呢? 医院的病房大楼高达三十层,跟周围矮小的建筑物相比真是鹤立鸡群,这样大的地标应该不难找。他终于找到了杏泽医院的位置,就长长地舒了一口气,心满意足地点了点头。

他离开了电视塔,沿着人行道往前走,路过一个菜场,小贩们在吆五喝六,招徕顾客。他记得自己很久没去过菜场了,平时这种抛头露面的活儿都是妻子一手操办,他只是个甩手掌柜。他拐进菜场,准备在里面转悠一圈。小摊前主妇们在讨价还价,他兴趣盎然地看着他们的砍价表演,也许妻子也是这样做的,一想到此,他不由得苦笑起来。他觉得自己在渐渐接近妻子另一面的生活,这面生活肯定跟他看到的迥然不同。她肯定没少为蝇头小利跟小贩们争个面红耳赤,唉,真是难为了她。初恋时,她虽没读过多少书,可身上还是散发出淡淡的书卷气,他曾被她身上浓浓的知性气质深深陶醉。错了吧,这怎么是她的真实印象呢?这印象是另一个他心仪的女人留下的吧?噢,对了,他将这一切都一勺烩了。且不管这是谁留给他的印象,关注一下她的生活吧。生活中的油盐酱醋不仅弄糙了她的外表,而且也销蚀了她的内心,她失去了原先的活力与灵动。他忽然想起那个精致的知性女人,就是他们科室的护士长张敏。他跟她惺惺相惜。当他分入科室时,她已在科室里上了一年的班了。起初,她似乎不知道他已有了恋人,暗暗追求他。他迷恋于她的委婉动人、善解人意的气质,渐渐堕入情网。几个月后,他才如梦初醒,羞赧地对她说:"小敏,我已有了恋人,这辈子无缘与你牵手了。"听了这话,她轻轻地叹了一口气,幽幽地说:"其实我已经晓得你有了对象。只是,我有个非分之想,想将你从她的身边夺过来,我太自私了。"后来,她默默地注视着他结婚,跟他保持着若即若离的关系。这段情是他的珍藏版,秘不示人。一天,他对她说:"小敏,你该找个伴儿了。"她淡淡地说:"曾经沧海难为水哦。"他凛然一惊:"那你不打算结婚了?"她沉吟不语。在三十岁时,她结婚了。五年后,她离婚了。三年后,她再婚;可六年后,她又离婚了。她跟第一任丈夫生了个女儿,现在母女俩相依为命。岳波想到这些,惶恐不安,就好像犯了罪当场被人抓了个现行似的。

他慢步踱着,不觉来到环城西路口。他抬头仰望着高悬在西边的太阳,估摸着现在大概已是午后两点了。他柔肠百结,不禁扪心自问:"我真的爱她吗?这样一个女人,像月亮围着地球一样地围着你转,任劳任怨,而你却不加珍惜!噫,这个女人是谁呢?是李玲还是张敏?"他被自己这个充满罪孽的念头吓坏了。他深恨自己伤害了这两个女人,不由得自责起来。他的脑海里掠过一个不祥的念头:"要是自己离开了人世,她岂不是在这个世上形影相吊,整天以泪洗面?这个可怜的女人,跟着我确实没有过上几天好日子!"他下意识地沿着环城西路往北走。西方似乎跟佛教有着不解之缘,不是有个人人向往的西方极乐世界吗？那片乐土距眼下的婆娑世界太遥远了，有几百上千个光年。看来，在佛教里，西方极乐世界可能在遥远的银河系的中心，甚至更远吧？也许这个世界只不过是得道者想象的产物，跟海市蜃楼差不多。那些大师每天面壁跌坐，早已插上想象的翅膀，神游天外了，他们在大脑里肆意构筑起那片净土。那片净土太吸引人了。想着，想着，他不觉来到省高级人民法院的门前，只见法院门廊巍峨挺拔，屋前矗立着八根气势非凡的柱子，不禁肃然起敬，心里油然生出对法律的敬意。他细细打量着，土灰色的墙面透着肃穆庄严，高墙上那扇扇田字形的窗户密密麻麻，弥漫着云山雾罩般的神秘。那里面现在在开庭吧？他真想溜进法庭里去旁听一下。可是，这些官司跟自己风马牛不相及，就抑制住了这股冲动。他仰望着法院前正中处矗立着的那根高高的旗杆，只见那面鲜艳的红旗在空中迎风飘扬，不由得赞叹道："嗨，真高啊。"以前，他曾代表院方出庭过，那时，旁听者都以异样的眼光打量着他，弄得他不胜其烦，就好像他是个杀人越货的罪犯似的。他离开了法院，继续往北走。大约过了一百米，一座教堂的标志性尖顶赫然在目。他从没进过教堂，但他通读过一遍《圣经》，不过没留下很深刻的印象。他当初不是信仰基督教才去阅读《圣经》，只是因为得知西方世界不管哪个国家、哪个民族没有一个成人不了解《圣经》，不对《圣经》里的神迹如数家珍的！可不管怎样，他不得不承认，《圣经》里的内容颇具启发性，比如原罪、皈依、忏悔等概念，还有跟基督有关的很多神迹。他虽不是个基督徒，可那个醒目的十字架时不时在他的脑子里闪现。作为一个医生，应该具有悲天悯人的情怀，这也是成为一个好医生的最基本的前提。他蓦地想起自己在某本书上阅读到耶稣复活是末日审判的先声。想到此，他不由得悚然一惊，法院、教堂这两个神圣的地方一前一后，难道冥冥中有一根看不见的丝线将它俩拴在一起？《新约》中不是说过有个最后的审判，由基督耶稣主审世界上一切人的善与恶？人间的审判是由法院里那些法官们审理的，而天国的审判则由唯一的大法官耶稣基督主审。为啥一定要由他主审？为何人非要到最后的时刻来个审判？他如堕五里云雾。"对，必须奋力廓清这些该死的愁云惨雾，否则，你永远参不透人世间的真谛。真谛？你以为自己是哪根葱，你也有资格去参悟什么真谛？乖乖地走好自己脚下的每一步路吧。"他踱到教堂拱形门前，抬脚迈了进去。刚进门，他一下子醒悟过来,扪心自问:"我进去干什么?要晚祷?晚祷时间还早啊。"那一刻,他的耳边似乎传来了悠扬的钟声。不会是眼前这座教堂里传出来的吧?怎么这样巧?他走进了金碧辉煌的大厅,大厅正中悬挂着一座高高的十字架,耶稣不幸被钉在上面。被钉在十字架上的耶稣似乎已成为教堂标志性的一景。这个景象谁看了都会触目惊心。耶稣这样做就是为了替人类赎罪。赎什么罪呢?原罪吗?原罪不就是与生俱来的吗?据说亚当偷食了知善恶树上的禁果,铸下了大错,这就是所谓的原罪。这么说,上帝不许人有善恶观,只准人在浑浑噩噩中打发日子?不是吗,蛇开启了我们祖先的智慧,而上帝却惩罚这条胆敢违背自己旨意的灵蛇。如果这样,上帝不是采取了最见不得人的愚民政策?他是否以为愚民最好管理?也许不见得就是这样。可能上帝认为人类没有循规蹈矩,他要惩罚的一准就是这个!他强逼人类跟他亦步亦趋,做个跟屁虫。在上帝的眼里,人怎么能有独立的思想呢?!这不是在跟他老人家掰手腕吗?必须坚决惩罚那些逆民,让他们服服帖帖。犯上作乱者格杀勿论。也许就为了这个!哎,人类多像提线木偶,任大神拎来拎去,大脑也彻底钝化了。他突然在脑子里起了叛逆的念头:"蛇才是人类的恩人、人类的救星。具有了智慧,人类才是这世上大写的人。没有智慧,人还算是人吗?嗯,蛇才值得人类去顶礼膜拜。可是,又有多少人膜拜过蛇,看来,人类真是忘恩负义。这样的人真不配拥有智慧。"他在脑子里拼命谴责起自己的同类来。此刻,他猛然想起了前不久刚朝拜过的宇净寺。世界上这么多人都信仰宗教,看来宗教里确实有一些博大精深的义理。有人说,人活得越长越信宗教,可惜自己迄今为止还不大信仰宗教,看来自己活得还不够长,等到将来自己白发苍苍时,说不定也会迷上宗教,迷得昏天黑地。他霎时想起了九华山那些肉身菩萨。他们为啥要留下肉身?按理说,大士是鄙视肉身的,肉身不就是一副臭皮囊吗?保留这副臭皮囊不就想博个清誉吗?有人说:得道高僧保存自己的肉身只是想显示某种神奇无比的灵异、无所不能的神通,以身弘法,以身说教,借以点化众生。"真的是这样吗?也许他们不想这样寂灭,才留下这副皮囊。唉,我神经质似的想入非非不是对这些高僧大不敬吗?!看来,我真的只是凡夫俗子。别为这些俗事烦恼了。"

他就这样一路想着,思绪早已神游天外。不知不觉间,他来到了环城北路的路口。今天的环城之行接近尾声,他的一生全浓缩在这一天里了。夕阳西下,他即将踏上归路。前面是个大型商场,他走了进去,乘电梯来到最高楼,匆匆逛了一圈。他平时对逛商场兴趣索然,除了在年轻时陪妻子逛过几回商店,近年鲜有光顾这些在他看来是物欲横流的"销金窟"。他忽然想起在几十年前曾陪张敏逛过商店,那是在他工作一年后的某一天。那天,他刚领到工资,瞅空偷偷跟张敏说:"晚上,我陪你逛商店去。"那时,很少有比足球场大上几倍的商场。张敏犹豫了一下,问:"碰上熟人怎么办?""我们就找个离医院远点的商店,不会碰到熟人的。"在那个年代,就算一对如胶似漆的恋人也没像现今这么开放,勾肩搭背,旁若无人。她勉强答应了。在商店里,他俩一边打量着柜台,一边打量着四周,一心两用。他本想给她购买一套正装,她愣是不同意,后来就买了条围巾。这场景已恍若隔世。这次他再一次站在了柜台前,从容挑选着心仪之物,为女儿买了一支钢笔,为妻子买了一双手套,为她买了一条围巾。他站在商场七楼的窗口,眺望窗外的世界,只见南边那直插天际的电视塔,显得鹤立鸡群。电视塔是本市最高的建筑,几小时前他刚登临过。在本市,它离天堂最近,假设真有天堂的话。一想起天堂,他不由得悚然一惊。这些天,不管他怎么想,最后思绪的交会点就是天堂。他苦笑一下,自言自语:"我现在不是正奔向天堂吗?"他觉得自己这阵子过度纠缠于生死,心境太阴郁了。他鼓励自己该振作起来,别让那该死的癌症牵着鼻子走,平时该干吗还得干吗!一会儿后,他离开了商场。和煦的阳光温柔地抚摸着他。

在这商场的北面有个湖泊,叫舒心湖,估计有半个西湖那么大。他曾多次畅游过这个羞涩得如同处女的小湖,每次都兴趣盎然。湖边上有不少人文景观,每每令他流连忘返。他兴致不错,遂往湖边踱去。

十分钟后,舒心湖就赫然出现在他的眼前,一览无余。他兴冲冲地扑向湖边,那副迫不及待的样子如同去跟恋人约会。站在湖畔,他极目远眺,只见湖面上泛着粼粼波光,就像抹上一层圣洁的银辉,他心醉了。不远处,有几个少年在嬉水,他真想跳进湖里,和他们击水,聊发少年狂,只是不敢恭维自己的水性。一直以来,水跟他有着不解之缘。老子说得太好了,上善若水,水是人类永恒的朋友,没有水,生命将不再存在。对生命而言,什么都可以缺少,但水不可或缺。水对生命是决定性的。他坐在湖畔的石椅上,身后一溜杨柳在微风的吹拂下发出轻轻的沙沙声,像在窃窃私语。他紧紧地盯着湖面，如痴如醉。不远处两个少年在打着水仗，其中那个穿红游泳裤的少年颇像童年时的自己。

他坐在河边，远眺着这荡漾着涟漪的湖面，心里感到从未有过的舒适。他蓦地想起了自己少年时的一段惊魂的经历。四十多年前的一个夏天，他同一群伙伴在村西山坳的一个水库里游泳。那时，他初学游泳，是只旱鸭子，只敢在浅水处扑腾，不敢涉足深水区。伙伴们鼓励他，他还是不敢越雷池半步。大概游了个把小时，他自以为泳技有了长进，于是就大胆往深水区试水。一进入深水区，他不由自主地沉了下去。一阵恐惧感袭来，他不禁毛骨悚然，心想自己这条小命要报销了。他不断吞着水，渐渐失去了知觉。不知过了多久，他发现自己躺在岸边，浑身无力，伙伴们全都惊恐地看着他，好像他是魔怪附体。想起自己曾零距离接触到死神，他感到非常后怕。他躺在岸上，脑子里闪过这样一个念头："我捡回了一条命。要是当时就这样撒手人寰，告别蓝天，告别白云，告别可爱的伙伴，现在他不可能坐在湖畔看着眼前这碧波粼粼的湖水了。"一想到此，他禁不住流出了眼泪。可以说，在捡回一条命的那一刻，他体会到什么叫下辈子了。从那一刻起，他告别了前世，过上了今生，虽然这今生跟前世仅一念之隔。这么说，屈指算来，他大赚了四十多年。现在，他面临另一道坎，能否再次虎口脱险，再赚它个几十年呢？上次，他的生命掌握在他人的手里，可这次，生命的一部分却掌握在自己的手里，可不能让这条命从指间溜走，要紧紧攥住生命的笼头。远处，那群小伙子在快乐地打着水仗。他远眺着西边的天空，只见晚霞血红一片，就像手术室常见的一摊鲜血。这些天来，他处于恼人的烦躁状态，忙忙碌碌地在蓝天下寻寻觅觅。他不知道自己到底在寻找什么。一个人快要走到生命尽头时是否都会有这种找寻？他在心里描摹着这种说不清道不明的找寻，他觉得有点类同于在黑暗中寻找光亮，在口渴时寻找水源。当了半辈子的医生，到了快盖棺论定的那一刻，他猛然发现自己这阵子大脑纠结于死亡、告别，似乎进入了一个误区。他朦胧地想："实际上，不管哪个人每天都有可能告别这个五颜六色的人生，只不过浑然不觉罢了。我应该去珍惜眼前鲜活的日子，而不应该向不可知的将来去寻找那道虚无缥缈的彩虹。"他瞥了湖面一眼，只见波浪向湖边的沙滩扑来，又恋恋不舍地退去，一步三回头，似乎波浪里蕴藏着什么神秘的旋律。这周期性登岸拜访的波浪使他想起了小时候的摇篮。摇篮的晃动跟眼前的波浪的涨落不是很神似吗？忽然，他清晰地听到了一声凄厉的救命声，目光一下子扫向湖面，只见不远处的湖面上荡起一圈圈涟漪，他顾不得多想，一个猛子扎了进去。悠扬着的仙乐在他的四周响起，他听后不觉心旷神怡。有个穿着白大褂的女人背对着他，朝前走去。他想冲上前，看个究竟，可双脚如同钉在地上似的，纹丝不动。他清晰地看见了巍峨的医学院的院门，很奇怪，以前他即使站在门前也没有这么历历在目过。这门无疑就是他的龙门。他的灵魂从身体中飞出，高悬在自己的头顶，饶有兴趣地观看着自己这副皮囊。一会儿，他的灵魂冉冉下降，钻进了自己这具在水面上漂浮的躯壳里。只见两胁长出了翅膀，他欣喜若狂，张开翅膀，不断拍打着水面，如同箭一般朝前射去。前方出现了一个隧道，只见隧道的尽头闪烁着一片白晃晃的亮光。他转过头，以避开强烈的光线。随后，他睁开双眼，看见晓岚正站在前方向他招手——

第三十章 天妒英才

上午,在市殡仪馆松柏厅举行岳波的追悼会。林婉音事先得知了这消息,渴望参加这个追悼会,可实在没有勇气去面对那些昔日的客户——医生们刀子般锐利的目光。她踌躇再三,最后决定还是参加,哪怕他们的目光会将她的全身刺成筛子。她打的来到殡仪馆,站在一棵樟树下远眺着松柏厅。只见厅门口三五成群、人来人往,有许多人她很熟悉。她想迎上前去,可最后提不起勇气,只得作罢。她猛然瞥见林建民伛偻着背,向门口踱去,忙将自己的身体紧贴在樟树的另一侧,以免被他看见。这家伙虽然医术不错,可人品不咋的,一有新药,只要找上他,他一准会大用特用,比开闸放水都快。虽然他是她的衣食父母,可她对他很侧目。只要约他吃饭、唱歌,他无不欣然赴约。他年近五十,可每次碰到她时,那色迷迷的目光会溜遍她的全身,恨不得用睫毛挑下她的衣服。老实说,她不喜欢他,可又无法避开他。一天下班时,她给他发药扣,他谄媚地笑纳,倏忽拉长一张黄瓜脸,表情转变得比川剧变脸还快,她不明就里,问:"林主任,你怎么啦?"

他摇摇头,说:"晚上,老婆没在家,我要在外化斋了。"

她听出他话里要她破费打牙祭的意思,忙条件反射般邀请:"那晚上我请客,你约几个医生吧。"

"他们都下班了,就我俩吧,帮你省点钱嘛。"

她一愣,可马上笑着,说:"好啊。"她不想拂他意,更不想得罪这个"财神"。

林建民完成了手头的工作后,就乐呵呵地跟她离开了医院。他俩来到预定的小饭馆,找了个清静的小包间。吃完饭,她礼貌地询问他要不要活动一下,她原以为他会拒绝,不承想正中他的下怀,他竟一口答应。

她问:"啥活动?"

他不假思索地答:"去酒吧疯一回吧。"

她蹙额想找个理由婉拒,可黔驴技穷,只好硬着头皮周旋。一到酒吧,他不喜欢喧嚣的大厅,找了个清静的小包厢。他不征询她的意见,顾自点了红酒。

她一瞅架势不对,忙盘算着晚上如何全身而退,凭直觉,她觉得林建民另有所图,遂提醒自己别着了他的道儿。

服务生捧着两瓶红酒进来了,林建民挥挥手打发他走了,站起身,给她斟酒。不一会儿,他俩碰杯三次,一饮而尽。她酒量远在他之上,不怕他灌醉她。他不多说话,只顾饮酒。一刻钟后,他俩竟将一瓶红酒喝个底朝天。他乜斜着眼,对她说:"我有点飘飘然了。"

她回应道:"真的吗?"她确实担心要是他真喝醉了,该怎么办。她下意识地将另一瓶红酒揽到自己的面前,不让林建民一路狂灌。他两眼紧盯着她,说:"小林,你真漂亮,要是我有你这么个俊俏的女儿,真是掉进蜜缸里了。"

她不好意思地低下头,轻轻地说:"谢谢你的厚爱。"

她刚说完,她的脚被他碰了一下,她不以为意。

他涎着脸,似乎带着几分酒劲,说:"小林,听说你跟医生们睡过觉?"

她两颊红得像火烧云,无地自容,待缓过劲来,忙否认:"林主任,别听人家瞎说,咱是正经人家的孩子。"

他"嘿嘿"笑着,笑得很暧昧。

她瞥见他的目光火辣辣的,忙低下头,真想将他骂个狗血淋头,可还是忍住了。

"我最懂得怜香惜玉了。"他色色地说。

她不知道如何接腔。

"这些年，我一向为你两肋插刀、保驾护航。"

她违心地说："谢谢你这些年对我的提携。"

"小林，别看我平时不苟言笑，可我还是蛮浪漫的。"

她一时语噎，心里直嘀咕："他真是醉翁之意不在酒啊。"

他又碰了她的脚一下，她这才明白他在露骨地挑逗她，忙将自己的脚缩回了。

他涎着脸打量着她，说："小林，你脸上这颗美人痣闪着金光呢！"说完，他伸出手，肆无忌惮地抚摸着那颗美人痣。

她下意识地将脸偏向一边，暗中给一个闺蜜发了个救场短信。那闺蜜就给她通话，说自己得了急病，要去医院急诊，请她马上过来。她大惊失色，将整个情况告诉了林建民，并连称"扫兴扫兴"。她就这样神不知，鬼不觉地逃离了这个困境。

她侧转身，抬头瞥了门口一眼，只见应洞宾正站在林建民的旁边。对应洞宾，她既羡慕又钦佩，这小年轻——她叫惯了，实际上他的年龄跟她差不多——虽然很傲气，可不是财迷；他不大理她，更没滥用她的药，可她敬重他。她曾多次梦见跟他缠绵缱绻，醒来后总是空欢喜一场。她暗恋着他，可觉得他不大会瞧得上她。在她的眼里，他就是天之骄子，秦、张两位院长已经将他当作重点苗子培养了，刚去世的岳波主任也对他呵护有加。这后生前途无量啊，她怎么能高攀得上呢？她一想起岳波，眼泪就扑簌簌掉了下来。岳波虽用她推荐的药，可适可而止。实际上，其他医生从她手里拿的药扣远比他的多，只是他据实上报，而其他医生敷衍应付，这样，他就成了众矢之的，中枪了。岳主任用药虽比较规范，可她明白他在心底里还是比较照顾她的。他不像有些色狼医生，专想吃她的豆腐，她从心底里敬重他。这样一个好人却离世了，天妒英才啊——不，他死于人祸，她就是杀害他的凶手！她恨李岳，并不单单是他玩弄了她，他还蛊惑她犯下了十恶不赦的罪行！她抬起头，远远瞥见秦声、张德民走进了松柏厅。对他俩，她接触很少，自然了解不多，不过，她却明白，他俩在全省乃至全国都有着崇高的威望。她真搞不清当初怎么会受李岳的蛊惑，竟向他俩背后捅刀！一想到此，她扪心自问:"难道我真的跟李岳一样坏?! 要不,你怎么会助纣为虐呢? 婉音啊婉音,你知不知道自己害了多少正直的人?! 你真算得上是个女魔头了。你怎么洗刷得了自己的罪孽呢?"不一会儿,灵堂里传出了哀乐,她的泪如同断了线的珠子似的滑落下来,她恍惚看见岳波主任正站在她的面前,怒目瞪视着她,忙吓得闭上双眼,诅咒着自己:"岳主任,你来吧,你来索命吧。我欠你一条命!"哀乐时高时低地传了出来,她似乎听到岳主任在召唤她,忙从兜里取出口罩,戴上,情不自禁地朝灵堂走去。她走到了门口,不敢进去,就呆立着。张德民副院长的声音传了过来,他主持追悼会。她想进去再看岳主任一眼,要不以后就没有机会了。这冲动太强烈了,她不由自主地走进去。一头钻进左边那一拨人群中,这群人她都不熟悉,说不定是岳主任生前的亲朋好友。她听见两人在窃窃私语,忙竖起耳朵聆听,其中穿T恤衫的中年男子说:"岳波这么走了,太可惜了。"

穿白衬衫的中年男子接腔:"哎,好人不在世啊。"

"T恤衫"说:"不过,今天这个仪式规格倒挺高的,秦院长亲自致悼词。"

"白衬衫"说:"人都死了,就是主席来致悼词又有什么用? 不过,岳波生前秦院长待他不薄,可惜他福薄啊。听说秦院长退位后,张副院长就要升任院长了,而岳波是副院长的人选,可惜,他却这样不明不白地离开了人世。"

"T恤衫"说:"你知道的可真不少。"

他俩的交流戛然而止,两人都引颈聆听着秦声致悼词。林婉音目光扫视着四周,瞥见了岳波正躺在那个玻璃棺材里,忙踮起脚尖,可怎么也看不见他。

"白衬衫"感慨道:"到时,我一定得向岳波多叩几个头,以后再也见不到他了。小时候,我俩嬉戏时以为往后的日子长得过不完,可现在,却阴阳永隔,一生就这样过去了。"

"T恤衫"缄默不语。

听了他俩的对话,林婉音唏嘘不已。她抬起头,瞥见岳波的夫人、女儿穿着孝服正站在她的左侧,马上低下头,生怕被她俩发现。实际上,她大可不必这么做,因为她俩根本不认识她。

遗体告别仪式就要开始了。原先,林婉音渴望见岳波最后一面,可现在,她不敢正眼看他了,觉得自己无脸见他,立马退了出来。

告别仪式结束了,她快步走到原先待过的那棵樟树底下。不一会儿,大家鱼贯而出,其中有不少是肿瘤外科的医务人员。她瞥见岳波的爱人和女儿走出大厅,紧随她俩的是秦声和张德民。突然,林婉音悲从中来,泪如雨下。她泪眼婆娑,恍惚看见应洞宾朝她走来,忙隐身在樟树的另一侧,背朝着他,以免被他发现。应洞宾跟她擦肩而过,没有发现她。她从树干后面现身,目送着他远去,心中怀着某种不可名状的渴望。忽然,他急转身,瞥见了站在樟树下的她,脸上露出讶异的表情。她呆立在那里,动弹不得,如同被点了穴似的。他慢慢朝她迎上来,杵在她的面前,表情无法用言语形容。他俩就这样对视了几十秒,他先开口:"你怎么也来了?"

她羞得真想找个地洞钻进去。

他不屑地问:"你还有脸见岳主任?你知不知道,是你害死了他?"

他不知道她早后悔得捶胸顿足了。

她不辩解。

"一个面容姣好的姑娘竟包藏着这么一副蛇蝎心肠,真是知人知面不知心。"

她瞥了他一眼,怯生生地说:"应医生,我没你想象的那么坏。"说完,她蹙着眉,脸上露出孤苦无依的表情。

他看到她脸上那种表情,心里不禁涌出一丝怜悯:"你有什么难言之隐呢?"

她的眼泪扑簌簌流了下来。

他听说她现在不做医药代表了,忙试探地问:"你现在干什么呢?"

"我现在在一家广告公司上班。"

"走吧,别在这里打扰岳主任的清静了。"说完,他转身朝前方走去,她尾随着他。他俩一前一后走出了殡仪馆的大门。

他转过身,说:"岳主任是个不可多得的好医生。真想不到,这么一个充满活力的人会溘然长逝,真是生死无常啊。"说完,他朝自己轿车停泊的方向走去。他钻进驾驶室时,瞥见她正怔怔地站在远处,就冲她喊:"你开车了吗?"

"没有。你先走吧。"

她脸上那哀婉凄绝的表情唤醒了他内心的悲悯,他鬼使神差地邀请:

"搭我的车吧。"可一说完,他就感到懊悔了,要是科室的同事看见他跟她在一起,不骂死他才怪。她慢慢走了过来,默默地坐在副驾驶室里。一坐上车,她问:"你捎带我,不怕人家碎嘴说闲话?"

他没有回答。

她凝视着他,郑重地说:"我会用一生为自己赎罪的。"除此之外,她无法跟他讲得更多了,她根本不可能一五一十地告诉他整个真相。

他系上保险带,嘟囔着说:"你是个谜一般的女人。我应该恨你,可怎么也恨你不起来。"说完,他驱车一路狂飙。

"应医生,你以后会明白的。现在,我正背着沉重的十字架,我会洗刷自己的。要是岳主任在天有灵,他会看到我怎么洗刷自己的。"

他怎么也想不到她身上有这么多的故事,更想不到这次"药扣门"闹剧是她跟李岳合演的。

她瞥了他一眼,发自内心地说:"应医生,你前途无量,我特崇拜你。"

他觉得自己心跳加快,这个女人带给他的感觉太奇妙了。以前,他曾跟她多次接触过,可确实不大了解她,也对她没多大兴趣,主要是她的职业使他鄙视她,在他的眼里,女医药代表没有几个不狐媚魅惑,不出卖自己的色相的,她们只是些没在红灯区营业的妓女。

他问:"出事后,你去过我们医院吗?"

"我不敢去。我一去,说不定会被你们撕成碎片。"

"我们医生虽然收了你的钱,让你瞧不起,可不少人还是有良知的。"

"并不是收了我的钱的医生,我都瞧不起,比如,对岳主任,我就很尊重。他是我这辈子最敬重的人。可恰恰是我害了他,我是个恶魔!"

"听说你故意丢了那个该死的提包,有这回事?"他大胆地问。

真是哪壶不开提哪壶,她的脸一下子变得煞白,不知所措。

"我送你回家吧。"他意识到自己问得唐突,忙岔开话题。

她连忙告诉他自己的住址。他俩一路无话。

一刻钟后,他驱车到了她家所在的小区。

"我请你喝茶,你赏光吗?"她试着邀请。

他一时愕然,不知所措。

"在小区边上就有个茶馆,小巧、典雅,很有情调。"

他不好意思拂她的好意，咧嘴一笑，点了点头。经过一路的接触，他对她产生了一丝好感，渴望进一步了解这个谜一样的女人。他将车停在路边，两人下了车，她带着他往茶馆方向拐去。他看着她的侧影，心底里涌出一股爱怜的涓涓细流，这个女人揪住了他的心。

一进入包间，他俩相对而坐。她看着他，视线倏忽模糊了，眼前的洞宾幻变成了岳波，她的两眼噙着泪。不一会儿，泪水滑落下来，流过脸颊。他搞不清她为啥流泪。

她忙说："应医生，对不起，我失态了。"

他模糊意识到她的流泪跟岳波主任有关，于是，硬生生将已到嘴边的那些不合时宜的话咽了下去，眼前这个女孩使他产生了莫名的心悸。

"我欠岳主任一条命，我会还的。"

"你怎么还？"他瞥了她一眼，接着说，"你准备用茶，还是用眼泪招待我呢？"

她不禁破涕为笑，歉疚地说："见笑了。"说完，她优雅地抿了一口清茶，以掩饰自己的窘态。

他背朝椅背一靠，感慨道："除了秦、张两院长，岳波主任是我见过的最好的医生。我就用这杯茶祭奠他一下。"说完，他将杯中茶水洒在地上。

"我害死了你们最好的医生。"说完，她学着洞宾的样子也将茶洒在地上。

"我跟他朝夕相处，比你对他了解得更深。他技术精湛，沟通技巧娴熟。我真羡慕他跟病人的关系，感情深厚，就像同一战壕里的战友。"

"他拥有一副悲天悯人的心肠。"

他不禁问："为什么好人不长寿？"

她缄默不语，暗暗自责着。

他继续问："为什么好人不长寿？"这个愤世嫉俗的小伙子这下子动了真情。

她莫名其妙地答："因为有坏人。"

"哦？"

她像做错了事似的充满歉疚地说："我就是坏人。我故意弄丢了那个该死的包！"

"真的？我原以为以讹传讹,一些不怀好意的家伙往你身上泼脏水!"

"真的。"她在脑子里盘算着该不该将那桩丑事抖出来,这丑事如骨鲠在喉,真想一吐为快。她跟他接触时间不算长,可在骨子里信任他。她原以为他很难接近,可通过眼下的接触,她觉得他很绅士,比她想象的要善解人意。不过,她只了解到他的皮下组织,根本不了解他的骨骼、血脉。他怔怔地盯着她看,她有点不好意思,忙低下了头。

他嘟囔着说:"我不相信这一切是真的——"

她想通了,决定将真相和盘端出。叙述时,她非常淡定,语气自然。他了解了整个真相后,惊诧得张大了嘴。她只向两人抖过真相,因为她认为岳波、应洞宾这两人值得她信任,根本没考虑这席话会产生怎样的山呼海啸。最后,她郁闷地说:"应医生,我根本想不到会给你们医院带去一场飓风,会深深地伤害岳波主任,我太傻了!"不过,她还是隐去了一些露骨的情节。

他脱口而出:"你太天真啦!"

她孤苦无依地看着他,那眼神,如同一个溺水者无望地盯着前方的那根救命稻草。

他不由自主地问:"你怎么会相信李岳呢？他在我们医院声名狼藉,你根本没识破他的丑恶嘴脸!"

"我不想在你面前替自己辩护,不过,我确实无法解释自己当初走火入魔的行为,真是鬼迷心窍了。"

"也不能说完全是鬼迷心窍,说不定你当时真的在做黄粱美梦!你这么相信我,将这内幕捅给我,我不能再挖苦你了,只是你的行为匪夷所思。不过,我佩服你敢于直面弱点的勇气!"

"我醒悟得太晚了。"

"为能当上院长,李岳现在到处投机钻营。"

"这号人能当上院长,那猪都能上树了。"

"本来,张德民副院长众望所归,听说现在已经靠边了,拜你所赐啊。我以前不理解什么蝴蝶效应,想不通南美一只小小的蝴蝶拍拍翅膀竟会引起老美那儿一场飓风,现在懂了。你就是那只蝴蝶——"

她的眼泪不由自主地流了出来,如诉如泣:"当时我没识破李岳的卑鄙无耻,我成了他害人的工具了。"

他看到她泪眼婆娑的样子，于心不忍，将到嘴边的一席刻薄的话硬生生地咽进肚里。

她抬起头，镇定地说："应医生，你骂吧，你骂得越厉害，我就越好受。别管我的眼泪，我正在用泪水洗涤自己心灵的污垢！"

"我看不透你这个人，可对你产生了莫名的好感。"

"可我看透自己了，我的全身布满恶臭的脓包，我会狠狠将脓液挤掉的。"她操起"手术刀"，狠狠地解剖着自己，无暇顾及将血淋淋的自己放在洞宾的眼皮底下时，他会留下怎样的印象。

"你可以挤掉自己身上的脓包，可我们医院的脓包谁来挤，这并不是我们医生所能解决的。"

"以前我为了一己之私不计后果，现在，我会为赎回自己的罪愆不计后果。就冲着你们这些好人，我也要豁出去了。"

岳波去世后，林婉音陷入莫名的恐惧之中，就好像他摄去她的魂灵。她觉得恰恰是自己将岳波送上黄泉路的。她恨李岳，更恨自己。有几次，她跳将起来，准备实名举报李岳，可实在鼓不起勇气。告倒李岳，自己固然扬眉吐气，可也会给自己带来伤害，这种伤害可能会波及终生。她不知道自己下一步该怎么办了。想了好一会儿，她决定给李岳通话，酣畅淋漓地大骂他一通以出出自己心头这口恶气。她拨通了他的电话，他那嬉皮笑脸的声音传了过来："你回心转意了吧？我早知道你会重新投入我的怀抱的。"

她气不打一处来，狠狠地骂："你这人渣，别做春梦了。"

他故作惊讶："你大发雌威了？"

"你这个害人精，是你逼死了岳主任！"

"岳主任？你说的是岳波吗？他怎么是我逼死的？他是自找的，多行不义必自毙！"

她气得差点背过气去；良久，她才幽幽地叹了一口气，无力地说："李岳，我算服你了。"

"服我的话就乖乖投进我的怀抱里来吧！我叫你天天吃香的，喝辣的，享不尽的荣华富贵。"

"跟你鬼混我不活活气死才怪。"

"以前,你不是痴迷于跟我鬼混吗?! 岳波死了,你怎么如丧考妣? 是不是勾搭上了他?"

她觉得连骂都是多余了,一下子哑然无语。

"我说对了吧? 小妞子真有本事,脚踩两只船。"

她听不进他到底在说什么了,头脑乱成一锅粥。

半晌,他才说:"浪女回头金不换。别忘了,我才是你的港湾。"

她义愤填膺,一字一顿地说:"李岳,我要举报你!"

"你举报我什么呢? 傻丫头,别做傻事。"

"'药扣门'就是你这个魔鬼弄出来的。"

"你去举报吧,鬼才相信你的话。"

"你走着瞧吧。"

他涎皮赖脸地说:"你不会举报我的,你这么做等于搬起石头砸自己的脚。你还是个黄花闺女,不会干这类傻事的。"

他的确点中了她的软肋,她一下子动弹不得。起初,她想酣畅淋漓地大骂他一通,不承想被他反制。这些年来,她对他的态度一直游移不定,左右摇摆,直至后来不能自拔。她提醒自己这次千万不能再堕入他的魔掌之中了。沉吟半晌,她反唇相讥:"李岳,你厚颜无耻,我警告你,你别欺人太甚,要不我会反击的,兔子逼急了也会咬人。"

"那我就等着你这只小母兔来咬,咬啊!"

"你这魔鬼,就是化成灰我还会恨你。"

"那你就去好好恨啊,我很受用。欢迎你举报我,不过,我想弱弱地问一下,你举报我什么呢? 举报我睡了你? 举报我鼓捣出一个'药扣门'? 证据呢? 弄得不好,我会反告你!"

这下她陷入沉默了。她思索再三,觉得自己无法举报他,不是自己不敢,而是自己手里没有多少证据。她灵机一动,说:"李岳,你扪着胸口回答我,你是不是在玩弄我? 我太傻了,根本没识破你那毒辣的诡计!"

"女人真是感性的动物!"

"人家都说,男子汉敢作敢为,而你敢做却不敢承认,还不是只缩头乌龟?!"

他警觉起来,忽然感到自己在玩火。如果那臭丫头将他们对话录音的话,那岂不是坐实了他俩的暧昧关系？他有点责怪自己太冒失了,竟着了她的道儿。这么一想,他不得不收敛一些。

她根本揣摩不出他正在想些什么,决定诱他开口:"李岳,你为了自己上位,不择手段,无所不用其极了。你怎么使得出这么卑鄙的下三烂手段呢?"

"我使了什么下三烂的手段?"他装聋作哑。

"你真会装。"

"你这女人,看你弱不禁风的,怎么像个母夜叉?"

"你这坏蛋,坏得我骂你都嫌脏了嘴了!"

他换了一副口气,可怜巴巴地说:"你别往我的身上泼脏水好不好,我求你了。"

她不想再跟那人渣无谓地纠缠下去了,就冷冷地说:"李岳,希望你好自为之,不要害人了。再这样下去,你会下地狱的。"

他咬牙切齿:"你真是个恶妇。"说完,他立马挂了电话,不想再跟她纠缠下去了。她气得一屁股坐在椅子上,搞不清楚自己为啥要拨通他的电话,责备自己太冒失了,招惹他不就等于自取其辱?!

第三十一章　秦氏标准

组织部常务副部长曾赫患肝癌住院了,高部长马上给秦声通话,要求他们提供最好的治疗。秦声指示张德民尽快成立治疗小组,并自告奋勇担任组长,提议张德民担任副组长。等到各种检查收集齐全后,治疗小组经过慎重讨论,确定了治疗方案,一致认为首选肝移植,这也是秦声力荐的最佳方案,但问题是肝源奇缺。秦声决定亲自将治疗方案告诉曾赫的爱人李丽珍。他来到病房门口,只见病房里人声鼎沸,如同集市。秦声忙将李丽珍唤到走廊,小声地问:"这满屋的人都是你的亲朋好友?"

她蹙着眉,答道:"什么亲朋好友,我也不知道他们从哪里冒出来的,个个都自称是我家老头子的门生。"

秦声严肃地说:"这可不行,曾部长现在最需要的就是休息。"

"我跟老头子为这事差点闹翻了。他是个人来疯,没人来看望他心里就空落落的。唉,真拿他没辙。"

秦声不容置疑地说:"他必须好好休息,否则对整个治疗不利。"

李丽珍嘟囔着说:"他倔得很,我拗不过他。"

"到时我规劝他一下。光顾说探望,差点忘了正事,刚才我们组织全科医生对他的治疗方案进行讨论——"

她迫不及待地问："结果怎么样？"

秦声将他们的方案不厌其烦地讲述给她听。

"肝移植是很大的手术啊。"

"确实很大，但在我们医院，这类移植技术已经非常成熟。"

"到哪里找肝脏呢？"

"一般有两种途径：要么从活体中寻找，只要符合一些指标就行；要么从刚死去的人如病人或刚被枪毙的死刑犯中寻找，一般第二种途径常见；当然，移植效果最好的却是活体，尤其是亲人提供的肝源。"

"他的爸妈早去世了，又没有兄弟姐妹，在这世上仅有的亲人就是我啦，要不让我试试？"他俩没孩子。

"你跟他血型一样吗？"

"他是A型，我是O型。"

"血型不同不考虑。适不适合的前提就是血型是否相同。只有血型相同，才考虑做进一步的检查。"

"好吧，让我在亲属中发动一下，看谁跟老头的血型相同。"

"最好是年轻人。年纪太大，风险就高。"

"好的。"

秦声跟李丽珍一起走进了病房，李丽珍首先开口说："老头子，你不觉得累吗？"

那些探望者正在向部长嘘寒问暖，听到她的话后，脸上全挂着尴尬的笑容。

"没事没事，你们聊，我不累。"曾赫却安慰起他们来。

他们的目光全都齐刷刷地投向秦声，似乎在征求他的意见，他不好回避，说："曾部长，你可得注意休息啊。"

曾赫答："我真的不累。"

病前，他一上班大大小小的官员就一拨一拨涌进他的办公室，接见这些人当然成了他上班时的重要工作，如果哪一天没有官员来拜访他，他的心里就会空落落的。

秦声向李丽珍使了个眼色，她心领神会，说："老头子，你别逞强了，在医院,你就得听医生的,更何况秦院是全国响当当的名医,你怎么不听他的话呢?"

曾赫冲他俩咧嘴一笑,和颜悦色地说:"好,听你们的。"

那些探望者附和他的话,先后向他道别。探望者走后,秦声打量了曾赫一眼,估摸着该如何跟他解释。秦声至今还没将他的整个病情详细告诉他,况且,也无法道出真相。他以为自己得了肝血管瘤,根本不知道肝癌缠上他了,而且还是晚期呢。

"曾部长,我现在想跟你商量治疗方案,征求你的意见。"秦声开始投石问路。

"你们打算怎么治疗呢?"

"我们选择肝移植。"

"肝移植?我的病这么严重?不就是良性血管瘤吗?"

"可你原有慢性肝病,肝功能损害十分严重。"

"啊?非得肝移植不可了?"

"这是首选治疗。"

曾赫急得抓耳挠腮。

秦声忙安慰道:"你们慢慢商量,我先走了。"

秦声一离开病房,曾赫就表情异样地打量着老伴,看得她低下了头,不敢正视他。他原以为自己的病用药物治疗一阵子就会恢复的,不承想秦声竟提出要肝移植,这确实出乎意料。他问:"老秦跟你到底说了些啥?我总觉得他跟我说话时吞吞吐吐的,莫不是他对我隐瞒了什么?"

她忙不迭地否认:"没没没。他跟我说的与跟你说的一模一样。"

"他怎么突然对我提出肝移植?是不是我病入膏肓了?"

"秦院跟我说,要是不移植你的病就会恶化。"

他总觉得这中间太蹊跷了,一时转不过弯来。他抬起头,瞥了老伴一眼,问:"我该不该肝移植呢?"

"秦院不是说得很明白吗?!"

他没有接腔,马上拨通了高部长的电话,想征询一下上司的意见。高部长听了手术方案,倒不惊讶。他已晓得老曾得了肝癌,对癌症患者来说,什么样的治疗都不意外。

挂了电话,高部长心里没底,就跟秦声联系上了。秦声将手术方案一五一十告诉了他。最后,他问:"你认为非得给老曾移植不可了?"

"我们已经深思熟虑过了。我在国际刊物上发表过肝移植标准,得到国际专家的认可,而曾部长目前的病情恰恰符合该标准。如果不选择移植,那就只有进行病灶切除,单纯的切除不彻底,容易复发。"

"就肝移植吧。我会将你的方案向高书记好好汇报的。"说完,他挂了电话。

这些年来,秦声通过不懈的努力,建立了肝移植的秦氏标准,目前得到了国际专家的广泛认可,这算得上是他当选院士后的最大成果。如果该成果在当选前就已公布,评选时就不会出现如此惊险的场面,反倒是众望所归呢! 现在,秦声对肝癌治疗取得了举世瞩目的成果,底气足,腰板硬,在肿瘤学界的地位如日中天,这样也就敢于在高官面前亮出自己的绝活了。做通了高部长的工作,秦声如释重负,可他意识到自己责任重大,稍有闪失,必定会引起全省震动,因此,他务必对整个方案及各项步骤事无巨细,亲力亲为。虽然在医学方面,对疾病的预后不能打包票,但领导对他们的要求却是万无一失,这样往往使他们感到压力山大,不堪重负。

曾赫虽跟高部长通过话,可还是不放心,怪怪地瞥了妻子一眼,问:"老秦是否有什么事瞒着我呢?"

"老秦怎么有胆量瞒你? 他活腻了?!"她连忙替秦声撇清。

他马上拨通了秦声的电话:"老秦,你在哪?"

"我正在办公室里为国效劳呢!"秦声故作轻松。

"忙不忙?"

"有事吗?"

"你来趟病房吧。"

"好,我马上就到。"秦声一说完,心里直嘀咕,"我刚离开,他又唤我了,真拿他没辙!"

秦声来到曾赫的床边,赔着小心问:"什么事?"

"你可不可以将病历给我看一眼?"

"病历一般不能给病人看,可你是特殊病人,我只好破例喽。"说完,他感到有点后怕。要不是当时准备了一份"假"病历,西洋镜就被戳穿了。秦声来到医生办公室,将事先准备好的那份病历从抽屉里抽了出来,捧着这份赝品来到曾赫的身边。曾赫一把夺过去,如饥似渴地翻阅着。秦声仔细观察着他的脸部表情,只见他时而咧嘴一笑,时而微皱眉头,表情十分丰富。大约十多钟后,他扬了扬眉,脸上露出难为情的笑,说:"不好意思,我错怪你们了。"

"错怪我们什么呢?"秦声明知故问。

"我以为你向我隐瞒了病情,现在心里一块石头总算落地啦。"

秦声故作惊讶地说:"噢,原来是怎么一回事。可我们怎么会骗你呢?我的头可不是韭菜啊!"

曾赫爽朗地开怀大笑,可没等他笑完,他的腹部阵阵绞痛起来。秦声看到他痛得龇牙咧嘴,忙问:"你不舒服?"

"肚子痛得要命。"他的脸上渗出豆大汗珠。

秦声只觉得心里"咯噔"一下,忙扶他躺下,在他的腹部检查着,发现右上腹压痛明显,暗忖道:"看来,他的手术不能再拖了。"他叮嘱护士给曾赫用上了止痛药。

几分钟后,秦声问:"现在你觉得好些了吗?"

"现在无大碍了。刚才痛起来就好像肚里肝脏爆炸了似的。我没大问题吧?"

"放心,我们会竭尽全力的。"

一周过去了,迟迟找不到肝源,秦声急得如热锅上的蚂蚁。如果再找不到的话,就只好退而求其次,进行手术切除了。在这节骨眼上,秦声幸运得知近日内有一死刑犯就要押送刑场,执行枪决,很凑巧他跟曾赫同一血型,经检测,匹配程度非常好。秦声要求科室马上进行术前准备,肝源一到手,就进行肝移植。曾赫夫妇俩大喜过望。

第三十二章　阴阳两隔

　　岳波去世二十多天后，孔迈老人偶然才得知这噩耗。他一得知，立马动身上省城，老伴、老大德法只好陪他走一遭。

　　他仨经多方打听，辗转来到海滨公墓，找到了岳波的新家。老人从包里取出纸钱，点着了。他想独自跟岳波聊聊，母子俩只好窝在几十米远的凉亭里等他。墓碑上镌刻着岳波的人像，只见他穿着白大褂，手里捧着一本厚厚的书。他擦亮双眼，凝视着墓碑上的岳波像，怔怔出神。半晌，他转过身，眺望着前方浩瀚的大海，精神为之一振。海面上血红一片，好像熊熊的火焰在燃烧。他没见过大海，被它的宏伟博大、神秘莫测震撼了，不由得屏住了呼吸。他恍惚看到岳波正在海面上踏着波浪向他款款走来，全身披着耀眼的金光。血色的太阳高悬在海面上，渐渐移向他的头顶。他忽然自言自语："这波浪走了以后还会再来，可岳波老弟走了后为何不能回到人间呢？不对啊，后来滚上来的波浪不是原先那个吧？！原先那个波浪不可能再回来了。看来，波浪也会死啊。"他缓缓转身凝视着墓碑上的岳波的人像，眼眶里溢出了浊泪，默默地对岳波的人像说："岳波老弟，你怎么会先我一步走啦？你这么一个有用的人走了，而我这个糟老头却还活着，老天真是太不公平啦。老

225

弟,你是个医生,怎么救不活自己呢?你救了我,没有你,我早没命了。我曾盘算着请你到我老家散散心,你却离开了我。老弟,你现在在哪里?你不是答应过我要好好活着吗?你怎么就这样走了呢?"

一只无名的鸟从老人的头顶掠过,发出一声忧郁的鸣啭,他忙抬起头,恍惚觉得这只鸟就是岳波变的,正在跟他啁啾。他马上回应:"老弟,你别飞走,好好跟我聊聊,咱们老早就熟悉了,你怎么忘掉我了呢? 老弟,你别走,回来吧。"前些年住院时,他以为自己马上就会死去,已做好了离世的准备,想不到竟挨到现在。他抬起头,扫视着整个墓园,这墓园一直绵延到山脚,这里竟住着这么多的人,他不禁吓了一跳,忙低下头,对岳波呢喃细语:"老弟,你的左邻右舍全是人,不会感到孤单吧? 你已经找到新朋友了吗?"他忽然灵机一动,打算在自己死后请儿子将他葬在这儿,这样,他就可以同恩人朝夕相处了,可是,他觉得这想法不现实。他闭上眼,岳波如走马灯似的在他的眼前旋转着,忙睁开眼,岳波倏忽不见。"老弟,你的魂灵在我旁边吗?你怎么不跟我说话呢? 老弟,你到底在哪里呢?"他不由得抬起头,仰望苍天,太阳正高悬在他的头顶,刺得他睁不开眼,他迷糊了,不由得扪心自问:"一个人的命怎么这样脆弱,说没就没了呢? 这么说,他除了那盒骨灰,什么都没留下了? 天地这么大,就容纳不了他的魂灵? 听说好人死后都在天堂里,他该在天堂里吧?"眼前的一切虚幻不实,他觉得自己只是一个影子、一具躯壳,他的灵魂早已随风而去。他下意识坐了下来。也不知过了多久,母子俩出现在他的身边。他盯着他俩看,忽然抽泣起来。

老伴说:"老头子,我们走吧。岳主任也该好好休息了,你不要再打扰他了。"

老人眼睛一亮,说:"嗯,对啊。我要识相啊,不能没完没了地折磨他了。"他凝视着老伴,摇了下头,问:"你们晓得岳主任现在在哪里吗?"

"老头子,你怎么啦?"

热辣辣的阳光照得老人烦躁不已,他站了起来,儿子搀扶着,一脚高,一脚底,蹒跚着向公路边走去。他默默地说:"老弟,我走了。"

倏忽,晴空万里的天空乌云密布,太阳暗淡无光,不久后就藏身在浓云深处。一阵狂风刮过,不一会儿,竟下起瓢泼大雨来了。他仨马上朝凉亭奔去。大雨洗涤着墓园里大大小小的墓碑,远处的树叶变得更翠绿了。不久,天晴了,太阳从云缝里散射出道道金光,西边的山脚下现出一道穹形的彩虹。老人看见在彩虹之上,岳波正挺立云端,笑吟吟地看着他们,忙对老伴说:"你看,岳主任正站在那儿!"

老伴顺着他手指的方向看去,说:"没有啊,在哪儿呢? 老头子,你犯糊涂了吧?"

"你没长眼睛啊?!"

"真的没看到啊。"

"小子,你到底有没看到?"

德法摇摇头,一脸的迷惑。

"你们这两个睁眼瞎。"老人气得直跺脚。

老伴低头不答,她知道他心里烦,不想再激惹他。他最重情义,自从得知岳主任去世后,他每天失魂落魄。儿子在他的面前更是忍气吞声,连大气都不敢出。他怔怔地看着那道彩虹,两眼无神,落寞地说:"我们该走了。"

老伴嘟囔着说:"这地方晦气,真不该来这里。"

他狠狠剜了她一眼,恨恨地说:"你真无情。"

老伴闷声不响。

他们仨来到路边,准备回去。

第三十三章 不择手段

在这节骨眼上,李岳有点沉不住气,准备采取行动了。成败在此一举,他不得不打起十二分的精神。周五下午,李岳事先跟高部长联系过,得知他有空,就驱车直奔组织部。

坐在高部长面前,李岳稍显拘谨。两人寒暄一番,高部长含笑地问:"这阵子你很忙吧?"

李岳迫不及待地答:"忙得焦头烂额。"

"你们医院出了这档事确实够惨的。"他跟李岳沟通起来远比跟秦声自如。在李岳面前,他既是领导,又是长者,双重身份。

"整个医院被轰炸得弹痕累累,就像上甘岭了。"

高部长单刀直入:"有人怀疑你在幕后引爆了'药扣门',你听说了吗?"

李岳故作惊讶地说:"真的? 谁造的谣? 眼下,在我们医院,小道消息满天飞!"

"你真的没听到?"

李岳像挤牙膏似的挤出一席话:"倒不能说一点都没感觉,但传到您的耳边我却大吃一惊。目前医院正处于非常时期,牛鬼蛇神纷纷出笼啦!"

高部长沉吟不语,莫测高深。

"高部长,您长着一双火眼金睛,不会识不破那些居心叵测的家伙的阴谋诡计的,我遭人暗算了。"

高部长严肃地说:"这种可能性不是没有,只是无风不起浪,你有什么把柄落在他们手里吗?"

"他们是谁?"

"你认为的那些要暗算你的人。你想过哪些人想暗算你呢?"

"第一号人物就是张德民,他一向视我为他的假想敌。这家伙心胸狭隘,官迷心窍,想乌纱帽想疯了!"

"还有呢?"

"秦声也不大待见我。"

"他为何不待见你呢? 你俩没利害冲突吧?"

"我俩倒没有利害冲突,可他拼着老命袒护张德民,为那家伙摇旗呐喊。"

"他为何倒向张德民一方?"

李岳嗅出了高部长话里暗藏玄机,于是就条分缕析:"看得出来,老秦对我并不感冒,因为我不跟他同科,您有所不知,医院里也拉帮结派的,院领导用人时偏爱用本科的下属,认为他们是自己的嫡系,便于驾驭,不喜欢用其他科的人。我跟老秦就隔着这一层。另外,我平时不大巴结他,也没跟他掏心掏肺过,他当然对我横挑鼻子竖挑眼了。反观张德民,他俩都是肿瘤科出身,自然互为犄角,一唱一和。"

"听说老秦跟张德民关系并不融洽?"

"只不过在细枝末节方面闹矛盾,大局方面他俩肯定会抱团的。"

"看来,你对老秦颇有微词喽。"

"对。"

"听说老秦在你们医院声望不是一般的高?"

"他的声望都是吹出来的。"

"吹出来? 他不是我省医疗卫生界首位院士? 这难道不是货真价实的?!"

"他的院士就是活动来的。现在评选院士有很多猫腻,地球人都知道。

别的不说,现在连烟草院士都出现了。"李岳嗤之以鼻。

"人家有猫腻不等于老秦被评上也有猫腻啊。你们医生不是非常注重证据吗?"

"老秦的院士成色不足确实有证据,这都是某个器械公司的老总钱三民替他投机钻营来的。他们以为自己做得神不知鬼不觉,其实我老早打听到了。据说在投票时钱三民给他拉了不少票。当时,老秦处于劣势,后来咸鱼翻身反败为胜的。如果钱三民不用钞票为他铺路,他不可能当上院士。在那拨候选人中,老秦的业绩不是很出彩,比他优秀的人有一箩筐呢!"

"真的?"

"这件事,我们全院有不少人知道,不信您可以去我们医院找其他人了解一下。那年,医院推举时张德民是老秦的竞争对手。后来,张德民落败,很郁闷了一阵子。两人为此龃龉,差点反目成仇。不过,这两人毕竟还有着共同的利益。"

高部长沉吟不语。

"我估计老秦在您面前反映过我的情况。他肯定会打压我的。说不定会往我的身上大泼脏水。"

高部长不冷不热地说:"老秦快退下来了,犯不着跟你较劲啊。前不久,我曾找过他,他知无不言。张德民能力强吗?"

"嗯,他的能力确实有点强。"他以退为进。

"他在医院声望很高吧?"

李岳不禁打了个激灵,一时不知怎么回答。沉吟良久,他才不情愿地说:"他的声望还算高,可在管理方面他出了不少纰漏。这次出了'药扣门',他管的那条线着火了,他脱得了干系吗?!"

"你们厅、院二级对这起风波不是已经处理了?"

"但张德民成了漏网之鱼,社会各界对这个处理十分不满。"

"哦?"

"如果张德民当院长,社会各界肯定通不过,说不定举报信满天飞。"

"可放弃这样的人才殊为可惜。"

"我也替他惋惜。"李岳假惺惺地说。

"纠结啊。"

李岳鼓起勇气，决定毛遂自荐："高部长，听说组织也在考察我。我在这里表个态，如果组织真的任命我，我一定会鞠躬尽瘁！"

高部长笑而不答，觉得不该违反组织原则。

"多谢您这些年来对我的栽培，我没齿难忘。"李岳开始溜须拍马了。

"没帮你多少忙，听你这么说，我都汗颜了。"

"您过谦了。"

"多多努力吧，主动权掌握在你自己手里。"

李岳觉察出高部长有送客的意思，忙站起身，向他道别。回来的路上，他暗忖道："我刚才向老高头的自荐是否过了？千万别偷鸡不成蚀把米。老高头肯定向秦声了解过我的情况，这事有点不妙。秦声在他的面前诋毁过我吗？凭我对他的了解，他一准会这么干的。这老家伙尸位素餐，早该滚蛋了。我刚才真该向老高头试探一下秦声这该死的家伙在他的面前到底放了什么屁！"他恨秦声恨得牙痒痒的。凭直觉，秦声肯定在高部长面前将他描得人不像人，鬼不像鬼的。意识到此，他不由得倒吸了一口冷气。现在，局面已经很危急，得好好请老爷子出马斡旋了。老爷子虽人已走，但茶未凉，尤其他那些门生、下属现在正位高权重，呼风唤雨着哪。刚才在老高头的办公室，他察言观色，觉得老家伙对自己不冷不热。如果那老家伙对自己不看好，那自己的脚下就是一条断头路了。吏部那些冬烘先生真讨人嫌，个个板着一张阴阳脸，道貌岸然的，跟他们打交道真比死还难受。

李岳回到了家。

老爷子看着他黑着脸，劈头就问："你怎么啦？工作不顺利？"

"刚才去老高头那儿了。"

"组织部那个？"

"嗯。"

"聊得投机吗？"

"好像尿不到一壶。"

"我当人大常委会主任时，他还默默无闻呢，现在怎么端起臭架子来了？"

"他现在不端臭架子，等到下台时再端？"

"你别太急,让我帮你疏通一下。放心,凭我这张老脸,省里的头头们还是会买面子的。"老爷子尽量安抚儿子。

"爸,你别太笃悠悠了,再不抓紧,黄花菜要凉了。"李岳没好气。

"凉不了。拼了我这把老骨头,也要将你扶上位。"

"现在我只有指望你了。"

"跟我谈谈你的竞争对手的情况,你首先要搞清谁是你最大的竞争对手。"

"这还用问,张德民嘛。我以前不是跟你谈过吗?"

"你再谈谈他的优势是什么?"

李岳这下犯难了,在老爸面前夸自己的眼中钉、肉中刺,无论如何拉不下脸,可是既然老人这样问,他只好尽量客观评论:"张德民能力比我强,他的最大长处是业务精。"

"那你为何不利用一下,让秦声、张德民俩狗咬狗呢?"

"问题是他俩现在度蜜月了,这阵子秦声为张德民上位四处钻营,拼上老命了。"

"这次你们医院出了'药扣门',城门失火,殃及池鱼,张德民这下会一蹶不振吧?"

"我也这么认为,可是,他会不会大伤元气就看上头怎么认定。"

"他管业务线,按照我党的办事原则,会多多少少处理到他头上的,你何不利用这点炒作一番?"

李岳嘴角挂着一丝冷笑,说:"我就想利用'药扣门'做做文章。在这节骨眼上出了这个'门'对我来说是场及时雨啊。"

"你一定得揪住这件丑事大做文章,只有这样,才能扳倒张德民。这个挠头的'门'真够张德民喝一壶的,可仅仅这还不够,你应该深挖其他的料,凡是他身上有缝的地方你都得去撬一下。"

"我挖到现在,仍一无所获。"

"他有经济方面的问题吗?"

"我没找到什么证据。他对金钱不大看重。"

"能力强,经济方面又没瑕疵,这样的人要想信誉不高都难。"

李岳垂头丧气,幽幽叹了口气。

老爷子忙鼓起他的信心："别气馁,打起精神来。他在女人身上有没出过桃色新闻?"

李岳一下子想起了什么,两眼熠熠发光,一拍脑门,说:"我怎么会忘了这个呢?!"

"他真有问题?"

"有无问题我倒吃不准,风传他跟肿瘤外科的活寡妇张敏有一腿,但有没上过床只有天晓得。听说张敏跟死鬼岳波也眉来眼去。"

"苍蝇不叮无缝的蛋,不管有没有,你都得拿来炒作一番。你不妨造一下舆论,将他俩拴在一起,闹得沸沸扬扬,他俩跳到黄河也洗不清了。"

"老爸,我服你了。"

他俩相视一笑。

"按常理,组织部还得就院长人选在你们医院搞一个测评,你一定得多联系张德民的反对派,他的对手就是你的朋友。"

"你跟老毛讲的不谋而合啊。"

"是啊,凡是敌人反对的,我们就要拥护,凡是敌人拥护的,我们就要反对。"

"老爸,你真是将老毛的斗争哲学演绎得炉火纯青了。"

"别夸我,我再支你一招,你千万别自己赤膊上阵,得找个盟军,让他为你冲锋陷阵;当然,你不必赤裸裸命令他,要不,他一旦反水,你羊肉没吃上,倒惹一身骚了。"

"我明白。"

"至于老高头,让我出面将他摆平。只要院内、院外全搞掂,你坐上院长的交椅也就板上钉钉了。"听了老爷子的一席话,李岳茅塞顿开,基本厘清下一步该怎么办了。

李岳跟老爷子打了个招呼,独自走进书房。他开始在寻找自己的盟友了。他想起了多年前评选国家重点学科时的三个失意者:鲍德温、姚乃克、童建国。那时,鲍德温的肝胆外科没被评上重点学科,他实在咽不下这口气,认为肿瘤外科能评上,无非仗着秦声、张德民这两块牌子,如果自己是院长的话,说不定国家重点学科就是他的肝胆外科了,一人得道,鸡犬升天嘛。老鲍这家伙跟自己交情不浅,会帮忙的,只是一年前,肝胆外科被评上国家重点学科,老鲍对秦声、张德民的怒气消了不少。至于心内科的姚乃克更不用提了,据说他的学科落选时,他当场就向秦声、张德民发难,愤而提出辞呈,被秦声婉言挽留。要知道当时很多人认为心内科被推选上省级重点学科应是众望所归。肾内科的童建国也可以利用一下。这仨人对秦声、张德民俩都很不满,得好好将他们拉到自己的阵营中来。主意一打定,李岳雷厉风行,准备尽早采取行动。

翌日,他匆匆吃了晚饭,如约登门拜访姚乃克。他觉得老姚这家伙对秦声最反感,跟他最有共同语言。当他叩开老姚家的门时,老姚受宠若惊,忙将他迎进客厅。他俩寒暄几句后,李岳马上切入正题:"无事不登三宝殿,今晚我来找你就是寻求你的支持的。"

姚乃克谦虚地说:"一个小人物,我的支持对你起不到多大的作用。你说说,我怎么支持你?"

在老姚面前,李岳蛮有自豪感,讲起话来自信满满,口无遮拦:"听说这几年你一直埋怨秦院压制你?"

"你来我家是为姓秦的当说客?"姚乃克马上警觉起来。

李岳笑吟吟地说:"你误解我了,我怎么会当秦院的说客?我没这份闲情逸致!"

老姚平时跟李岳关系蛮不错,故说起话来直来直往:"那你葫芦里到底卖的什么药?不会是猫哭耗子,假慈悲吧?"

李岳受不了他的耿直,怫然不悦,可瞬间想到了自己晚上的任务,就赔着笑脸,说:"秦院就要下台了,你就没一点活思想?"他打算先吊起老姚的胃口,不想过早地将自己整副牌摊在对方的面前。

"你动员我去竞选院长?我哪里有这么大的能耐?!如果有,我也不会让人压得喘不过气来了。"老姚不明就里,马上上钩。

李岳"嘿嘿"笑着,不置可否。

"李院,我倒觉得你该去争一争,将张德民拼下去。"老姚似乎嗅到了异味。

"我拼不过张德民啊。"李岳明白自己的目的已达到,忙顺水推舟。

"我支持你上,如果让张德民上,不知我们的科会被压制到何年何月?!这辈子还有出头之日吗?"

"老姚,张副院长是个不可多得的人才啊,你怎么对他抱有成见呢?"李岳觉得自己毕竟是院领导,讲话要注意分寸。

"李院,你不该护着他。难道你不想大干一番,任由张德民这厮抢了风头?"

"跟你打开天窗说亮话吧,我何尝不想坐上院长那把交椅,为医院的腾飞大干特干?!可我总觉得张副院长能力比我强,我竞争不过他。"李岳欲擒故纵。

"李院,你怎么灭自己的威风,长他人的志气?!你一点都不比他差,我可没在恭维你。"

"我一直对你很佩服,要是我真的能当上院长,我一定会提拔你当副院长。"李岳觉得心里热乎乎的,认为自己该上胡萝卜了。

"谢谢你对我的信任,要是能当上副院长,我甘做你的马前卒!"他向上司表起忠心来了。

李岳恭维道:"凭才能你当个副院长绰绰有余。"

"我以后一定会跟你同进退,共荣辱。"

"问题是我们目前实力还不够强,拼不过张德民的。"

"我知道整个医院中层一级谁对秦声、张德民不满,你何不拉上鲍德温、童建国俩?他俩可是倒秦、张的急先锋。现在秦声快要自动下台,我们就可集中火力猛攻张德民。这两人沆瀣一气,结党营私,将我们医院搞得乌烟瘴气。他俩极端自私,成天价往自己肿瘤外科贴金,连残羹都不留给我们一勺!现在倒好,岳波翘了辫子,眼看肿瘤外科就要吸氧、打强心针了,真是不是不报,时候未到啊。"老姚准备为李岳打前站啦。

李岳冠冕堂皇地说:"对,当领导的就得一碗水端平,公正必不可少。"

"这些年有多少科让他俩给压制住了?!翻身农奴也该得解放了。我们心内科的业绩一点都不比他们逊色多少,可人家是响当当的国家重点学科,而我们却连省级重点学科都评不上!"

李岳连忙安慰道:"老姚,这些年来,你们心内科全体人员都是好样的,在铆足劲提升自己。如果每个科主任都像你这般努力,我们医院早立于世界名院之林,跟霍普金斯医院一比高下了。"

姚乃克听了后心里比喝了蜜还甜,不好意思地冲李岳露出孩童般纯真、羞涩的笑容。

"老姚,你愿意去联络老鲍、老童吗?"

"交给我好了,我为你赴汤蹈火在所不辞。"姚乃克豪气陡生。

他俩寒暄了几句,李岳就告辞了。

李岳离开后,姚乃克从刚才的疯癫中清醒了过来,心中直嘀咕:"我真的如此恨秦、张那两家伙? 他俩真的十恶不赦? 我们医院真让他俩搞得一团糟,一点都没亮色? 我是不是太自私了? 平心而论,他俩这些年来干得还是不赖的。要是他俩能对我们科稍微照顾一下,我说不定会为他俩大唱赞歌。难道我们科没评上重点学科真是他俩压制造成的? 李岳真的比张德民强吗? 撇开个人成见,我还是觉得张德民远比李岳强得多。难道就为了这顶乌纱帽我要置原则于不顾,突破自己的底线?"这下姚乃克进退维谷。李岳刚才不断对他这头"公牛"挥舞着红布片,惹得他血脉偾张,又是刨蹶子,又是喷响鼻,可现在,红布片不见了,他自然冷静多了。该不该做李岳的马前卒,去联络老鲍、老童呢? 他想了想,向自己发出了黄色预警:"刚才我鬼迷心窍了,李岳那家伙怎么看怎么不像个院长的样子,要是让他管理医院非一团糟不可。跟这个废柴共事,非让他玩死不可。听说这次出的'药扣门'就是他导演的。如果真是这样,那他就连猪狗都不如了。别再蹚这浑水了,到时搭进去可不是自己一个!"可转念一想,他觉得自己放过这样一个千载难逢的升迁机会非常可惜,只要小心翼翼,李岳就吃不了自己。这么一想,他脑子里的希望之火又烧旺起来,不免蠢蠢欲动,准备打探一下老鲍、老童俩的虚实,再见机行事。他思考了一会儿,盘算好了该如何跟他俩打交道。

第三十四章　人格解体

　　曾赫的手术很成功,可术后,他却非常反常,竟漠视自己的预后,病态地关注起供者——那个死刑犯的身份来。曾赫私底下派秘书骆群出面联系法院陈院长,这才了解到该死刑犯的大致情况:他叫明经义,因贪污罪处以极刑。他生前曾担任某银行行长,贪污金额巨大,达六千多万。曾赫得知这样一个大贪官的肝脏移植到自己的身上,非常懊恼,觉得自己的身体被玷污、糟蹋了,不由得对自己整个身子厌恶起来。他似乎窥见了那块被移植入体内的肝脏,墨黑墨黑的,里里外外爬着密密麻麻的蛆虫,不免责难起秦声一干人来,觉得他们不该饥不择食,胡乱拿一块肝脏敷衍了事。他陷入了偏执、妄想状态,大脑被可怕的念头控制住了,怎么都摆脱不了。他渴望将这块该诅咒的肝脏挖出来,就是死,也不要这秽物。盘算好了计划后,他拨通了秦声的电话。一刻钟后,秦声如约来到了病房,曾赫顾不得斯文马上连珠炮般问:"老秦,听说移植到我体内的是个大贪污犯的肝脏?"

　　秦声丈二和尚摸不着头脑,反问道:"怎么啦?"

　　"你事先没了解过那个死刑犯的罪名?"

　　"我们不了解死刑犯因啥罪名被杀头,只了解他的肝脏匹不匹配。"

曾赫大惑不解:"你们怎么不去了解呢?这对病人不是很重要吗?"

"在我们的眼里,罪犯的罪名不重要,重要的是肝源匹不匹配。"

曾赫沉吟不语。

秦声怔怔地盯着他看,如堕五里云雾。

曾赫决定还是将心里的疑惑一吐为快:"老秦,你就别藏着掖着,明明白白告诉我,移植到我体内的那块肝脏会对我有什么影响吗?"

"术前我已跟你详细解释过,你体内的免疫组织会产生排异反应,只是程度轻重无法确定。"

"确实跟我说过。"

"虽然这块肝脏跟你匹配,可不等同你的器官,总有些排异反应的。不过,相似度越高,排异反应就越小。我们测过了,那块肝脏跟你的相似度还是蛮高的,估计排异反应不会太严重。"

曾赫嘟囔着说:"我的器官竟跟这个大贪污犯的器官很相似,这么说我跟他也很相似啦?我不也是个大贪污犯?太可怕了!"他一会儿觉得自己变成了明经义,一会儿又变回了自己,陷入了恼人的人格分裂状态。

"曾部长,器官相似不等于大脑相似、人格相似。"秦声似乎读出了他的心思,马上开始释疑。

曾赫却深信两者绝对相关,犹豫着该不该向秦声提出将那块肝脏挖出来,可转念一想觉得暂时不提为好。他俩略寒暄了一下,秦声就走了。曾赫昏昏欲睡,很快沉入梦乡。他梦见自己真的变成了明经义,一房产商招出他受贿,他被请进检察院。检察院起诉了他。他被法院判处死刑。忽然一声枪响,曾赫一下子惊醒了——

清晨,曾赫匆匆洗了脸,扒了几口饭,马上给秘书骆群通话要他赶快过来。等到骆群火急火燎闯进病房时,曾赫顾不上打招呼,马上给他下了指令:"你设法将明经义的简历搞到手,越快越好!"

骆群丈二和尚摸不着头脑,一脸迷惑地问:"他的简历?"问完,他战战兢兢地站在那儿,像个做错了事的小学生。

"对!"曾赫皱着眉,目光像尖刀似的刺向他。

骆群挺直腰杆,答:"好,我马上去将他的简历搞到手!"说完,他转身跑出病房。在路上,他暗忖道:"老板怎么啦?为何非要将那个死刑犯的简历搞到手？莫非简历是一道符,专治老板的癌症?好啦,别再揣摩简历派什么用场,你唯一要做的就是乖乖将那道'符'搞到手!"他直扑法院,跟陈院长联系上了,最后按图索骥,找到了那个死鬼生前工作过的那家银行。新行长接待了他,并将明经义的简历交给他。他如获至宝,直奔医院。仅仅花了两个小时,他就圆满完成了老板交给的任务,得意非常。他如幽灵般溜进曾赫的病房,脸上露出灿烂的笑容。曾赫惊愕地盯着他看,就像打量一头史前动物。

骆群嗫嚅着嘴,胆怯地说:"我已将明经义的简历搞到手了。"

曾赫急遽地伸出手,一把夺过那道"符",如饥似渴地阅读起来。骆群站在一旁大气儿不敢出,直勾勾地看着老板脸上瞬息多变的表情,似乎在期待什么奇迹出现。

当曾赫终于看完简历后,不觉心烦意乱,仿佛大祸临头似的。明经义那死鬼的大半生竟跟他所做的梦如出一辙,他不得不怀疑冥冥中有根看不见的丝线将他俩拴在一起。他抬起头,瞥见骆群正怔怔地盯着他看,说:"没其他的事了,你回去吧。"

骆群落寞地走向病房门口。走近门口,他转过身,茫然地瞥了老板一眼。

骆群离开后,曾赫陷入沉思之中,不知道自己怎么会这样病态地厌恶明经义的肝脏。没错,那死鬼的肝脏的的确确救了他的命,他不该如此排斥这救命的宝物,相反倒应该顶礼膜拜才对。想到此,他下意识地抚摸了一下肝区,似乎触感到肝脏的律动,便自言自语:"你不该憎恨这块肝脏,因为它救了你的命。你应该试着去爱它,呵护它。"他心神不定地堕入了梦乡,梦见自己的四肢、躯干突然萎缩,像具木乃伊。他左右摆动沉甸甸的头,目光扫视着湛蓝的天空。不久,他的身子在潮湿的海滩上溶解了,仅剩下那块奇形怪状的肝脏还在沙滩上有节律地跳动着,他惊恐得大叫起来。坐在一旁的李丽珍忙攥紧他的手,惊慌地问:"你怎么啦?"

他直勾勾地盯着她,对周围的一切产生了严重的陌生感。她伸手揩掉他脸上的汗水,理了理他那蓬乱的头发。他慢慢回过神来,说:"刚才做了个噩梦。"

她安慰道:"这阵子对你的打击太大了。医生说过,你的恢复速度比他们预想的要快得多,不久你就可以出院了。你已经渡过难关了,老天有眼啊。"

他两眼无神地看着她,好像不认识眼前这个女人。他心慌意乱,忙闭上眼睛,不敢正视周围的人与物。良久,他才明白,眼前这个女人就是自己的老伴儿,就下意识地攥紧她的手,忙睁开双眼,疑惑地问:"我怎么不认得自己了?"

她充满哀怜地看着他,心疼地说:"这些天你想得太多了。医生说过,你要注意休息。只有休息得好,你才会恢复得快。听我的,什么都别想。"

他突然问:"我是好人吗?"他的大脑像一锅沸水,各种奇思异想"咕嘟咕嘟"一串串冒出来。

林建民走了进来。

一看到他,李丽珍就问:"林主任,我家老头儿有点怪怪的。"

"怎么个怪法?"

"他不认得自己了。"

"怎么会呢?"说完,林建民仔细地打量着曾赫,只见他表情冷淡,情绪低落,忙问:"你哪里不舒服?"

曾赫嗫嚅着嘴,期期艾艾,不知道如何回答,少了平时的果敢。

林建民再次赔着小心地问:"曾部长,你难受吗?"

曾赫一字一顿地说:"我不知道自己到底是谁了。林主任,我的脑子是不是坏了?"

林建民心里"咯噔"一下,脑子掠过一丝担忧:他不会出现肝昏迷吧?得马上抽血检查。他忙安慰道:"你别担心,我们正密切观察着呢。"他搞不清曾赫怎么会不知道自己到底是谁了,难道真的精神出问题,人格分裂了?如果血液检查没问题,得请精神科大夫来会诊一下。

检查出来了,各项指标正常,林建民就邀请精神科医生会诊。精神科李主任经过仔细的问诊、检查,说:"林主任,问题出在这移植到他体内的肝脏上。他憎恨这块肝脏。估计他平时有精神洁癖。他以为换上了那家伙的肝脏后,自己也变成了那个死鬼,才惶惶不可终日。得好好开导他。"

林建民担忧地问:"这种怪念头会消失吗?"

"他没有精神疾病史,按理说慢慢会恢复的。不过,我不敢打包票。"

"这病人来头不小,我们一定得去除他的怪念头;要不然,相关领导会以为是我们的手术出了问题。我看出他爱人已经埋怨我们了。如果他的症状不消失,我们就成了冤大头了。"

"可是,对这种症状确实没有特效药,只能坐等其慢慢消失了。但愿这症状是一过性的。"

"唉,对这类病人,我们治疗起来无不提心吊胆,战战兢兢,生怕有什么闪失。"

"你的心情我当然理解。"

"既然没特效药,那也只好慢慢观察了。"

"我会帮你们一起观察。你跟家属谈话时别将预后说得太乐观,要不我们会很被动的。"

"我明白。"

送走李主任后,林建民沉思:"刚才老李说过曾赫憎恨那块肝脏,他会不会埋怨我们将死刑犯的肝脏移植到他的身上? 如果他真的这样想,那么以后他一旦出现并发症,就会以为这块肝脏在作梗,从而怪罪到我们头上!"他想到此,冷汗涔涔,"他怎么会这么想呢? 我们的供源大多从死刑犯身上取得,没有一个接受者出现他这种怪念头,难道那死刑犯的肝脏引起了他什么联想了?"他将整个会诊情况向张德民做了简单汇报,接着揣摩该怎样跟曾赫的爱人李丽珍沟通一次。沉吟半晌,林建民想好了谈话内容。

当李丽珍走进医生办公室时,林建民客气地请她坐下。她蹙眉问:"林主任,我家老头到底怎么啦,怎么情况越来越差了呢? 现在连大脑都出问题了。"

林建民马上辩解:"现在各项检测指标都正常。"

"林主任,你们一定要用心哦。"

"像曾部长这样重量级的病人,我们一定会竭尽全力的。"

"这些天他每天神神道道的,真没问题?"

"刚才我们请精神科医生来会诊,你也看到了。他的意见是曾赫部长的精神洁癖在作怪。"

"什么叫精神洁癖?"

"精神洁癖就是指一类人特别注重心灵的纯净,看不惯那些错事、坏事。"

她迫不及待地答:"林主任,你说得太对了。我家老头子平时眼里容不得沙子,最看不惯坏人坏事。他很廉洁、公正,深受老百姓的爱戴,是个青天大老爷。"她对老头子赞不绝口。

林建民暗忖道:"根据我的观察,这老家伙并不见得十分廉洁,你看他在医院里那副颐指气使的德行,真是个青天大老爷? 我们每天战战兢兢伺候他,还换不来他一张笑脸,就好像我们这辈子欠他似的。我倒认为他以前做过什么坏事,现在才惶惶不可终日呢! 要不是上级领导特别关照,我才不想收住这类刺儿头病人。秦院每天对他点头哈腰,生怕组织部那些老爷会摘掉他那顶乌纱帽,我一个平头百姓,赤脚不怕鞋湿,怕他个鸟!"不过,腹诽归腹诽,他还是冲着她不情愿地笑笑,温言软语:"他生了这场大病,你平时要多安慰他,这样才能使他早日康复。一个病人只要精神舒畅了,恢复得就快;如果成天价闷闷不乐,没病都会闷出病来。"

她点头附和:"你说得太对了,我会遵照你的吩咐去做的。"

"好。"林建民如释重负。

李丽珍被林建民叫走后,曾赫有种不祥的预感,不免长吁短叹:"我生了这恶疾,这次可要横着出去了。苍天哪,我到底作了什么恶,你才这样惩罚我呢?"

上午,曾赫发现了一个秘密,已经明白自己到底得了啥病。前些天,秦声只是拿着一份假病历诓他,现在,他已明白了真相,准备向秦声兴师问罪。

秦声火急火燎地赶到病房,问:"你有什么不舒服吗?"

他白了秦声一眼,阴阳怪气地说:"老秦,我快去马克思那儿报到了,你还不跟我讲真话?! 我到底得了啥病?"

秦声慌乱了一下,马上镇静下来,沉着地说:"我不是已经明确告诉你了吗?"

"我看到过自己的化验单,诊断栏写着:肝Ca,我上网查过了,Ca就是癌的缩写。"

"哪个医生这么不小心,竟将化验单给你看?"秦声发现大事不好,一下子惊跳起来。

"我在医生办公室无意看到的。"

由于曾赫是个特殊的病人,全体医务人员都对他毕恭毕敬,病区对他来说不存在禁区,医生办公室更是对他全天候开放。曾赫利用这个"特权",时不时闯进医生办公室,东嗅嗅,西瞅瞅,目的就是为了刺探自己的病情,而科内的这些医务人员却不识他的真实动机,对他放松了警惕,最后就因这个 Ca 泄露了真相。

秦声垂头丧气地坐在那儿,半晌沉吟不语。

曾赫朝秦声点了下头,说:"老秦,以前你们骗我也就算了,这次你得跟我说真话,我的预后到底会怎样?"

"根据以往的经验,我认为你的肿瘤是我碰到的比较乐观的类型。"

"你不会又在逗我开心吧?"

秦声咧嘴一笑:"怎么会呢! 好吧,我就将自己所有的想法全端出来,当时我们想切除掉肿块就够了,后来想想还是彻底一点好,就来个移植。我摸索出了一套肝的移植标准——"

曾赫迫不及待地说:"你的标准我在网上看到过了,国际上都是通用的,中国医生能建立这么一套标准,让金发、碧眼、高鼻子老外都服气确实很了不起! 我得对你的技术、你的判断竖大拇指。"

"你过奖了。我们定会竭尽全力医治你的病,要使你早日康复,还要保证使你的病不再复发。"

曾赫基本摸清了自己的疾病以及预后,心情放松了下来。

秦声走后,曾赫陷入莫名的恐惧之中,心里直犯嘀咕:"我跟明经义的肝脏很相配,说明我俩的肝脏是一个模子里印出来的,真是白日撞见鬼了! 肝脏一模一样,大脑不也是一模一样? 大脑一模一样,那魂灵岂不是也一模一样? 我竟成了他的化身了? 可他是大贪污犯,难道我也是个大贪污犯?!"想到此,他不寒而栗。

秦声无意间说出的话更加重了他的病情。他似乎窥见了明经义那块肝脏在他的腹腔里变成了一坨臭屎。他高声喊:"我不要他的肝脏了,他的肝脏是剧毒品,会使我全身所有的器官都中毒的。"

他刚喊完,他的爱人走了进来,圆瞪双眼,问:"你怎么啦? 做噩梦了?"

他怔怔地盯着她看,惊恐地张大着嘴。

她关切地问:"到底怎么啦? 怎么不说话了?"

他怪异地瞟了她一眼,说,"你在骗我。"

"我骗你什么啦?"

"我得了肝癌了,你却骗我。你就忍心让我不明不白死去?"

"谁告诉你你得肝癌了?"

"老秦。"

"他? 乱弹琴! 他怎么没有一点职业道德?"

"骗我才没有职业道德呢! 不过,不是他主动告诉我,而是我从他的嘴里套出来的。"

"他怎么这样不小心,竟让你从他的嘴里套出话来? 老秦少根筋了?"

"别责怪他了,他没错。"

她像做错了事似的看着他,说:"我骗你是为了你好。"

"老秦说过了,明经义那死鬼的肝脏跟我很相配,我怎么跟他这么相配呢? 他可是个死刑犯啊。我俩又不是亲戚,不该这么像啊。"

她有点疑惑地盯着他看,反问道:"你们俩肝脏相配怎么啦? 老头子,你就喜欢钻牛角尖,肝脏相配说明不了什么问题啊。"

他瞪了她一眼,恨恨地说:"你一个妇道人家,懂什么?!"

"哼,你这怪念头,老秦会懂吗?"

他嘟囔着说:"为什么你们都不懂呢?"

听了老伴的话,她迷惑了,心里直嘀咕:"难道老头子的怪病真是那块肝脏惹的? 那鬼东西显灵了?"想到此,她毛骨悚然,好像大祸临头似的。平时,她非常迷信,总觉得冥冥中有个神灵在主宰着阳间人的命运。她瞟了老伴一眼,试探地问:"人死了还有魂灵存在吗?"

"你怎么老拿这些鬼怪的问题烦我?! 你老是给我添乱!"

"老头子,我的好心被你当作驴肝肺——"一讲到这句话,她吐了下舌头,发现自己讲漏嘴,怎么又提肝呢? 真是哪壶不开提哪壶。

他撇了撇嘴,嘴角两侧鼻唇沟犹如斧劈刀削,深邃而分明。

她哭丧着脸,眼眶里噙着眼泪。他不忍心看到她流泪,忙伸手拭掉她眼角的几滴眼泪。其实,这个女人心地善良,只是她常常脑子不够用,顾此失彼,不知变通,每每会弄出不合时宜的举动,或讲些秦汉两晋时的怪话。自从老头住院以后,她觉得天塌了下来,整天魂不守舍。这大半生,她无限崇拜老头子,对他言听计从,捧在手里怕掉了,含在嘴里怕化了。曾赫娶她时,根本没有发迹,是个默默无闻的小人物,能混到省级高官确实出乎她的意料。他有点瞧不上自己的老伴,觉得她没有情调、粗俗、琐碎、爱唠叨,胸中更没几滴墨水,跟她交流的尽是些油盐酱醋,甭提阳春白雪了。可他对她也不横挑鼻子竖挑眼,在他看来,她就是个典型的会过日子的女人,传统女人该有的优点她几乎全有。不过,曾赫更向往现代女性的风姿绰约、雍容华贵、口吐莲花。后来,他一步步爬上高位,可从没动过遗弃糟糠之妻的念头,碰到那些令他心动的女性他也只不过暗表一下爱慕之心,如蜻蜓点水,根本没想过金屋藏娇,跟她们暗通款曲。唯一的例外就是顾肖梅使他破了戒,而这次破戒在他心里投下的阴影怎么也摆脱不了。顾肖梅是他的下级,他俩互相倾慕。他曾在梦里多次跟她肌肤相亲,可在现实中,他不敢越雷池半步。他明白,只要他敢提出,她马上会投怀送抱的。至今,他一想起她,眼前就会闪现出她那张如诉如泣的俏脸。后来,他上调省城,她要他带她走,他知难而退,不想她成天在他的眼前晃悠着,生怕自己一时把持不住,晚节不保,可最后架不住她的软磨硬泡,差点跑瘸了腿,才将她调到了自己眼皮底下。她调进省城后,隔三岔五给他通话,尽说些甜言蜜语。不知从哪时起,她以"哥"称呼他,弄得他面红耳赤,心惊肉跳。随着他俩见面次数的增多,他不免心猿意马,心理防线摇摇欲坠,直后悔不该将她调进省城。

某个晚上,他在郊区视察工作,夜宴时喝高了,只好留在当地的酒店里歇息。正当他躺在床上迷迷糊糊时,她来电了,他忙接通,她那甜美的声音传了过来:"哥,醉了吧?"

他迷惑起来,搞不清她怎么知道自己醉了,难道有人给她通风报信? 他下意识问:"你听谁说的?"

"我感觉到的,心灵感应嘛。"

"你真是顾半仙。"

"嘻嘻,说对了。哥,你猜猜,今天是什么日子?"

他绞尽脑汁想了很久,可想破了头还是想不出,忙问:"什么日子呢?"

"我们认识整整七年。"

他精神为之一振:"有这么长吗?"

"哥,你总是对我爱理不理的,莫非我人老珠黄了?"

"你说什么话？今晚我犯困，明天再聊好吗？"

"你现在在哪？"

"郊区的异国风情大酒店。"

"我马上过去，照顾你。"

"你疯啦？别过来。"

246

　　她挂了电话。他不当一回事，打了个饱嗝，转眼间又睡过去了。不知过了多久，手机铃声吵醒了他，他忙揉着眼睛，匆忙接通电话。她的声音传了过来："哥，我在你门口。"

　　他睡眼惺忪，爬起来打开了门。一阵馥郁的芳香钻进他的鼻孔，她如惊鸿般闪了进来，紧搂着他，他猝不及防，踉踉跄跄，差点跌倒在地。他推开她，匆匆关上门，转过身，低声呵斥道："你这冒失鬼，胆子贼大。"

　　肖梅的眼角噙着泪，一副梨花带雨的样子，惹人爱怜。他柔肠百结，情不自禁地轻拍了一下她的脸蛋。她扑在他的怀里"嘤嘤"地哭出声来。他伸手揩干了她脸上的泪水，轻柔地捧起她那张姣好的俏脸，忘情地吻了一下。

　　"哥，谢谢你这些年对我的提携，我打心眼爱你。"说完，她张开臂膀，像章鱼似的吸在他的身上，他失去了自控力，最后的防线被冲得稀里哗啦，炽热的欲火熊熊燃烧，天花板都快给烧掉了。那一刻，他忘记了罪恶；而她呢，激动得不行，不断发出快乐的呻吟声，嘴里呢喃细语："哥，你使我爽翻了，我变成了真正的女人了。"如果不是借着酒力，他也不会迈出这一步。

　　经过急风暴雨的情感发泄后，他俩相对而坐，他讪讪地看着她，羞愧地说："肖梅，我真该死。"

　　她春心荡漾，俏皮地说："哥，我早就期待这一刻了。"

　　他骂了一句："你给我下套。"

　　她"嘻嘻"笑了起来，脸上绽放着心满意足的笑容。这是他俩第一次鱼水之欢。不一会儿，她鼓着腮，说："哥，我想离婚。"

　　他吓了一跳："你疯啦？"

　　"我没疯，他是个半死不活的男人，全没有一点生活情调。我早想离了。"

　　"我不同意你这么做。"

　　"哥，你放心，就算我伤害了全世界的人，也不会伤害到你。"

"肖梅,你令我感到害怕。你俩真的缘尽了?"

"跟他一起生活味同嚼蜡,他不懂风情,没有上进心,整天浑浑噩噩过日子,是个活死人。再跟他厮混下去,我会发疯的。哥,我离了后,不会给你惹麻烦的,我不奢望你也离婚。我只想带着一颗纯净的心靠近你,不想让自己的心灵带一丝的杂质。"

他的头脑稍微清醒了些,发觉自己闯了大祸,年届不惑的他竟出轨了!他凝视着她,提高了声音:"肖梅,建立一个家庭多么不容易,要珍惜啊。"

"哥,我想了很久,这日子真的没法过了,我已无路可走。"说完,她紧紧地箍着他,生怕自己会被人家抢走似的。

他已经失去了刚才的激情,眼前这位摇曳多姿的女人已点燃不起他爱的火焰了。

"哥,你怎么冷冰冰的? 不爱我了?"

"肖梅,我们再苟且下去,会万劫不复。"

"什么苟且,这就是爱! 只要我们相爱,老天会宽容我们的。"

"别自欺欺人了。"

"你想扑灭我刚被你点燃的爱的火焰了? 你不能这么残酷啊。"说完,她噘起小嘴,激吻起他来。他被动地迎合着她,身上的原始冲动又被唤醒了。

他的左手不由自主地伸向她那片湿润的芳草地,她发出了阵阵呻吟声:"哥,再满足我一次吧。就当我求求你了。"

这下,轮到他忘情了,阵阵快感从源点向全身如涟漪般扩散。她红唇欲滴,娇声嘤咛,脸上荡漾着性感的笑容。等他泄掉时,她的全身已处于痉挛状态。那一晚,他终生难忘,虽然想起来,他不无羞愧。

后来,顾肖梅不听他的劝阻,真的跟老公离婚了。离婚后,在一年的时间里,她没有提过一次想跟他亲热的要求,就好像那次近乎疯狂的做爱已满足了她一辈子的欲求。她跟他的联系也出奇地少,这大大出乎他的意料。不过,看得出来,她渴望跟他结合,她一准认为他会离婚,会离开他的黄脸婆。她在静静等待着那一天的到来。可是,他不想离异,虽然在他的眼里,他认为肖梅更适合他,更理解他,跟他更有共同的语言,但是他确实不敢走出婚姻的围城;只是,他一想到她孑然一身时,心里就隐隐作痛。他反复估算着离婚的成本。要是他离婚,无疑断送了大好前程,他不想彻底毁了自己的将来;同时,他确实不想休了那个无限忠诚跟着他的那可怜的平庸女人,她为他付出了很多,她对他的付出是无怨无悔的。可当顾肖梅那张如诉如泣、梨花带雨的俏脸在他的眼前闪现时,他的心马上揪紧了,觉得如此对待她过于残酷,完全没有一个成熟男子该有的担当。对肖梅的思念无日无夜不折磨着他,弄得他夜不成寐。他时不时冲动得想约她倾诉衷肠,可又怕一跟她见面,干柴瞬间会熊熊燃烧起来,最后会将他俩烧成灰烬,那他这辈子就毁了。他盼望她给他通话,每当接到她的来电时,他就怦然心动;可他又担忧她会提进一步的要求,生怕自己把持不住,从此踏上万劫不复之路。她似乎读懂了他的心思,尽给他打些不咸不淡、不温不火的电话,竭力抑制住泛滥四溢的思念。他吃不准她到底对他怎么想,是不是无休无止地思念着他,反正他觉得自己没有一刻不想她。当时,他就处于这种致命的煎熬之中。有时,他真想铤而走险,跟老婆离婚,跟她牵手,从而抚慰一下她那颗凄苦、破碎的心。他明白:这一年来,她对他翘首以待,渴望投入他的怀抱。他觉得自己是个怯懦的小男人,只知维持现状,博取清名,根本不敢去追求自己心灵向往的生活。

离婚一年后的某一天,顾肖梅给曾赫通话,告诉他她准备离开省城,南下创业,他惊诧得无以复加,怀疑自己是否听错了。等到确认自己真的没听错后,他问:"你为什么要离开省城,你现在的工作多么舒适,人家羡慕都来不及呢,你真的喜欢颠沛流离的生活?"

她幽幽地叹了口气,近乎耳语:"我觉得在省城已没有我的位置。我不想再待在这么一个不需要我的地方,哪怕这地方多么流光溢彩。"

他安慰道:"肖梅,你已经三十多岁了,应该去追求安定的生活。"

"哥,你晚上陪我吃顿告别饭吧。"

他不假思索地答:"好。"

那晚,他如约来到她订好的小餐馆。这餐馆显得小巧精致,一点都不嘈杂,进进出出的几乎都是绅士、淑女,个个彬彬有礼,脸上挂着标准的、职业的微笑。她点了几个他俩各自喜欢的时令小菜。点好菜后,她抬起头,对他说:"我自作主张点了菜,不知道你喜不喜欢?"

"全都是我喜欢的。"

她瞥了他一眼,只见他敛目沉思,忙问:"晚上胃口不错吧?"

他睁开眼,说:"可以吞得下一头牛。"

她冲他莞尔一笑。菜肴陆续端了上来,服务生本想斟酒,她向他挥挥手,示意他离开,服务生知趣地走了。她斟上红酒,碰杯后一饮而尽。他俩埋头吃着,只听见各自的咀嚼声。他微微抬头瞟了她一眼,她似乎意识到他的目光溜到了她的身上,忙抬起头,冲他嫣然一笑;这一笑令他心旌荡漾,心猿意马。他下意识地夹起一条小黄鱼,放到她面前的小碟上,她的眼圈红红的。他惋惜地说:"肖梅,当初为了将你调进省城我可是花了九牛二虎之力哟。"他似乎意识到她想离开省城是为了发泄对他的不满,当然,这只是他的想法。

她抬起头,淡淡地说:"当时想调来是经过深思熟虑的,现在想离开也是经过深思熟虑的。"

"肖梅,你对我失望了,是吧? 也许我自作多情。"

"你要怎么想就怎么想。"她不发表正面意见。看来,这顿饭的气氛远没有想象的缠绵悱恻,相反倒有点索然寡味。他不知道该如何安慰她。

吃完饭,他对她说:"去灵湖边逛逛?"

她答:"不了。回家吧。"

"我送你回去吧。"她不置可否。他俩各自开着车往她家驶去。半小时后,他俩驶入她家的小区。她家在三楼,他尾随着她爬上楼梯。她开门的声音吓他一跳。当门打开后,他俩走了进去。

"谢谢你来到我的家。"说完,她"嘤嘤"地哭出声来,泪水像断了线的珠子似的流了出来。

他迎上前去,伸出双手,紧紧地搂抱着她,她直往他的怀里钻,哭得更响了,似乎有满腹的冤屈。他久久地紧抱着她,生怕她会从他的指尖溜走。

她停止了哭泣,说:"哥,对不起,我不该哭,你来到我的家,我该高兴才对。我真是个傻女人。"

"你是个鬼灵精!"

她破涕为笑,说:"躲在你怀里流泪的感觉真好。"

"可我喜欢看到你笑。"

她眉头微蹙,一脸企盼地说:"哥,你晚上就在我这里过一宿,好吗?"

他条件反射地答:"好,好,好。"

"哥,看得出来,你是很爱我的。我们只是在错的时间见面。"

他突然激吻起她来,想用自己的嘴唇堵住她的嘴。她闭上眼睛,两张嘴顷刻紧紧地吸在一起,炽热的激情如火山喷发般激涌出来。此刻,语言对他们而言已是多余,相思已通过舌尖绵延不绝地传递着。他睁开双眼,舌尖离开了她的红唇,捧着她的头,喃喃地说:"肖梅,你真美。"

"哥,晚上我要将你的魂灵吸出来。"她挣脱他的怀抱,继续说,"我要你一辈子都忘不了我。"

她冲了澡,精心打扮,站在他的面前,他的表情远远不只是惊叹了,此刻她的惊艳已无法用语言来形容。他呆呆地站在那里,一动不动,生怕微微动一下就会毁坏眼前这件旷世的艺术品似的。她的脸颊绯红,如同一朵含苞待放的莲花,她的美使他的心在滴血。良久,她款款地说:"哥,只有你会欣赏我的美。我是属于你的。"

他仍伫立在那儿,连双眼都不眨一下。

"哥,你不知道我在这一年受了多少的煎熬!"

"我也一样。肖梅,我全想好了,我要离婚,马上跟你结婚。在这世界上,我的唯一就是你。"

"有你这句话就够了。希望我们下辈子做夫妻。"

他将她抱到床上,她像藤儿似的缠绕在他的身上,快要嵌进他的肌肤里。他仰面凝视着她那张如莲花般的俏脸,幽幽地叹了口气:"这一生,就只有今宵,也值了——"

她用手捂紧他的嘴,不让他再说下去。

"哥,我倒想日日夜夜都这样。"

"肖梅,你就是我的唯一。"

后来,她真的离开了省城,离开了他,多年杳无音信。

曾赫现在不大关心自己的病情,而是在乎那块移植到自己腹腔中的死囚的肝脏。他似乎嗅到了这块肝脏在自己体内腐败后发出的恶臭,感到焦躁不安,不由自主地拨通了秦声的电话。秦声匆忙赶过来,问:"曾部长,什么事?"

曾赫凝视着他,半晌不说一句话。

秦声丈二和尚摸不着头脑,赔着小心问:"你有什么不舒服吗?"

曾赫苦笑了一下，冷冷地说："我不要这块肝脏，你将它取走吧！"

秦声呆若木鸡："这怎么行?!"

"我宁愿死了，也不要这块烂肝。"

秦声坚决地说："它救了你的命啊。"

"我不要死刑犯的肝脏。"

"明经义是个坏人，可他的肝脏却是好的。"

曾赫沉吟不语。

秦声安慰道："不管供者是死囚、病人还是正常人，只要供源功能正常，那供者是好人还是坏人并不重要。"说完，秦声暗忖道："他是不是认为一个人的灵魂腐烂了，那肉体也腐烂了？按理说，他受过高等教育，不该有这么个想法啊，但依他的口气，他确实这么想。"想到此，他不等曾赫回答，继续说，"从医学角度来讲，一个人的人格的好坏与器官的好坏没有相关性。一个坏人完全可以有副好体魄，一个好人器官却有可能坏了。肉体与灵魂是两码事。"

秦声走后，曾赫感到非常烦躁，不知道自己到底怎么啦。应该说，秦声向他讲的一通浅显的道理他当然都懂，可他就是阻止不了自己的胡思乱想，就好像自己的思维让某种不可见的外力控制住了。一想到这是块邪恶的肝脏，他就感到肝区隐隐作痛，就好像这块肝脏是潜伏在他身上的一个间谍。"我到底怎么啦？是不是这块该死的肝脏引发了我对罪孽的恐惧？我的一生犯过不可饶恕的罪行吗？"他不敢再想下去了。

第三十五章　进阶之路

省组织部就院长人选在杏泽医院进行了测评。结果不出意料，张德民独占鳌头，原来秦声很不看好的李岳竟名列第二，这令他大跌眼镜。医院里很多人都怀疑李岳就是"药扣门"的始作俑者，而他更是深信不疑。前些天，姚乃克跟鲍德温、童建国联络过，他俩倒都力挺李岳，认为只有将李岳扶上位，他们才有出头之日。可令人意外的是，在测评时，作为李岳马前卒的姚乃克却中途变卦，竟投了弃权票；鲍德温临阵倒戈，投了张德民一票，因为他觉得自己的学科被评上国家重点学科虽迟了些，可秦声、张德民毕竟功不可没；童建国倒还坚持初衷，投了李岳一票。这些天，李岳机关算尽，极尽舔菊之能事，同时还煽风点火，不断造张德民的谣，尤其是编造的那个绯闻使张德民失分不少，可最后还是无法撼动张德民。既然在测评上不能为自己长分，李岳就只有使出最后一个撒手锏，揪住"药扣门"不放。他设的局如此之妙，就连历史上的张良、陈平都难出其右，有时，他做梦时都笑出声来。

李岳将测评结果告诉了老爷子，他倒没显示出多少惊讶的样子，似乎一切都在他的算计之中。看到李岳闷闷不乐的样子，他安慰道："你放心，我找到法子了。"

听了老爷子的话，李岳相信老爷子肯定胸有成竹了，于是就吃了秤砣铁了心，下决心要玩大的。可左思右想，纵然很相信老爷子的能耐，李岳还是有点不放心，忙探询道："你真的想好锦囊妙计了？"

老爷子看到他一脸凝重的表情，宽慰道："全想好了。"

"爸，这是场只准胜，不准败的战役，我将自己的身家都搭进去了。"

老人对自己的独生子一向呵护有加，愿意为他保驾护航。他瞟了儿子一眼，情不自禁露出浓浓的舐犊之情："你放心吧。我有个下属叫陈宝国——就是你的陈叔叔——现在担任邻省的省委书记。他能有今天，全是我一路提拔的结果。他这人重情义，懂感恩，不会忘记我这个掘井人的。我已跟他联系上了，他满口答应帮忙。"

"他不是我省的省委书记，在我的升迁上帮得上忙吗？"

"你不懂官场的游戏规则。"

"到底怎么啦？"

"他跟我省的高书记是铁哥们，他俩无话不谈，老陈早答应为我向老高疏通了。"

李岳心花怒放。

"小子，你该学的本事有一车皮呢。"老爷子不管李岳多大了都喜欢称他为小子。

李岳由衷地说："爸，以后我好好跟你历练历练喽。"

老爷子岔开话题："我怎么会拉下老脸向组织部老高头摇尾乞怜呢？！"

"那陈叔有没跟高书记接上线？"李岳迫不及待地问。

老爷子回答："已牵上线了，只要高书记出面，老高头就不敢轻举妄动，胳膊怎么能扭得过大腿呢？！"

李岳心里喜滋滋的，恍如自己已当上了院长。不一会儿，李岳又担心起来了，不由得问："问题是张德民的院内测评结果比我好得多，我原以为自己做了这么多的工作应该跟他不相上下。他管业务人脉比我广，死党比我多，当然资历也比我老。"

"你们医院不是出了个'药扣门'吗？对他来说，这就是个污点，领导不会任命带污点的问题人物的。如果没有这个污点，你想扳倒张德民就不大容易了。天助你啊。这个污点对张德民真是太致命了。"

李岳的嘴角露出一丝不自然的冷笑。

"我对组织任命的程序了如指掌。当然,'药扣门'事件可大可小,就看领导怎么裁定了。要是张德民后台硬,他还是过得了关的。"

"老高头不识时务,还会挺张德民。"

"只要高书记肯帮忙,老高头根本帮不上张德民什么忙。"

"那你明天就该行动了,要是生米煮成熟饭就回天无力了。"

"你别猴急,我心里有谱。"

听了老爷子的话,李岳放心地离开了。老爷子一个人坐在那儿,取出手机跟陈宝国联系上了,说:"宝国,李岳的事你一定得上心些。"

"我已经跟高书记联系过多次。开始时他答应得比较爽快,可后来,不知怎的,他竟吞吞吐吐起来。我反复询问到底难度在哪儿。他告诉我杏泽医院现在那个副院长张德民实力很强,声望很高,并且这次院内测评一马当先,就这样将张德民硬生生拽下来,怕会激起杏泽医院上下共愤,必须三思而行啊。"

老爷子一下子头大了,几天前说得好好的,怎么骤然间风向突变了?是不是张德民找到了什么靠硬的关系了?那家伙不会傍上高书记了吧?这样一想,老爷子有点担忧起来,忙小心翼翼地问:"宝国,按你这么说,我家小子的事黄了?"

"说黄了倒过了一点。"说完,陈宝国跟老上司分析起利弊来。他们不约而同地想到了"药扣门",觉得要好好利用"药扣门"事件打压一下张德民。这个污点张德民无论如何都抹不掉。最后,陈宝国要老上司抽空去会一下高书记。高书记毕竟是本省的大员,老爷子还是有所了解的,既然宝国提醒,他决定明天去好好拜访一下这位本省的当家人。

傍晚,老爷子回到了家。李岳下班后推掉了应酬早早回家,想听听老爷子带来的消息是福还是祸。老爷子一看到他回家,就笑吟吟冲着他发笑。李岳不知道他笑什么,急得抓耳挠腮。老爷子不想再卖关子,遂开门见山地说:"我今天跟高书记谈得很投机,他没端架子,平易近人。"

"那你带来了好消息喽?"

"他跟我说,张德民曾被央视《啄木鸟》栏目当作负面人物报道过,如果这次提拔他似乎有提拔问题人物之嫌。他说会力荐你。"

李岳迫不及待问:"他们到底几时决定院长的人选? 哎,太折磨人了,不知他们葫芦里卖的是什么药?"李岳心里又打起鼓来。

老爷子安慰道:"你怎么这样沉不住气? 领导吗,他不会拍着胸脯打包票的。看得出来,他肯定会尽力帮忙的。"

第三十六章　故人已远

　　曾赫陷入了莫名的昏迷状态。秦声、张德民先后赶到病房。李丽珍站在一旁抽泣着。他俩顾不上安慰她，忙投入抢救。秦声瞟了张德民一眼，探询地问："他可能得了肝昏迷，我们还是做个血氨检测吧，马上试用谷氨酸钾，你认为呢？"肝昏迷是由肝功能严重损害造成的昏迷，谷氨酸钾是治疗肝昏迷的特效药。

　　张德民说："只好这么办了。"秦声马上招呼护士分头行动。他俩来到办公室，坐了下来。张德民抬起头，瞟了秦声一眼，嘟囔着说："这些天，曾部长表现有点怪怪的。按理说，他的移植手术非常成功啊。"

　　"唉，做了这么多例肝移植，竟在他的身上出事，真是剃头匠碰到癞痢头了。"秦声明白：要是曾赫有个三长两短，省里头头们心里就会窝着火，他和德民不会有好果子吃，德民的进阶之路就布满泥泞了。

　　"曾部长前些天肝功能一直正常，其他各项指标也在正常范围，突然出现昏迷不大好解释啊。只好干等血氨结果了。"

　　"如果真是肝昏迷，极有可能出现了排异反应，说不定供肝失活了。如果供肝失活，跟手术就脱不了干系了。先做个腹穿看看他的腹腔里有无内出血。"

"好。"说完，张德民走了出去。秦声坐在那里闭目养神。十多分钟后，张德民走了进来，说："腹腔里没抽出血性液体。"

"现在血压怎么样？"

"刚测过，比较高。他入院时就患高血压。"

秦声一下子叫了起来："德民，不好，看样子要做个头颅CT，刚才曾部长昏迷了无法确定有无偏瘫，我怀疑他得了脑出血。"

"怎么会是脑出血呢？他的血压不太高啊。"

"我有个预感，他这些天高度紧张，如果出现极度的狂躁，血压快速往上蹿，完全有可能诱发脑出血。"

张德民检查了曾赫的全身情况，亲自陪同他去CT室检查。秦声的预感不幸得到证实，曾赫确实得了重度脑出血，得马上手术。张德民后怕地说："老秦，真佩服你，我自叹不如，看来姜还是老的辣。"

秦声焦急地说："赶快联系脑外科。"

"我已经跟脑外科彭主任联系上了，他马上到，手术室我通知了。刚才跟家属谈过话，万事俱备，就等老彭现身。"

"真是好事多磨。哪个病人我曾这样重视过？！可越重视的病人却越容易掉链子，就好像老天存心跟我们作对似的。"

彭主任会诊的结果就是出血靠近大脑中央，即便手术预后也不见得好，但不手术势必会危及生命。征得家属同意后，曾赫被推进手术室。

两个小时后，手术完毕，曾赫被直接转入重症监护病房（ICU）。彭主任一把将秦声拽到一边，低声说："老曾的预后不佳，我们一定要将最坏情况告诉他的老伴，提醒她千万别抱太高的期望。就算捡回一条命，说不定还是个植物人。"

秦声紧蹙双眉，说："老彭，你一定要竭尽全力，他可不是普通的病人。"

"秦院，我们过度重视了吧？你连京官都见过了，他无非就是个地方官嘛！"

"组织部高部长、省委高书记再三叮嘱过，老彭，我们出不起纰漏！你治好了曾部长的病就等于立了一功，为医院做出了重大的贡献！"

"遵命，秦老板！"

　　叮嘱好后,秦声跟张德民一起回到了办公室。他一坐下,就给高部长通了电话,详细报告曾赫目前的病情。

　　高部长焦急地说:"老秦,你们一定要竭尽全力抢救他!你有所不知,高书记一直都很器重他。唉,老曾真是命运多舛,肝癌没治好,又添了个脑出血,老秦,你是当代华佗,拜托你了。"

　　秦声凛然一惊,陡然意识到自己肩膀上的沉重压力,当场表态:"高部长,我们一定会竭尽全力的。"挂了电话后,不知怎的,秦声蓦地想起了岳波,一想起他,就觉得满肚子的苦水在体内翻江倒海。

　　术后三天,曾赫的病情非但没有好转,相反却大大恶化,他一度出现心跳呼吸骤停,经过紧急抢救后,心跳恢复,但呼吸仍停止,已陷入深昏迷状态,医生给他接上呼吸机。秦声心急如焚,隐隐感到曾赫的病情已不可逆转,但不敢给高部长通报实情。一天后,彭主任告诉秦声,曾赫的各种脑干反射已消失,宣告脑死亡。脑死亡意味着一个人真正告别人世,秦声只好硬着头皮将这噩耗告诉高部长。高部长话里有话:"老秦,一个活生生的人说没就没了?你要我怎么向高书记交代呢?这不是逼我跳楼吗?你们到底有没出错呢?"

　　秦声耐心解释:"高部长,我们每个环节都已做到尽善尽美,不存在医疗差错。"

　　"我原以为将老曾送到你们医院,就等于放进保险柜,哪里晓得你们最终也束手无策。下一步怎么办呢?"

　　秦声赔着小心说:"一个病人大脑已经死亡,抢救就失去意义了。"

　　"你的意思就这样放弃了?不行,你们一定得医治下去,不惜一切代价。"

　　说完,他叹了口气,挂了电话。

　　秦声懊恼极了,在给曾赫治疗前,他自信满满,可最后却是这个不敢正视的结果,高书记、高部长别提有多失望了。他本想给自己的执业生涯高树一座丰碑,不承想却留下了一栋烂尾楼。他遭遇的滑铁卢挥霍尽了这些年来积攒起来的名声,自己在领导心目中矗立的高大形象也轰然坍塌了。这是不是过于自信惹的祸呢?秦声不得不对这个特殊的病例进行一番深刻的反思:"我对他的诊断肯定没错,对癌症的恶性程度判断也没有错,那么,我对治疗方案的选择有没有错,是否存在过度治疗?肝移植的选择有没有错?要是不从完美性考虑,当时选择癌肿病灶切除更简洁,可能也不会出现脑出血。老曾的脑出血跟他术后因厌恶供体出现躁动不安导致血压骤然升高密切相关,他的爱人似乎也怀疑到这点了,可谁会料得到他会陷入这种不能自拔的心理困境,谁能保证供体来自一个根正苗红的供者呢?"

李丽珍隐隐现出对秦声的埋怨与责怪。她才不管脑出血,她就认定正是那块死囚的肝脏夺走了老头子的生命。

曾赫在ICU"抢救"了半个月,秦声坐不住了,急得像热锅上的蚂蚁。跟家属没法沟通,他觉得自己有必要跟高部长再深谈一次,于是就约了时间。他如约来到高部长的办公室。高部长对曾赫目前的情况心知肚明,秦声用不着详细介绍,马上切入主题:"高部长,你得拿个主意了。"

高部长习惯性地用手梳了一下头发,纠结地说:"我也很难办啊。为了老曾的事我没少跟丽珍商量,可她眼下连带将我一并怪上了,数落我们只认钱不认人。你说我该咋办?"

"如果治疗有价值,我们绝不会打退堂鼓。再这样下去,无疑将大把的钱扔进无底洞里。我粗粗算过,在重症监护室里花的冤枉钱有五十万了。"

高部长意味深长地说:"老秦啊,我们不是败家子,你替我出出主意,我该怎么办?"

"碰到这档事确实令人挠头。那我们下一步怎么办呢,再继续治下去?"

高部长叹了口气,说:"要么我找丽珍再谈一次,但愿她能回心转意。"

秦声回到家时,已是晚饭时分。他匆匆扒了饭,回到书房闭目养神。快要退位了,本想平静地离开,可怪事一件接着一件,已压得他喘不过气来。德民处于风暴眼,前景越来越黯淡,他总觉得冥冥中有个促狭鬼在捉弄德民,要不然怎么在冲刺时意外跌倒?曾赫已死亡可他的遗孀死活不放弃,强逼医生做无用的治疗,真令他们进退两难。下午跟高部长碰头发现他隐隐有点埋怨自己,他相当受伤。他再次反思了曾赫的整个救治情况,发现自己当时选择肝移植确实没有错。他当时考虑到曾赫是个特殊病人,刻意在治疗方面精雕细刻。可现在想来,他当初不该选择肝移植,而应该选择癌肿切除,保留部分肝脏。他做了许多例肝移植手术,几乎没出现像曾赫这种匪夷所思的结果，真是阴差阳错。这些年来，自己为了摸索肝癌病人肝移植手术的治疗效果，似乎过多选择了移植；他渴望成为国内肝移植的第一人，自然只有多做移植手术了。虽然不能说曾赫的死亡跟自己有关，可他总觉得心里有愧。要是当初选择癌肿切除而不是肝移植，就不会有目前这副烂摊子了，这就是追求完美惹的祸。

　　九点，秦声接到了高部长的电话。他焦急地说："老秦，我特地去了趟医院，找到了丽珍。我软磨硬泡，她就是不放弃治疗。我跟她说，老曾早去世了，可她偏不相信，真拿她没辙。她还数落起你们的不是来，将你、德民全都狂贬了一通。"

　　"她要贬就让她贬吧。"

　　"你们将就着再治疗几天吧。"

　　挂了电话后，秦声欲哭无泪。往死人身上源源不断地灌药近乎荒唐！可家属不松口，治疗就无法中止啊。

第三十七章　内外交困

张德民处于莫名的惊怕状态,惶惶不可终日。说心里话,张德民很鄙视李岳,认为他志大才疏,不堪大用,更要命的是他心术不正、口蜜腹剑;这家伙肉体虽活着,可灵魂已死了。尽管李岳满身溃烂,可张德民认为自己远不是他的对手,因为他是玩弄权术的行家里手,而自己却心直口快、胸无城府。张德民自认具备了一把手的能力,可却没有沾染上一把手该有的缺点,包括玩弄权术。这些天,他很难集中注意力,做什么事都患得患失,心不在焉。虽然上次在全院测评中自己独占鳌头,可是,现在根据内幕消息,整个局面却对李岳越来越有利。岳波撒手西去,他更觉形单影只。这阵子,秦声一直力挺他,但仍扳不回局面,情势已越来越危急了。高部长看好他,他原以为自己当选院长已是板上钉钉,不承想高书记却力挺李岳那家伙。现今,组织任命大多都是暗箱操作,真正有能力的人不一定上得去。当然,他并不是非要当这个院长,而是觉得输给李岳简直就是奇耻大辱。他暗忖道:"就因为出了个'药扣门',省委那些头头们认为我这个分管领导有污点,是个问题人物,不宜升迁,可这个灵魂生了癌的家伙,竟能当上院长,老天不是瞎了眼吗?!我身陷绝境,必须绝地大反击了。可怎么反击呢? 揭发李岳的下三烂阴招？这怎么行？！有谁会相信？！岳波走了,我失去了一个可以依靠的人。哼,岳波死得冤! 如果没被'药扣门'撂倒,他会这么早撒手西去吗？！李岳,你欠我们一条人命! 你这狠心的家伙才是我们医院真正的癌肿!"他独自坐在书房里怔怔发呆。

爱人董英莲悄无声息走了进来,低声说:"夜深了,睡吧。"

他吓了一跳。

她关切地问:"你在想什么? 是不是为那院长的竞选自寻烦恼? 你钻什么牛角尖呢,不当院长怎么啦? 地球照转,我们的日子照过。"

"你不懂。唉,一言难尽。"

"我看你就是庸人自扰。睡吧,明天还要上班呢。"

"你先睡,我马上就来。"

"德民,这个院长对你真的这么重要? 不当院长,你还可以操起手术刀谋生,日子过得照样有滋有味。想开点,跟李岳那狗东西怄气等于作践自己!"

张德民瞥了她一眼,苦笑着。

她安慰道:"要是李岳真当上院长,你不想待下去,就走人,惹不起还躲得起吧! 此地不留人,自有留人处!"

他摇了摇头。

"你别胡思乱想了,洗洗睡吧。"

张德民站了起来。

他躺在床上,迷迷糊糊地睡着了。不久后,他又开始做梦了。他梦见门诊大楼前的广场上锣鼓喧天、鞭炮齐鸣,李岳戴着大红花站在白求恩雕塑前得意扬扬,仰天大笑,冲着来来往往的人群喊:"你们知道吗,我就是这个医院的院长,第一号人物。"他唾沫横飞,踌躇满志,狂喜之情溢于言表。

张德民站在一棵高大的银杏树下,冷眼旁观着李岳精彩的"登基"表演。李岳瞧见了树下的张德民,遂朝他逼近,威风凛凛地挺立在他的面前,下起了逐客令:"张德民,你为啥还没走? 在我们医院,你是个不受欢迎的家伙。你是丧门星,是败家子。你滚吧!"

他抿紧嘴,怒目瞪视着这混蛋,豪气干云:"好吧,我马上走。你不赶我走我也会走的。我不屑跟你共事,你是妖魔,是毒瘤。可惜这个好端端的医院就要毁在你的手里了。"

他走出医院大门口，转过身，凝望着医院大门，嘴里喃喃有词："别了，杏泽医院！别了，别了！"他的眼圈潮湿了，眼泪扑簌簌地流了下来。他拭掉脸上的眼泪，抬头瞥了病房大楼一眼，可视线被门诊大楼挡住了。在这家医院，他上了三十多年的班，可现在，他却沦落到要被扫地出门的地步。按理说，像他这样国宝级的大医，完全可以另攀高枝，可他真心留恋杏泽医院，就好像有一根脐带将他与它紧紧连在一起。这根脐带虽看不见，他却能意识到它的存在。他踽踽独行，沿着医院的围墙遛了一圈，时不时抬起头凝望高墙内的另一个世界。他猛然瞥见病房大楼在他的眼皮底下慢慢倾斜，就像比萨斜塔，忙大声叫出声来："啊呀，糟啦。"

张德民惊醒了，瞥了窗外一眼，只见东方露出鱼肚白，新的一天开始了。他准备起床。他的家距医院较远，路上不堵车，大概需要一个小时，如果交通不畅，那时间就不好算了。他虽然年届知天命之年，可精力仍很充沛，一直坚持早起，一般早晨五点半就起床了。这些年来，他练成了不看表就能猜准时间的本领，就好像他的脑子里藏着一口钟似的。根据判断，现在大概五点二十分。他深吸了一口气，一骨碌爬了起来。

下午，张德民看了曾赫的医嘱，向陪同的林建民质问道："他现在都脑死亡了，你们怎么还给他上化疗方案？"

林建民辩解道："张院，我们没主动给他化疗，是他的爱人硬逼我们用的，我们没法，只好上了。"

"这化疗方案一天下来少说也要万把元，有这个必要吗？"

林建民沉吟片刻，答："我们当时也这么跟家属讲明，可她听不进去。"

张德民嘟囔着说："让我做通她的工作。"

不一会儿，护士将李丽珍唤来了，张德民示意她坐下，字斟句酌："大姐，眼下曾部长再进行化疗没有意义了。"

李丽珍没好气，硬邦邦地说："你这话是什么意思？当初，你们不是口口声声嚷着化疗是必需的，现在怎么又变成无意义了？"

"当初我们确实认为必须化疗，可此一时，彼一时，现在曾部长都这样了，再化疗就没价值了。"

"你们这些医生尽糊弄我们！化疗没价值，不是你们造成的吗?!"她的话火药味很浓。

"还是撤下化疗方案吧。"

"你当老曾是死人啊？哼，你们没信心，我有信心。不管什么治疗，你们都给我上。我相信他挺得过的。"

张德民啼笑皆非。

李丽珍斩钉截铁地说："别停化疗，我们一个子儿也不会少你们的!"

张德民摇了摇头，知道再说下去也是白搭。送走李丽珍后，张德民瞟了林建民一眼，说："人都这样了，还进行昂贵的化疗，荒唐!"

"我也这么认为。当初我想停止化疗，遭到他爱人的猛烈抨击。"

"唉，在一个死人身上进行化疗，真是滑稽极了。"

林建民担忧地说："我看那老太还没接受他老头已死亡的事实，要是她将来明白了，恐怕会大闹一场，我们该早做准备了。如果真的闹起来，省里那些头头们介入的话，就非常棘手了，我们会吃不了兜着走的。"

张德民面无表情地看着林建民。这些年来，他对医疗纠纷有些麻木，因为现在不少医疗纠纷已脱离了法理、正义，近乎胡搅蛮缠了。他擦了擦双眼，扪心自问："中国的医疗到底怎么啦？病人出问题了，可通过医疗去救治，可是，医疗出问题了，又由谁来救赎呢?! 更何况，中国的医疗现在病得不轻，如果没有人出手相救，用不了多久，就会病入膏肓。一个救人的机构，却在眼巴巴地等待着他人来拯救，这不是黑色幽默吗?!"

他不觉笑出声来。

林建民觉得莫名其妙，忙问："张院，你怎么啦？不舒服？"

张德民马上敛起笑容，一头雾水地看着林建民，说："化疗疗程还需要几天?"

"七天。"

"七万元，打了个好大的水漂!"

"确实没法子啊。"

张德民凝视着林建民，问："他每天要花多少医药费?"

林建民沉吟片刻，答："大概两万元。这病人从入院至今已花了六十多万了。如果家属不提放弃，没过多久，费用立马会翻番。"

张德民显得忧心忡忡:"他在ICU已待了近二十天,不知家属打算再拖几天呢?"

"我们曾多次向他的爱人暗示过,要她放弃治疗,可她每次都怒目瞪我,就好像是我杀了她的丈夫。"

"建民,你们一定要多掌握家属的动向,多了解她的思想。还有,不必在他的身上多用高档的药物,大体上过得去就行了。"

林建民赔着笑脸说:"我也这么认为,可惜那老太每天都在追问我们的治疗情况,生怕我们缺斤短两。这种家属太难缠了。"

张德民告诫道:"凡事让着她点,息事宁人吧。"说完,张德民离开了ICU。在走廊上,他遇见了应洞宾。

洞宾看见张德民后,忙打招呼:"张院好。"

张德民冲他咧嘴一笑。

应洞宾问:"今天部长的家属还不想放弃治疗?"曾赫已成为ICU的一号病人。

"对。"

"昨天,我本想将那些昂贵的抗癌药全停掉,可林主任阻止了我。"

"问题是病人家属不同意撤药。"

洞宾扫视了一下四周,压低声音说:"林主任巴不得病人家属不同意!人都已死了,用这些昂贵的抗癌药有什么价值?"

"林主任为何巴不得病人家属不撤药?"一问完,张德民意识到自己蠢得像头驴。

应洞宾抓耳挠腮,不情愿地说:"我不好说。我对林主任的用药一向不敢苟同。张院,再这样下去,我也会跟他们同流合污了。"

张德民淡淡地说:"我明白你的意思。别忘了我们是医生,可不是商人。"

"可我保不准哪天自己一不小心成为商人了。"多年前,应洞宾想离开林建民这医疗组,跟随岳主任学艺,当时他基本答应了;可后来,岳波却变卦了,估计他认为这样做影响不好,尤其会对林建民造成冲击,知难而退了。应洞宾只好继续待在林建民这组栖身,幸好,林建民一直蒙在鼓里,没给应洞宾穿小鞋。林建民不是傻子,瞧出洞宾对自己不服气,可考虑到秦声、张德民、岳波三大佬都欣赏他，自然不敢打压这个"脑后有反骨"的徒弟。在应洞宾看来，林建民始终跟他心目中的大医挂不上钩。现在，岳波去世后，师傅成了科室实际的一把手，按理说，作为徒弟的应洞宾应该感到高兴才是，可他怎么也高兴不起来，相反倒隐隐觉得这科室总有一天会毁在师傅的手中。

张德民低头沉吟半晌，扪心自问："我们的治疗变味了吗？我们的医生还是纯粹的医生吗？"他抬起头，凝视着眼前这个同样迷惑的晚辈，郑重地说："下午下班后你去我的办公室一趟，我俩好好聊聊。"

应洞宾咧嘴一笑，爽快地答："好。"

下班后，应洞宾如约来到张德民的办公室。张德民冲他点点头，示意他坐下，他就毕恭毕敬地坐在上司的对面。张德民将手头的资料略做整理，欠了欠身，两眼平视对面的晚辈，说："你在我们科室已经工作三年多了吧？"

"对，你记得真准。"

"你的收获怎么样？"

应洞宾意味深长地笑了笑，大胆地说："收获挺大的，但我觉得我们的医院像个江湖。"

张德民凛然一惊："你这话是什么意思？"

应洞宾意识到自己刚才说得太率性，忙敛起脸上轻松的表情，正襟危坐，郑重地说："我只是想说医院给我的印象跟我脑子里原先想象的不一样。"

"比你想象的好还是差？"

"有些方面比我想象的好，有些方面比我想象的差。"

"差在哪些方面？"

"最明显的是整个诊治流程比我想象的要随意得多，没按指南要求施治。我一直认为医学是一门很严谨的学问。"

"表现在哪些方面？"

"就拿用药来说吧，不少医生选药时更多考虑所选的药物返扣有多少，而不是强调疗效的大小，这就陷入了一个误区，我到现在还觉别扭。还有，外科医生太注重手术的疗效，认为手术就是万能的。我了解过西方国家的医疗现状,觉得根本不是那么一回事,相反倒觉得他们更契合我们古代医家树立的杏林精神。先辈们不断诠释着杏林精神,而我们这些后辈却没有薪火相传,我一直感到很困惑,我们到底怎么啦?哪些环节出岔子了呢?如果再这样下去,我会被完完全全地同化,虽然我现在一直在抗拒这种同化,但无法保证一辈子做到出淤泥而不染。"

张德民由衷地说:"你是个有独立思想的人,在你身上那些美好的东西没有被销蚀,我感到很欣慰。在我们医学界,确实刮着一阵阵不正之风,不过,这阵阵邪风会慢慢平息的。"

应洞宾欲言又止。

张德民鼓励道:"说吧,不必顾忌。"

应洞宾嗫嚅着嘴,说:"我觉得我们医院科研的体系有问题,太注重论资排辈了。"

"说得详细些。"

"像我们这类年轻人,想要申报课题,难度很大。课题负责人往往都是高年资的医师,有一定思想性、进取心、创新性的年轻人想申报课题真比登天还难。按理说,申报课题不必强调申报者的年资,更关注课题的内涵。年轻人更有创新性,脑子里更易擦出创意的火花,将课题都留给那些备受条条框框约束的垂垂老者是不是浪费资源了?"

张德民低下头,若有所思。老实说,迄今为止,除了应洞宾,还没有年轻人敢在他面前评头品足。

应洞宾接着说:"如果申报不了课题,拿不来科研经费,我们年轻人想脱颖而出只有在梦中去实现了——"他不敢再说下去,生怕引起张德民的反感。

张德民抬起头,说:"你似乎意犹未尽,说下去。"

"比如,我设计出了一个课题,无论新颖性、前沿性都是很上乘的,可是,申报时科教处非得要挂林主任为课题负责人,将我拉了下来,我郁闷极了。按理说,课题是我设计出来的,我就是当然的负责人。"

"我承认医院里确实存在论资排辈的现象,这也许是我们中国人的通病。以后我们在这些方面要做些改正,要多鼓励年轻人冒出来。我也觉得年轻人比我们这些老家伙更有活力,更有冲劲,千万不能挫伤年轻人的积极性啊。"

"这些年,在我们科室,我的感触真是太深了。"

张德民觉得这个年轻人身上背负着太多的包袱,不能再往他的身上施压了,应该换一个轻松一点的话题。于是,他和蔼地问:"你的个人问题怎么样了?"

应洞宾轻轻地摇摇头,脸上露出怪笑。

张德民关切地说:"都快到了而立之年,应该去寻找自己的另一半了。"

"那是勉强不来的。"

"是不是要求太高了?"

"还要求高呢,你不知道我的要求低得跟地平线差不多了。"

"加把油,好好解决自己的后顾之忧,要不然,你怎么集中精力搞业务呢?"

"随缘吧。"说完,应洞宾不由得羞赧起来。想当初,他刚来肿瘤外科那阵子,四处出击,甚至还脚踏过两只船,也许这就是菲菲远走他乡的最直接的原因。后来他还处过两个对象,最可他心的还是菲菲,她表面上看起来很温柔,但骨子里却透着一股坚韧,不唯唯诺诺。他实在太不珍惜她,现在肠子都悔青了。

"我知道你对很多方面都看不惯,我们周围不如人意的地方真不少,有时我们也得学会适应。想当初,我在你的年龄时,也相当意气风发——"

应洞宾听出了张德民话中的弦外之音,决定不再深入谈下去,忙抬起头,瞥了他一眼,说:"我打扰了你这么久,实在不好意思。我得走了。"

张德民忙说:"以后有机会再聊。你一定得保持自己身上这份难得的锐气与进取,你会成功的。"

应洞宾扬扬眉,点点头,走了出去。

张德民独自坐着,觉得自己现在内外交困,不禁陷入沉思之中。个人的进退暂且不论,肿瘤外科的现状也令人担忧,原以为这个科人才济济,可岳波溘然离世,竟一时找不出优秀的领军人物。林建民绝不是个能独当一面的大将!更令他头痛的是,如果李岳真的上台,他到底该怎么办呢?他愿意屈尊在那无良的家伙手下任其呼来唤去吗?如果不愿逆来顺受,那他只有挂冠而去。可是,辞职后去哪里呢?回到肿瘤外科当主任去?甘心向李岳举起白旗,俯首称臣?自己能咽下这口气吗?如果远走高飞,等于向职工发泄了自己没当上院长的不满情绪,真是老鼠钻进风箱里了!要是自己真的要走,落脚点还是有的,省内最大的私立肿瘤医院这些年来一直在向他大摇橄榄枝,可就这样离开这家自己打拼了几十年的医院确实有点不舍啊。

第三十八章　过度治疗

　　应洞宾收住了一个叫吕进的晚期肺癌病人。他将吕进的老伴叫到办公室,向她详细介绍了他的病情。她听了后似懂非懂。

　　应洞宾说:"老吕的肺癌已到晚期,都已转移到大脑了,再治疗没有多大价值了。"

　　"我的老头儿没救了?"

　　应洞宾点点头。

　　她满腹狐疑地打量他一眼,对他的话大打折扣,总觉得他嘴上无毛,办事不牢。她试探地问:"你给我家老头请个专家会诊一下,好不好?"

　　应洞宾沉吟片刻,说:"好。"

　　"谢谢你啊。"

　　应洞宾请来了自己的师傅——林建民。林建民诊视了吕进后,走出病房,吕进的老伴一路尾随着他。来到走廊上,她哀求道:"大医生,你一定得治好我老伴的病。"说完,她一把攥住他的手,就好像攥着一根救命稻草。

　　林建民将她带到办公室,请她坐下,表情凝重地说:"你老伴已处于癌症晚期,没多大生还的希望了。"

她哭丧着脸说："你们都是活神仙，怎么救不活他呢?!"

林建民叹息着说："我们尽力去治疗，可这要花大笔钞票哦。"

"没关系，我回去将房子卖了。没了老头儿，我活着还有啥意思!"

"我们会竭尽全力去治疗你老头的病。你先回吧。我们会给你老伴定好方案的。"

她卑微地笑笑，颤巍巍地走了出去。

应洞宾问："林主任，恐怕他病入膏肓，无药可救了吧?"

林建民意味深长地瞥了他一眼，笃悠悠地说："既然家属要医治，我们就不能放弃。择期给他手术吧。"

"报告已经显示癌肿广泛转移，手术有什么用呢?"

"先开胸再说! 要是转移不严重，我们就切除他的癌肿;要是转移非常严重，虽不能切除癌肿，可以取材活检，确定一下癌肿的类型，再根据他的癌肿类型选择放疗和化疗方案。"

应洞宾总觉得林主任在过度治疗，可毕竟胳膊扭不过大腿，只好乖乖执行他的医嘱。他想请张院长、秦院长给吕进查一次房，可林建民没点头，作为下级医生，无权越级行事，只好忍气吞声。

林建民走后，应洞宾折回病房，将吕进的老伴叫到走廊上，说："你老伴没指望了，我劝你还是将他带回去吧，别花冤枉钱啦。"

她气急败坏地说："刚才林专家已经答应为我老头儿想法子，你怎么见死不救? 生怕我赖了你们的钱? 放心，我不会欠你们一个子儿的。"

应洞宾叹了口气，转身走了。他懊恼地想："你想花冤枉钱就去花吧，我才不管呢!"他实在做不通她的工作，只得作罢。

下午，吕进的老伴瞅见林建民在办公室里，忙走了进来。他招呼她坐下，她连珠炮似的嚷开了："林主任，我家老头儿别让那姓应的小年轻管，他毕业没几年，脑子里没多少货色。"

他摸不准应洞宾到底哪里得罪她了，忙投石问路："他对你们不好吗?"

"他成天催我们出院，态度很不好。"说完，她瞅办公室里没其他人，忙从口袋里取出一沓钱，战战兢兢地递给他。没料到一个老实巴交的老太会来这一手，林建民没有思想准备，一下子僵在那儿。她将那沓钱塞进他的白大褂口袋里。

他忙推辞道："这样不好。我先给你老伴做了手术后再说吧。"

她讪讪地缩回手，尴尬地说："好，我以后再谢你吧。"说完，她冲他讨好地笑笑。

他问："应医生为啥成天要催你们出院？"

"他咒我老头儿没救了。"

他心里"咯噔"一下，觉得应洞宾大脑进水了，怎么病人想治疗，他却要催病人出院？他越想越觉得蹊跷，忙问："他几时催过你们出院？"

"上午还催过，我狠狠数落了他几句，他拉长一张黄瓜脸，气鼓鼓走啦。"

他暗忖道："这就奇怪了？我给吕进都做好治疗方案了，他为啥还要催那老头走？这不是在拆我的台吗？看来，洞宾越来越不跟我同心啦，以后我得防他一手。"

她瞅他呆呆的，不理她，忙催促道："林主任，你就帮我们换个医生吧！我求求你了！"

他忙说："这小伙子技术不错，你可能对他误会了。要么我找他打听一下到底是怎么回事？你别急着换医生，好不好？"

"我听你的。林主任，我就相信你！"说完，老太颤巍巍地迈着碎步走了出去。

下班时分，应洞宾来到办公室，林建民忙招呼他过去，说："吕进的老伴向我投诉你了。"

应洞宾丈二和尚摸不着头脑，问："投诉什么呢？"

"她指责你成天催着她的老头出院。"林建民没好气地说。

"我是为他好才催他出院的呀。林主任，你比我更明白，那老头的癌肿已经是晚期中的晚期，再治疗下去钱不是打了水漂吗？"

林建民唱着高调："洞宾，只要病人有百分之一的希望，我们就得做百分之百的努力！抗击癌症的战争，我们不竭尽全力是不可能赢得胜利的！"他说得冠冕堂皇。

"我们可否对吕进组织全科大讨论一下？"

"你不相信我的水平？别忘了，我是你的师傅，你可别胳膊肘儿朝外拐。"林建民气急败坏。

应洞宾意识到刚才有点冒失，忙改口："我怎么不相信你的水平？不好意思,我刚才过分了。"

林建民语重心长地说:"医学可是一门博大精深的学问。"

应洞宾没有接腔,他总觉得林主任在过度治疗。弄得不好,各种疗法非但对肿瘤产生不了效果,相反倒会摧毁那老头的免疫力,成了那老头的催命符。林建民看到应洞宾没回应,面露不悦之色,但不忘循循善诱:"洞宾,你虽很聪明,但医学这门高深的学问需要你毕生去钻研。"

"我会的。"应洞宾硬着头皮说,心里却暗忖道,"别以为自己说得冠冕堂皇我就相信了! 你只是嘴上说得好听,什么化疗、放疗,还不是在催他早死?!"

林建民不知应洞宾在想些什么,说:"你一定得跟他们搞好关系,医学要钻研,关系学也要钻研,这后一门学问同样博大精深。"

应洞宾露出比哭还难看的苦笑,不情愿地说:"我会去跟他们好好沟通的。"应洞宾对林主任的很多治疗方案都不敢苟同。用不着手术的病人,他非得要将他们送上手术台不可;不用化疗的病人,他非得给他们使用几疗程的药物不可。一开始,他还不清楚,后来才明白化疗药物的返扣很丰厚,利益驱动着治疗,治疗就变得不纯正了。他非常赞同开展临床路径,可林建民却推三阻四,迟迟不落实。所谓的临床路径,说白了,就是给治疗涂上标准化的油彩。中国有些医生,不像是搞科学的,倒像是搞艺术的,天马行空,挥洒自如。

"我是出于对你的喜爱才这么说的,你一定要理解我的良苦用心。"

应洞宾点了点头,说:"我知道了。没其他的事吧?"

"没有了。"

"我走了。"说完,他走出了办公室,下意识往吕进住的那间病房踱去。他踱到病房门口,看见了那个告他黑状的老太。老太瞥见了他,忙赔着笑脸相迎。

"你老伴准备再治疗下去吧?"

"那当然。今天我在收费处缴了五万元。"

"阿婆,我真心实意为你们好。要是以前有冒犯你们的地方,你们要多多担待。"

老太心里暗叫一声"不好",马上抬起头,向应洞宾示好。

"有什么需要我帮助的吗?"应洞宾文绉绉地问。

"明天老头儿就要上手术台了,你们一定要用心手术啊。刚才我找过麻醉师了。"说完,她诡异地冲他笑笑。医院里有个做法,就是允许病人家属指定麻醉师,但必须要付些费用,一般三百到六百元不等,主要视麻醉师的职称及名气而定。

"你打听好明天手术的麻醉师是谁了?"

"我定好啦。"

"你知道谁水平高?"

"是林主任介绍的。"

应洞宾恍然大悟,总算见识了这老太婆的精明,他原以为这个老实巴交的村妇什么都不懂,哪里晓得是个老江湖了。应洞宾有一种被戏弄的感觉,更郁闷的是自己的好心被眼前这个斗大的字不识一箩筐的老太当作驴肝肺了。如果岳主任还在,他真有可能向岳主任请教一下这病人下一步到底该怎么治。在他的眼里,岳主任诊治远比林主任严谨得多。可岳主任已驾鹤西去……老太怔怔地盯着他看,实在搞不清他为何发呆,根本想不到应洞宾的思维早开始腾云驾雾啦。良久,他冲老太尴尬地笑笑,说:"晚上一定得多安慰老吕,要休息好。"

"我晓得。"

他暗忖道:"治疗有时就像流水线,一环扣一环。这老头已被纳入林主任设定的轨道了。真不知道他将来的命运如何?唉,要是我是他的老伴,干脆放弃治疗算了,折腾什么呢?都到这时候了,越折腾活得越短,从某种角度讲,药物充当了杀人犯的角色。"老太不懂这理,可洞宾懂,问题是老太根本不听他的!

翌日,林建民跟洞宾一起给吕进手术。术中,应洞宾看见肺门都已广泛转移,心都凉了。病人出现这样的转移,根本没法对癌肿进行根除。林建民切下一部分癌肿组织做活检,草草关胸了事。当吕进被抬出手术室时,应洞宾意味深长地瞥了林建民一眼,只见他表情十分平静,一点都看不出懊恼的样子。应洞宾心里直嘀咕:"他在术前有没判断出这样的结果吗?做了几十年的医生,怎么会判断不出这种并不复杂的结果?连我这种菜鸟级的医生都洞若观火呢!"

"洞宾,这病人比我想象的要糟,我原以为就算不能完全清扫,但还是可以切除肿块的。哎,这病人转移太广泛了。不过,收获还是有的,我们可以根据切片的结果选择化疗或放疗方案。"林建民郑重地说。应洞宾觉得他在强词夺理。开胸就为了活检,这不是杀鸡用牛刀吗?如果一定要对肿瘤进行分型,穿刺一下不就解决问题啦?!

病理切片报告出来后,林建民根据吕进的肿瘤分型定好了化疗方案,他特地选择了最近刚在国内上市的进口抗癌药,这药一疗程下来估计要三四万元。洞宾表面上没表示异议,心里早嘀咕开了,因为他了解到日前这个进口药的医药代表刚赞助林主任参加东南亚某国的国际学术会议,林建民肯定要知恩图报啦。现在,他不想再评论林主任定好的治疗方案,更不会懵懵懂懂去表示异议,吃饱了撑的才会去干这类蠢事。可一疗程下来,吕进的情况严重恶化,白细胞直线下降,林建民只好给他使用促白细胞升高的药物。药物真是一把双刃剑啊。

中午临近下班时,应洞宾习惯性地去本组几个重病人的床头转了转。当他转到吕进的床头时,老人一把抓住他的手,就好像抓着一根救命稻草。应洞宾不好推开他的手,只好让老人抓着。老人目光暗淡,气息奄奄,应洞宾看了后止不住一阵心酸,忙拍了拍老人的手背,说:"你有什么不舒服吗?"

"我浑身都不舒服。应医生,你一定得救救我!"

他的老伴正站在床边抹着眼泪。

"我们一定会尽全力治疗的,老吕,你要有足够的信心!"他违心地说。实际上,在他的眼里,老人距奈何桥只有几米的路程了。

"应医生,你不用骗我,我知道自己活不长了。老太婆,我们回家吧。我想将自己这把老骨头带回家。"

他的老伴再也抑制不住,就号啕大哭起来。

"你哭什么,我还没死呢。"老人气若游丝,表情虽很夸张,可声音低得如同蚊吟。老人圆睁双眼紧盯着应洞宾,半个眼珠子已挂在眼眶外,颤巍巍的,吹口气都有可能掉下来。他似乎想跟应洞宾说些什么,可一时急火攻心竟失声了。

应洞宾轻拍着老人的脊背,说:"你别急,好好说。"他的脑子里闪过一丝不祥的预感:这老人会死在医院里,林主任会如何收场呢?

"应医生,我不想治了,我要出院,你给我办手续吧。"

应洞宾小心地说:"出不出院你得考虑清楚啊。"

"应医生,你别听我家老头儿,我们有钱,还要医治下去。"

老头狠狠剜了老伴儿一眼。应洞宾进退两难,不知道说什么好了。老人放开他的手,嗒然斜倚在床头。应洞宾不忍看到他这副失落的样子,忙安慰道:"你消消气,我们一定会尽力帮你想办法的。"

"应医生,你别骗我了,我已从你的眼神里看出我大限到了。"

"医生们信心还很足,老头儿你泄什么气啊。"

"你俩好好商量。"说完,应洞宾抽身溜走了。老头儿想出院,老伴偏不同意,应洞宾才不想蹚这浑水,更何况老太对他抱有成见,他不得不在他俩面前夹着尾巴做人了。

应洞宾走后,吕进老人可怜巴巴地盯着老伴儿看,但眼神已发散了。老伴儿在一旁抹着眼泪。

老人近乎耳语道:"老太婆,我们还是回家吧。我从——应医生的眼神里——看出来了,我难逃一死,我不想将——这把老骨头——扔在这儿。老太婆,这辈子我全——听你的,你——就听——我一回吧。"说完,他气喘吁吁。老太婆泣不成声,隐隐觉得应医生是对的,自己冤枉了他。她忽然想到了什么,颤巍巍地冲出门,闯进医生办公室,差点儿跟应洞宾撞了个满怀。一看到他,她忙拉住他的袖口,说:"应医生,你先别走,我要向你问个话。"

应洞宾面露不悦,但还是耐心地问:"有啥事?"

"我在林主任面前骂过你,你别往心里去。"

"我不会的。"

"我现在才明白你是真的为我们好,可我不识好歹,错怪了你。"

应洞宾怎么也搞不清她怎么一下子变得开窍了,忙说:"你用不着自责了。"

"我相信你,你跟我说真话,我老头儿到底还有没有救?"

应洞宾瞟了她一眼,苦笑着,不知道该怎么开口。

"这次我全听你的。"老太给应洞宾吃了定心丸。他看到她那一脸真诚的样子,觉得该跟她说真话:"老吕没救了。"

老太气急败坏:"真没救了?"

"对。"说完,他向她投去一束怜悯的目光。

老太哭丧着脸,缄默不语。

应洞宾一声不响地走了。

晚饭后,洞宾坐在寝室里看书。看了个把小时,他觉得有点累,准备到户外溜达一下。正在这时,手机铃声响了,他取出一看,发现是科室打来的,忙接通,值班护士张玲焦急的声音传了过来:"洞宾,吕进老头不行了,你快过来抢救。"

应洞宾听了后,心里"咯噔"一下,暗叫一声:"不好,晚上要出大事了。"因为他隐约觉得吕进的老伴怀疑他们出了纰漏,要是那老头有个三长两短,说不定她会怪罪他们,大闹一场。他的宿舍距病区不远,没几分钟,他就火急火燎地跑到病区。上级医师林列兵、林建民已经在抢救室里抢救了。他马上换下林列兵,进行心外按摩。吕进的老伴正杵在一旁哭丧着脸,直抹眼泪。

林列兵瞟了林建民一眼,小心嘀咕道:"林主任,我们已抢救了半个多小时,现在他的心跳还恢复不了,再抢救下去没多大意思,我们放弃吧?"

林建民说:"再抢救一阵子吧。"他确实心有不甘。

洞宾累得气喘吁吁,旁边一个实习生顶了上去。

林建民将应洞宾拽到病房外,附耳低语:"那老太向你抱怨过什么吗?"

"我隐约觉得她有些怨气。"

"前些天,吕进的邻床向我透露过,说吕进的老太埋怨我们治疗不当,你没向她透露过什么话吧?"

应洞宾下意识地翻白眼,心里涌上一阵厌恶,坚决地说:"没有。那老太一直埋怨我,我在她面前只有夹起尾巴的份。"

在这抢救的节骨眼上,林建民竟对那老太会不会抱怨追根究底,应洞宾真不知道说什么好了。

"我们一定得作好病人家属大闹的准备,说不定她会将矛头指向你。"

应洞宾鄙夷地瞥了林建民一眼，笃悠悠地说："你放心，她不会跟我过不去的，我没亏待她！"他没有再听林建民絮叨的心情了，忙折回病房，协助抢救。

老太一把攥紧应洞宾的手，就好像攥着一根救命稻草，说："应医生，你一定得救回我老头这条命，我晓得你是好医生，会尽力的。"

应洞宾眼圈发红了，眼泪差点溢了出来。在他看来，这就是病人家属对他的最高褒奖。他明知抢救无效，可不想放弃，就上前换下实习医生，继续做着心外按摩。

林列兵扯了一下洞宾的衣袖，小声说："我们放弃抢救吧。"

应洞宾狠狠瞪了他一眼，不想就这样放弃，哪怕吕进的魂灵已过了奈何桥。

林建民走近林列兵，咬耳低语："我有急事暂时去应付一下，你主持以后的抢救吧。"

林列兵不明就里，点了点头。林建民匆忙走了出去。

应洞宾心中直嘀咕："他要去避风头了。"

又抢救了一刻钟左右，林列兵低声说："洞宾，他没希望了，我们放弃抢救吧。"

应洞宾瞥了那老太一眼，停止了心外按摩。老太撕心裂肺般号啕大哭。应洞宾头都大了，他搞不清老太会如何发难。林建民溜了，他只好顶缸了。他硬着头皮走近老太，在她的手臂上轻拍了一下，安慰道："人走了不能复生，你自己多保重。"

老太停止了抽泣，带着哭腔说："应医生，你放心，我不会跟你们过不去的。我晓得你尽力了。老头儿走了，我再闹他也活不过来了。"

应洞宾听了后一阵感动，想不到她会这么轻易放过他们。他等着她大闹，并在脑子里盘算着该如何应对了，看来，他根本不了解她。

"那我们将你老伴搬到太平房去，在病房里停放太长会影响其他病人的。"

老太向他请求道："再停一会儿，好不好？让我再看他一眼。应医生，我后悔啊，悔不该不听你的话。现在可好了，一把老骨头回不了家啦。我这是作的什么孽啊。老头子，你将我带走吧，我不想活了。"

邻床的那个病人踱到她的旁边,缓缓说:"大姐,老吕走了,我们也很心痛,你要节哀啊。"说完,他拍了拍她的肩膀。

老太瞟了应洞宾一眼,说:"应医生,你们该怎么做就怎么做吧,我不烦你们。你虽没治好我老头子的病,可我还得谢谢你。本来,我想在你们医院里大闹一场,冲着你心地善良,我就忍了。小年轻,你才是好人。"说完,她抹了一把眼泪。

应洞宾对旁边的护工挥挥手,说:"你们将他搬走吧,动作要轻柔些。"说完,他不忍再看到眼前这令人心碎的场面,提前走了出去。

应洞宾、林列兵走进了办公室。林列兵对应洞宾说:"你先回吧。"晚上他值班。

"你很累了吧? 要不晚上我替你值班?"

"不用。刚才听你跟那老太对话,听她的口气,想要在医院里大闹一场,到底怎么回事呢?"

"我也不知道,估计她太悲痛了才信口乱说。"应洞宾装作三不知,不想捅出事实真相,必须要为尊者讳,更何况这尊者是他的师傅。

"刚才累了一场,你回去休息吧。"

"好吧。"说完,应洞宾走出了门外。

第三十九章　乐极生悲

李岳下班后一回到家,老爷子从客厅里走了过来,乐呵呵地说:"今天喜鹊冲你叫了。"

李岳明知故问:"喜事来了?"

"省里已任命你为杏泽医院的院长,就等着发红头文件了。"

"真的?"

"我说出口的还有假消息?"

"晚上好好庆祝一下!"

老爷子幽幽叹了口气:"唉,要是你妈健在就好了。"母亲去世已多年,李岳多次想给老爷子续弦,他似乎伉俪情深,婉拒了。这餐饭,他们仨吃得津津有味,饭厅里其乐融融。

吃罢饭,李岳太高兴了,想出去散步,释放内心快要溢出的激动。平时他大多独自去散步,今晚也不例外。他渴望将这喜讯告诉别人,可谁是他倾诉的对象呢?向医院里同事报喜不大妥当,因为毕竟正式文件没下达,他自然想起了林婉音。婉音虽然恨他恨得牙痒痒的,可他却不恨她,因为她毕竟为他登上院长宝座立下汗马功劳。这妞儿床上功夫出色,常常弄得他欲仙欲死。他不时觉得跟她再苟且下去风险太大想一拍两散,却欲罢不能。多月前,他俩导演的那场"药扣门"弄得满城风雨,据说这妞儿已向岳波捅出了"药扣门"的真相,就算那死鬼知道了又怎么样?虽然现在风传他是"药扣门"的幕后主谋,可鬼才相信他会导演出这幕精彩大剧。不过,当初自己导演这场大戏风险可是够大的,弄得不好会身败名裂,幸亏当时对各个环节精心设计才没出大的纰漏。这妞儿也太天真,认为他会娶她,成天做着春梦,真傻。不过,将来要是真当上院长了,该好好犒劳犒劳她。他一想起犒劳,只觉得全身燥热,连忙从裤兜里取出手机,拨通了她的电话。那头半晌没人接听,大概她不想理他。他锲而不舍,继续拨打,她终于接听了,怒不可遏地詈骂:"李岳,你这伪君子。"

他嬉皮笑脸地说:"你骂吧,打是亲,骂是爱。"

她羞愧难当,懒得搭理他。

"告诉你一个梦寐以求的好消息:我快当上院长了,晚上我们何不在芙蓉帐里颠鸾倒凤庆祝一下?"

"你这人渣可以当院长,狗都可以当省长了。"她的怒气终于冲破瓶颈了。

"这是真的。"

"老天瞎了眼了。"

"我想念你的香闺了,那里是我的温柔乡。"

他知道这妞儿剪刀嘴豆腐心,只要对她情意绵绵,她的心肠肯定会软下来的。不料,她斩钉截铁地说:"我已搬家,就怕你这条色狼寻上门来。"

他涎着脸说:"一闻到你的体香,我就神魂颠倒了。"

"别恶心了。"说完,她挂了电话,不想再听他那肉麻的絮叨了。这段时间,他一直没去她那儿,一是她责怪他太阴险,对他渐生恨意,有意冷落他;二是他怕岳波们会盯梢,现在那家伙去见马克思了,他就少了一个对手,色胆也开始膨胀了。可她给他吃了闭门羹,他心有不甘,不相信她真的搬家,准备打的直扑昔日的温柔乡。晚上,他渴望跟她欲死欲仙,这冲动太强烈了,强烈到他的魂儿都飞上了天际。跟林婉音比较,家里的黄脸婆胸部干瘪,腹部隆起,两只手像鸡爪,特别是床上功夫更是不敢恭维,他在上面累得气喘吁吁,可她却在下面像条死鱼,纹丝不动,生怕一动全身就会散架似的。他确实动过跟她离婚的念头，可老爷子不会同意，这婆娘倒有一手本事能将老爷子哄得整天歪着嘴笑，也许她意识到只要老爷子力挺她，他就欺负不了她。这丑妇这招确实使得很地道，弄得他不敢提离婚，只好在外边偷腥吃野味。据说，林婉音曾跟本院的一些医生上过床，可他总觉得这妞儿本质不错，不是水性杨花之辈。如果他真的跟她结婚，他相信她会忠于他。要是将来有一天，老爷子不在了，徐玲花的靠山一倒，他就跟她离婚，再娶这妞儿。他觉得自己当务之急得拴紧她，让她死心塌地跟着他，只要她愿意做他的情人，他总有一天会将她扶正，可是这妞儿火急火燎的，迫不及待想嫁给他。要是他当上院长了，省里领导总不见得因为他离婚再娶就撤了他的职吧，这无非是小小的生活作风问题！现今，哪个成功人士没有绯闻，没绯闻的都是孬种、屁蛋。他招来一辆的士，登上车，告诉的哥目的地，的哥驱车直往林婉音的"香闺"奔去。

林婉音听到李岳快要当上院长时，心里比吃了死苍蝇还难受。她搞不清当初为何会丢了魂儿，听信他的鬼话！以前，她腹诽过他的人品，可架不住他的花言巧语，竟荒唐地做起官太太的春梦来，真是一失足成千古恨。她一冲动，害了岳波，毁了张德民的前程，更要命的是，竟使他的阴谋得逞。挂了电话后，她觉得憋闷难忍，想出去透透气，就打开门，跌跌撞撞地冲了出去。

林婉音走在人来人往的大街上，大街两旁变幻莫测的霓虹灯惹得她头晕目眩，不由得低下了头，以避开五颜六色光线的轰炸。她漫无目的地在人行道上踽踽独行，孤独感袭上她的心头。"我竟会上李岳这条贼船，助纣为虐，真是个坏女人，天底下有我这样又贱又傻的女人吗？就是你，毁了两个好人，你怎么洗刷得了自己身上的罪恶？！"这阵子，她时不时想寻短见，曾经有一次，她曾用刀割腕，可在下手时忽然意识到这样离开人世太不值得，遂打消了念头。她不到三十岁，用不着这样匆匆将自己送上绝路啊。她来到不远处的灵湖边，灵湖虽不大，可玲珑剔透，旖旎多姿，她常常在湖边流连不已，不忍离去。灵湖周边的景色很美，可她没有闲情逸致来欣赏。她坐在湖边的一把石椅上，盯着前面的湖面出神，在月光的映照下，湖面显得格外静谧。她蓦地想起今晚是中秋夜，忙抬起头仰望着头顶那片皎洁的天空，只见前方那轮圆月正在欢快地向她调皮地眨巴着双眼。月圆夜，她却独自坐在寂静的湖边形影相吊，眼眶不由得湿润了。她突然瞥见岳波那张愁云密布的脸在皎洁的天空上时隐时现，凛然一惊。这些天，岳波那张脸不时在她的脑海里闪现。"岳主任在天堂里不是也孤身一人吗？他的悲惨境遇是你一手造成的！"她正在胡思乱想时，手机又响了，忙打开一看，又是那个该死的人渣打来的。这次，她不会再接他的电话，就算铃声响到天亮，她也不理。现在，她一听到他的声音，就非常厌恶。铃声响个不停，她漠然地凝视着湖面，听而不闻。铃声停止了，她瞥了一眼手机屏幕，嘴角露出一丝冷笑。不一会儿，一条短信进来了，她忙打开一看：我知道你在哪儿，你跑不掉的！她将手机扔在一边，"嘤嘤"地哭出声来，任凭眼泪在脸颊上横流，泪水模糊了她的视线，前方的湖面显得影影绰绰，她恍惚看见李岳如鬼魅般从湖面上向她疾奔而来，忙揩了揩两眼，定神一看，他不见了。她不相信他会找到她，除非他一路跟踪。凉风习习，她深深地舒了一口气，不敢朝后看，就好像身后站着墨杜萨。

"我就知道你会在这儿！"背后传来了她最不愿听到的声音。

她立马崩溃了。

"因为我曾跟你坐过这把椅子，你当时依偎在我的怀里。你现在又坐在这里，说明你还留恋我。"

"你无耻。"她柳眉倒竖，杏眼圆睁。

李岳凑近身，伸手拥抱她。她情急之下，在他的手背上狠狠咬了一口。

他气急败坏，顺手重重扇了她一耳光，狠毒地骂道："婊子。"

她不甘示弱，以牙还牙："你这流氓、伪君子、人渣！"他僵立在那儿，像根《圣经》里所说的盐柱，不知所措。这也许是他大半生听到的对他最狠毒的谩骂。半晌，他像醒悟过来似的，冲上前，一把抓过她那齐肩的披发，往前一甩。

她痛得大喊："有流氓！警察，救命啊！"

他像火烫了似的霎时松手。她弓起背，朝他撞去，他趔趔趄趄往后退。

她高声骂道："你这人渣，滚！我就算毁了自己，也要举报你，舍得一身剐，敢把你这流氓拉下马！"

"你这婊子，在我的面前扮起贞洁来了。你以为我不知道你跟多少医生睡过觉？你的钱都是出卖肉体赚来的！你跟岳波那死鬼也上过床吧？"

他的话无疑火上浇油，招来了她更大的反击："就算跟猪睡过觉，我也不后悔，我最后悔的就是跟你这人渣睡过觉，你弄脏了我的身子。岳主任才是真正的男人，可惜人家瞧不上我。我承认我出卖肉体赚钱，可你更糟，你在出卖灵魂赚钱，我鄙视你！"

他想不到平时在他面前温顺得像小猫的她现在就像头母老虎，他更搞不清她对他的恨到底有多深。他拨错算盘，丢丑到家了。

"李岳，我一辈子都会记得你如何玩弄、伤害我的，我痛恨你一辈子！我不会让你睡安稳觉的。你要是今晚没污辱我，我还会放你一码，就冲着你刚才那顿污辱，我不会放过你的，你会将你这副丑恶的嘴脸血淋淋地剥开，我会剐了你那颗肮脏的黑心。反正已被你毁了，我没有什么可失去了，你等着吧！"她的两眼喷射出复仇的怒火。

他似乎被她的怒火炙烤得血管都快干涸了，想不到昔日被自己玩弄于股掌之中的小绵羊开始痛咬他，他惊恐万状。一个被逼到绝路上的人会爆发出惊人的破坏力的，他被这种破坏力吓坏了，恍惚觉得自己脚下的土地摇晃起来。他原先一直以为她不会揭发他，认为她对他还心存一丝幻想，现在看来，她对他已不抱幻想，更没一丝留恋，这个貌似柔弱的女子一旦放开了什么都会做得出来的。他想放下架子，安抚她一下，可不知从何处谈起。以前他用绵绵情意俘虏她，使她死心塌地跟他的，这一招屡试不爽，这次他想故伎重演，就慢慢靠近她，脸上露出悔恨的表情，伸出手，想拥抱她，她朝旁边一闪，如泥鳅般滑溜，他扑了个空。

她冷冷地说："李岳，告诉你，我不是以前的林婉音了，不会再相信你的花言巧语，你再也玩弄不了我啦。"说完，她头也不回，扬长而去。

他直觉得脊背发凉，怔怔地看着她离去。"难道这臭女人真的会举报我？她要举报我什么呢？我跟她的婚外情？虽然医院里部分人知道我跟她关系暧昧，但他们拿不出真凭实据啊，这婊子也提供不出。难不成她保留短裤讹诈我？她不会这么工于心计的，我了解透了她。至于那个'药扣门'，她也无法将幕后主谋这顶帽子扣到我头上，除非她将我当时与她密谋的过程录了音！如果她手里没有证据，她不可能扳倒我，看来她在恫吓我。我被她的虚张声势吓成这样，真是夼蛋！"想到此，他变得自在起来了，坐在她坐过的那把椅子上，凝望着波光粼粼的湖面，湖面上空的那轮圆月在皎洁的天空中缓缓地移动着。他无心欣赏眼前的湖光山色,准备打道回府,那股如潮水般高涨起来的冲动已经退落。他站了起来,兜里的手机响了。他忙取出一看,发现是林婉音拨来的,以为她会在电话里将他骂得狗血淋头,不想接听这个不受欢迎的电话,可转念一想:"她要骂就让她骂吧,不接这电话显得我胆小。"就接通了,她如诉如泣的声音意外地传了过来。他没听清她到底在讲些什么,忙问:"婉音,你说什么?"

她怨艾地问:"你不爱我了吗?"

他听得真真切切,忙信誓旦旦地表白道:"我怎么不爱你呢?!你没看出我爱你爱得抓狂吗?没有你,我活不下去。"他那谄媚的样子,连狗看了都会嫌恶心的。

她久久缄默不语。

他忙问:"你现在在哪?到家了吧?"

她在电话那头"嘤嘤"哭出声来。

他柔情似水,宽慰道:"别怕,我马上到你那里去,你等着。"他挂了电话。她原谅了他,这出乎他的意料。这妞儿想逃出他的手掌心,门都没有。她不会这么轻易放下他的,在她的眼里,他不就是个高富帅吗?!别看她刚才对他横眉冷对,骨子里还是爱他的。他只觉得全身燥热,春情荡漾,原先已经退潮的情欲又掀起滔天白浪。他似乎闻到了她那沁人心脾的体香,似乎看到她怯生生地站在他的面前,像个处女。

一刻钟后,他来到她家的门前,轻轻敲着门。不一会儿,门开了,她怯生生地看着他,他忙挤进门,一把紧紧搂抱她,她依偎在他的怀里,他确实闻到了她身上那股特有的体香,情意绵绵地附耳低语:"我刚才不该这么粗暴地对待你,对不起。"说完,他抱起她,她双手紧挽他的颈项,灿若桃花的粉脸依偎在他的胸前。他走近床前,将她轻轻地放在床上,呼吸急促起来。她脉脉含情地盯着他看,看得他心脏怦怦直跳,他情不自禁地扑上去,嘬着嘴,激吻起来。她在床上扭曲着。

他呢喃细语:"宝贝,宝贝,宝贝,你将我的魂儿都勾走了。"

"岳哥,你不爱我啦。"

他表白道:"小傻瓜,我怎么不爱你?我爱你,爱得抓狂了。"

她两手吊住她的颈项,他伸出手,揉捏着她的乳房,她发出阵阵战栗,低

285

声呻吟起来。他解开了她的裙扣,左手伸进了那个熟悉的毛茸茸的欢乐谷,她紧紧缠着他。他匆匆褪下自己的长裤,一把扯下她的短裙,紧贴她,听到了她的心跳。她发出低沉的"啊啊"声,他情不自禁地说:"我的小乖乖,我想要你,我想进去,让我销魂一回吧。"他的情欲被彻底点燃了,胯间的那柄阳物阵阵抽动着。他再也抑制不了,那阳物如同装上了导航,熟练地进入,有力地抽送起来。他一边抽送,一边忘情地发出"嗨嗨"声,完全神魂颠倒了。他紧抱着她,在床上打着滚,她那轻盈的身体紧紧地吸在他的身上。

几分钟后,他的高潮慢慢消退。她眯缝着双眼看着他,只见他那张脸已经变形、扭曲,甚至显得有点狰狞。他忘情地对她说:"小乖乖,你看我多爱你。"说完,他轻轻刮了一下她的鼻子。

她慵懒地问:"你真的快当上院长了?"

"千真万确。"

"我不求你娶我,我能与你彼此相望就心满意足了。"

"我会休掉那个黄脸婆,娶你这朵正含苞欲放的莲花的。"他情意绵绵,就像个现代版的唐璜。

"你不会娶我的。你是个干大事业的人,不该怜爱我这个小女子的。"

"干大事业的人也会儿女情长,也有七情六欲。"

"只要你喜欢我就够了,我不求与你长相厮守,也不想听你海誓山盟。"

她的通情达理令他柔肠寸断,这一刻,他尽情坦露自己的真情:"婉妹,你得给我时间,我会娶你,我马上当上院长了,我什么都不怕。"

她乖得如同一只温顺的小绵羊,弓着身子,依偎在他的怀里,说:"岳哥,我知道你爱我。"她霎时泪流满面,只觉得心脏一阵阵绞痛。

"我真没看错你,你是个大气的、柔情似水、善解人意的好姑娘。今天晚上多像是我们的洞房花烛夜。我俩会有这么一天的。"

他俩就这样缠绵缱绻着,沉浸在卿卿我我的浓情蜜意中。

她突然幽幽地叹了口气。

他赔着小心问:"你有什么不高兴的事呢?"

"这些天,我的良心受着煎熬。"

"为啥事呢?"

"我们逼死了岳主任。要是当初我们不鼓捣出这个'药扣门',他不会死的。"

他忙安慰道："小丫头,你不该自责,就算没有'药扣门',他也该死,他得的是癌。"

"要是他不受'药扣门'的打击,说不定癌症不会发作的。"

"他的癌迟早会发作。"

"岳哥,当初我们是不是太卑鄙了?"

李岳深味深长地说："亏你配合得好,我才有今天。要不是鼓捣出'药扣门',当上院长的十有八九就是张德民。"

她似笑非笑地说："你毕竟也是医院里的一个人物哦!"

他得意地撇了撇嘴。不知过了多久,他饱含歉意地说："夜深了,我该走了,我还会再回来的。"他站了起来,柔肠百转,依依不舍地走了。

他一走出门,她就号啕大哭,那屈辱的眼泪止不住地流,她的脸颊霎时变成了泪海。

这个鬼迷心窍、官欲熏心的家伙中了她的计,竟浑然不觉。刚才他俩的颠鸾倒凤已经全程摄录了下来,她怒不可遏,准备扮一回复仇天使,哪怕同归于尽也在所不辞。她认为这是自己赎罪的最后机会。

杏泽医院真的要地震了。

李岳回家后,徐玲花嗔怪道："去赏月也不带上我,你这人只顾自己疯乐。"

"你怎么知道我去赏月了?"李岳犯起迷糊来。

"今晚不是中秋夜吗?"

"啊,真的? 这倒要庆祝庆祝。眼下,我的事业如同满月一样圆啊。"

"看来你快高兴得合不拢嘴了。明天陪我去趟商场购置几套像样的衣服,院长夫人不能穿得太寒碜了!"

"你真虚荣。爸睡啦?"

"没睡,在他自己的房间里看电视呢。"

李岳笑意盈盈地说："这次真得谢谢爸,没有他的斡旋,我不可能上位。"

"以后你可多听听爸的话,多孝敬孝敬他。"

"他是我亲爸,我不孝敬他孝敬谁? 天底下就你晓得孝敬?!"

"我无非提醒你一下。狗咬吕洞宾,不识好人心。你上台后,打算怎么对付秦声、张德民？"

"我先得打压一下该死的肿瘤外科。那个科的医生个个都趾高气扬，一副暴发户的丑恶嘴脸。这些年，秦声、张德民将各种扶持政策都往他们科室倾斜，早已激起全院人怨鼎沸了。这回，就看着我去主持公道吧。等到秦声一下台，我就联合反对派，向张德民反攻倒算，将他打回原形，将肿瘤外科打回原形。我做了半辈子的孙子，这回要扬眉吐气了，老天有眼啊。"

"你们医院这些职工不一定都会信服你，要是晓得你是通过歪门邪道上台的，他们不拱掉你才怪。"

"什么歪门邪道，你这个头发长见识短的丑婆娘，闭上乌鸦嘴。"

他的老婆不知道他与林婉音合谋演的这出活剧，要是知道了，凭她的泼辣劲，非剪了他的祸根不可。这婆娘斗大的字不识一箩筐，她是不会跟他口吐莲花的。

"你要是当上院长，张德民不是要活活气死了？他以为自己笃定能当上院长，嘻，现在黄了。"

"这些年，他一直跟我明争暗斗，试图挤对我。他是条蛇，我才不想做那个蠢农夫。说不定焐热了他，他会反咬我一口。"

"你别得意得太早。他要是暗中使绊子，你坐不坐得稳院长的交椅还不一定呢。"

"他要是不配合，我就拿下他。我早摸清他的底细了，他在省里没什么后台，我不怵他。"

"你得掂量一下在医院里你跟张德民谁的根基更深，谁的资格更老，别低估了他的能量。"

"你这提醒倒像及时雨，我会提防着他的。张德民是个典型的书生，不懂权谋，他玩不过我的。秦声向来对我没好感，特别是这些天他为了张德民的上位脚不点地地投机钻营，拼命打压我！我上任后，得给秦声一点颜色瞧瞧。这些年来，他非但没给我好果子吃，相反处处挤对我。我上台后，首先对医院的财务来个审计，说不定会扒出一点猫腻，我一定得给秦声来个敲山震虎，让他见识一下我的手段，如果审计时发现一些问题，他可别怪我翻脸不认人了。"

"一个日薄西山的老家伙，对你一点威胁都没有，你吃饱了撑的，动他干啥？更何况他在你们医院还有一点声誉，你不能扩大打击面。"

李岳沉吟片刻，不得不承认她说得对。他抬起头，带着崇拜的目光仰视着她，说："你讲得真有道理。我们眼前最大的敌人确实还是张德民，得集中火力打烂他。"

她颔首赞许。

"至于梁英明、罗芬、蔡世祥、罗干他们根本不在话下。可恨的是金振——"

"就是那个办公室主任吗？"

"对。"

"他碍你什么啦？"

"这家伙以为秦声下台后，张德声肯定会接任，整天唯张的马首是瞻，连正眼都不瞧我，将我当病猫了。听说，要是张德民真当上院长，就有可能提拔金振当行政副院长，取代我。这暴发户乳臭未干，竟做起黄粱美梦来了。"

"他太可恨啦！"

"我上任后，非拿下金振不可，他是个赫鲁晓夫！只要拿下他，就能一平我心头之恨，同时借机剪除张德民的爪牙。这就是三十六计中的釜底抽薪之计。"

"下一步你如何解决张德民？"

"秦声一下台，即使他跟张德民联手，也掀不了什么大浪了。这些年，张德民发展的党羽不多，院部层面，管护理的罗芬跟他走得有点近，但她个性软弱，平时比较识时务，不会跟张德民联手跟我斗的；职能科室层面，金振是张德民的死党，这也是我第一个要解决的刺儿头，他一被剪除，张德民该捶胸顿足了；医务处处长赵进原是秦声的党羽，他有向张德民投靠的迹象，不过，如果我上台，他就会向我示好的，他就是典型的墙头草，对他没啥好提防的；护理部主任林菊仙平时倒很巴结张德民，不过，这女人谁都不想得罪，估计不会给我冷面孔看的。肿瘤外科的岳波这死鬼原是张德民的死党，他俩联手倒不可小觑，幸好他见阎王了。临床科有几个科主任以后我倒要好好利用一下，他们是铁杆倒张派，用得好，不用我出面，只要我暗示一下他们就能摆平张德民，叫他求生不得，求死不能。"

她撇了撇嘴，说："你别整天跟这个斗，跟那个斗，人过留名，雁过留声，关键是你得鼓捣出一些业绩出来，要不人家会骂你是个饭桶院长。"

"这倒是。"

"好了,夜深了,别再议论医院的事了,睡吧。"

他瞥了一眼腕上的手表,自责地说:"今晚应该跟你出去赏月的,可惜了。"

"只要你待我好,我才不在乎赏不赏月的。"

一熄灯,徐玲花将手放在李岳的胸脯上,他转过身,借着微暗的亮光瞥了她一眼,只见她双眼圆睁,眼里汪着一潭碧水。她看见他望着她,微微挪着身子,靠近他。李岳明白,晚上该交作业了,可自己激情已燃尽,心里不禁涌上一阵愧疚。她将手放在他的大腿根部,有点明火执仗的意思,李岳装作不识她发出的暗号,准备跟她聊会天蒙混过关。他绞尽脑汁想了一会儿,终于挤出一句话:"都说女人逛商场的感觉赛过做爱,改天陪你逛商场去。"

她以为他在挑逗她,迎合道:"那晚上你带我逛回商场嘛。"

他假装不明就里,懵懵懂懂地答:"夜这么深,商场早打烊了,你还有兴趣?"

她在他的大腿上狠狠拧了一把,怨怼地说:"我就晓得你对我没兴趣,今天上过哪个野女人的床了?李岳,像你这号人,怎么能当上院长,我都瞧不上,白糟蹋了老爸的一片苦心。"

"哎,旁边躺着这样一个对自己不信任的老婆,还有什么性趣,小弟不中风才怪。"他顺坡滑下。

她马上安慰道:"好好好,算我不是。"

他在黑暗中看着老婆那张熟悉的脸,发现她的脸上荡漾着一层层春波,倏忽一阵激动,马上扑在她的身上。

她笑骂道:"都快奔六了,还像个愣头青。"

他不说一句话,马上脱下短裤,而她早已光着身子了。一阵雷阵雨后,他溜了下来,暗忖道:"总算应付过去了,要不,晚上要出洋相了。"

她嘟囔着说:"就放个屁的时间,弄得我半饥半饱。"

"今天碰到这么大喜的日子,心劲儿早耗尽了,临阵磨枪,不快也光啊。年纪一大把,别要求太高了,好好保养一下你的男人吧。"

她白了他一眼,狠狠地说:"你以为我索求无度,是个婊子了?我才不稀罕你那不痛不痒的几下,弄得我求生不得,求死不能。"

他觉得有点汗颜，索性闷声不响。

"你现在还跟那狐狸精藕断丝连吧？"她偏哪壶不开提哪壶。

他不耐烦地说："你又来了，到底有完没完啊。"

她有感而发："这方面老爸强多了，不像你长着一副花花肠子。你老妈过世后，老爸鳏居了这么多年，确实不容易，是该给他找个老伴了。再不找，人家会骂你是个不肖之子。"

"问题是老爸笃悠悠的，可能还对我老妈一往情深，不想续弦吧。"

"你怎么不遗传你老爸这好品性，却到处留情，拈花惹草呢？"

他转过身，狠狠白了她一眼："你真是个醋坛子。"

"哎，还是老爸疼我。"

他不假思索地说："老爸暗恋上你了？"

她恼羞成怒地詈骂："李岳，你竟会说出这种禽兽不如的话来，天底下有你这种无良的儿子吗？！"

他也觉得自己玩大了，开始补救："开个玩笑嘛，你就当真了？早知道你开不得玩笑，我何必热脸贴到冷屁股上？"他玩起以攻为守的把戏。

她不明就里，真的以为自己反应过度，忙说："算了吧。不过，老爸真的有很多东西值得你学习。他最向往'文革'那阵子。"

他接腔："'文革'岁月确实是激情燃烧的岁月。我虽出生在'文革'前，可没在轰轰烈烈的'文革'中经过洗礼。'文革'时，我的年龄太小了，只能做个旁观者。要是年龄再大点，我会比老头子还红，什么革委会主任，什么人大主任这顶顶乌纱帽早戴到我的头上了。"

"你混不到老爷子这么大的官，别做美梦了！"

"你别门缝里看人！可惜，现在这世道，不会出现第二次'文革'了。要是再来一次，让我呼风唤雨一回给你看看。要是'文革'真来了，我先将秦声、张德民这些牛鬼蛇神关进牛棚，甚至砍他们的头。你现在瞧他们这副得意样，我恨得牙痒痒的。"

"瞧你的口气，他们都是资产阶级的反动权威喽？"

"对，他们就是资产阶级的反动权威，走白专道路的典型。对这些人，你得先打倒他们，再踩上一只脚，最后将他们扫进历史的垃圾堆。"

"秦声、张德民没碍你什么呀，你何必对他们这般咬牙切齿？"

"我看着他们就不顺眼。"

"你觉得自己在他们面前矮半截吧？人家都院士了,你有什么呢？怪不得酸不拉几的!"

"你这头发长见识短的女人懂得什么?!'文革'嘛,爽就爽在你想打倒谁就可以打倒谁。"

"要是人家将你打倒呢?"

他意味深长地瞟了她一眼:"他们有这么大的能耐吗？我这人,就喜欢轰轰烈烈、狂风暴雨的日子,我喜欢做一个斗士,谁敢惹我,我就将谁碾得粉碎。"

她缄默不语。

"怎么不说了?"

"我说不上来。现在不是有很多人在批判'文革'吗?"

"有时,真理就掌握在少数人手里,这些盲流哪里知道'文革'的妙处。"李岳嗤之以鼻。

她对他的看法云里雾里,一时也搞不清,就撇下"文革",转移话题:"我不想谈那个远在天边的'文革'了,我只想警告你一下,李岳,你当上院长后,不能撇下我,要是你冷落我这个糟糠老婆的话,我定不会饶过你的。"

他笑着安慰道:"你放心,我不会嫌弃你的。"

"你一当上院长,别人给你的诱惑会更多,你别再拈花惹草了。要是你旧病复发,我非剪了你那祸根不可。"

他迎合着发出"哎哟"声。

她忽然想起了一件事,忙问:"那个狐狸精给你们医院惹祸后,现在躲到哪里去了?"

"我不知道啊。"他装作三不知。

"别在我面前装孙子了,谁不知道你的花花肠子？我从你身上嗅得出你到底还有没在勾搭她。"

他一脸无辜地问:"你嗅出来了吗?"

她勃然大怒:"你别嬉皮笑脸,到时看我怎么阉了你!"

他默然不答。

第四十章　绝地反击

秦声喜欢在入睡前或晨醒后思考,尤其是双休日。周六早晨,他醒了,刚睁开双眼,刺目的光线透过窗户直射向他的眼底,忙条件反射般闭上眼帘。爱人早已下床了。他躺在床上,伸了个懒腰,抖落身上残存的疲劳碎片。他习惯早起,只是在双休日才恋床。年龄大了,他睡眠的时间日见减少,可白天精力倒还比较充沛。再过几天,他就要卸任,组织部已内定李岳担任院长,他心急如焚。这一任院长他干了五年,虽然到了退休年龄,他如提出再干一任,估计省里头头们会同意。邻省有位头顶着院士光环的院长就是活生生的例子。据说,当时邻省头头们考虑到那院长已到退休的年龄准备免掉他的院长职务,可他却要求再干一任,鉴于他巨大的影响力,头头们只得屈从,网开一面。既然有这样的鲜活例子,秦声完全可以照方抓药。院长干的活虽挺累,压力也挺大,可秦声不惧压力,更何况他觉得自己壮志未酬,自然不想带着遗憾离开。他不免浮想联翩:"嗯,就这样离开了,我心有不甘啊。就拿我的本行——肿瘤外科来说吧,我对这爿自留地倾注了很多的心血,可到头来却青黄不接;更要命的是我的有些做法已成了科室下一步发展的桎梏,遗憾之处不胜枚举。没保护好岳波,让他盛年早逝是我的第一桩罪状。虽然岳波的死是李岳那阴险的家伙下的黑手,可我也脱不了干系。做梦都想不到这么一个整天鲜蹦活跳的家伙现在竟跟自己阴阳两隔,唉,人生真无常啊。我原以为肿瘤外科人才济济,可现在,岳波一走,肿瘤外科竟人才凋零,反差怎么这么大呢?这次张德民如能当上院长,肿瘤外科还可以重铸辉煌,可现在,张德民已经出局,风光一时的肿瘤外科就要坠落了。当初真不该放走李建进啊。现在,肿瘤外科群龙无首,好端端的一个百年名科就要毁在秦某人的手里,我真是千古罪人啊。李建进在济仁医院干得风生水起,我能不能请回他呢?当初,让他如此不大光彩地走了,他会回来吗?我这想法是否太天真了?要是请不回他,只有让林建民滥竽充数了,可他怎么看都不是栋梁之材啊。秦声啊,秦声,肿瘤外科怎么沦落为破落户呢?难道真是三十年河东三十年河西?我一直以肿瘤外科的保护神自居,想不到竟成了掘墓人了!我原以为德民一定会接过我的班,做梦都想不到会出现眼前的困境,造化弄人啊!哎,这辈子我谁都不欠,就欠德民一份情。如果当初我不是凭借院长的影响力,院士早就是张德民的囊中之物啦!看得出来,德民想当院长,以证明自己的价值,我不能再恋栈,到了让贤的时候了,趁德民离退休还有几年时间,好好让他放手一搏吧!"可人算不如天算,现在的情势是李岳捷足先登,真是始料未及啊。看来,眼下轮到他出面斡旋了,反正他现在没什么好失去的,必须竭尽全力扶德民上位,完成这件几乎不可能完成的任务。就算最后不成功,他也要挣扎一番。为了德民,为了自己,为了科室,也为了整个医院,他就算拼上自己这条老命,也在所不辞。"李岳这家伙竟会玩这类令人不齿的招数,真是匪夷所思,如果这号人当上院长,医院非被整垮不可。省里领导紧盯着德民所谓的'污点'不放,明摆着就为李岳这恶魔上位扫清障碍。我们这医院,谁当院长都比这恶魔要好!可拉下他谈何容易!要是那个惹祸的医药代表能站出来揭发就好了,可问题是她跟李岳狼狈为奸,不会将他送上审判台的。不过,以前听岳波说过她弄出'药扣门'后颇有悔意,不知道她是否真的良心发现了?!看来,只好死马当活马医,找她碰碰运气吧。"想到此,秦声躺不住了,一骨碌爬了起来。吃完饭,他焦急地给张德民拨了个电话,约他到办公室有事相商。

一个小时后,秦声来到办公室,张德民十多分钟后也到了。秦声招呼他坐下,焦急地问:"你有那个医药代表的电话号码吗?"

"哪个医药代表？"

"就是弄出'药扣门'的那个女的。"

"林婉音？你要她的电话号码干啥？"

"德民，我们决不能任人宰割，必须绝地反击！"

"你要她检举揭发李岳？这不可能。我也想过这点子，后来否定了，那女的不是我们这条道上的人。"

"岳波生前不是说过她弄出'药扣门'后肠子都悔青了吗？"

"听说过，可惜岳波不在了。"

"要是她良心未泯，我们晓之以理，她会迷途知返的。你将她的电话号码给我，我跟她联系一下。"

"老秦，我觉得我们没必要冒这个风险。要是那女的将这事捅给李岳，我们吃不了兜着走。"

"我们已无退路。"

"我没有她的电话号码。当时笔录都是罗干找她做的，估计他有。"不一会儿，张德民跟罗干联系上了，要来了林婉音的电话号码。

秦声盘算好了整套方案后，遂拨通了林婉音的电话，跟她相约在离医院较远的九里香茶楼见面。挂了电话后，他倒紧张起来，生怕熟人撞见他跟一个年轻女子约会，弄得满城风雨；可他顾不了那么多，目前的局面已危如累卵，哪怕毁了清誉，他也要豁出去"单刀赴会"。

一小时后，当秦声来到九里香茶楼时，林婉音已等候多时了。他来到订好的包间，略寒暄几句，就坐了下来。她怯生生地看着他，目光游移不定，实在不敢正眼看他，因为眼前这位就是高山仰止的泰斗。秦声斟酌着如何开口。服务生进来，打破了眼前这尴尬的场面。他俩各自点了自己喜欢的茶饮。不一会儿，服务生将茶饮放到他俩的面前，悄无声息地退了出去。林婉音先打破了沉默："秦院，我最对不起的就是岳主任，这辈子我怎么弥补都无法赎回自己的罪过了。"她一说完，两眼就噙着泪，泪光晶莹，惹人怜爱。

"我相信你真诚的歉意。这次我来找你有一事相求，你能否拉我们医院一把？"秦声第一次面对这么一个特殊、复杂并且跟他们颇有渊源的年轻女子，心里像打翻了五味瓶。凭直觉，她不是个刁钻奸猾之徒。

"不要说拉一把，就是搭上我这条命也愿意。秦院，只要您一声使唤，我什么都愿意去做,我绝不是个浅薄、猥琐、邪恶的小人,只是被那个卑鄙无耻的下流坏给蛊惑了,现在后悔莫及。我害死了岳主任。"说完,她"嘤嘤"地哭出声来。

"岳波怎么会是你害死的呢?"见过大场面的秦声在这个小女子面前失去以往的沉稳、大气,慌乱地说。

"岳主任就是我逼死的。以前,我跟他接触不算少,可对他不很了解。自从出了那个丑闻以后,他对我没横加指责,反而非常宽容,他是个难得的好人。我这辈子欠您的医院,更欠他一份孽债。他就是索去我这条命我都不吭一声。"

"林姑娘,我不想往你的伤口上撒盐了,看得出来,你本质不坏。"他停顿了一下,吃不准她现在跟李岳关系的深浅,于是就投石问路,"听说现在你不做医药代表了?"

"医院是我的伤心地,我不好意思再去你们医院丢人现眼了,真无脸见人啊。我毁了岳主任,毁了您的医院,毁了张德民副院长,最后也毁了自己。"

他下意识地加重语气:"其他都无法挽回了,但有一件还是可以挽回的。只要你能主持公道,揭露某些丑行,德民或许能咸鱼翻身。要不是那个'药扣门',德民早可以名正言顺地接我的班了。"秦声实话实说,顾不了那么多了。

"听说李岳要当院长了,这是真的吗?"她索性揭开盖子,不想再藏着掖着了。

他盘算着该不该将真相捅给她,如果透露就违反了组织原则,但如果不透露,今天约她也失去了意义,思前想后,就含蓄地反问道:"你怎么知道的?"

"他亲口告诉我的。要是他当院长,医院不就毁了吗?跟这种人渣苟合、鬼混,我肠子都悔青了!可惜醒悟得太晚了!"她义愤填膺,顾不得在他面前扮斯文了。

他基本摸清了她的心理,马上鼓励道:"现在你醒悟还不算太晚。"

"您需要我做些什么呢?"

"你如此关心我们医院,我非常感动。至于你弄出个'药扣门',我们不怨恨你,因为今天不暴露,明天也会暴露的,躲得了初一,躲不过十五。"

"您原谅了我,可我没法原谅自己。我是个既浅薄、头脑又简单,更是个爱虚荣的蠢女人。现在,我成了李岳上位的垫脚石。我恨他恨得牙痒痒的,真想抡一把刀捅了他!"说完,她抿紧了嘴,似乎在暗暗下着决心。

他觉得向她摊底的时候来到了,于是不失时机说出一番肺腑之言:"林姑娘,看得出你很后悔当初的冲动,我这次来找你就是要你揭露李岳的丑恶嘴脸,我走的是步险棋,可我没其他的路可走了,只好铤而走险。"

"我就向您掏心掏肺说吧,我准备向有关部门举报李岳,这个衣冠禽兽一直在玩弄我。我已经收集好了证据,要采取行动了。"

"这些证据确凿吗?"他将信将疑。

"我在您面前不怕现丑,这混蛋已钻进我设定的圈套里,逃不了了。"

"要是你能揭发李岳,就等于为我们医院立了一功,可我不好勉强你这么做,因为这么做你的代价太大,你一定要三思而行。"

"我花了几天时间揣摩过,想通了,我这么做只是向自己的良心做一个交代,祭奠天堂里的岳主任。我知道这么做以后日子将会很艰难,李岳会变着法子折磨我,可我已一无所有,没有什么好失去的。"

"以后我会竭尽全力扶你。可你要是告不倒李岳,他会反咬一口。"

"他咬不了我的,因为我收集的是真实的证据。我不相信政府会惩罚我这么一个揭露真相的人。"

"真的佩服你。"

"我很纳闷,李岳这号人乌纱帽怎么会越戴越大,难道那些头头们都成了睁眼瞎了?就算他们不了解李岳弄出'药扣门',可看他平时的丑行就足够了,这个人的人品在哪儿?他做事没有底线,什么诡计都能脸不红、心不跳地使出来。秦院,跟您说句掏心窝子的话,我当初哪里想得到会出现眼下这个烂摊子!我原以为李岳弄个'药扣门'出来无非要教训张院长和岳主任一下,根本没有识破他想置他俩于死地!我被他当枪使了!"

"要是李岳上台,那真是我们医院的灾难,他会将我们医院搅得比猪圈还臭。"

她自嘲地说:"我马上就要成为正义的化身了,真是冰火两重天啊。不过,我这么做也是在自我救赎啊。"

告别林婉音后，秦声回到了办公室。双休日，他几乎都在医院中度过。他不像其他的领导，天上飞，地下爬，而是耐得住寂寞，老老实实扑在工作上。这五年来，他在管理医院方面虽取得了众人瞩目的业绩，可也留下了终生难忘的遗憾。他坐在椅子上，忙里偷闲，开始回顾这五年的历程：肿瘤外科、肝胆外科被评上国家重点学科，自己如愿当选中国工程院院士，医院终于摘掉千年老二的帽子，成为全省名副其实的龙头老大，这些业绩，不管放在哪一家医院，都足够亮丽。可眼下秦声却怎么也高兴不起来，岳波壮志未酬，含冤辞世，这对肿瘤外科的打击是致命的。在放走李建进时，怎么也想不到自己心爱的肿瘤外科会沦落到现在这种青黄不接的地步。不过，假以时日，刘国栋应该会脱颖而出，他现在已经声名鹊起，被全院人喻为小秦声了。这些年，秦声在他的身上精雕细刻，花了很多心血，他破茧化蝶的日子为期不远了！现在，蜀中无大将，只好让林建民充一回廖化，问题是他很难驾驭得了肿瘤外科这艘航母。不可否认，大林手中确实有两把刷子，只是总捅不破那层纸，无法跨入顶尖名医的行列；并且，他已过了知天命之年，可塑性不大，很难有提升的空间，更关键的是他的科研能力奇弱，迄今拿不出像样的科研项目，前阵子好不容易借着体制的优势顺手牵羊捞走了洞宾的点子才滥竽充数申报到一个部级课题，甭提科研成果获奖了。现在，林建民虽还是个副主任，没有扶正，不过已经主持工作了。眼下最怕他压制刘国栋这拨中青年才俊，如果这样，那全国知名的肿瘤外科就会出现断崖式的崩塌。前些日子，他跟张德民商量，特地任命刘国栋为副主任，给他提供更高的平台。林建民主持工作以来，没有强悍、霸道地打压刘国栋，秦声的心里一块石头总算落了地。说真的，虽然林建民已处在管理一线，可秦声早想将振兴肿瘤外科的接力棒交到刘国栋的手里了。他本想倚仗院士的威望再干一任，以弥补自己这五年的缺憾，可最后他还是刹车了。秦声觉得自己该退下来让张德民去大干一番了。他就是踩着张德民的身体爬上院士的宝座的，接下来该做一回这个欢喜冤家的垫脚石了。他巴望德民能当选院士，要想当上院士，势必要借院长所拥有的人脉和资源助推，他毅然决然让出平台就是为了还掉自己欠德民的一笔人情债。想到此，他自嘲起来，这辈子自认为能当上院士就算功成名就，而忽略了真正的大责任、大义务。跟张德民比较，虽然自己的科研能力也不弱，可他只能算是个临床型的专家，他赖以当上院士的资本就是超强的临床能力，尤其自己在肝癌治疗方面独创性的建树，所获的几个奖项全跟临床有关，那时肝癌肝移植的秦氏标准还没呱呱坠地呢。而张德民业务技术很棒，科研能力更强，他在端粒酶抑制剂治疗癌症研究方面已经取得了世界瞩目的科研成果。从事癌症研究的学者都知道端粒酶与癌症之间有着非常密切的联系，癌细胞就是细胞不衰老、不凋谢，无休止繁殖造成的，细胞的永生化产生了癌细胞。从这角度而言，衰老是必须的，永生却是致命的。秦声忽然发现，癌症的发生、发展并不仅有着生物学方面的意义，似乎还蕴藏着社会学方面的意义。生物的发生、发展跟宇宙的发生、发展如出一辙。要是自己将来有时间，一定要搜集资料，写出一部有关生物与社会关系的大部头著作来——不——他觉得自己更应该写出一部有关癌症与社会的著作，社会不也存在癌症吗?! 人体里的癌症是怎样形成的，社会上的癌症也是怎样形成的，机理异曲同工。肉体会得癌，灵魂不也会得癌吗? 李岳的癫狂表现不是昭示着他的灵魂得了癌?! 假如将来有一天，肉体的癌能够得到根治，那灵魂的癌、社会的癌的根治也为期不远了，因为这些癌虽然所处的部位不同，可机理却大同小异。秦声想到此，豁然开朗，觉得自己的视点已从肉体的癌症转到灵魂的癌症、社会的癌症层面上，似乎洞见大自然的奥秘。回望肿瘤的治疗史，他觉得现在对癌的处理，都是头疼医头，脚疼医脚，只有找到癌症的基因调控机制，并采取最有效的手段从基因层面进行干预，那才是终极的疗法。他相信癌症根治的曙光即将放射出绚丽的霞光。等到攻克了癌症，下一个顽疾又开始肆虐人类，医生恰恰在攻克一个个顽疾中实现自己的价值。那么，医生真正的使命到底是什么? 医学到底为了啥? 自己做了三十多年的医生，忝列院士，真的搞懂了这些问题了吗? 现在我们这些医生在临床实践中是否已偏离了医学最基本也是最本质的宗旨? 秦声隐隐觉得现在的医学已失去了最初纯粹的本真，行医已成为医护人员谋生的手段，病人居然也成为了医护人员们的衣食父母。真的，我们的医学已变味，已变得不那么纯粹了。那么，最纯粹的医学到底是什么呢? 秦声觉得什么仁心仁术、悬壶济世似乎都没有点到纯粹医学的穴位，虽然这些说法已经无限接近医学的本质。当年，自己为了建立肝移植的秦氏标准，特地在病人身上试验，这些试验有违医学的本质吗? 这些都是纯粹的手段吗? 如果不是，那如何做才反映医学的本质呢? 他觉得自己当初选择肝移植时有扩大化之嫌,这更多出于收集资料的考虑。毋庸讳言,他当初的选择是迫不及待建立所谓的标准,而不是病人的转归。事后看来,有不少的癌症患者选择肝移植是不妥当的,可是,如果不这样,又如何去构筑所谓的秦氏标准呢? 这不是一个悖论,一个怪圈? 不可否认,在构筑秦氏标准过程中,有些癌症患者受到了不公正的对待,可后来根据秦氏标准施治的癌症患者却得到了正确的治疗,这何尝不是一件好事? 沾着血迹的秦氏标准成为了"医学圣经"中的一条戒律,可这条戒律上面却沾染着淋漓的鲜血。想着想着,他感到很疲惫,就扑在办公桌上睡着了。他又梦见了岳波——他俩曾多次在梦中相见——站在阴暗的洞口怔怔地盯着他看。他犯迷糊了,岳波不是去世了吗,怎么两人会在这里碰面? 他走上前,问:"你是岳波吗?"

岳波撇了撇嘴,冷淡地反问:"怎么不是? 我俩以前不是常见面吗?"

他充满歉疚地说:"我没保护好你。"

"你要保护我什么呢? 我现在不是活得好好的吗?"

"你真的还活着?"

"你说呢?"

"那你现在在哪儿工作?"

岳波坚定地答:"我在阴间。你在阳间。"

"阴间、阳间不是阴阳两隔吗?"

岳波翻了翻白眼,嘟囔着说:"阴间、阳间无非是一条河阻隔而已。"

岳波原先在他面前毕恭毕敬,眼下怎么这副玩世不恭的样子? 这令他百思不解。他抬起头,凝望着岳波,发现这位曾经的下属脸色黧黑,眼袋下垂,睡眼惺忪,忙赔着小心问:"你现在都在做些什么?"

"我是医生。"

"阴间也有医生?"

"阴间怎么没有医生? 不管是人是鬼,都会得病,都需要医生。"

他来了精神,问:"阴间不是充满着一群没有灵魂的行尸走肉吗?"

"他们也有灵魂,只是他们的灵魂跟阳间凡人不同,我现在已经掌握的技术跟阳间不同,我远比你们高明。"

"你也做手术吗?"

"我现在还是个肿瘤外科医生,怎么不做手术?"

"阴间那些小鬼也会得癌吗?"

"怎么不会得癌? 不管阴间、阳间,都有癌的存在。癌无处不在! 我们最高的使命就是跟癌做斗争,斗垮它! 我们不管是什么身份,都应该雄起,跟形形色色的癌做斗争!"岳波说得掷地有声。

"对这些得了癌症的病鬼,你也给他们动手术?"

"当然喽。不过,我们这里的条件比阳间医院的条件差得太多了,这里设备简陋,更没有昂贵的药物。我们这儿的医生没有多少花花肠子,疾病该怎么治就怎么治,不会过度治疗。"

"你们也能诊断出癌症?"

"怎么不能? 你以为我是仅凭肉眼诊断癌症吗? 你想错了,我们这儿也有病理检查,有 B 超、CT、MRI,对医生的要求比阳间高多了;当然,我们这儿对医生也是很尊重的,医生就是真正的白衣天使。"

"我们以前也是这样走过来的,年轻时形成的那套诊断思维现在已经深深地刻在脑海了。"

"我们对疾病的诊治也有一套指南,我们这些医生严格按指南去做,不像阳间要考虑药扣、提成。秦院,谢谢你来看望我。"

"大岳,我没保护好你,真对不起。"

"秦院,我是自作自受。在阳间,我虽是个白衣天使,可这双手有点肮脏,面对病人,我的心地不够纯洁,常常夹杂太多的杂念、功利。阳间为何会这样?"

"大岳,那你们阴间有什么好办法?"

岳波严肃地说:"人是靠制度来约束的,制度就是你们阳间人所说的笼子。你们缺少的就是壮士断腕的勇气,专搞什么运动,一会儿热,一会儿冷,像发疟疾似的。对的,就必须持之以恒,真正做到像你们说的,警钟长鸣,有令必行,令行禁止。"

"我认同你的说法。相信以后医院会成为真正悬壶济世的杏林吧!"

岳波目光扫视着四周,故作神秘状,附耳低语:"秦院,你应该拉德民一把,他就指望你了。你俩以前关系总是磕磕碰碰,可近来融洽多了,他现在正陷入泥沼中不能自拔。"

"你听到什么消息了?"秦声悚然。

"我感觉得到。德民是个好人,他是我见到过的最接近医学本质的好医生,拥有古朴的杏林之风。"他停顿了一下,充满歉疚地瞥了秦声一眼,继续说,"当然,你也是。你俩都是大医、神医。"

秦声发自内心地说:"你也算一个。"

岳波将头摇得像拨浪鼓,忙不迭地说:"我身上有污点,受之有愧。我现在对很多事情都看透了,可当初为何这样麻木不仁? 看来,肯定在某些方面出了问题。"

"我就是拼了这把老命也要帮德民,我无所畏惧,没有什么好失去了。"

"秦院,你是我见过的最好的院长,无人能比,包括德民。但放眼全院,也只有德民能接你的班。假以时日,他会干得风生水起的。"

秦声心事重重,欲言又止。

岳波问:"秦院,你有什么话要嘱咐我吗?"他的态度前倨后恭。

秦声只好敞开心扉:"现在局面已很危急,李岳快要上位了。"

"大千世界,无奇不有。秦院,你们怎么不戳穿他那下三烂的手段。我当初调查过林婉音,她说得一清二楚! 我不是将整个事情经过都向你做了汇报了?"

"刚才我找过她,她确实醒悟过来了,愿意配合我们扳倒李岳。一定得剥下这人渣的画皮,叫他无所遁形。"

"她跟我讲得明明白白,这妞心地不坏。"

"我已做好了最坏的打算,要是她将来因这事真的不行了,我出手挺她。我们不能忘恩负义,连女人都不如。看得出来,她对你的评价挺高。"

"你终于替我出了口恶气。我现在不图名,不图利,更不用为了院士的虚衔蝇营狗苟。"

秦声羞赧地低下了头,更何况,当初为了能评上院士,曾跟德民血拼过。

岳波似乎意识到了什么,忙辩解道:"秦院,我没数落你,成果放在那,你就该被评上院士。"结果他越描越黑,这话秦声听起来比吃了死苍蝇还难受。

"别这样说,我这个伪院士不过是个纸糊的灯笼,一捅就破。我连你都保护不了!"

岳波笑眯眯地说:"你别为我担心,我嘛,肉体虽死,可灵魂仍活着,我滋润着呢。阴间不是一团糟,这里同样有规则,有正义。"

"那阴间比阳间好得多了?"

"这话不能这么说。"

突然,从洞里传出一阵裂帛般的声音:"岳大夫,岳大夫,快来救命啊。"

秦声惊醒了,岳波倏忽不见,可他俩的对话却声犹在耳。他两眼紧盯着前方墙壁上悬挂着的那幅名家墨宝:岁寒然后知松柏之后凋也,脑子里一帧帧回放着过去曾跟岳波朝夕相处的那些岁月。他觉得闷得慌,想找个人聊聊,忙取出手机,给张德民通话。

不一会儿,张德民进来了,秦声招呼他坐下,他默默地坐在秦声的对面,问:"上午跟林婉音谈得怎么样了?"

"还不错。她决定举报李岳,已经准备好证据了。"

"我们是不是在以恶制恶,以毒攻毒呢?"

"不能这么想,我们只是在剥下李岳的画皮。如果我们不扳倒他,灾难就降临了。"

"可我们只不过是抱着私心充当着伪正义的化身。如果我们不抱个人的目的,只为了医院的前途,会不会揭发他呢?"秦声一时语塞,张德民继续说,"如果别人一旦知道我们在怂恿林婉音举报李岳,会不会引起他们侧目呢?"

"说实话,可能会引起一部分人的非议,但多数人还是会理解的。就算这件事别人知道了,也只是我秦声看不惯李岳,愤而反击的。"

"他们肯定会怀疑幕后另一个指使者就是我。不过,说真的,李岳这么卑鄙无耻,怎样对待他都不过分。"

"必须要铲除他!"

"我隐隐觉得,不管我们如何折腾,都无法阻止李岳上位,我们不过是螳臂当车。大凡领导决定了的,就无法更改了。还有,我们这样做,肯定有部分人认为我是官迷,我真丢不起这张老脸。"

"你别再瞻前顾后了。"

"谢谢你这么力挺我,但我觉得院长的岗位不适合我,因为我没你这么大气,也没有统筹全局的能力。"

"你怎么一下子尿了? 千万不能泄气!"

"我身上的缺点太多，难堪大任。"

秦声明白眼下是张德民最脆弱的时期，必须给他打气："德民，你可能没意识到自己的能力，我倒洞若观火，你肯定行，别打退堂鼓了，你不能辜负大家对你的殷切期望啊。"

"这些天，我想通了，觉得自己还是搞业务比较合适。"

"才过了一眨眼工夫，你怎么变得面目全非了？"

张德民期期艾艾，欲言又止。

"你一定得振作起来。"秦声提高了声调。

"我觉得自己不是李岳的对手。"

"我会默默站在你的身后挺你！"

"李岳很有能量，他背后那个圈子更是深不可测，我跟他玩还不是堂吉诃德挑战风车？！"

张德民的退缩令秦声非常堵心，可他又不便发作，只好循循善诱："别长他人威风，灭自己志气。只要你敢登高一呼，医院里肯定有一批人会跟着你！"

张德民无奈地摇摇头。

"你的面前没有第二条路了。"

张德民脸上露出意味深长的微笑："我不想做懦夫，可也做不成勇士。这条路被封死了。"

"没有路，我们就蹚出一条血路出来。"

"老秦，你这么挺我，我不该再打退堂鼓，只好硬着头皮朝前拱了。"

"这才是好样的。我想，只要我俩形成合力，肯定还有咸鱼翻身的机会。"

"问题是就算扳倒李岳，我还是上不了。不过，我想通了，要是我们能扳倒李岳这阴谋家，谁上都比他好。要是他上了，那我们医院非让他搅得乌烟瘴气不可。凡是对医院有利的，我们都有必要去搏一搏，不能再顾及自己的清誉了。"

"你说得对极了。"秦声颔首赞许。

"要是扳倒了李岳，我看不出合适的人选，你还是再干一任吧，凭你的声望，组织部不会不答应的，我继续辅佐你。"

"我不能再干了,让年轻人上吧,不能挡了他们的路。我准备静下心来好好搞几年临床,总不能当一辈子的水货院士吧?!这些年,我总觉得自己业绩不够亮丽,使院士帽蒙了尘。"

"看来,我们都是悬壶济世的命。"

"这些年来,你有没觉得我们行事有些偏离了医学的宗旨,不少时候我们考虑问题过于看重自己的学术,从患者角度想得少了些?"

"你这么一提醒,我也觉得是有这种苗头。我们忘了医学的本质了。"

"我们的岗位在病房,而不是在象牙塔里。卸任后,我应该将更多的时间花在病人身上。时间对我来说真是太宝贵了,我要只争朝夕。近日,我们得找刘国栋这拨年轻人交交心了,他们是肿瘤外科的未来哦。"

第四十一章　指点迷津

　　院办主任金振通知应洞宾,要他去一趟秦声院长的办公室。他丈二和尚摸不着头脑,不知道秦院找他有啥事,总不会唤他去训话吧？他战战兢兢地来到秦院的办公室,站在门口半晌不敢进去。碰巧,张德民副院长过来了,看到他后,讶异地问:"洞宾,有事找秦院？"

　　他赔着小心答:"秦院要我来的。"

　　"哦。"说完,张德民叩开了秦院办公室的门,走了进去。几分钟后,张德民走出门外,示意洞宾进去,他怯生生地走进门,秦声向他点点头,示意他坐下。他一坐下,秦声和蔼地说:"我今天想找你谈谈心。你进院有几年了,而我却第一次找你谈心,关心不够啊。"秦声对下属比较客气、随和,可在全院职工的眼里,他不怒而威,有着崇高的威望。

　　应洞宾镇定下来,答:"谢谢秦院关心。"

　　"这些年来,你干得不错。这次,全省大比武你拿了第一名,为我们医院争了光,真不简单啊。"两个月前,洞宾参加了全省青年医生大比武,一鸣惊人。

　　"我努力得还不够。秦院,我一直渴望得到您的指点。"前不久,张德民曾跟他深谈过,可他觉得意犹未尽。

秦声笑吟吟地说:"我搞了近四十年的临床,经验算得上比较丰富,眼下就倚老卖老点拨你一下吧。"

应洞宾准备报考在职博士,在选择导师时,他在秦声院长与张德民副院长之间一时难以取舍。按理说,秦声是院长,目前位高权重,洞宾应该无条件选择他,可是秦院长快要从院长宝座上退下来,目前无非是"夕阳红";而张德民副院长正旭日东升,无疑是下届院长强有力的人选,权衡再三,他觉得报考张德民的博士生比较靠谱。应洞宾将小算盘拨得够精的,外人定会指责他是个机会主义者,可在他自己看来,这样的选择天经地义。不过,在心底里,应洞宾还是比较喜欢秦声院长,因为他更有人情味、风趣、幽默,而张德民副院长过于严苛、死板、不苟言笑。当然,张副院长也有非常显著的优点,有些优点几乎不可复制。应洞宾思维游移了一下后,马上重新集中注意力,字斟句酌:"秦院,我进入医院后,觉得比较迷茫,也不知道今后如何努力;还有,医院里发生的形形色色的东西跟我的想象不相符合,我常常感到非常困惑。"

"你现在的感受我当初也有过。没关系,会慢慢适应的。可不管环境怎样,你都应该充满活力。"

"我会的。"

"要想成功,你必须制定明晰的目标,目标就是灯塔。一个人没有目标,将一事无成。"

"这些天,我一直在定位自己的目标,比如,在学科方面,我想给自己定个努力方向。"

"这是应该的,但你必须要定个切实可行的目标,切忌浮躁、妄动。干什么事都要脚踏实地。"

应洞宾心头一凛,暗忖道:"老大是否在含蓄批评我好高骛远呢?这顶帽子一旦被戴上,我说不定会被打入'冷宫'呢!"他抬头瞥了秦声一眼,嗫嚅着嘴,说:"秦院,您认为我没有脚踏实地吗?"

"没有。你是块可造之才,悟性高,动手能力也很强,只要多加雕琢,前途无量。但你要注意,成大事业者,必须耐得住寂寞。认定目标,就必须做到衣带渐宽终不悔。"

应洞宾受宠若惊,忙不迭地说:"我一定会努力的,不辜负您的殷切期望。"他觉得秦声身上有着与自己相通的东西,但他一时搞不清到底是什么:相似的气质,还是其他什么?

"我早就想跟你说出藏在自己心底的话,可生怕你担待不起。"

应洞宾忙挺直腰杆,好像要接受重大任务似的。

秦声沉吟片刻,掷地有声:"洞宾,你就是我们肿瘤外科未来的领军人物。"

应洞宾只觉得头脑"嗡"的一声,短暂失忆了。一会儿后,他惭愧地说:"秦院,您将我拔得太高了,我担当不起将肿瘤科发扬光大的重任。不过,承蒙您错爱,我会竭尽全力的。"

"不,我考察过了,你具备干大事业所需的才能。我们在你这年龄,还不得其门而入,而你却已登堂入室,干得风生水起了。你的起点远比我们高。现今这花花世界,诱惑太多,一个人如果没有定力,纵有经天纬地的本事也难取得很高的成就。"

"对。"

"一个人必须要有傲骨,但不可有傲气。你懂我的意思吗?"

"我懂。"

"还有在业务发展方面你必须给自己设定一条路径,肿瘤科有很多分支,你应该掌握自己的发展方向;不过,我不主张你现在往精、专方向发展,你现在应该夯实基础,练好基本功。基础就是你下一步腾飞的平台。基础不夯实,以后很难高飞的。"

"我明白这道理,现在正在狠练基本功。秦院,我最想研究基因调控与癌症之间的关系。"

秦声下意识发出"啊"的一声,郑重地说:"这是个大课题,有可能你穷尽一生也出不了成果。不过,张德民院长在这方面的研究已取得世界级的成果了,以后,你多向他请教啊。"

"我会的。说实话,我认为目前治疗癌症的手术切除疗法不过是治表的办法。要想根治癌症,就得从源头上解决,而源头就是基因调控。"应洞宾眼下自信多了,也敢于亮出自己的观点。

"我同意你的意见,现在针对癌症搞出的各种手术术式,必定会被未来的医生所遗忘和扬弃,那些发明这些术式的人也注定不会在将来的医学史上留下浓重的一笔;可是,在彻底搞清癌症的基因调控之前,手术切除还是行之有效的。洞宾,我们今天不是在谈心,而是进行学术探讨了。我钦佩你的雄心。就凭这雄心,你将来必定会取得非凡的业绩。"秦声领首赞许。

"您会认为我非常狂妄吧?"

"这不能说是狂妄,这是雄心。我们肿瘤科拥有你这样一个人才,科室有望了,这是我们的福气啊。"对洞宾,秦院长不吝赞美之词。

听了长者这席话,应洞宾觉得心里比喝了蜜还甜。

"一个科室要想可持续发展,必须要薪火相传。将来我们科室这个传火的人就是你了。这些年来,我一直在物色这样一个人。"秦声继续借题发挥。

"您这么青睐我,我诚惶诚恐啊。"

"好好干,我们肿瘤外科的未来是属于你们的。"

应洞宾离开秦院的办公室,回到宿舍后,心情非常舒畅。他喜滋滋地冲了澡,仰面躺在床上,很快进入梦乡。

应洞宾做了个梦,梦见自己在乡间的小路上漫步,踱进了一片郁郁葱葱的杏林。这片杏林在微风吹拂下发出"飕飕"声,就像他小时候听到的童谣,他恍如进入了天真无邪的童年时代。他在一望无际的杏林中徜徉着,心中有说不出的惬意。他抬起头,打量着四周,只见一个苍髯飘飘、面目清癯的长者向他款款走来。他根本想不到在这个地方会碰到这样一个仙风道骨的长者,忙迎上前去,问:"老人家,这是啥地方?"

老者问:"你说呢?"

"这地方似曾相识。"

老者答:"你真眼尖,后生可畏啊。"

"后生可畏? 你知道我从事什么职业?"

"你不就是个医生吗?"

"你怎么知道的?"

老者咧嘴一笑:"医生就是这么一副德行。"

他迷惑地问:"医生的德行是什么呢?"

"你以后会明白的。"

"噢。"

"知道观世音吗？她只是救苦救难的菩萨,可医生却是救命的!"

他不由得问:"老先生,你是谁?"

老者和蔼地答:"我是个郎中。"

"你在哪行医呢?"

"你在现代行医,我则在古代行医。"

"古代行医与现代行医有什么区别呢?"他最关心的就是这了。

老者娓娓道来:"自古以来,行医的宗旨是一样的。"

"长者,你是如何行医,又是如何索取报酬的?"

"小年轻,你问得好。我的报酬就是治好一个人后,那人必须给我在这儿种五株杏树,就这么简单。"

应洞宾瞬间想起杏林的典故来了,眼前这片杏林不就是中国医学史上大名鼎鼎的杏林吗?! 他这才明白自己来到了医学的圣地了! 他抬起头,毕恭毕敬地凝视着眼前这个长者,情不自禁地问:"你就是董奉老神医吧?!"

老者点点头,踱到应洞宾的跟前,拍拍小伙子的肩膀,说:"医者,就为了厚德行医,博施济众。"

应洞宾只觉得"嗵"的一声,灵魂出窍了。

第四十二章　作茧自缚

这阵子,李岳忐忑不安,尤其是他打探到秦声曾经邀约林婉音在茶楼见面后。他明白秦声约她不是为了打情骂俏,因为老家伙不好这一口。看来,老家伙想从她嘴里撬出点料来,他不由得高度警觉起来。他的任前公示马上见报,如果没人举报,他的任命会是板上钉钉。越临近正式任命,李岳就越紧张,生怕谁捅个娄子,让煮熟的鸭子飞了。他现在最害怕"药扣门"的丑闻东窗事发,如果让林婉音背后捅一刀,他就会声誉扫地、蒙羞一生。这鬼丫头不会将自己当时跟他的密谋录音吧?如果录了音,他跳进黄河也洗不清了。不过,他还是抱着侥幸的心理,因为在他的眼里,她不是个工于心计的女巫;就算她录了音,她也不会铤而走险的,她很爱面子,不会往自己头上扣屎盆子的。如果她敢这样做,等于自取其辱。她不是个好走极端的狂徒。想到狂徒,他转而扪心自问:"那么,我是不是狂徒呢?确实,我设的这个局比较阴毒,不过,试想一下,如果我不玩这一招,怎么能将张德民轰下擂台?自古哪个政治家不玩权术?兵不厌诈嘛。纵观历史,开天辟地的太祖们哪个不将权谋玩得滴溜转?傻子夺得了江山吗?现今这社会就崇尚结果,不重过程,人们只记得那些王侯,草寇们早被打入历史的冷宫了。"他渴望做这样一个"王侯",更何况他现在距成功只差几纳米,在这节骨眼上,千万不能出纰漏了。照目前情形,唯一能给他造成麻烦的就只剩下林婉音了,这鬼丫头真令他既爱又恨。幸好,前些天他俩重续鱼水之欢,她被他滋润得心醉神迷。每次跟她做爱都是一种美妙的享受,她真是人间尤物。一想起她,他感觉命根子蠢蠢欲动,心里涌上一阵阵强烈的冲动。要说他当初完全诓骗她,也不能这么说,只是他觉得自己一旦离婚会引起轩然大波,唯有知难而退,更何况老爷子像被灌了迷魂汤似的对黄脸婆赞不绝口,就好像满世界没有一个比她更好的女人。说句心里话,要是不有所顾忌,他早就休了黄脸婆娶这水灵灵的妞儿了。他埋怨她一点都不理解他的苦闷与无奈,只一味逼他,最后还恼羞成怒向他下最后通牒。他原认为她得到他的滋润后,已回心转意,可秦声约见她后,他隐约觉得自己的身旁危机四伏,于是决定向她打探一下。他约她一起吃饭,她回绝了,他问:"你怎么啦?忙得连轴转了?"

"我以后再也不会见你这恶魔了。"

他听到她冷冷的话,心中"咯噔"一下,意识到大事不妙,就硬着头皮问:"你到底怎么啦?怎么一会儿冷,一会儿热?"

"我哪会儿冷,哪会儿又热?"

"前不久那晚你不是很热吗?你那副陶醉的样子我至今回味起来还历历在目。"

"我骂你猪头是奉承你!"

"听说秦声那老匹夫找过你?"李岳气急败坏,恨不得臭骂她一通,可最后还是抑制住了自己内心的怒火。

"他有没找过我关你屁事?!"

他终于被激怒了,马上反唇相讥:"他不会向你买春吧?"

她不想再跟他周旋了,干脆撕破脸皮:"你这个人面兽心的家伙快要完蛋了。我已经向纪委举报了你,你休想看到任命你的红头文件了。"

"你举报我什么了?鬼丫头,你难道连自己的名誉也不要了?你后半生想做个令人唾弃的活死人?"

"你作恶多端,报应到了。我的名誉早让你给毁了,我举报你只是在修复自己的名誉,我在赎罪,在拯救自己!"

"你没有什么好举报的,你那些破证据派不上大用场,千万别偷鸡不成蚀把米! 别忘了,我会反告你!"

"你放心,用不着你提醒,我提供的是铁证,肯定会告倒你的,除非纪委那些人都是睁眼瞎!"

他有点慌了,不知道她的手里掌握多少他的黑材料。他根本想不到这个曾经对他言听计从的小女子现在竟露出獠牙要啮咬他了。当初,他曾担心她会举报他,可最后还是不大相信她会这么做。他定了定神,盘算着该怎样从她的嘴里套出点话来:"你到底掌握什么证据呢?"

"纪委马上会寻上门的,你等着他们约你喝茶吧。你的黄粱美梦该到了梦醒时分了。"说完,她不由分说,断然挂了电话。

他随即再拨她的电话,可她已关机。他忽然惊跳起来:"看来前不久跟她销魂的那一刻捅了大娄子,细想一下她当时的情绪变化确实很蹊跷:她刚对我破口大骂,恨不得一刀剐了我;可一会儿后,她却回心转意,对我情意绵绵,如胶似漆,情感转换得比川剧变脸还快! 看来,她在设圈套诱我钻,我真是个二百五,竟着了她的道儿! 她在那晚到底留下什么证据呢? 保留了我那些'蝌蚪'? 将我俩性爱的过程录了像? 如果真有这些证据,那我婚外情的臭名可就坐实了。"他竭力回想着那晚的情节,忽然想起当时她曾提到"药扣门",也曾说过岳波不该死之类的话。"她总不至于当时诱我口供吧?"他想到此,冷汗冒出来了,好像大祸临头似的。他心急如焚,忙取出手机给林婉音通话,可她仍关机,看来她铁心不理他了,这说明那晚她色诱他上钩。竟让她倒玩了,他感到比死还难受。此刻,他如同堕入了陷阱,只觉得四壁阴森森的。他瞥了手表一眼,已是中午十二点,忙推开门,冲了出去,一路小跑来到车库,打开发动机,驱车直往她的住处疾驰。来到她家的楼下,他却觉得找她无济于事。"既然她将证据都提供了上去,你还指望她重新索回? 太天真了!"他狠狠抽了自己一耳光,脸上感到热辣辣的痛。既然来了,他只好硬着头皮冲上楼去。来到她家的门口,他按了门铃,可半天不见她开门。他恨得牙痒痒的,心里直嘀咕:"这女人貌美如花,怎么长着一副蛇蝎心肠呢? 想不到她会是这么个女魔头、害人精! 她不仁,我不义! 索性一不做,二不休,跟她来个鱼死网破! 可下一步该如何破网呢? 如果她真的举报我,肯定是秦声那老家伙给她灌迷魂汤,怂恿她干的。不过,想起她那晚说的替岳波惋惜的话,似乎已露出蛛丝马迹,可惜当初自己鬼迷心窍了。唉,我竟栽在这臭女人的手里,看来,欲火烧坏我的脑子了!"各种念头纷至沓来,压得他喘不过气来,他站在门口,足足等了半小时,林婉音连影儿都没出现。他暗忖道:"我总不能坐以待毙吧,解铃还须系铃人,只好到秦声那儿探探口风了。"他顾不了饥肠辘辘,马上驱车直奔医院。

一到医院,李岳直扑秦声的办公室。今天虽然是周六,可他知道秦声不少双休日都在医院里度过。他敲了敲门,门开了。他闯进秦声的办公室,心里直打鼓儿。秦声不怒而威,这些年来,他一直不敢正视这个上司。秦声看到这个"不速之客",不知道他葫芦里卖的是啥药。可看到他火急火燎的样子,秦声明白来者不善。果不其然,他哭丧着脸,阴阳怪气地说:"秦院,感谢这些年来你对我的栽培,我会去组织部为你争取一个名誉院长的头衔。"

"我都退休了,弄个名誉院长的虚衔避邪用?"

李岳涎着脸说:"这表明我对你很尊重,没别的意思。以后仰仗你多指导。"听他的口吻,似乎自己已坐在院长的交椅上了。

"你用得着我这老朽来指点吗?"

李岳知道这老家伙跟他打马虎眼,索性挑明话题:"你的金玉良言我愿洗耳恭听。"

秦声对他的掉转枪头一时适应不了,只好顾左右而言他:"这些天,你肯定踌躇满志吧,准备怎样烧三把火?"

李岳没好气地说:"还三把火,都火烧眉毛了。什么院长,八字还差一撇呢。"

"任命你为院长已板上钉钉,你怎么这样悲观?"

"打开天窗说亮话吧,你不喜欢我当院长,更不可能欣赏我。"

秦声以静制动,索性沉默不语。

李岳穷追猛打:"秦院,你密会过林婉音吧?"

秦声凛然一惊,脱口而出:"你怎么知道的?"他以为自己约见她神不知鬼不觉,而李岳竟晓得,难道这家伙是个"克格勃"?

李岳撇了撇嘴,略带讥讽地反问:"你怎么会放低身段去会她? 就不怕人家嚼舌头?"

秦声只好实话实说:"我在公众场合见她,人家嚼什么舌头,吃饱了撑的？你别含沙射影,好不好?!"他的怒气"轰"地腾空而起了。

李岳意识到自己的失态,马上敛起冷笑,正襟危坐:"你去密会她,确实令人大跌眼镜。正是她害了我们的医生,尤其是岳波主任。如果不是她泄密,估计岳波还有滋有味地活在世上呢。她是个害人精。"

秦声意味深长地瞟了李岳一眼,直看得他心里发毛。秦声沉吟片刻,决定反击,于是就笃悠悠地反问道:"林婉音为何要害我们呢？背后有没有藏着什么不可告人的阴谋呢？"他将球踢给了李岳。

李岳不知是计,气急败坏地问:"什么不可告人的阴谋?"他觉得自己脊背发凉,感到窒息的恐惧,看来,真的东窗事发了。

"你以为呢?"秦声得理不饶人。

"我真的揣摩不出。现在这社会人心险恶,出了什么不可思议的事都不奇怪。林子大了,什么鸟儿都有。"

"我认为里面藏着一个阴谋,一个巨大的阴谋,一个可怕的阴谋。"

李岳听了后,不由得悚然一惊,好像大祸临头似的。

秦声用眼角的余光扫视着他,倏忽转过脸,避开他那惊慌失措的眼神。

李岳硬着头皮带着乞求的口吻说:"这个可怕的阴谋是什么呢?"他只觉得心脏一阵阵抽紧,胸口憋闷难忍。看来,危险真像巨蟒一样缠上他了。

"有没有阴谋是纪委、检察部门该查的事,用不着我瞎操心。"秦声不想跟他再纠缠下去,开始打扫战场。

李岳似乎嗅到了某种信息,试探地问:"看来,你手里掌握着一些确凿的证据喽?"

秦声缄默不语,莫测高深。

"你跟那害人精想联手搞臭我吧?"李岳不再遮遮掩掩,干脆赤膊上阵了。

秦声凛然一惊,无法再回避了,只好正面应付:"你凭什么污蔑我要搞臭你?"

"这用得着我解释吗？哼,就算你们将我撂倒,张德民也扶不了正,因为他被省里领导定性为问题人物喽。"李岳扬扬自得地说。

李岳的话戳到了秦声的痛处,他只觉得心里"咯噔"一下,忙盘算如何接招,沉吟半晌,才开口说:"我即将退位了,对我来说,谁干都一样,只要那个坐在院长位置上的人一心一意为医院发展殚精竭虑就好了。"

"谁都看得出来，你不喜欢我上台，到底是什么原因呢？"

听到他那酸溜溜的话，秦声不想理会，道不同不相为谋。他和李岳根本就是两类人，没有多少交集，他不想再别扭下去了，决定收兵。于是，他抬起头，若有所思地瞟了李岳一眼，反问道："我喜不喜欢你上台对你很要紧吗？"

李岳明白不大可能从秦声嘴里撬出有价值的料来了，只好失望地放弃努力。不过，他虽咽不下这口气，可又不敢得罪秦声，因为这老家伙毕竟是省里头头们心目中的大红人，要是得罪了这老家伙头头们怪罪下来吃不了要兜着走。他站了起来，头也不回，落寞地走了出去。

看到李岳那伛偻的背景，秦声暗忖道："这家伙确实说得不错，他当不成院长，德民也扶不了正。可是，就算德民当不了院长，我也必须阻止这阴险之徒上位，他只会糟蹋医院，将医院拖向万劫不复的深渊。唉，医院本该是一方净土，可现在变成了小人们肆虐的江湖，医院的四周几时会冒出一片繁茂的杏林呢?!"

李岳回到家后，坐在书房里生着闷气。老爷子不明就里，探询地问："你到底怎么啦？"

李岳不知道该如何向老爷子开口，抬起头，双眼空洞无神，如同眼珠子被人挖走似的。

"你到底怎么啦？有啥难言之隐？"

这话戳到了李岳的痛处，他觉得不得不说了，可真的不知道从何说起。沉吟了半晌，他只好硬着头皮说："秦声暗算我啦!"

老爷子非常迷惑，忙问："他为啥要暗算你？"

"他想阻止我上位。"

"他为啥要阻止你上位？他主动要退下来，难道眼下变卦了？"

"他倒没有恋位的意思。"

"那他想拉张德民一把？可就算你上不了，也轮不到那个身上有污点的问题家伙啊。他怎么暗算你的？"

"他联络上了林婉音。"

"林婉音是谁？"老爷子至今还不清楚林婉音到底是何方神圣，食不食人间烟火。李岳对林婉音的身份难以启齿,更无法向老爸竹筒倒豆子倒出自己跟她之间的地下情,一时手足无措,只好长吁短叹着,掩饰自己的窘境。

可老爷子不识儿子的花花肠子,一味穷追不舍:"林婉音到底是谁?"

"她是个医药代表,前阵子刚弄出个'药扣门'。"

"就是她?!"

"这女人有点神经质,不管逮着谁都会不分青红皂白乱咬一通。"李岳将她妖魔化了。

"那你别招惹她啊。眼不见,心不烦,井水不犯河水。"

"可现在偏偏井水犯了河水。"

"你得罪她什么了,才惹得她将屎盆子扣到你的头上?"老爷子虽然经过惊涛骇浪,可实在无法想象李岳会阴沟里翻船。他搞不懂儿子现在吞吞吐吐,到底有什么难言之隐。

"我不知道秦声、林婉音要给我编织什么莫须有的罪名。"李岳装作三不知。

"你怎么知道他俩要在背后捅你?"

"有人看见他俩在茶馆里鬼鬼祟祟、窃窃私语,似乎在干着不可告人的勾当。"

"你怎么得罪他俩了?"

李岳急得抓耳挠腮。

"你龟儿子神神道道的,白日撞见鬼啦?"

"秦声想推举张德民,自然视我为眼中钉、肉中刺。"

"跟我讲实话!不许打马虎眼!"老爷子目光如炬,向李岳下最后通牒了。

李岳已经领教过老爷子的冲天怒火,决定暂避锋芒:"爸,我只怀疑到他俩要联手搞我。听说林婉音那臭娘们向纪委举报我了。"

"她亲口跟你说的?"

"嗯。"

"我明白了,你肯定得罪过那女人。"

"老爸,我知道瞒不了你,只好跟你实说吧,我曾跟她鬼混过一阵子。"

老爷子被彻底激怒了,狠狠抽了儿子一个响亮的耳光。挨了这耳光,倒 317

使李岳彻底释然了。他瞥了老爷子一眼，平和地说："我知道自己错了，决定斩断情丝，可她却白日做梦想跟我结婚，我不遂她的意，她恼羞成怒，就举报了我。"

"小子，你到处欠下风流债，太令我失望了。"老爷子嗒然若丧，瘫软在椅子上。

李岳觉得自己这次的祸闯大了，已不好意思乞求老爷子替他疏通，保他过关。老爷子已届古稀，却每天为他提心吊胆，他真觉得无地自容。老爷子虽然在"文革"中做过许多荒唐事，可做梦都想不到他与林婉音合演的那出龌龊的双簧。在那叱咤风云的年代，老爷子就像推土机，勇往直前，一一碾碎迎头扑来的各路人马，而李岳似乎没秉承老爷子阳刚的一面，行事阴柔内敛，喜欢剑走偏锋。

老爷子敛起脸上失望的表情，问："那女人举报你什么呢？"

李岳心中无底，犹豫地答："我曾找过她，她却回避了。我不知道她要举报什么。"

"你有没有要命的把柄落在她的手里？"

经老爷子这么一问，李岳的心里充满了恐惧。他现在最怕的不是林婉音举报他生活作风问题，对此他根本不当一回事，他也不相信组织因为他的生活作风问题拿下他，只要老爷子出面斡旋，完全可以全身而退；他最担心的就是林婉音手中掌握他俩合谋上演"药扣门"的铁证。如果这一幕暴露出来，他跳进黄河也洗不清了，就算组织不因这"药扣门"处罚他，他在全院职工的面前肯定抬不起头，更遑论管理、领导他们了。

"祖宗，你倒是说话啊。"老爷子急了。

"不知道她的手里掌握着什么证据。"李岳心里直打鼓儿。

"她有没掌握你贪污受贿的证据？"

李岳沉吟半响，坚定地说："没有。我没有给她送大把大把的钱，只是施一些小恩小惠。她不在乎我的钱，只想跟我结婚。"

"你真是成事不足，败事有余。"

李岳不知道该怎样回答，此刻他成为老爷子主审的犯人了。

"看你这副熊样，肯定犯下了什么不可饶恕的罪行。"老爷子这辈子阅人无数，早识破了不肖之子的花花肠子。李岳明白老爷子看透了自己的心思，也不想争辩。几十年前，老爷子呼风唤雨，可从没在男女关系上栽过跟头，他搞不明白，自己这么不近女色，生的儿子却是个淫棍，难道遗传不起作用了？

他继续拷问："仔细想想，你还有什么证据落在她的手里？"

李岳凭直觉觉得林婉音掌握了他俩合谋上演"药扣门"的证据，可这怀疑就是打死他也不能向老爷子抖出来，要是将来真的东窗事发，他再想法子收拾残局。

老爷子自言自语："要是没有经济问题的证据落在她的手里，其他的证据倒还好应付。"

听了老爷子的话，李岳高兴不起来。在他看来，自己身上的死穴并不只有一处，多了去了。他现在想得很现实，要是林婉音仅仅举报他的男女关系，这倒是不幸中的大幸。他担心的是她捅了"药扣门"这个马蜂窝。如果她真的这么做，他非被蜇得鼻青眼肿不可。鼻青眼肿倒也罢了，他最害怕的是自己会身败名裂。但愿她不会这么狠啊，她可不是个工于心计的女人！老爷子拷问够了，明白虎毒不食子的道理，于是安慰起眼前这个失魂落魄的不肖之子来："哪个人上任之前组织部没收到一沓举报信的？这太正常了。你也别往心里去，记住这个教训就是了。我马上去省里帮你疏通，你自己也好好准备，如果仅仅男女关系的证据，能推掉就推掉，死活不承认，纪委那帮人会买我的面子，放你一马的。你可以在纪委那些人面前反告那女的往你身上泼脏水，当然，你得编个理由，她不就是个医药代表吗，你在药身上做做文章说不定就能混过关。"老爷子毕竟经过大风大浪，自然胸有成竹。可李岳明白，老爷子不了解林婉音会告什么就乱开药方，根本无济于事，他倒心明如镜，知道自己这次不会轻松过关。如果林婉音手里握着重量级的铁证，他就百口莫辩，哪会像老爷子讲的这么轻松，就好像自己去纪委只是闲庭信步溜达一回似的。

傍晚，老爷子回来了。他黑着脸走进屋，李岳看了后害怕极了，下意识后退。他明白老爷子要发作了，以往，老爷子在疾风骤雨式的发作前都是眼前这副标准的表情。他闭上双眼，被动地等待着老爷子的发作。可半晌，老爷子一点动静都没有，李岳不由得睁开眼，只见老爷子悄无声息地坐在沙发上,耷拉着头,就像一只斗败的公鸡,他感到此刻老爷子心里肯定深受痛苦的煎熬,不敢踱到老爷子的身边。虽然他已届知天命之年,可对老爷子却怀着与生俱来的恐惧,他的大半生就是在对老爷子的恐惧中一路蹒跚过来的。他下意识地溜到书房门口想钻进去,老爷子虽没抬起头,可眼角的余光已扫到了他的举动,忙低吼一声:"你还想溜,有种正眼看着我!"

李岳战战兢兢,不敢往前,也不后退,杵在原地,一动不动。

"李岳,你龟儿子真不是人!你丢尽了我的脸,我无脸见人了。想不到你会跟这种风尘女人串通一气,想用这种下三烂的手段上位——"

李岳什么都明白了,林婉音这邪恶的娘们儿将什么都抖出来了。看来,最后一次跟她颠鸾倒凤就是末日的癫狂。这下一招不慎,满盘皆输。他已经无所顾忌,内心的火山开始喷发出灼热的岩浆,狠狠朝眼前这个自己惧怕了半辈子的偶像级人物喷射过去:"爸,你用不着这样骂我,你比我好不了多少!一直来,你就向我灌输人不为己,天诛地灭的古训。我所使的手段一点都不比你更卑鄙。比起你当年那些高明的手段来,我只是小巫见大巫,远没有学到你厚黑学的皮毛!"活了大半辈子,李岳头一次向老爷子叫板。

老爷子没想到这兔崽子会向自己开火,一时手足无措,干瞪两眼,像个木偶。李岳发泄完后,一阵恶意的快感传遍全身,只觉得酣畅淋漓。既然走出了第一步,他索性跟上第二步,准备跟老爷子来个彻底了断,从而根治自己与生俱来的"恐父症":"爸,你别难受,也别骂我不肖,我走到这一步,与家里的耳濡目染及你的言传身教功不可没。俗话说,养不教,父之过,你也该扪心自问:这些年来,你到底向我灌输了什么道理?!自己是怎样爬上省级高官的,手段比我干净多少?你还不是踩着别人的胸口上位的?!你的手里沾满了别人的鲜血!你还记得'文革'那阵子你害死了多少人?你那时眨过眼吗?你现在良心发现了吗?别在我面前端起高尚的臭架子,你不配!"说完,他觉得自己心里的怨气彻底释放,通体说不出的舒服。他充满怜悯地瞟了老爷子一眼,旁若无人地转身走进了书房。

一会儿后,老爷子走了进来,对儿子说:"阿岳,你不该对老爸这么凶。"

李岳忙转过身,只看见他两行浊泪从眼眶溢出,不禁动了恻隐之心。

老爷子气馁地说:"这些年来,老爸确实没给你正面教育,确实没好好引导你。"

李岳依然不接腔。

"可是,阿岳,老爸不想看到你身败名裂。"

李岳豁出去了,反唇相讥:"身败名裂怎么啦?况且,我本来就没名没利,不存在什么败呀,裂呀。我不是沽名钓誉之徒,不热衷什么清誉!"实际上,他既重名,也重利,刚才这席话是他违心说出来的。

"你不重名誉我重啊。一个不重名誉的人与猪狗有什么区别?!"

李岳恼羞成怒:"你就骂我连猪狗都不如好了,别拐弯抹角的。"今天,他可是火力全开,无所顾忌,已经将自己崇拜的对象彻底打成了筛子,确实有种翻身农奴得解放的味道。老爷子这下拿平时对他言听计从的小子没辙了。他原本要向小子兴师问罪,不承想现在整个局面颠倒过来,一向对他唯唯诺诺的小子终于揭竿而起,造他的反了。他不得不赔着小心说:"阿岳,你不该这样破罐子破摔。我们得静下心来,好好考虑补救办法,天无绝人之路。"

李岳以怜悯的目光打量着他,幽幽地说:"别天真了,没什么补救的办法,要杀要剐由他们吧,我抻长脖子等他们砍呢。"

"还没完。那女人虽举报了你,但还没提供确凿证据,只要你马上去找她,让她打消念头,那就大事化小了。你不能摆烂。"

"她很倔强,不可能打退堂鼓的。"

老爷子一字一顿地说:"她不是想跟你结婚吗?你就答应她,我动员你媳妇离婚,她会听我的话的。"

李岳像打量一头史前动物一般打量着他,惊诧万分。

老爷子坚定地说:"事到如今,也只好出此下策了,要不我们全都玩完。"

李岳反驳:"老爸,你老糊涂了,你以为我提出跟她结婚,她就会乖乖披上婚纱?就算我真的想再做一回新郎,她不见得就会跟我喝交杯酒,况且,眼下她恨我恨到骨子里,回天无力了。"

"你试试看,就将死马当活马医,说不定太阳真的会从西边出来!"

李岳觉得这种死缠烂打不会有好结果,可不挣扎一下似乎又心有不甘,只好试试运气,可问题是他已没法跟林婉音联系上了。他歪着头瞟了老爷子一眼,不屑地说:"你的高招不顶用,就算我真的能使那婊子回心转意,可我现在找不到她的影儿,她关机了。"

"她现在可能开机了,你试试看?"老爷子远比他有耐心。

李岳真不想找这个曾经跟他缠绵过的女人,就算宰了他,他也不想再见她。他鄙夷地瞟了老爷子一眼,大大咧咧地问:"要么你去找她?"

老爷子被李岳噎得差点背过气去,幸好他毕竟经过惊涛骇浪,自然拿得起,放得下:"阿岳,我求你了,你还是去一趟吧。我知道,你不会这样自甘沉沦的。要是我们再不自救,谁也救不了我们。"

李岳摇了摇头,非常不情愿地说:"爸,你不知道此事的真相,现在这局面已覆水难收,我们还是现实点吧。"

"阿岳,我求你了,你就去一趟吧。"平时,在李岳面前很强势的老爸今天彻底剥下了画皮,扮出了一副可怜相。

"爸,你到底怎么啦? 现在,谁都救不了我们,逆来顺受吧。"李岳有点不耐烦了。

"阿岳,我向有关部门了解过,他们跟我这么说,只要林婉音不再举报你,他们就不会追究你。你有没明白,他们在帮你过关!"

"爸,既然你这么说,我只好硬着头皮去一趟,哪怕我跪在她面前摇尾乞怜也行。我已经没有尊严了,只好忍辱偷生喽!"

"大丈夫能屈能伸。"

李岳想好了,为了能消除这次危机,他什么都会做,目前的情势已危如累卵,容不得他继续摆谱,继续端着尊严的臭架子了。

翌日上午,李岳直扑林婉音的家。他站在她家的门口,像鬼子进村似的,重重地擂着门,可里面没有反应。他估计她已外出了,只好下楼,站在入口不远处的一棵大树下,等待着她出现。他抬起头,仰望这棵树,发现竟是一棵银杏树,精神为之一振,谁不知道银杏树是吉祥的树,充满生命力的树?! 看来,今天有戏啦,他肯定能逢凶化吉。他已经想好了,一定得以情动人,重新赢得她的芳心。他纳闷她怎么会对自己怀着如此刻骨的仇恨? 就算他欺骗了她,她也不至于恨到这种地步啊。女人真是感性动物,常犯迷糊,会干出一些莫名其妙的蠢事来。他原以为她会死心塌地地跟着他,哪里知道她如同川剧里的变脸,说变就变。现在,他既恨她恨得牙痒痒,又想跟她颠鸾倒凤,重温鸳梦。一片银杏叶盘旋着飘了下来,正好掉在他的额角,然后滑落下来,他忙伸出手,将这片银杏叶当作神物捧在手心,凝视着这片叶子,怦然心动。他不知道自己为何如此感动。这片叶子突然幻化出林婉音的头像,他低头忘情地吻着它。他闭上双眼,呢喃细语:"婉音,婉音,你得救救我,别伤害我哦。你知道我多爱你吗?你该明白,我根本没骗你,我确实想跟你结婚,只是我太软弱了,实在摆脱不了那个丑陋的黄脸婆。"不知不觉间,他在树底下站了个把小时,林婉音连影儿都没出现,他有点沮丧,想打道回府,可实在不甘心,只好继续干等着。凭直觉,他相信自己今天一定能见到她。他觉得他俩间还有心灵感应,两个有心灵感应的人怎么会反目成仇呢?不管她怎么憎恨他,怎么折磨他,他还是深爱她的,爱到天荒地老,他非常享受跟她一起时那种欲死欲仙的感觉。他始终认为自己没有欺骗她,没有利用她。他将她的每一件事都当作自己的事,他不自私,处处护着她,可是,她为啥就不明白这些呢?她怎么就不明白他只羡鸳鸯不羡仙,只想跟她长相伴呢?!他在心里默默地召唤着她,相信她能接收到他那心灵的呼唤。他恍惚看到她正走在回家的路上。他不知道她并不单单憎恨他,更憎恨她自己,恨自己害了一批好人;他不知道她十分了解他,了解他的每一根毛发、每一块骨头、每一个细胞。火辣辣的阳光正透过树叶照在他的身上,他觉得全身燥热,不禁心烦意乱,下意识地扫视着四周,仍不见她的踪影,一股无名火上来了,不由得暗骂道:"什么心灵感应,我这是自作多情!这臭女人,到底死到哪里去了?"他恨不得扇她耳光,揍得她鼻青眼肿。"要不是为了自己能过关,我才懒得理这种烂女人。她以为自己是什么好鸟,不知有多少淫棍上过她,她早成为公共汽车了。我还以为她对我一往情深,说不定她对上过她的家伙都是这副虚伪滥情的样子。红颜祸水,这下我真的看透了。"只见人群三三两两在他的眼皮底下来来往往,他觉得自己成了一只供人观看的大猩猩,忙叹了口气,捂着脸,蹲了下去,无意瞥见一行蚂蚁在草地与马路之间的狭缝中缓慢地向右前方爬行,心里就像打翻五味瓶似的难受。蚂蚁的队伍秩序井然,能保持如此队形,肯定有个指挥官在发号施令。前方出现了一块小石子,带头蚂蚁从侧面绕了过去,队伍就弯成半圆形。他想捡起这块石头,给蚂蚁腾出一条捷径来,可最后打消了这个念头。蚂蚁逶迤着向前爬行,他略往右前方移了一小步,带头蚂蚁就落在他的左后方了。他突然可怜起蚂蚁来,他轻轻移动一小步,它们就要"吭哧吭哧"爬好几分钟。他瞥见处于队伍中间的一只蚂蚁向后回望,不知道它要干什么,就饶有兴趣地观察着。只见那只蚂蚁转过身,不紧不慢地往队尾的方向爬去。它爬到一只蚂蚁的面前,只见那只蚂蚁背上驮着半个米粒大的馒头屑。他的口水流了出来,不慎掉到这两只蚂蚁身上,它俩在他的口水中挣扎,他不由自主地闭上了眼睛。等到他睁开双眼时,它俩在口水中一动不动,大概被淹死了,他凛然一惊,不禁喃喃自语:"就这几滴口水,竟会淹死它们,真可怜。谁叫他们这么脆弱,活该倒霉。"忽然,他看见其中一只蚂蚁动了一下,只见它挣扎着,朝马路方向爬去。它终于从对它来说无疑就是海洋的口水中爬了出来,他心里直嘀咕:"可怜的家伙。"他虽聚精会神盯着蚂蚁的队伍,可眼角的余光蓦然扫到一个人朝他的方向走过来,忙直起身,瞥了那人一眼,原来竟是林婉音。她竟在他意想不到的时候现身了,他欣喜若狂,一个箭步冲到她的面前。她看到他后,表情非常惊愕,就像看到了一头史前动物。他露出一副比哭还难看的笑脸,说:"终于盼到你了。"

她鄙夷地瞟了他一眼,随后低下头,似乎不想多看他一眼。

他继续自说自话:"我等你等了半个世纪了。"

她像避瘟神似的掉头就走。他一把拉住她。她气急败坏地喊:"别脏了我的衣服!"

他紧紧攥住她的衣角,就是不放手。她无奈地闭上双眼,仰天长叹。

他近乎哀求地说:"婉音,我们坐下来好好谈谈吧,我俩是有感情的,不该这样互相折磨。"

"谁跟你有感情?别自作多情了!"她圆睁双眼,眼中射出两股阴冷的目光。

他不敢正视她那冷彻骨髓的目光,垂下眼皮,低声哀求道:"要不我们到旁边的茶馆里聊聊吧?"他彻底放低身段,放下尊严。

"我不想玷污那地方。"

"要么我们就到小区的公园里叙叙旧?"他死缠烂打。

婉音猛用力,一下子挣脱了,一小片衣角被硬生生地撕了下来,他当作战利品紧攥在手里,得意扬扬。她恼羞成怒,狠狠剜了他一眼,转身头也不回,夺路而逃,李岳如影随形,快步跟上。

婉音冲着前方的保安说:"大哥,这坏蛋要找我麻烦,你堵住他。"

保安迎上前,拽住了他。他气急败坏地辩白:"我是她的朋友,我们只是因为一些小事闹意见,不会大打出手的。"

婉音闪进了大门。

保安看着李岳斯斯文文的,不像个坏人的样子,盘问几句后就放了他。冲到电梯口时,他看到电梯刚启动,急得直跺脚。大约两分钟后,他乘电梯来到她家的门口,按着门铃,可门里没有一点反应。李岳望门长叹,怨怼情绪飞涨,可还未完全失控,知道眼下应该隐忍。他不断地敲着门,动作很轻柔。她根本想不到会在家门口碰到这个冤家对头,羞愤交加。她义愤填膺,要跟李岳来一次终极了断,彻底摊牌,想要割断自己跟过去一切罪恶的联系,哪怕自己会被伤得体无完肤,只有洗心革面,才能浴火重生。她觉得自己也得向李岳当头棒喝,良心召唤着她这么做。她凑近猫眼,看到了门外的李岳缩小成了跟一只猫差不多大。随着李岳那些卑鄙无耻的丑行一一展现出来后,她被彻底惊呆了,想不到会在现实中碰到只有在书本里才会看到的大奸大恶之徒。现在,她的心里已对他产生了极端的厌恶;更令她痛心疾首的是自己竟是他的帮凶,她不禁深深地厌恶自己!她心想:"要是他一直不走,怎么办?要不要叫保安赶走他?再观望一阵子吧。"她心存侥幸,以为他不久后会走开,天底下不会有这样死乞白赖的家伙。她蒙上自己的耳朵,不想听到他那穿门而入的哀求声,她的脑子乱成一锅粥。门外不时传来了重重的"嘭嘭"声,震得山响。"看来这坏家伙得知我举报了他后,开始抓狂了。瞧他以前多么飞扬跋扈,不可一世,现在报应来了!出来混总是要还的!"不久前,她下定了最后决心要举报他,就已经料到了会出现什么结果,她愿意接受这样的结果。可是,听到门外李岳的哀求声后,她在心底里产生了一丝怜悯,可马上否定了这妇人之仁:"你千万不能退缩,更不能上他的当。他一旦缓过劲来,就会习惯性地露出他那副丑恶的嘴脸。他尊重过你吗?他缠着你,只是想泄欲,想玩弄你,你以为他在心底里真的对你有多少柔情蜜意?别听他的花言巧语了,耳朵软的女人十有八九会吃大亏的!"于是,她咬咬牙愣是不开门。她最怕他进来后翻箱倒柜寻找那些证据,别看他现在可怜巴巴的,转眼就会张牙舞爪。门外悄无声息,她忙透过猫眼瞧着门外,观察一下李岳到底有没走,只见门外阒无一人,她想打开门瞧瞧,却怕他躲在暗处,中了他的奸计。她疲惫不堪,于是就躺在床上,准备好好睡一觉,可怎么也睡不着，以往的经历纷至沓来，搅得她头痛欲裂。她抱着头，发出痛苦的呻吟。她霎时想起自己在这张床上曾跟李岳缠绵过，不禁羞赧万分，马上自责道："我真不该踏进医药销售这行业，原以为可以在这行业赚得盆满钵满，怎么也想不到连人的尊严都丢得干干净净。以前，我是多么的单纯、温婉；可现在，我多像个风尘浪女，连底线都已经失守了。我谁都不怨，只怨自己！嗐，谁叫你见钱眼开、卖身求荣呢？你竟以为李岳会赐给你爱情、幸福，真是鬼迷了心窍。别恨李岳毁了你，真正的罪魁祸首就是你自己！"可是，一想起李岳，她又愤愤不平："这可恨的家伙多么阴险，多么不择手段，他就是现代版的李林甫、秦桧、严嵩、和珅。对这类人，千万不能抱着恻隐之心，要不，你总有一天又会被他咬断喉管的！"经这一阵子的折腾，她觉得自己的性格扭曲了，变得疑神疑鬼。她曾想脱胎换骨，却提不起勇气，满身的罪愆怎么漂白呢?! 她倏忽想起了门外那个阴险的人渣，当初竟被他玩得神魂颠倒，脸都丢尽了！

突然，门外传来了李岳狼嗥般的声音："林婉音，你这婊子养的，我看错你了，原以为你是个清纯的女子，哪里晓得你的心肠比蛇蝎还毒。你继续去作恶吧，大不了我跟你同归于尽！"说完，门外"嘭嘭"敲门声震天响。她吓得瑟瑟发抖，幸亏刚才没贸然开门，否则，就上了他的当了。她镇静下来，不再理他，任他在门外破口大骂。他骂得越凶，她越是恨他。

李岳仍在门外破口大骂，她忍无可忍，冲到门后，对门外喊："你这下三烂的货，还算是个知识分子？别在这儿丢人现眼了，你再不走，我马上打110! 相不相信？"

门外的李岳似乎信了，不再詈骂。随后，门外传来了脚步声，声音越来越低，直至消失。她这才明白，他真的走了，顿觉如释重负。她想尽快将证据交给纪委，免得夜长梦多。不过，她转念一想，心里直犯嘀咕："我这样做自然没错，李岳这混账要身败名裂了！他会输得精光！可我这样做是不是太残忍了？一报还一报，冤冤相报何时了？——这怎么叫冤冤相报呢？这分明是多行不义必自毙。不铲除他这个害人精，肯定会有更多的人倒霉。哎，我是在替天行道！"她似乎想起了什么，马上打开窗，看见李岳走出了小区的大门，往右拐。他虽然看起来比一只鸟大不了多少，可他就是烧成灰她依然认得他。她看到他钻进泊在路边的车里。不一会儿，那辆车往后转弯，向左边的马路驶去。

婉音大汗淋漓,想冲个澡,就从衣橱里拿出内衣内裤,趿着鞋走进了盥洗室。她慵懒地脱掉衣服,动作慢得就像在雕琢一件艺术品。不一会儿,她的胴体就暴露在镜子里。她有点自恋地打量着镜子里的自己,不禁发出声声惊叹。她欣赏着自己那张姣好的面孔,凹凸有致的身材,蓦地感到一阵悲哀,忙用双手捂住双眼,羞于看到自己的真容。她渐渐放下双手,睁开双眼,打量着镜子里那个怯生生的自己,那对坚挺的乳房赫然映入她的眼帘。双乳是如此的玲珑剔透,就好像是雕塑家雕琢出来似的。她用双手揉捏着那对乳房,感到很孤独,眼前的一切影影绰绰,好像处于梦中。她猛然惊觉自己的身体竟遭李岳的那双肮脏的手摧残过,全身不禁起了鸡皮疙瘩,泪水情不自禁地流了出来,条条泪痕清晰得如同刀刻出来似的。她定睛凝视着镜中的自己,发现自己已变成了一具骷髅,不由惊骇得大叫起来,连忙蒙上双眼。她蓦地想起了参加岳波遗体告别仪式的那个上午,想起了在樟树下碰到应洞宾时的尴尬情景。

第四十三章　天涯咫尺

正当婉音胡思乱想间，手机响了，她忙接通，应洞宾的声音传了过来："婉音——"

"洞宾，是我。"她太熟悉他的声音了。

"风传你举报了李岳，真的吗？"

"真的。"她不想对他隐瞒。

"你很坚强，敢作敢为。你哪里来的这么大的勇气？ 我向你致敬！"

"你要是我，也会这么做的。洞宾，你比我更疾恶如仇，更渴望我们头顶的那片天是晴朗的天。"

"下午上班吗？"

"今天休息，你呢？"

"我正在宿舍里翻阅资料。我邀请你出去喝杯茶，你赏脸吗？"

林婉音本想爽快答应，可实在觉得自惭形秽，只好停顿了一下，才勉强地回答："好——"

"在家？"

"对。"

"一刻钟后我会到你那儿。"说完,他挂了电话。林婉音匆匆冲了个澡,略施粉黛,在镜前自我欣赏着。虽然疲惫挂在脸上,但她那张脸还是很灵动,生机毕现。马上要见到洞宾了,她觉得心里慌慌的,就像一个怀春的少女,可转眼又自嘲道:"别自作多情,人家这么优秀,他才不会看上你这个臭名远扬的超级浪女的。"她告诫自己,到时千万别在应洞宾面前表露出情感饥渴的样子,自己身上虽污迹斑斑,可必须得昂起高傲的头,不能让他小瞧了自己。

一刻钟后,她拎上手袋,慢慢踱下楼去。她来到小区门口,时不时探头张望着,不停看着手表。又过了一刻钟,还是不见洞宾的人影,她心里直嘀咕:"到底怎么啦?是不是什么麻烦事拖住了他?医生都是时间观念挺强的家伙,不该这么拖拖拉拉啊。"

又过了三四分钟,她终于看到了洞宾笑吟吟地站在她的面前。他抱歉地说:"路上堵车,让你久等了。"

"我还以为你脱不开身呢。"说完,她冲他嫣然一笑。洞宾发现她笑起来很有几分菲菲的影子,一下子明白了自己为何对她抱有不可名状的好感。他紧紧盯着她那张鲜活的脸,她被他瞧得有点不好意思,忙难为情地低下了头。一会儿后,她低声问:"去哪个茶馆?"

"上次我们去过的那个。"他俩一前一后朝茶馆的方向走去。

她说:"这么巧,我俩今天都休息。"

他半认真半调侃地说:"看来有一根看不见的红丝线拴住我俩了。"

她没接腔。

他俩来到原先待过的那间包厢,相对而坐。服务生走了进来,他点了绿茶、水果拼盘,他知道她喜欢喝绿茶,她嫣然一笑。他正眼看着她,说:"你开始除恶锄奸了,真是个侠女!"说完,他抿了一口绿茶。

"我要为自己正名,不能一错再错了。"

"想不到你弱柳扶风的,娇小的身躯里竟蕴藏着这么巨大的能量。"

"置之死地时就会激发出不可想象的潜能。"

"我喜欢上你了。"洞宾大胆表白自己的爱慕之心。

她听了后,脸一下子红到了脖子根。

"你是个谜一般的女人。"

"我身上没有多少谜,却有女人的通病——虚荣。正是虚荣毒化了我的灵魂,我成了一具行尸走肉了。"

"跟你接触时间不多,可我倒觉得你本质不坏。你有做人的底线,只是偶尔会犯迷糊。"

"我谋杀了自己内心的纯洁小天使,成了个可恶的浪女。我毁了你们的医院,罪该万死。"她苦笑着,摇了摇头。

"我倒不这样看,你已经狠狠抽了我们医生一个响亮的耳光!我对药扣很不以为然,这不是说明我境界多么高,我压根儿认为药扣就是渣滓,我不明白这个沉渣为何会在我们周围泛起。我曾跟岳主任这么抱怨过,我最看不惯的就是药扣了。药扣蒙了我们的心,你作为局内人,怎么看呢?"虽然,她已向他透露了其中的内幕,可他仍没将这幕匪夷所思的大戏搞个水落石出。

"说到药扣,我的认识比你的更深刻。一开始入这行时,我是带着厌恶去做的,真的。可后来,我却见怪不怪了,看来,社会真是个大染缸啊。我跟你们医生结成了利益共同体,依赖他们,怂恿他们,甚至诱惑他们。不过,我不鄙视你们医生。一个娱乐明星亮相五六分钟就卷走了几十万甚至上百万元,而你们医生花了五六个小时成功挽回一条生命后得到的只是几个可怜的叮当作响的钢镚儿,谁的心里会平衡呢?!这个世界疯啦,傻啦,不可理喻啦!退出这行业后,我对自己从事过这行业感到羞耻。谁来切除这个大毒瘤呢?!"

"再不切除,这毒瘤会毁掉我们的医疗行业,毒害我们医生的灵魂,使我们彻底忘掉医学的本质。可是,为啥会生出这毒瘤呢?如果仅仅切除,还是会复发的,必须铲除毒瘤滋生的土壤!谁来铲除这土壤呢?"

"我不知道。我已经厌倦了这份工作,虽然收入不菲,可昧着良心赚黑心钱已使我不堪重负哦。"

"你现在的工作怎么样?"

"比以前那份工作干净多了,血淋淋的教训使我成熟了不少。我这次举报李岳,并不单单憎恨他,还想拯救自己。如果李岳不是挖空心思、不择手段要当院长我可能不会举报他。要是他当上院长,你们医院的灾难可就降临了。"

"我们医院大多数人都这么认为,难道李岳本人就没有自知之明?他真的以为自己是个救世主?他昏了头了。要是你能告倒李岳,那你就为医院立了大功。"

"我没想过要当英雄,只想洗刷自己身上的罪孽。"她在犹豫着该不该告诉他刚才李岳曾找过她,揣摩良久,决定不说为好。

他暗忖道:"她的血管里确实流淌着荆轲的血液,真是个奇女子。"在他的眼里,她是朵带刺的玫瑰,他既想亲近她,可又生怕被她刺得鲜血淋漓。他充满敬意地看看她,由衷地说:"也许你真的没考虑过为医院立功,可你事实上却拉了医院一把。"

"洞宾,我们不谈这个沉重的话题,谈点轻松点的。"

他点点头。

她咧嘴一笑,说:"洞宾,你已经成为一颗正在冉冉升起的超新星了,前途无量啊,我真羡慕你。"

"这些年,我确实练就了一手扎实的基本功。"他的脸上露出自得的表情。

"前途无量啊。"

"小媳妇要熬成婆,路长着呢。"

"找到意中人了吗?真想喝你们的喜酒,可我不配啊。"

"哪里来的意中人,现在还一人吃饱,全家不饿。"

"像你这样又帅气又聪颖的男生,追求者肯定有几公里长了。"她对他的恋爱史早有所闻。

他不想将自己的隐私摊在她的面前,没接腔。她似乎意识到这点,就不再试探了。

他转移话题,问:"你当初怎么选择做医药代表呢?"

"我明白,你们瞧不上我这职业,说真的,我本人也瞧不起。那时,我根本不知道这摊水有多浑就稀里糊涂地跳进去了。我这人的行事风格就是既然选择了就义无反顾,哪怕前面是万丈深渊。"

"我真佩服你。"

听到他的由衷之言,她不觉怦然心动。一直以来,她打心眼里欣赏,甚至崇拜他,只是她认为他俩的地位有如云泥,根本不敢追求他。在她的眼里,他就是天之骄子,而她却是个浑身肮脏的女人。她抬起头,迎着他的目光,一时不知道说什么好。

"要是你将来有困难,就找我。我是护花使者。"他打破冷场。

她的手在微微颤抖,眼泪不由自主地滚了出来。

"你是个心地善良的姑娘。"

332

她"嘤嘤"地哭出声来,那副梨花带雨的样子使他柔肠百结,不由自主地伸出了手,想拭掉她脸上的泪珠。在他的眼里,她清新脱俗,他越来越觉得这样的姑娘不可多得。她不知道此刻他的思绪神游天外,以为他怔怔发呆只是看到了她哭泣的样子显得手足无措,于是就停止了抽泣,冲他不好意思地笑了一下。

这种惹人爱怜的浅笑搔得他心旌荡漾,他不由得扪心自问:"莫非我爱上她了?要是我真的爱上她,全院上下射来的齐刷刷的目光就会射穿我!我经受得了他们那种鄙夷的目光吗?!"他不由自主地瞟了对面的她一眼。在出事前,他曾多次见过她,只是一直没来电。她虽有着靓丽的外表,可他不看好她的职业,自然将她列为胸大脑残的俗女。再加上出了这档"药扣门",她更是声名狼藉,成为全院医生尤其肿瘤科医生的公敌。可深入接触后,他觉得她远非外界认为的如此不堪,相反,她身上时隐时现的那种女人味已使他流连忘返,只是由于她的背景过于复杂,他望而却步,不敢爱上她。他暗忖道:"要不是她弄出个'药扣门',成了众矢之的,我就会自然而然地爱上她。"他抬起头,不经意瞟了她一眼,她似乎有了心灵感应,迎合他的目光。当他俩四目相对时,她粲然一笑,令他怦然心动。他对她爱怜有加,很想保护她,就像古时候骑士们所做的那样。他低下头,抿紧嘴,陷入沉思之中。半晌,他抬起头,关切地说:"婉音,你这一步迈得太大了,我真替你的将来担忧。"

"我的将来肯定是艰难的,因为我已将自己逼进泥潭里了。"她的双眼噙着泪珠,眼睛肿得像胡桃。他再也抑制不住自己心底里汹涌的情感了,就情不自禁地站了起来,脚步轻快地来到她的身边,抽出一张纸巾,轻轻拭掉她眼角的泪珠。她的泪水一下子如决了堤似的,止不住地流。他猛地将她紧紧箍在怀里,她就势依偎在他的胸前,听到了他的心跳。她不由自主地倾诉道:"这些天,我惶惶不可终日,就好像末日来临似的。你根本想象不到我的心里有多苦闷,我真正感受到了什么叫一失足成千古恨!我多么无奈,多么无助,多么孤独。我真想将眼前的一切推倒重来。我恨透自己了,对自己全身的一切都感到厌恶,真想亲手将自己活埋!"

他忘情地说:"别怕,别怕,我会竭尽全力帮助你的,你是个坚强的姑娘。"说完,他深情地吻着她那湿漉漉的脸颊。她闭上眼睛,享受着只有在爱人怀中才会享受到的愉悦与迷醉。

半晌,她充满哀怨地说:"我是个坏女人,配不上你。你很阳光,有着美好的未来,可我呢,却有着一段不堪的过去。很多人将我当作瘟神,避之唯恐不及。"

他深情款款地说:"此时此刻,我们别想过去,也别想将来,好好享受当下心醉的一刻吧。"

她泪流满面,抬起头,紧盯着他看,说:"这阵子,我已将自己一生的眼泪都流干了。在不久前那段最困难的时期,我却没流泪,反倒眼下泪水如同决了堤似的。"

他捧着她的那张俏脸,有所感触地说:"也许你现在找到了值得你向他流泪的那个人吧。"

她张开双臂,一下子用尽全力紧紧箍着他,生怕他会从眼前消失。"我第一眼看到你时,眼睛一亮,可你高高在上,我只是仰望你啊。我有点虚荣,可决不轻浮。除了走火入魔跟李岳鬼混过一阵子之外,我没做出其他不堪的丑事。可是,这段经历已足以摧毁我整个的形象!"说完,她松开了他,从他的怀抱里挣脱出来,觉得眼前的一切影影绰绰,如在梦中似的。

"我不管你的过去。"

她觉得自己这样赤裸裸地向他表白太矫情,不禁自嘲道:"我替自己洗白,你瞧不起我吧?刚才我确实做得过分了,有点欲盖弥彰。"说完,她目不转睛地盯着他看,渴望他的回应。她非常注重自己在他心目中的形象。她甚至极端地想:"就算全世界的人都瞧不起我,只要他瞧得起我就行了。"

他似乎洞明了她的心理,马上顺水推舟:"你也别再自责了。只要自己做得对,别太在意别人对你的看法,成天为别人活着太累了,要活出自己的精彩来。"

她的眼泪不由自主地流了出来,好像要将自己这阵子心底里的委屈全都排出来,排得干干净净。他坐在她的旁边,下意识地伸手拭掉她脸上的泪水。她情不自禁地扑在他的怀里,"嘤嘤"地哭出声来。在这个自己喜欢的男人面前,她露出了自己脆弱的一面。她很纳闷,自己怎么在他的面前哭得一塌糊涂呢? 是否想扮出一副可怜相博得他的同情呢?

他似乎读懂了她的心理,捧起她那张俏脸,凝视着她,深情地说:"真想带你浪迹天涯,离开这熙来攘往的世界。"

她顾不得羞涩,急遽地伸出双手,箍紧他的腰,将头埋进他的怀里,闭上双眼,沉浸在无比快乐之中。良久,她抬起头,略微仰视着他,一字一顿地说:"做梦都想不到我能钻进你的怀里哭了又笑,笑了又哭。你喜欢上我,就够我快乐一辈子,我已经满足了。你该在医海中冲浪,不该浪迹天涯!"

他真想吻她那片性感诱人、弧线分明的樱唇,可最后还是抑制住,生怕惊吓到她。这两个在许多方面都无法交集的人竟不可思议地相爱了,爱得如同疾风骤雨。她更想不到眼前这个天之骄子竟会放低身段爱上她这个浑身肮脏的女人。他凝视着她那张满是泪痕的俏脸,说:"让我们忘记过去吧。"

她嘟着嘴说:"我无法忘记过去,我也不该忘记过去。你不知道,刚认识你的那阵子,我对你充满了好感,千方百计打听你的情况,为你取得的每一点成绩高兴。我好想靠近你,可不敢迈出这一步,因为我俩地位太不对等了。在我眼里,你就是白天鹅,而我不过是只丑小鸭。你太优秀了,优秀到我不敢仰视你,只能在心里默默地惦念着你。"

"你拔高我了,我远没像你所想象的那么优秀。我一直以为自己浑身千疮百孔——"

她马上接腔:"你太自谦了。不怕你笑话,前阵子,我一直留意你每一段感情。"

他自嘲道:"可我的每一段感情都只开花,不结果,全让我给糟蹋了。"

她大胆地说:"你太过耀眼,吓跑了她们,可吓跑不了我。也许,上苍想留给我俩一段感情吧。你要是让哪个女人拴上了红丝线,那我们就不可能有机会坐在茶馆里四目相对了。我在自作多情吧?"她被自己下意识的表白吓了一跳。

"你怎么会自作多情呢?!"

她严肃地盯着他看,颇为悲观地说:"我们的这段感情只开花,不结果,我有个不祥的预感。"

她的话戳到了他的痛处。虽然他对她颇有好感,可他真不敢爱上她。她目不转睛地盯着他看,想从他的眼神里读出他内心的秘密。面对她如水的目光,他心旌荡漾,对她那爱的情愫在心里不断发酵。她显得楚楚动人,泪水在眼眶里打转,他再也抑制不住内心的冲动,猛然抱紧她,将自己的脸颊贴在她那滚烫的额头,她的全身战栗,泪水沾湿了他的下巴。她身上那股清香传进他的鼻腔,他不禁心猿意马,情不自禁地将她箍得更紧。她蜷缩着,他不由自主地激吻着她那樱唇,头脑一片空白。缠绵一阵后,她挣脱了他的怀抱,他一脸疑惑地盯着她看。

她悲怆地说:"你太优秀了,我们的爱情——恕我冒昧用这字眼——注定不会有结果。洞宾,我确实爱你,非常非常爱你,在你没意识到我爱你的那时候就爱上你了,只是,那时我爱的是你的幻象,而眼下的你才是实实在在的你。"她一说完,噙在眼角的几滴眼泪滑落了下来,她那怯生生、万分不甘的表情在脸上毕现无遗。

他用脸颊拭掉她脸上的眼泪,呢喃细语:"你怎么这么悲观呢?好好往前看。"

"我自作自受,谁教我脑残了?"

他不想在她面前评论李岳,不能再往这个可怜的姑娘伤口上撒盐,忙转移话题安慰道:"谁保证自己的一生不犯错误?一个人犯些错误太正常了。你品尝过下跪的屈辱,才会更加珍惜挺立的不易。"

"这话也对。可犯有些错误却是不可饶恕的,我犯的就是不可饶恕的错误!现在,不管我走到哪里,晓得内情的人就在我的背后指指点点,搅得我不胜其烦。我已被他们贴上爱虚荣、脑残、浅薄的小三的标签了。"

"可我这几次跟你接触,发现你远不是这样的人,也正因为这,我不由自主地爱上了你。既然这个环境不适合我俩,那我俩就远走高飞,去寻找属于我俩的那片伊甸园吧。"

"不管到哪里,我身上所带的'胎记'都不会消失,它会伴我终生,这就是我的身份证!"

"你错了,这不是胎记。就算人家会纠缠这些,我也不怕,因为我爱你。"

"不管你现在多么爱我,可在强大的压力面前,这爱也会黯然失色,保不了鲜的。"

他非常困惑,自己真心真意爱上一个人,那个人却婉拒他的爱,就好像他烫伤了她的感情似的。到底怎么啦?难道这辈子就只有打光棍的命?他原以为自己是天之骄子,找个女人还不是信手拈来,不承想竟是众里寻她千百度,蓦然回首,伊人却在灯火阑珊处向他挥手作别。

"婉音,我的抗压能力强着呢,我不怕飞短流长,人家都说我特立独行呢!"他郑重地说。

"我不抹黑你的抗压能力,可是,我俩地位太悬殊,在你面前我自卑得不行,我是个不完美的人——说得确切些——我就是个问题女人!"

"我不能说你就是个女神,可在我的眼里,你至少算个很有韵味的女人,那些浅薄的人只看到你的表面,根本没看出你的内心。"

"你前程似锦,我不能拖了你的后腿。"

他嘟囔着说:"女人的心,太难揣摩了。"

"我认为女人的心不难揣摩,我们只是跟你们男人思考方式不同,带着太多的感性色彩。"

"按理说一个医生,很会揣摩别人的心理,可我却有眼无珠,真是辱没了医生的名头。"

"那不见得,我猜想可能你只是用自己的思考方式来忖度我们女人。"

"看来,在识人方面,你完全可以当我的老师。"

"我怎么能当你的老师呢?你在抬举我啊。我呢,在跟人打交道时,马上会不由自主地忖度对方会怎么想,而你是大医生,可能不大愿意揣摩别人的想法吧?这就是大人物与小人物最大的区别。"

"你将我当成大人物了?没在损我吧?"他啼笑皆非。

"你是不是大人物我确实界定不了,但我确实仰望着你,都快得颈椎病了。"她调侃道。

"你太自卑了。"

"我不是个纯洁的姑娘,自信不起来。"

"可你的心地却是纯洁的。"

"我谋杀了纯洁,全身一无是处。我恨李岳,可更恨自己。"

"我不想了解你跟李岳之间到底什么关系。我现在只想,你的举报到底有无作用?"

"不会没作用的,难道天底下真的没有包公了?"

"别忘了,不少部门对举报都懒得理睬。"

"理不理睬主要看举报的内容吧? 我的举报他们一定会受理,因为我是实名告的他。这些天,我的脑子里不时冒出这样的念头,告倒李岳可能就是我一辈子最后也是最重要的任务。完成了这个任务后,我死而无憾了。"

"你不要说这么丧气的话。"

"我确实是这么想的。我不知道自己从哪里迸出这么大的力量,我是个怪胎。有时,我觉得自己就是个大闹天宫的孙猴子。"

应洞宾被深深震撼了,心里涌出无限的柔情,似乎忘记了她的行为对医院造成的破坏。这些天,她那张如诉如泣的俏脸老在他的脑海里闪现。她唤醒了他脑海深处的悲悯。对他来说,这女人就是一个谜,也许正是她身上这种捉摸不透的气质使他就像飞蛾投火似的亲近她。他抬起头,盯着她,深情款款地说:"婉音,我钦佩你。我很喜欢跟你待在一起时那种醉人的感觉。现在你心里特别乱,特别烦吧? 要不,我陪你出去散散心,离开眼前这个伤心地,好吗?"他总觉得自己对她的喜欢是非理性的,可还是抑制不住这致命的冲动。

她没想到他会这么提议,一时不知所措,答应也好,拒绝也好,都不妥当,陷入了两难的境地。他充满期待地注视着她,她轻轻摇了摇头,抿紧着嘴,生怕嘴里迸出什么不合时宜的话。看到她这副样子,他觉得自己的提议显得唐突。两人认识就这些天,一起出去游玩似乎太轻率了。她好似窥见他的心思,缓缓地说:"谢谢你的好意。可是,这阵子我实在提不起出去游玩的兴致。"

"你现在最该放飞一下自己的心情,给自己的心灵洗个冷水澡。"

她莞尔一笑:"听你这么说,我倒心动了。等到我将手头的事情全处理掉以后,再作决定,好吗?"

"你手头还有什么重要的事情? 举报吗?"

"是的。虽然我实名举报了李岳,可我没将相关的证据提供上去。"现在,她和他的两颗心靠拢后,她打起了退堂鼓,不想举报了。她对举报感到恐惧,生怕他知道了这些证据,会唾弃、鄙视她,就不由得犹豫起来。"要不要送给李岳一个顺水人情呢? 反正他已经在我面前放下男人的尊严,服软了。李岳虽然玩弄了我,可我当时是心甘情愿、无怨无悔地被他玩弄! 我竟将他的玩弄当作示爱,真贱! 我这贱骨头有什么资格整他?! 这么做我不就成了罗刹女了? 李岳对我不仁,我就对他不义,这不是以牙还牙、以眼还眼? 冤冤相报何时了?"她陷入了沉思。良久,她抬起头,盯着他,试探地问:"你认为我有必要举报李岳吗?"

他没想到她会提这个问题,没有思想准备,一时不知道如何回答。她目不转睛地看着他,期待他开口。他闭上眼睛,默想了一下,说:"我认为应该举报,坚持正义立场没有错。只是我得提醒一下,你举报他到底有没确凿证据,到时别让他反咬一口! 我们都知道,李岳平时笑眯眯的,可一旦咬起人来,张牙舞爪,绝不留情的。"

她摇摇头,说:"我不怕他咬我。现在我最担心——"

"你担心什么?"她欲言又止。这回轮到他等待她的回答了。她表情凝重地说:"我最怕这些证据一交上去,我就被钉在耻辱柱上了。说不定对我的谩骂铺天盖地,我会遭到灭顶之灾。我真的不敢举报他了! 他不想要明天,难道我也不想要?! 看来,我又做错了一件事。我这人总是没完没了地犯错!"她原先想破釜沉舟,务必要扳倒李岳,可现在跟洞宾处于这种微妙的关系,她不由得珍惜起来,不想破釜沉舟了。她最担心他了解到这些内幕后会颠覆对她的看法。虽然她觉得两人不般配,可她的脑子里还是幻想做他的知心爱人的。他倒不好妄加评论,缄默不语。

"别人怎么骂我我倒都认了,要是你也瞧不起我,将我当作贱女人,我就比死还难受。只要你瞧得起我,就算全世界的人都瞧不起我我也不在乎!"

他安慰道:"我懂你的心,什么都不要说了!"他只以为她手里握有她跟李岳合谋导演"药扣门"的证据,根本想不到她手里还有其他劲爆、绝对令他脸红的证据。

"我非常非常喜欢你,自从见到你的第一眼起,就喜欢上了你。"

"我也喜欢你。你的身上有某种气质令我怦然心动——"

没等他说完,她就接腔:"你可能在怜悯我,我触到了你的泪点,激发了你的悲悯情怀,是不是? 这根本算不上喜欢,更算不上爱!"

他霎时感到很烦躁,瓮声瓮气地说:"你不该抹掉我对你的喜欢。你粗暴地剥夺了我爱的权利。"

她觉得自己刚才言重了,忙辩白:"对不起,我刚才有点慌不择言。我隐隐觉得自己现在正走在一条危险的路上,前方或许就是万丈深渊。"

"别怕,有我在,不必担心别人的唾沫会淹没你!况且,我有颗大心脏,不会顾及那些飞短流长的。"

"可这些飞短流长如影随形。"

"你别以常人的心理来忖度我,我的意志足够坚强。"

"你很难做到一辈子跟人们眼里的小人一起生活。"

他咧嘴一笑:"在我的眼里,你根本不是个小人。"

她将头发一甩,冲他莞尔一笑,说:"我也不认为自己是个小人,可我是个心理脆弱的女人。我从小缺少安全感,最想找个港湾供我停泊。"

"我这个港湾怎么样?"

她不由自主地将头倚在他的肩膀上。

他箍紧她的腰,低声说:"等你过了这阵子,我陪你闯关东、走西口、下南洋。"

"这一刻的感觉真好。要是你知道我那不堪的过去,你会被吓跑的。"

"你是个只想改变自己现状的姑娘,我欣赏你。"

"唉,往事不堪回首,凭我想拱掉李岳的老婆,跟他结婚这念头,就说明我的内心是多么的龌龊。我不否认自己跟他没有多少感情,我只想攀高枝,改变自己的处境。像我这么一个小人物,不花血本,甭想改变自己的命运。我最不该的是想通过歪门邪道去寻找自己所谓的幸福。"

第四十四章　厚黑传人

　　晚上,李岳回到家后,黑着脸,老爷子一看他的表情,不敢追问了。以前他一直在儿子面前扮起一副严父的脸孔,可让李岳反击一次得手后,防线猝然崩溃,没了在李岳面前颐指气使的底气。他赔着小心问:"你俩没谈拢?"

　　李岳没好气地说:"崩了。"

　　老爷子愤愤不平:"这妖女,该杀!"

　　"我早知道结果了,可你定要我去现丑,这下遂你的意了吧?"

　　"阿岳,你变了,对老爸越来越不尊重了。"

　　李岳似乎觉得有点过意不去,歉疚地说:"我不是不尊重你,实在觉得烦,烦透了。"

　　"别灰心,天无绝人之路,你只要开动脑筋,会找到好办法的。"

　　"就算有三头六臂也无济于事了。"

　　"你怎么到现在还没学会每临大事须静气?"

　　"你去静气吧,就你行。你要是真行,怎么黔驴技穷,却拼命拷问我?"

　　老爷子被呛得直翻白眼:"我再也不管你的事了!"

　　李岳觉得有点过分,就说:"好吧,算我过分,行不行? 你没看到我有多烦吗？我已经山穷水尽了，想死的念头都有了。"

"我们一起好好开动脑筋吧！"

"林婉音这么恶毒也罢了，最气人的就是秦声那老匹夫！要不是他怂恿这臭女人，她不会死不回头的！再加上她跟我毕竟曾有过一段感情，不会这么绝情的，肯定是秦声这老不死的给她灌迷魂汤了。"

"噫，这么说，我们得从秦声那儿打开缺口。"

"秦声的脾气倔得很，他不会轻易就范的，得抓住他的小辫子！可他的小辫子在哪呢？"

"你的思路很对头，哪怕真的找不到他的小辫子，你也要给他安一条上去。以前，这手段我屡试不爽。"

"让我想想，他的小辫子在哪！"

"一个人不可能是完人，好好想想，你会揪住他的小辫子的。要是揪住了，就不愁他不就范。"

"这家伙平时假高大上、道貌岸然，好像全世界就只有他这个圣人！"

"这个世界哪有圣人，有的只是伪圣人。"

"我也这么认为。他们只是假正经，要是剥下他们身上的画皮，他们就比猪猡还肮脏。"

"我活了七十多岁，阅人无数，这世界充满着欺诈、倾轧。人不为己，天诛地灭，秦声也不例外。"

李岳两眼发光，就好像阿基米德发现了浮力大喊"尤里卡，尤里卡"那样激动，高声说："我找到他的小辫子了。他那个所谓的院士头衔就是用钱买来的。"

"怎么回事？"

"当年他为了能评上院士，指使一个姓钱的老总为他打点，估计扔了不少钞票。"

"有证据吗？"

"确凿证据没有，可都是这么风传的。"

"捕风捉影纪检部门不会认可，不过，我们不妨造一下舆论，浑水摸鱼。只要大家认为他有问题了，他跳进黄河也洗不清了。"

"可人家会相信吗？"

"不管人们相不相信,炮轰他一下再说。"

"别看秦声平时像个道学家,可骨子里说不定男盗女娼,我就不相信他在那个婊子面前坐怀不乱,说不定也苟且乱性过。"

"桃色绯闻杀伤力太大,不管他俩之间干不干净,你就吓唬他一下。"

"对,我应该当面跟他谈一次,捅出他评选院士时的猫腻,还有他跟林婉音之间的苟且之事,讹诈他一下,逼他就范。只有他出面才能阻止林婉音提供证据,这臭婊子会听秦声的!"

"秦声会出面摆平她吗?"

"我已经想好了对策。首先向他摊出他的一些丑事,逼他劝阻林婉音知难而退,如果老家伙不肯就范,那我就套出他的一些话,暗地里偷偷录音,现场收集证据,请他入瓮。"李岳得意忘形。

"你这招真高明!"

"虎父怎会有犬子?!"李岳撇了撇嘴。

老爷子情不自禁地拍了拍李岳的肩膀,动情地说:"要想玩政治,就得厚黑!要不,别在官场上混了!只要能厚黑,你一定会在官场中如鱼得水的。这下,我死而无憾了。"

李岳坚定地说:"只有这一招有可能罩住他了。这老家伙沽名钓誉,抹黑他的名誉等于要了他的命,他为了自己的清誉会摇尾乞怜的。"

老爷子由衷地说:"你这招得了我的真传,我可以放心将衣钵传给你了。阿岳,天底下没有迈不过的坎,眼前的局面虽然有些困难,也许老天在考验你,说不定要降大任于你了。当年我碰到的困难比你更多,不也是闯过来了?!"

听了老爷子的鼓励,李岳恢复了信心,大言不惭地说:"我不会这样轻易认输的,要昂起头,挺直腰,勇敢地走下去。虽然我身上有污点,可哪个大人物身上没软肋?不就这个小缺陷,天没塌下来呢!"

老爷子情不自禁地拍了拍李岳的肩,以示嘉许。

"我得马上去见秦声!"说完,他拨通了秦声的电话,约了会面的时间。

等到李岳来到秦声的办公室,坐在他的面前时,他似乎明白李岳来者不善,已做好了充分的准备。李岳暗暗揿下了微型录音机的录音键,准备录音,就等着秦声上钩了。李岳觉得自己应该绅士些,就冲着上司咧嘴一笑,露出谄媚的笑容。秦声没开口,以静制动。李岳润了润嗓子,舌头舔了一下上唇,试探地问:"秦院,我俩真水火不容?"

秦声笃悠悠地说:"你怎么将我俩之间的关系描绘得如此不堪?倒好像我俩是不共戴天的仇人似的。"

"我一直认你是我的师长,可是,你却要拼命堵住我加官晋爵的路——"他故意停顿一下,观察秦声的反应。

秦声表情凝重,马上澄清:"你言重了!"

"上次你已承认会过林婉音,不会否认吧?"

秦声沉吟片刻,说:"我确实会过她!"

"你在那种藏污纳垢的销金窟跟她厮混,我不会往歪处想,可人家会不会往歪处想呢?"

"李岳,你这话是什么意思,想要挟我?"

"我不会要挟你。我只想说,如果人们知道一个功成名就的院士会跟风尘女子在茶馆里幽会,说不定会编派出一个桃色绯闻来呢。"

"难道茶馆不是人去的地方?"

"如果谈正事,你就该约她到一个正常的场所,比如办公室!茶馆不是谈正经事的场所吧?你不知道那个目击者当时跟我透露时一脸的不屑?"

秦声心里"咯噔"一下,感觉自己比窦娥还冤,马上条件反射般澄清:"别用小人之心度君子之腹,我约林婉音确实想跟她谈正事,没别的意思。"

"谁替你作证?"李岳咄咄逼人。

"你到底想干什么?"

"我才不管你俩都谈了些什么,温言软语也好,打情骂俏也好,我才懒得管呢。"

"我已经听出你话里的意思来了,你只是想了解我跟林婉音的谈话内容!"

"我不会强迫你向我透露。凭直觉,我觉得你在怂恿林婉音举报我!我猜对了吗?"

秦声无言以对,觉得眼前这个魔鬼正用下三烂的手段要挟他,逼他就范。

李岳瞟了秦声一眼,偷偷将录音机关了,说:"要是人家嚼舌头真弄出个桃色新闻出来，你跳进黄河能洗得清吗？我只是善意提醒你。"

"你在威胁我！"

"秦院，你别以为自己一身正气，实际上，现实中每个人都差不多，谁也不比谁正经多少，谁也不比谁干净多少。当然，我有自知之明，认为自己不是个完人，只是个俗人。"

秦声被李岳凌辱，正想发作，可一下子找不到发力点，只好干坐在那儿生着闷气。

李岳打开了录音机，接着说："我很相信你的为人，不会约一个下三烂的女人去那个暧昧的场所幽会的，可不见得每个人都像我这样通情达理。我就已经听到有人在背后议论你的人品了！要是全院医务人员都晓得你俩的幽会，说不定他们会惊掉下巴了！普天下只有我知道你不近女色，不会去干苟且的勾当哦。"

秦声听到李岳这席厚脸皮的话，简直肺都气炸了。不过，他最终抑制住了自己的怒火，觉得跟眼前这个讨厌的家伙发火不值，就静下心来，耐心地问："李岳，你到底想干啥？我就打开天窗说亮话，你只是想用'幽会'、'苟且'要挟我，想从我的嘴里撬出我跟林婉音到底都谈了些什么，是不是？"

李岳嘴角抽动了一下，抿紧着嘴，绞尽脑汁想着该如何回答。半响，他无比冷静地说："你想错了，我怎么会逼你呢？我只是想将自己听到的一些对你不利的闲言碎语捅给你，怕你吃暗亏。"

秦声冷笑着说："谢谢你的关心，没想到你竟为我两肋插刀，我真错怪你了。"

李岳脸上红一块，青一块，一时不知道如何回答，像一具干尸似的僵在那儿。

"李岳，你爱怎么想就怎么想，我不怕。光天化日之下跟一个女的谈话就成了什么大逆不道的丑事了？李岳，谁都不会这样想，只有心地阴暗的人才会生出卑鄙无耻的念头！"

李岳碰了一鼻子的灰，发现自己想用所谓的绯闻击倒秦声，确实打错了算盘，必须另辟蹊径了。沉吟半响，他停止录音，说："这次我来不是要向你叫板，更不是想要挟你。到底在我的背后射了多少冷箭，你心知肚明，用不着我来揭开这层遮丑布。说真的，我不相信你跟林婉音去'苟且'，你只是想怂恿她举报我！秦院，我请求你去做林婉音的工作，让她打消举报我的念头吧。再这样下去，我们双方会两败俱伤，双方都放弃敌对的态度就是双赢的选择。我们为何不选择双赢，偏要选择双输呢?!"

"在我的办公室里进行这种肮脏的交易不太妥吧?"

"这怎么算是肮脏呢？智者不干蠢事。"

"李岳，你的意思我明白，你要我放弃原则来换取你不往我身上泼脏水。你要泼就泼吧，谁也阻止不了，无非是进了趟茶馆嘛，又没进妓院。你泼吧，最好将我淋得像落汤鸡似的，我透心凉呢。"

"可林婉音是我们医院的公敌，你跟公敌约会就不怕激起共愤吗?"

"公敌？笑话！李岳，我在此不想替林婉音辩护，即使她是我们医院的公敌，我们也得分析一下她是怎么变成公敌的!"秦声的脸上露出讥讽、不屑的表情。

李岳的脸一下子变得惨白，秦声确实击中了他的要害，他有点作茧自缚。不过，他马上转入反攻："这么说，你要跟我同归于尽了?"

"同归于尽，没这么严重吧?"

"秦院，如果稍有不慎，你失去的将会是一生都在小心呵护的清誉，我呢，已没什么可失去的了，赤脚的还会害怕穿鞋的吗?"

秦声低下了头，琢磨着该如何应对。他不知道眼前这个什么都干得出的恶魔手里到底扣着多少底牌。

李岳打开录音，索性单刀直入："我掌握你当初评选院士时的贿选证据，那个钱总为你鞍前马后上下打点，你那院士头衔就是骗来的。要是人家全知道你这个院士不是货真价实的话，你的高大形象不就轰然倒塌了?!"

秦声听了后，不由得烦躁起来。他狠狠瞪了李岳一眼，眼睛里喷射出怒火。李岳的险恶用心非常明显，就是想要挟他，迫他就范，他可不能让这可恶的家伙牵着鼻子走。不过，如果让李岳大肆抨击，弄得自己"晚节不保"，他确实有所忌惮。在这点上，李岳把脉十分精准。

秦声冷冷地说："李岳，你爱怎么闹就怎么闹吧，我无法剥夺你做一个小人的权利!"

李岳对秦声竟说出这么一席话大惑不解，他原以为自己点了秦声的死穴，不承想他还是那么无动于衷，不肯就范，他开始怀疑自己的判断是否出了偏差,准备再试探一下:"你难道真的不怕人家抨击你是个假院士?如果我一抛出证据,你就差不多名誉扫地了。"

秦声吃不准李岳是否真的掌握了置他于死地的证据,告诫自己必须要小心应付,千万不可鲁莽行事,轻举妄动必误大事。他暗忖道:"当时钱总的运作很隐秘,李岳不会晓得内幕的,他只不过在恫吓我,虚张声势而已。不过,这家伙在过了这么多年后还翻陈年旧账,是可忍,孰不可忍!"李岳的那副嘴脸在他的眼里显得越来越恶心了。况且,院士的称号是他一生所能取得的最高荣誉,他绝不能让这荣誉蒙上一层灰尘,影响到它的光鲜度。这一刻,两人都不约而同地窥伺着双方,试图洞见对方最隐秘的心理活动,寻找突破口,彻底制伏对方。

李岳看到秦声半晌没反应,以为他正在评估着利害得失,于是就再刺激一下:"秦院,你是个智者,不会不权衡得失的。"

"李岳,你为啥要苦苦相逼我这个智者呢? 你不该恨我啊!"

"要是我恨你,这恨也是你激惹出来的。我对你的恨是很被动的,很无奈。如果你对我不恨的话,我对你的恨顷刻就会消失得无影无踪。"

秦声的脸上露出似笑非笑的表情,他暗忖道:"原来我确实低估了他的破坏力、他的无耻。我真不知道他手里掌握着什么牌。我有没必要跟他再斗下去? 跟这种无耻的小人斗,我有多少胜算呢? 世上有几个君子斗得过小人?! 看来,我得退避三舍了。就算能将这无耻之徒拉下马,德民十有八九也上不了,我还不是替别人作嫁衣裳?! 可这无耻小人要是真的上位,那我们这家好不容易驶入正轨的医院就要元气大伤了。"

李岳不失时机地提醒:"秦院,解铃还须系铃人,你该阻止那妞儿知难而退,不要再举报我! 从此后,咱俩井水不犯河水,这才是双赢的结果。我明白,在目前情况下,能对这臭丫头施加强大影响的只有你了。"他又客气起来了。

秦声开动脑筋,觉得眼下最好将他稳住,不跟他硬碰硬,这穷凶极恶的家伙要是狗急跳墙,什么手段都会使出来的,还是先避其锋芒吧。

"在我眼里,你最识时务。我明白,你想拉德民一把,可眼下,德民已出局,就算我不能上,也轮不到他。要是我当上院长,我定会大书特书你对本院的贡献,给你一路开绿灯。秦院,放眼全院,唯我最懂你,德民不如我。我知道你卸任后,最想好好搞科研,你不想裹足不前,还想搞出世界级的科研成果来。到时,我定会将科研经费好好向你倾斜,当好你的后勤,全方位为你服务。秦院,不管你支不支持我,只要你不拆我的台,你要风得风,要雨得雨。你知道我的脾气,我说到做到。我不知道你为何对我这么反感,难道我真的这么坏?我决不会尸位素餐,我会为医院的发展鞠躬尽瘁,将医院带到更高的高度,不辜负你对我的信任。"

秦声的心里五味杂陈。鬼才相信这家伙的表态,他对李岳的认识深入骨髓,这坏家伙有一肚子的坏水,专门喜欢开空头支票,既不讲诚信,办事也不厚道。他确实想不到李岳在他面前会使出这伎俩,对这家伙的厚颜无耻有了更深的认识。如果自己再跟李岳斗下去,肯定会遍体鳞伤;可就这样睁一只眼,闭一只眼让这家伙上位,他一万个不愿意。他冷漠地瞟了李岳一眼,摇了摇头,随后闭上了眼睛。李岳似乎感觉到秦声正在进行激烈的思想斗争,就不想打破眼前的宁静,以免影响他的心思。秦声睁开眼,缓缓地说:"林婉音告不告你,我左右不了。她是个成人,有自己的是非标准,不会轻易受别人摆布的。"

"看来,你不想跟我和解了。那好吧,我俩来个鱼死网破。"

"我俩之间有什么深仇大恨呢?"秦声觉得心里没底,就打起圆场来。

"怎么没有?你们这伙人不是一直在背后捅我吗?"

"李岳,你说清楚些,谁在背后捅你呢?谁不仁不义呢?"秦声怒不可遏。

李岳的脸色红一阵白一阵,不过,他不想就这样向秦声屈服,马上将自己的声音提高八度:"你不是怂恿林婉音捅我吗?"

秦声索性敞开门户:"李岳,实话告诉你,我没有怂恿林婉音举报你,如果她一定要举报你,她肯定有自己的理由,你别将什么都推到我身上好不好?你真的以为她憎恨你的种子是我播下的?我告诉你,你想错了!是你将她逼到绝路上去了!她恨透了你!你自作自受!我对她没有这么大的影响力,你真是太抬举我了!"

李岳一时语噎,两眼怔怔地盯着秦声,就好像刚从昏睡中醒过来似的。秦声一边应付李岳,一边大脑高速运转,盘算着到底有什么把柄落在李岳的手里,他在心底里承认,自己在评选院士时确实做了小动作,可没有很出格的举动,每个候选人都这样做的啊。他深信李岳只在威胁他,手里没掌握多少证据,于是,决定狠狠还击:"李岳,如果举报的证据不实,你大可不必害怕,并且还可以倒过来反告人家诬陷你;如果人家举报的属实,你应该反思才对,我不是你的出气筒!"

李岳圆瞪双眼,瓮声瓮气地说:"那我们好好掰一回手腕吧!现在,我没什么好失去的,而你会输得精光!"

秦声硬气地说:"我也没有什么可失去的。我只奉劝你一句:好自为之。我承认自己远不是个完人,可我还是有做人的底线的。你可以往我身上泼脏水,到时别污了自己一身!"

李岳"霍"地站起,鼻子里发出"哼"的一声,拂袖而去。

李岳走后,秦声似乎还能感受到刚才唇枪舌剑后弥漫的硝烟,对李岳的认识加深了。他做梦都想不到他俩之间会来这么一场交锋,更想不到李岳竟会向他提出如此荒唐的要求。生活每天都有黑色幽默啊。凭他对李岳的了解,这混账东西绝不会善罢甘休的。既然李岳已清楚他蹚了这浑水,他可不能再犹抱琵琶半掩面了,接下来,李岳肯定会抄起各类轻重型武器向他猛烈开火,他必须要做好充分的准备。他闭上眼睛,倚在椅子上,回忆着自己这五年来所走过的历程,特别是在排摸自己到底有没出过什么纰漏。他对自己在院长任上所做的工作还是比较满意的,医院在他的管理下取得了长足的进步。他认为自己事业心强,两袖清风,有点端不上桌面的就是院士参评那档事了。可是,哪个候选人不活动呢?他也食人间烟火,自然不能免俗。要是不熟悉中国特色,他甭想评上院士。况且,钱总的活动不是很出格,他只是利用原先的人脉资源。钱总跟自己的关系很铁,不可能将当初的运作透露一丁点的。不过,他最终还是放不下心,就拨通了钱总的电话。

钱总问:"秦院,今天怎么想到我了?"

秦声玩笑地说:"我快要下台了,你以为茶快凉了,不理我了?"

"我在你眼里就是这么个狗眼看人低的势利小人?"

"要是平生不做亏心事,半夜敲门心不惊啊。"秦声"呵呵"笑着。他俩的关系很铁,两人平时最喜欢插科打诨。

"我这人没其他的本事,就晓得饮水思源。"

"老钱,说句大实话,你对我的帮忙也不少。参评院士多亏了你的斡旋才得以评上,这些年来,我一直对你感激万分。"秦声似乎动了真感情。

"你有个院士好追求;我呢,有时很困惑,不知道自己赚了这么多钱干什么! 迷惘啊。"

"看来每人都有一本难念的经。"

"秦院,我怕你到时退下来后不适应呢。"

"会适应的。我已经大致安排好自己退位后的计划了。这五年在专业方面确实荒废不少,接下来得好好加把劲,要对得起自己头上的这顶院士帽啊。"

"说句心里话,你现在的名声如雷贯耳,已成为我国医学界的泰斗了。"

"你在恭维我。现在有人要抨击我在参评院士时指使你行贿呢,搞得我灰头土脸,就好像这顶院士帽是偷来的似的。"

"真有这号人往你身上泼脏水?"

"树欲静而风不止。"

"别理他! 听说李岳快要当院长了?"

"是有这么回事。以后你就要跟他打交道了。"

"明人面前不说暗话,我真不知道怎么跟他打交道。"

"你对他没好感?"

"我无法跟他对上眼。难道你对他满意?"

"我怎么会对他满意?!"秦声敞开心扉。

"那你为何不向组织部门反映一下?"

"反映过了,没用。你有所不知,他现在想搞我,拼命往我身上泼脏水,诬我贿选。"

"是他?"

"你有没向他透露过什么?"

"我跟他无非是面上点点头,怎么会交心呢? 更何况根本不存在贿选啊,子虚乌有! 你们怎么会干上呢?"

"是他找碴啊。"

"这家伙的人品太差,屁股太邋遢,组织部怎么会任命这号人呢?"

"他的屁股比猪圈还脏。"

"这些年,你们医院包括你本人形象都很光鲜,不过我耳闻李岳这条线一团糟,如果加以深挖,说不定会挖出一只硕鼠出来。"

"我承认对他睁只眼闭只眼,息事宁人。"

"他要是当上院长,你们医院肯定会乌烟瘴气。"

"这里面太复杂了,一言难尽。李岳能上位,最大的推手就是他老爸,这老头虽然退下来了,可余威还在,人脉很广。"

"秦院,你一定要多提防李岳,别掉以轻心。至于你的所谓贿选,也别太担心,因为本来就不存在。我听你说过以前人家也有这样的议论,现在再拿所谓的贿选来说事只不过老调重弹,新瓶装旧酒而已。估计李岳黔驴技穷,只好搬出这些下三烂的手段。"

"我也这么认为。"

"我有点疑惑,你都快退位了,也没挡他的道,他为啥要攻击你?"

秦声忙将事情的来龙去脉跟钱三民摊了一遍。

钱三民听了后,说:"他对你这么怀恨在心,你更要小心了。不过,凭你的崇高威望,他撼动不了你的,蚍蜉撼大树,可笑不自量。既然有人站出来实名举报,李岳肯定当不成院长了。"

"如果不出意外,可以判决李岳的政治生命已经死亡。只是,现在很多事情并不是都能用理性来准确判断的。"

第四十五章　朝拜圣地

　　半个月后,应洞宾、林婉音一起来到了西藏。他俩办了入住手续,开了相邻两个房间,各自休息。醒后,洞宾给婉音发了个短信:醒了吗? 一会儿后,她回:醒啦! 他回:不邀请我过去坐坐? 她回:恭候。

　　洞宾打开了虚掩的门,踱进她的房间,只见她的脸颊红扑扑的,像个熟透了的红苹果,由衷地赞叹道:"你真漂亮。"

　　"还漂亮呢,刚才我在镜前看过,只不过是高原红,都是缺氧惹的祸。"

　　"你觉得胸闷吗?"

　　"刚来时有点胸闷,现在倒不觉得了。"

　　"没想到我俩能来到这儿。"

　　"谢谢你陪我朝拜圣地。"她脸上露出娇羞的表情。

　　他半玩笑半认真地说:"馋得真想吻你。"

　　她默然不语。

　　他马上转移话题:"快中午了,我们先填饱肚子吧。"

　　"好啊。下午我们怎么安排?"

　　"你说呢?"

她提议:"要不我们先逛布达拉宫?"

"好。"

他俩各自背了个旅行包,离开了宾馆。

饭后,他俩来到了布达拉宫,仰望着这座原先只有在电视或网上才能看到的圣殿,心里非常激动。

"太巍峨了。站在它的面前,脑子里全是惊叹号!"她冲他莞尔一笑。

他调侃道:"我们总不能在惊叹中过日子,生活还要继续呢!"

"这些天,跟你接触后,发现你这人既现实,又浪漫,两种气质浑然天成。"

"我这么复杂吗?"

"这怎么算复杂呢!"

他沉吟不语。

她眺望着远处的布达拉宫,感慨地说:"为了迎接文成公主,藏王松赞干布建造了布达拉宫,公主真是个幸福的女人。"

"我已在心里也造了一座布达拉宫。"

她没接腔。

他俩不约而同地朝圣殿走去,买了票后,虔诚地进入了布达拉宫,宫里玄秘氤氲。白宫正在装修,他俩无缘进去,只好来到红宫。红宫主要是历代达赖喇嘛的灵塔殿。当看到座座灵塔时,她忽然对生命多了一重感悟。

她凑近他,咬耳低语:"真不敢仰视。"

"肃然起敬啊。"

"可惜没有六世达赖的灵塔。"

"为啥没有他的灵塔?"

"他是个很有争议的人物,我不敢在这儿亵渎他,向你讲述他的故事。"

他心有灵犀,不再问下去。

他俩花了近三个小时游完了整座宫殿,重又来到原先驻足过的广场,再次回望布达拉宫,他说:"你现在可以揭开谜底了吧?"

她莞尔一笑,神秘兮兮地说:"你可能只想朝拜布达拉宫,可我除了朝拜之外,还想探寻仓央嘉措的足迹。"

"我想起自己在哪里看到过他的介绍,他就是你刚才所讲的六世达赖吧?"

"对。这位圣人既是达赖喇嘛,又是诗人,可在史上诗人的名气更大。

我记得他有一首很有名的诗——"

"什么诗？"

她润了润嗓子，抑扬顿挫地朗诵："在那东山顶上，升起皎洁的月亮。玛吉阿米的笑脸，浮现在我的心田。"

他凝神沉思，一会儿后，抬起头，冲她咧嘴一笑："我听到过。你身上有种气质令我着迷，可我一时无法形容那是什么，现在我豁然开朗，原来就是诗意。"

"过奖了。"

"诗里的玛吉阿米是个姑娘吧？"

"据传就是六世达赖的情人！"

"这个达赖可够风流的，藏传佛教会允许他谈情说爱吗？"

"不允许。他只好趁夜深人静时去幽会他的情人。"

"他真够大胆的。"

"现在在八廓街还保存着他幽会情人时的那座黄房子，可惜现在已改成餐厅了。"说完，她幽幽地叹了口气。

"你不想亲眼目睹这座黄房子？那里说不定还留有仓央嘉措的足迹。"

"我的心已飞到那儿了。"她的声音低得如同心灵的呼唤。

"那我们快去看看呀。"

"可惜不是原来的那座了。"

"不管是不是原来的那座，也许它的上空仍回荡着他俩的绵绵情话呢。"

"我倒觉得你身上的每一个细胞都绽放着诗意。在你的面前，我自惭形秽。"

他若有所思："六世爱上一个凡间女子，真是惊世骇俗。"

"这需要多大的勇气哦。"

"圆滑的现代人在勇气方面很难达到他的高度。"

"可恰恰是他的惊世骇俗最后送了他的命，当时的皇上惩罚了他。"

他两眼忽闪一下，抬起头，凝视着她，说："婉音，虽然我不是什么六世，你愿意做我的玛吉阿米吗？"

她没想到他会这么问，脸一下子涨得绯红，忙娇羞得低下头，不知怎么回答。良久，她抬起头，瞟了他一眼，底气不足地说："借着这一方宝地，我就跟你说实话吧，我非常爱你。正因为这，我才不想给你带去痛苦。我隐隐感到一旦我们真的结合，你会不堪重负，而你是个前途无量的小伙子，应该展翅高飞。我不想污染你的肉体，更不想玷污你的心灵。"

"你觉得我们在一起不幸福吗？"

"幸福距我仅一步之遥，伸手可摘，可又咫尺天涯，不可企及。有时，我不得不宿命地想，我这辈子过不上幸福的日子了。"

"也许你所受到的挫折毒化了你的心灵。"

她沉吟不语。

他深情地凝视着眼前这位姑娘。

"你不认识我了？"她疑惑地问。

他慢慢靠近她，他俩四目相对，心灵的窗口里荡漾着脉脉柔情。他伸出双手，捧着她那张俏脸，他的指尖敏锐地觉出她微微战栗着，就像微风吹拂湖面泛起的涟漪。

他情不自禁地说："你真美，美到我的心都提到嗓子眼了。"

她闭上了眼睛。他忘情地热吻着她，她微微嗫着嘴，回应着。一股看不见的电流正透过红唇在他俩的体内传递着，震荡着，形成了一个强大的爱的磁场，他成了N极，而她则是S极。她的双手紧挽着他那坚实的颈项，整个身子被他轻轻吊起。他那宽阔的胸脯紧贴她的双乳，他那怦怦心跳声捶击着她的心包，跟她的心跳形成和谐的共振。她的眼泪不由自主地流了出来，他俩的脸颊霎时成了泪海。

她低声耳语："我怎么变得这么脆弱了？"

"不是脆弱，是释放。"

她娇嗔地说："在这样一个神圣的地方，我们是不是太出格了？"

他亦庄亦谐地说："神佛们会笑眯眯地注视着我们的，他们悲天悯人。我觉得我俩身上有一种气质很神似。"

她假装不知，好像碰到了哥德巴赫猜想。他将两手插进她那浓密的秀发里，轻轻地捋着她那柔软的发丝。

她依偎在他的怀里，柔声说："陪我去玛吉阿米那座黄房子吧。虽然那房子已不是原来那座，可他俩的灵魂说不定正如你所说的在房子上空飘荡着呢。"

洞宾俩来到了玛吉阿米餐厅。这所两层黄房子正门呈圆拱形,看起来比较独特。他俩手挽着手走进了餐厅。室内装潢极富异国情调,墙上密密麻麻悬挂着各式各样的彩画。室内的黄色主色调显得温馨、暖和。他俩挑选了角落里的一张桌子,掇了两把皮椅相对而坐,点了几个特色菜及点心:草原生烤羊排、酸萝卜炒牛肉、酸奶人参果八宝沙拉、糌粑坨坨。

他问:"全都是当地的特色菜,你会习惯吗?要不点几个海鲜?"

"你放心,我没这么娇气,会习惯的。既然来到这儿,就得入乡随俗。嗨,我们比一下,看谁更适应这里的生活!"

他马上回应:"好啊。"

"我是一朵野百合,不管长在哪条山涧里都会活得有滋有味的。"

"喝酒你是海量,来瓶青稞酒,怎么样?"

她连连摇头:"不行,不行。我们本来就水土不服,再喝酒,身体垮了,会败坏我们游兴的。"

"那好,我们就喝饮料吧。"

菜蔬先后端上后,他俩就品尝起来。

她说:"味道比我想象的要好。你习惯吗?"

"我这人不管吃什么都会习惯,不挑食。"

客人们三三两两走了进来。

她说:"这里的环境使我产生了虚幻的感觉,好像我们坠入了太虚幻境。"

"看来,你飘飘欲仙了。"

"眼下跟你在一起的感觉太醉人了。"

"我忽然想起了六世达赖,说不定他就坐在这个位置跟玛吉阿米幽会。"

她似乎听出他话里的弦外之音,忙岔开话题:"你有没感受到他俩的灵魂在上空飘荡呢?"

他敛神谛听,装出一副专心致志的样子,她看了后忍俊不禁。他索性闭上眼睛,摇头晃脑,装神弄鬼。

她忍不住赞叹道:"你真有喜剧天赋。"

《回到拉萨》那熟悉的曲调飘进他俩的耳中。当听到"她会教你如何找到你自己"时,她只觉得眼眶一热,但忍住了没让眼泪溢出。她可不能让不争气的眼泪扼杀了眼前这令她迷醉的氛围。当那句"纯净的天空中有着一颗纯净的心,不必为明天愁也不必为今天忧"传来时,她再也抑制不住了,不禁潸然泪下,抽泣着说:"我怎么成了多愁善感的林黛玉了?"

"泪水将你洗得更清丽了,如出水芙蓉。"他看见噙在她眼角的一滴眼泪缓缓滑下,猛地坠落,掉进她的酥胸里,直搔得他心痒痒的。

"谢谢你对我的夸奖。活了二十多年,这精神食粮对我来说就好比沙漠里的水。"

"你这般如花似玉,我一直以为你的生活很滋润呢。"

她夹了块酸萝卜放在嘴里嚼起来,眉头紧蹙,若有所思。一会儿,她咽下食物,漫不经心地说:"苦涩得很,尤其是我的童年更苦涩。"

他下意识地摇了摇头,将信将疑。

"我六岁那年,父母就离异了,我跟着妈一起生活。一直来,我特没有安全感。"

"真想不到。"

"由于家里没有好劳力,我妈既主内,又主外,风里来,雨里去。我没有兄弟姐妹,可我没有寂寞的时候,因为一有空,就常跟着妈去干活。小小年纪什么活都干过了。我的生活苦如黄连,可妈比我更苦,我只好咬牙忍了。上小学时,我非常用功。成绩常排在班上前两名,你可能想不到吧?"

他忙答:"怎么想不到? 你就是个鬼灵精。"

"这是顶可爱的高帽。"

"你知不知道,我有时恍惚觉得你就是我的同桌同学,真的!"

她脸上呈现的单纯简直无法用语言来形容。

"你是个不凡的姑娘。"

"我不认为自己多聪明,可我不笨。我拼命读书就冲着两个目的:离开农村,我不想过着面朝黄土背朝天的日子,更不想嫁给一个大字不识一箩筐、粗俗不堪的男人;我妈为了我付出太多,我一定要出人头地,使她总有一天也能过上好日子。正因为想过头了,我误入了歧途。我是个多么浅薄的女人啊!"说完,她幽幽地叹了一口气。

"以后的路还长着呢,别长吁短叹了。"

"我现在正站在悬崖边上。要是我告倒了李岳,我在全省乃至全国都会出名！可这根本不是什么好名气，我不知道怎么面对。我这一生毁了，万劫不复！"

"你不该这么悲观。我倒觉得经过这场洗礼，你会脱胎换骨。"

"你认为我坏吗？"

"如果认为你坏，我会跟你坐在这个餐厅里互诉衷肠？！"

"初中毕业后，我中考时发挥不错，考上了老家最好的高中。可就在那时，我妈累垮了，得了尿毒症，需要昂贵的医药费。当时，我曾想过辍学，外出打工。我妈坚决不同意，要求我继续上学。可我很难集中精力看书，成绩就滑下来了，一直在中游徘徊。高考时，我考取了一所普通的医学院校临床医学专业——"

"咦，原来你还是个医学生？"他的脸上露出惊诧的表情。

"是的。"

"可以前从没听到你说过。"

"我跟谁都没有说过。我不好意思亵渎白衣天使的称号。"

"那你为何不堂堂正正当个医生？"

"我曾被一县级医院录取，可因为没关系，分配的科室令我非常不满意。我向领导多次要求转科，领导就是不松口，我苦恼极了。考虑到当个小医生赚不来几元钱，而我妈为了供我上大学借了二十多万元，我急于赚大钱，于是就辞职了，后来找了份医药代表的工作。由于我有医学基础，干得非常出色，收入也很可观。没用几年就还掉了那笔债。"

"是这么回事。"

"往事不堪回首哦。"

他安慰道："你别怕我会误解你，我可以拍拍胸脯告诉你，我理解你。真想喝点酒。"

她问道："你有酒瘾？"

"我哪里有酒瘾。只是此情此景我没来由地迷上酒了。"

"那就喝点吧。要是明天累，我们就休息一天。我现在没什么高原反应了，不大要紧的。"

"那我们就来瓶青稞酒？"

"好。"

他唤来服务员点了一瓶。不一会儿,酒端过来了。他俩干了一杯。他酒量不行,可他晚上铁定心要陪她喝几杯。两小杯下肚后,他觉得脸上热辣辣的,酒精起作用了。他瞟了她一眼,说:"你别做什么广告策划了,还是恢复老本行,做个医生吧。听说秦院眼下对你印象不坏,让他将你招进我们医院。只要他肯帮忙,这事小菜一碟。"

"我不会跳入火坑的。"

"你将我们医院当作火坑?"

"就算不是火坑,也是我的伤心地。即使我重操旧业,我也不会选择你们医院的,更何况我压根儿没想到要去重新做一个白衣天使,我不配。"

"你有副悲天悯人的心肠。"

他俩一边聊着,一边品尝着眼前这盘糌粑坨坨。她吃了后,说:"我吃出味道来了,看来我的适应能力真不错。你呢?"

他调侃道:"须眉怎能让巾帼?"

她莞尔一笑。半晌,她充满哀怨地说:"有些大错一旦铸成,注定要用一生去赎罪。"

"你不该这样沉溺于这种负面的情感中不能自拔。我总觉得你不是个自甘沉沦的人。"

她高兴地说:"从眼下起,我不会再悲悲戚戚了,我得振作起来。"

"你该做一个大气的小女人,我期待着呢!"

"好,在西藏的这阵子,我们只谈感受,不谈工作,更不谈所谓的人生、使命这些吓人的字眼。"

"好!"

一刻钟后,他俩喝了差不多半斤,他喝了二两左右。

她关切地说:"你要是感觉不好,就少喝点。"

"喝了这么一点点就醉醺醺的,真不好意思,让你见笑了。酒量不及你的零头。"说完,他又给每人倒了一杯,兀自端起了酒杯。

她忙说:"我们少喝点吧,毕竟在高原呢。要是这次喝了没有明显不适,下次我就好好陪你喝个一醉方休。"

他笑吟吟地响应:"好啊。"

看到他这副表情,她不禁心旌荡漾,笑意盈盈。

他不由得赞叹道："你灿若桃花——"

她真觉得他有几分醉意了,不想让他再喝下去,忙劝阻道:"你是男人,我等着你照顾呢,你醉了,谁来照顾我呢?"

"好,你喝,喝,喝醉了,我是你的男人,会背你回去的。"他随声附和。

她瞟了他一眼,一连喝了三杯。对她来说,一斤高度白酒不在话下,可在高原,她不可能有这么大的酒量了,更何况她也不敢逞强多喝。一瓶酒她差不多喝了六七两,洞宾喝了三两左右。她没什么,可他已有五分醉了。他醉眼蒙眬地看着她,直看得她的心如小鹿般乱撞。她忙给他泡了杯茶。他扫视着整个室内,那暖暖的黄色映进他的眼帘,由衷地说:"真是个浪漫的地方,怪不得活佛也会思凡。"

她没有回应。

"能在这里跟你四目相对,妙不可言。"他灼热的情感岩浆源源不断地喷涌出来。她将眼前的那杯茶递给他,他接过,喝了一小口。

她问:"你怎么样?吃力吗?"

"迷迷糊糊的。"

"要不我们回去?"

他点点头,忙唤来服务员,结了账。她自然地挽着他的手,生怕他跌倒。他依偎着她,在大街上踉踉跄跄迈着醉步。

她关切地问:"行吗?要不坐下来休息一下?"她有点后悔刚才不该喝酒。要是出一点纰漏,她会抱憾终生。她的额头不经意触到了他的脸颊,她觉得他微微颤抖了一下,下意识地问:"冷吗?"

"怎么会冷呢?!"

"我们还是打的回宾馆吧?"

"四周无处不流光溢彩,这良辰美景,我们岂能错过?"

她动情地说:"我倒觉得你是个诗人。"

他笑而不答。

她抬起头,仰望似乎近得伸手可触的蓝天,若有所思地说:"这佛光闪闪的高原,三步两步便是天堂——"

"谁的诗?"

"仓央嘉措的。"

"噢。"

"却仍有那么多人,因心事过重而走不动。"

"你在说我吗?我怎么走不动呢?"说完,他自然地挣脱了她的手,踉跄一下,向前歪歪地扭了几步。

她忙上前,挽住他,说:"我怎么说你?这又是他的诗——这佛光闪闪的高原,三步两步便是天堂,却仍有那么多人,因心事过重而走不动。"

"我明白了,我们去看看布达拉宫的夜景,听说那圣宫的夜景才美轮美奂。"

"我生怕你太累了。"

"现在我精神好多了。不看那夜景说不定我们会抱憾终生的。"

来到布达拉宫前方那广场,洞宾俩震惊了,恍如堕入仙境。整座宫殿黄白相间,那令人心颤的洁白无疑给他俩的心灵洗涤了一遍。她发自内心地说:"谢谢你带我来到这圣洁的地方,我的灵魂真正受到了震撼,恨不得融入到这醉人的夜景中去。以前,我怎么会为那些繁文缛节纠结不已呢?真傻!"前方那喷泉将广场洒湿一地。她像发现新大陆似的叫了起来:"你看,地上那倒映的布达拉宫更美轮美奂。这真是人间仙境啊!"他俩不约而同地闭上眼睛,在脑海里回放着眼前这一幕幕美景。她忘情地说:"我真不想睁开双眼,生怕眼前的美景倏忽消失。"他不由自主地紧抱着她,他俩呼吸急促起来。

他深情款款地说:"在我的心目中,你比眼前这美景更迷人。"

"你不能亵渎这圣地。"

他急遽抱起她,在广场上旋转着。

"当心脚下打滑!"她连忙阻止他。

他仍旋转不已,忽然,他脚下一滑,跌倒在地,条件反射般将她紧紧箍在怀里。

"没伤着吧?"她担忧地问。

他咬耳低语:"我俩多像连理枝。"说完,他凝视着她,只看见她的双眼忽闪忽闪的,就像天边的两颗星星。她将头埋在他的胸前,避开他那热辣辣的目光。他用额头摩挲着她那柔软的细发,阵阵幽香沁入他的心田。他情不自禁地说:"现在我真的醉了。"

"我们起来吧,人家看到了会臭骂我们的。"说完,她挣脱了他的怀抱,站了起来,目不转睛地盯着眼前的布达拉宫,他默默地站在她的身后。她转过头,对他说:"你累了吧?我们走吧。"

"已经看够了?"

"我已经将它摄入脑海,永远也褪不掉了。"

他俩打的回到宾馆。

稍作洗漱后,洞宾敲了婉音的房门。

她的声音传了出来:"洞宾吗?"

"是我。"

"等会儿。"

几十秒后,门开了,刚洗漱的她探出头来,他滑溜得如泥鳅般闪身进去,并随手关上了门,情不自禁地抱起她,将她轻轻放在床上,呢喃细语:"婉音,我一直寻找的就是你。"说完,他俯身靠近她,她伸出双手,吊在他的颈上。他紧抱着她,宽阔的胸脯贴紧她。

她下意识地问:"你喝醉了吧?"

"酒没使我醉,你倒使我醉了。"说完,他猛地一转身,抱着她在床上打了个滚。

"我爱你,很爱你。这些年来,我一直深爱着你,你相信吗?"

"我深信。我还相信你就是我正在寻找的另一半。"他抚摸着她那光滑的脊背。她紧紧地箍着他的腰,她那酥胸触摸到了他那快速的心跳。他则感觉到她那对乳房正在他的胸前乱颤着。他正想抚摸一下她那对"白鸽",可又怕自己的双手玷污了它们。他的双手滑向她那圆润的臀部,她被他搔得心旌荡漾,就扭曲着肢体。他不由得赞叹道:"你的身体真滑润。"

她闭上眼睛,似笑非笑。他两眼迷离,情感开始泛滥,酒劲也上来了,忙捧着她的头,肆无忌惮地激吻着。她的泪水如决堤似的流了出来。他快乐地嘟囔着说:"这世界上就只剩下我们俩啦!"说完,他吻遍了她的脸颊,咽下了她那微咸的泪水。

她彻底醉了,发出了快乐的呻吟声,暗忖道:"这个世界要是真的只有我俩该有多好。"她那对没戴胸罩的乳房不断摩挲着他的胸脯,搔得他不能自持。他解开了她睡衣的纽扣,那对乳房像鸽子般伸出头来,在他的眼前晃荡着。他伸手轻轻抚摸着,她的全身颤抖着。他将她的身体往上一提,马上将乳头含在嘴里,轻轻地噏吸着,她不住声地说:"不要,不要。"他嗅到了她的全身散发出来的阵阵幽香,不觉心旷神怡。他快速、有力地吮吸着那颗"紫葡萄",她两手紧紧箍着他的头颈,陶醉地闭上双眼。她做梦都想不到,会跟自己梦中心爱的男人缠绵悱恻,她的心醉了。

他忘情地说:"温润如玉就是说你的。"

她幽幽地说:"你不该爱我!在外人眼里,我是个女魔头,不是个正经的女人。"

"不!不!不!不是这样的!只有我看得出来,你拥有一颗纯粹的心。"

翌日,洞宾俩搭团去了纳木错。纳木错湖是他俩心目中的圣湖。当他俩站在湖边时,心灵被深深地震撼了,她赞不绝口:"真是个由蓝白组成的世界,远处群山皑皑白雪,白得耀眼,眼前圣湖湛蓝湖水,蓝得心醉,造化的杰作哦。"

他补充道:"简直分不出哪是湖水,哪是蓝天。"

"水中有天,天中有水,水天交融。你看,远处的群山太美了,座座雪峰如同琼楼玉宇、鬼斧神工。"

"更美的是眼前那湛蓝的湖水,我隐隐觉得这可能就是真正的蓝,其他的蓝只能算是这本色蓝的影子。"

他的话触到她心灵深处的痛点,她听了后凛然一惊:"我真想化入到这湖水里,长眠在她的怀抱里,同样是一片水,怎么会有这么巨大的反差呢?!"

他不由自主地向湖水走去,将穿着凉鞋的左脚伸进湖水里。她一把拽住他的衣袖,说:"当心!"

他像被火烫了似的缩回脚,往后退,转身朝她吐了下舌头,说:"我倒不怕掉下去,我只怕玷污了这纯粹的蓝。"

她感慨地说:"这湖水太纯洁了,真能洗净一个人心灵的污垢。这两天我明白了很多,真搞不懂我以前会过着这么一种不堪回首的生活。"

他抬头仰望碧空,头顶的白云伸手可及,只见一朵云彩被阳光抹成嫣红,宛如少女睡眼惺忪的脸庞,不由得赞叹道:"快看,头顶的云朵美得忘记了自己的存在!"

她忙抬头仰望。

他凑近她,低声说:"多像你这张俏脸。"

她羞得整张脸飞红了。

他们所在的扎西半岛上怪石嶙峋,嘛呢堆三五成群,一条条透迤曲折的小路向远方延伸,直通向天边,空中飘荡着的经幡显得很是壮观。他俩钻进一个阴凉的溶洞中,洞里幽静得能听到自己的心跳。他俩并排坐在石条上,看着前方的根根钟乳石,恍如隔世。她感叹道:"真是个世外桃源,使人神清气爽。"

他俩就这样坐着,像是禅定似的,谁都不说一句话。

良久,他瞥了她一眼,说:"我们可以出关了吗?"

她莞尔一笑。他站了起来,随即扶了她一把。他俩仍来到湖边,凝望着眼前的湖水。

她富有感情地说:"现在这蓝色比刚才更深了,刚才的蓝是清澈的蓝,现在则是丰润的蓝,蓝得迷人,蓝得神秘,如果我的心里也有这么一片蓝海真是太好了。我迷上这个地方了,真想搭间小屋,在湖边住下来,每天能跟这深邃的蓝色对话,让它洗涤我的心灵。"

"站在湖边,什么杂念都没有了。生命也就变得更纯粹了。"

她瞥见路边的嘛呢堆上有个巨大的牦牛骷髅头,两支圆弧形的牛角直刺苍穹,白白的骨殖饱经风霜,两个眼窝深邃、空洞,蓦地想起了什么,若有所思地说:"藏人时兴天葬,可惜天葬时不准外人观看。"

"你怎么想起天葬来了?莫非你喜欢看天葬?那场面令人心颤,你敢看?"

"你将我当胆小鬼了。在医学院读书时,我敢独个在解剖室里静静地解剖,而其他女孩却战战兢兢,连大气都不敢出一口。"

"天葬台不等同于解剖台。"

"你放心好了。我的神经还是很坚强的。"

"你一定要看,我倒可以联系一下。我有个很要好的叫吴胜的初中同学在这里经商,听说人脉很广,生意已上规模,说不定他有门路。"

"那你赶快跟他联系。"

"这次我本没打算跟他联系,不想让我们的两人世界被别人打扰。"

"这没关系,要是真能联系上他,看完天葬后,我们就跟他分手,不就得了?"

"这倒是。但愿能联系上他,完成你的心愿。"

"虽然你们医生为很多病人送过终,尤其是你们肿瘤外科医生,可看了天葬后,说不定你会对生与死有更深的感悟。也许这震撼的场面会使我俩醍醐灌顶。"

他俩踱到前方不远处的石堆边,坐了下来。他开始跟他的同学联系了,可吴胜爱莫能助。他跟吴胜寒暄了几句后,就快快挂了电话。

回到宾馆没多久,洞宾俩就早早上了床。迷迷糊糊地,婉音听到洞宾附耳低语:"婉音,吴胜来了。他要带我们去看天葬。"

婉音圆瞪杏眼,惊诧地问:"他不是拒绝了我们吗?"

"现在他答应了。"

"真的?"

"快起来,天都亮了。"

她一骨碌爬起来——

天蒙蒙亮,洞宾仁就来到了天葬台附近。换上藏民的服装后,婉音哑然失笑,吴胜已经跟她比较熟悉,于是就口无遮拦地开起玩笑来:"你很像个藏族大姑娘,别嫁给洞宾了,我做媒帮你找个藏族小伙子吧。"

洞宾假装没好气地说:"就你多事,假充太平洋上的警察。"

婉音打量四周,觉得这地方显得非常神秘。天葬台周围影影绰绰,天葬师正在举行着天葬仪式。

不一会儿,东方露出鱼肚白,慵懒的白云被抹成一片绯红。天葬场上升起了桑烟。

婉音问:"听说这烟为了专门吸引秃鹫的?"

"是。在现场你们别问我了,静静地看着,事后我再给你们解释。"

没多久,天葬场附近飞来了黑压压一群秃鹫,壮观极了。

婉音不由得心头一凛,自言自语:"想不到竟会引来这么多的神鹰!"

太阳一出来,天空显得更蓝了,草地也显得更绿了,真是令人爽心悦目。

吴胜说:"天葬师跟我很熟,你们别怕。到时必须听我的话。"说完,他带着洞宾、婉音向天葬台靠近。

　　婉音已经能够很清晰地看见天葬师了,只见他表情凝重,将尸体脖子上戴的一串饰物扯下来扔在地上,随后很娴熟地切割着尸体,就像一个高明的解剖师,他们目不转睛地看着。没多久,一副白森森的骷髅赫然出现在她的眼前,她一点都不感到恐惧,相反倒被深深地震撼了。她曾在解剖室看过这样的骷髅,可眼前的这副更活生生,更具视觉冲击力。

　　洞宾关切地看着她,她冲他眨眨眼,似乎无声地告诉他她才不怕呢。她真想踱过去看个明白天葬师刚才扔在地上的是什么东西,可身子像钉在地上似的,竟挪不动。她暗忖道:"管它是什么,反正对人来说,什么都是身外之物,连这具躯壳也是身外之物。人真可怜,竟没有什么属于自己的,连灵魂也不是。"她抬起头,看见天葬师将那副骷髅放在不远处的石条上,抢起锤子砸着。婉音似乎觉得什么东西溅到她的身上,忙下意识地后退。没多久,骷髅变成了一堆骨屑。天葬师将糌粑掺拌着骨屑,随后转过身,慈祥地看着眼前这群黑压压的神鹰,不经意地招呼了一下,神鹰们心领神会,飞至骨屑旁争相啄食着,随后将一旁的那堆肉屑风卷残云般啄个精光。肉体一食尽,按照藏俗的说法,这个人算是升天了。婉音近距离地观看着眼前这群神鹰,它们蓬松着身上土褐色的羽毛,慵懒地看着他们,似乎跟他们达成默契。一具躯体就这样在她的眼前消失了,她觉得有点失落,可不知道失落什么,按理说,她不该失落的,因为此时此刻,这副躯壳的主人正借着这种非常规的方式升天了。对一个人来说,死后升天正是一个大愿望。谁不想超度呢?!她忽然来了兴致,忙趋近那块石头,看看有没残留一些碎屑,可石头上除了几滴暗红色的液体,什么都没留下。她恍惚觉得这个人真的升天了。她的大脑一片空白,就好像她的灵魂已神游天外。

　　吴胜凑近婉音,咬耳低语:"震惊吧? 这些神鹰就是空行母。知道空行母吗? 我到时再给你解释。"

　　婉音紧蹙着眉头,痛苦异常,就好像天葬师正抢着那把刀在她的身上切割。她下意识离开了天葬场,吴胜、洞宾尾随着她。他仨站在一个小山包,远眺着天葬台。她低声感慨道:"刚才我看见了,竟连一粒肉屑都不剩。"

　　吴胜虔诚地说:"这好啊。被食得干净最为吉祥,说明死者没有罪孽,灵魂安然升天了。"

婉音惊奇地问:"那没有食尽呢?"

"没有食尽的话,就捡起来一把火烧了,同时念经超度。这说明这人有罪孽。"

婉音的脑子里冒出了这么个血淋淋的念头:要是我被天葬,十有八九会留下肉屑。我是个有罪孽的女人啊。想到此,她悲从中来,眼眶里滚出了一串泪珠。

洞宾关切地问:"你不舒服? 那我们走吧。"

婉音没有想走的意思,仍站在那里纹丝不动。洞宾不知道她为何而悲,忙轻拍了一下她的削肩,安慰她。她目不转睛盯着远处那群神鹰,心里默默地祈祷:"神鹰啊,要是将来某一天我也能天葬,你们一定得将我身上所有东西全吃净,一粒不留,千万不要使我成为一个有罪的人!"可她转念一想,觉得自己的想法有点本末倒置,不由得指责起自己来:"你有没有罪并不是由神鹰决定的,而是根据你一生的行为决定的!"她对善恶的认识更深刻了,蓦地厌恶起自己来。

洞宾看到她呆呆地站在那儿,以为她刚才受到了过度的刺激,忙安慰道:"这场面确实出乎我的想象。不过,我们都搞过解剖,倒也可以接受。"

吴胜凑过来说:"在藏民的眼里,天葬是神圣的,是超度的最好方式,是升天的必经之路。"吴胜指着前方的神鹰,问:"知道空行母是何方神圣吗?"

婉音答:"不清楚。"

"空行母就是大力女神,代表慈悲与智慧,引度死者升天。"

洞宾听了后茅塞顿开:"噢,原来是这么回事。"

吴胜感慨:"西藏是一块神奇的土地,充满着神秘感,我待了这么多年,这神秘感有增无减。可是,我说不出它到底神秘在哪儿。总之,你踏在这块土地上,总觉得四周都是神灵,你的耳边会不时飘过神灵们劝诫的声音。"

婉音凝神聆听,就好像在听着一个高僧布道。

洞宾说:"我也有同感。"说完,他瞟了婉音一眼。

她似乎已对他的眼神心领神会:"没进藏前,我一直在想,这辈子我哪儿都可以不去,唯独西藏不可不去。现在,我眼界大开。"

"婉音,你念念有词,在说梦话吧?"说完,洞宾使劲摇着她,将她摇醒了。

婉音睡眼惺忪,无厘头地问:"洞宾,你说有来世吗?"说完,她怯生生地盯着他看。

他断然答:"哪里有来世! 来世是人们编造出来自我安慰的!"

婉音感慨道:"我认为有来世,灵魂不会消亡的。天葬能使灵魂更快地升天。"

"灵魂怎么不会消亡呢? 你走火入魔了吧?"说完,他站起来,将自己坐的椅子往婉音那边挪了挪,坐了下来。她自然地将头倚在他的肩膀,他用手梳着她的秀发。

她张开双手,箍着他的腰,呢喃细语:"我坚信灵魂不会消亡,灵魂不灭。"

"唯物主义告诉我们人死如灯灭,物质没有了,灵魂不可能孤零零存在,皮之不存,毛将焉附?"

"肉体消亡的那一刻,灵魂就脱离躯壳了。我有种预感:总有一天,科学会证明,人死后,灵魂还在自然界飘荡着。"

"要是你所说的是真的,那真是太好了,我们的灵魂就可以永远在一起了。"

"我坚信,肉体消亡后,灵魂会以另一种方式存在。"

"可我认为这世上没什么可以永恒,甚至貌似永恒的宇宙也会消亡。"

"宇宙可以消亡,但会改头换面以另一种形式存在,它的精髓是不灭的,就好像这世上物质不灭一样。"

"我不认同你的观点。"

"好啦,别逗口舌之快了。刚才我梦见天葬了。现在我仍恍惚觉得那个天葬师用刀在切割着我的身体,恍惚看到自己的肉正一片一片从身上坠落,就像树叶从树上纷纷落下似的。"

"真的?"他倏地侧过身,将她紧紧抱在怀里。

借着窗外漏进来的微光,他看到她那张灿若桃花的脸,彻底陶醉了,情不自禁地吻起她来。她已没有什么好顾忌的,忘情地回应着。这一刻,他俩心无旁骛,水乳交融,他的眼里只有她,而她的眼里也只有他,就好像这世界上只有他俩。她闭着双眼,享受着眼下这销魂的一刻。以前,当他想跟她亲

367

热时,她习惯性地婉拒,可眼下,她已跟他完全互动,不再扭扭捏捏了。他俩就像藤儿一样缠在一起。

她深情款款地说:"晚上谁也别来烦我们。"

"多美妙的二人世界。"

"真想离开那个熟悉的地方,离开那些带着敌意的眼神,在这儿无忧无虑地待着。"她莞尔一笑。

"要不我们就调到这儿工作?!我也喜欢这儿。"他似乎心有灵犀。

她幽幽地说:"可你的事业不在这儿,你前途无量。"

"我越来越离不开你了,你就是上帝为我量身定制的,我的前途在你身上呢!"他搂抱着她,紧贴她那光溜溜的胴体。她则像藤儿似的缠在他的身上。

她抚摸着他的胸脯,他冲动地扑在她的身上,慢慢地,一寸一寸地移动着,动情地吻遍她的全身,她微微颤抖着,就像微风吹过水面泛起的涟漪。他抬起头,冲她顽皮地咧嘴一笑,伸出左手摩挲着那片芳草地,她猛地抱紧他,屏住了呼吸。他心旌荡漾,含蓄地说:"婉音,我真想欣赏你那生命之河沿岸旖旎的风光——"

她将他抱得更紧了。一阵酣畅淋漓的感觉传遍了他的全身,他恍如自己站在风光无限的山巅,周围的风景美不胜收。他闭上眼睛,任凭快乐的冲动在全身激荡着,发出一阵阵回响,灼热的情感岩浆正源源不断从他的体内喷涌而出。她的双手轻轻地捶击着他的脊背,就好像在钢琴上弹奏着优美的旋律。最后,她说:"洞宾,我最怕失去你!"

"傻姑娘,我会永远永远陪伴着你。"

"我不值得你爱,我的身上污迹斑斑。"

"维纳斯不是因为残缺才显得更美,更引起人们遐想吗?!"

她紧紧地抱着他,生怕他会不翼而飞,周围静得能听见空气流动的声音。

不久,她听到了他的鼾声,困得睁不开眼睛了。她恍惚看见自己的灵魂在那片一望无际的草地上空飘荡。她的灵魂正睁着第三只眼扫视着四周。她看见了那个天葬台,看见了那个一声不响的天葬师。她忽然瞥见自己正躺在那块石条上,天葬师正在切割着她,手法美妙极了。她不觉得痛,一动不动地躺着。不一会儿，她身上的肉被他剔尽，眼前只剩下一副白森森的骨架，他正在捶击着她的骨头，她微微感到有点疼痛。周围全是黑压压的神鹰。他呼唤着它们，可它们却懒洋洋的，一副爱理不理的样子，难道它们对眼前的这顿美味佳肴不感兴趣？他向它们哀求："宝贝，过来吧！"可神鹰们抬起头，仰望着湛蓝得令人心醉的天空，对她的骨肉视而不见。她那颗可怜的心悸动不已，口中喃喃自语："我是个罪恶的女人，我被神鹰们遗弃了！"她一下子觉得羞愧难当，捶胸顿足，猛然大叫一声，圆瞪双眼惊恐地紧盯着眼前这个陌生的世界。她看见了身旁的洞宾，这样一个优秀的男人就躺在她的旁边，真真切切地存在。她蓦地想起了睡前他说过的那些情意绵绵的话。一想到要跟他携手走过脚下的路，她不觉心醉神迷。她多么渴望他能成为她永远的依靠、快乐的源泉。她多么渴望能跟他相伴一生啊。她借着窗外透进来的微暗的亮光打量着眼前这个她心目中的白马王子，他的表情很恬淡，呼吸平和、徐缓，身上散发出的男人气息使她心旷神怡。在她的眼里，他就是她的纯粹的男人。她情不自禁地吻着他的嘴唇，她的红唇麻酥酥的，好像他那爱的电流传到她唇瓣。她伸出柔软的舌头，舐着他的胸脯，厚实的感觉经由她的舌尖传进她的心窝。她的舌尖在他的胸前蠕动着，扭扭歪歪写出一个令她怦然心动的"爱"字。她竭力将眼前这一幕定格在自己的脑海中，将他那张坚毅的脸颊珍藏在自己的心底，一丝不祥的预感袭上她的心头："说不定，今晚就是我俩的最后一晚。"她想起上午看见草原上空飘荡着的朵朵白云，那云朵白得耀眼，白得令她心悸，一想到此，眼泪就簌簌地流了出来。她的大脑里各种想法在剧烈震荡。他就躺在她的旁边，可她总感到遥不可及，就好像他就是银河边的一颗星星。不管他多么遥远，她想将自己身上最珍贵的东西都献给他，心甘情愿。在临终的那一刻，她会想起眼下他这张恬淡从容、沉静如水的脸。他那轻轻的鼾声，如同催眠曲，抚慰着她那颗躁动的心。

　　回到省城后，洞宾邀婉音一起吃餐饭，她婉拒了。翌日，洞宾约她见面，她以工作繁忙为由，爽约了。他以为她前些天没上班，估计积压了很多工作，现在一下子脱不开身。一周后，他打开电脑的邮箱，发现婉音给他发了一封邮件，马上打开，焦急地看着——

洞宾：

　　谢谢你前些天给我带来的快乐，你是个令我特别心仪的小伙子，我特崇拜你！当我跟你在一起时，我曾不少次暗暗发誓：这辈子我就跟定你了。我确实享受跟你一起时的那些好时光。我很爱你，我也知道你确实爱我，但我冥冥中感到我们俩不可能白头偕老，我们的爱情之花结不出硕果。这就是我的宿命！你是块洁白无瑕的璧玉，而我则浑身污迹斑斑，我们根本不是般配的一对。我跟着你，只会害了你，使你泯然众人矣，还会使你丢尽脸面。我唯一的选择就是离开你，离你远远的，这样对你、我都有好处！洞宾，当你收到这封邮件时，我已经离开省会，远走高飞了。我会在那个遥远的地方祝福你！我很荣幸，因为我认识了你，跟你耳鬓厮磨过，跟你如胶似漆过，我的身上还留下了你的烙印。我对你是真心的，我的灵魂也是纯洁的！我会将你阳光的笑脸永远保存在脑海，至今想起那晚梦中醒来看见你那恬淡、沉静的脸孔时仍不免心醉神迷。这个世界要是真的只有我俩该有多好。我永远会记得你说过的那句话："我相信你就是我正在寻找的另一半。"别了！

　　看到此，洞宾如五雷轰顶，直骂自己是只呆头鹅，因为在那些跟她相处的日子里，她确实曾隐晦地提到过邮件里的这些话，只是当时他太粗疏了，竟将她这些话当作耳旁风。他马上拨打她的手机，可号码已是空号，他急得如热锅上的蚂蚁。他看了眼手表，已是晚上十时，顾不得夜已深，马上驱车直扑她的家。当他来到她家的门口，大门紧闭，只见上面贴着一张纸，上写着：此屋待租。他看到后手脚冰冷，仿佛刚从冰窖里钻出来似的。他喃喃自语："婉音，你真狠心！说什么爱我，分明是骗我的！如果真的爱我，有你这么狠心的？！"他虽狠骂着她，可脑海里却浮现出她那张如诉如泣的俏脸。这个女子太不容易了！他不该这样狠心责骂她！他觉得她小瞧自己，不觉又责备起她来："婉音，你不该将我想得这么怯懦，你难道不明白我是个敢作敢为的男子汉？！我既然敢爱你，自然也会接受你身上的一切，更何况这些天我真的感到你是个纯粹的女人！就算你犯了错，也只是在你打盹时犯下的！我才不会理会那些世俗的目光，更不会理会那些飞短流长！你到底会去哪里呢？你在邮件里说自己远走高飞,难不成你去了一个非常遥远的地方?!"他转而扪心自问:"她到底去了哪里呢？她会不会杀个回马枪,又去了西藏？完全有可能。在那些日子里,她非常喜欢那个地方。如果去了西藏,那她的落脚点一准就是拉萨。因为那些天我俩一直待在那里。怎么办呢？是不是马上去趟拉萨？去,马上去,不要再犹豫了,你不能失去她。如果失去她,你会终生遗憾。可是,上班才一周,马上又排补休,不太现实啊。唉,急死人了!"他现在的感觉就是眼睁睁地看着她在人海中渐行渐远,当他挤进去寻找她时,却怎么也挤不进,于是只好望着人海兴叹。

第四十六章　十字架下

　　窗外传来了救护车"呜呜呜"凄厉的鸣笛声,秦声听了后不由得打了个激灵。虽然他听惯了救护车发出的那特征性的声音,可在他听来,今天的声音显得特别刺耳,直搅得他心惊肉跳,就像大祸临头似的。他自言自语:"看来又有人被病魔拽到奈何桥边了。"从医三十多年,他见过各类轻重不等的病人,但仍葆有一副悲天悯人的心肠。他不断钻研、摸索,俨然成为一代大医,并在全国肿瘤学界赢得了一席之地,眼下担任中华医学会肿瘤学分会副主任委员。他踱到窗前,远眺窗外鳞次栉比的高楼大厦以及高楼大厦后虚无缥缈如水墨画般的群山,下意识地走出办公室,关上门,走了出去。他来到了抢救室,看见急诊外科张医生正在做着心外按摩,旁边聚着一群医生。

　　张医生看到他后,忙打起招呼:"秦院,您怎么来啦?"

　　他冲张医生咧嘴一笑,说:"让我上吧。"

　　张医生六神无主,慌不择言:"这怎么行呢? 不行,不行,这心外按摩都是我们这批小医生干的,您一个大院长做这个不是很跌份吗?"他一边说着,一边不停地做着按摩的动作。

　　秦声走过来,和蔼地说:"谁说抢救就是年轻医生的分内事? 让我来吧！对我来说,以后这样的抢救机会恐怕越来越少喽。"说完,他娴熟地做起按摩来。

抢救室里的那群医生面面相觑,手足无措。不一会儿,秦声的脸颊上冒出微汗,他下意识瞥了墙上的心电监护仪一眼,又埋头做起按摩来。

张医生在一旁小心翼翼地请求:"秦院,您歇会儿,让我顶上。"

秦声继续娴熟地按压着,有一股不将眼前这个病人从奈何桥边拽回来决不罢休的架势,似乎将他的命运跟自己的命运连在一起了。做着,做着,秦声渐渐感到有些吃力,按压的动作变形了,毕竟岁月不饶人啊,他主动示意张医生顶上来,张医生受宠若惊。秦声站在一旁静静地观察着病人的反应,在心里暗暗祈祷这个已到奈何桥的不幸者能幡然醒悟,转身踏上回头路。

抢救了近一个小时,这个病人始终没恢复心跳,秦声轻轻地对张医生说:"通知家属,放弃抢救吧。"说完,他落寞地走了出去。没走几步,背后传来了恸哭声,他只觉大脑"嗡"的一声,内疚地走出急诊楼的大门,踏上门外斑驳的水泥路,转向北边。这条水泥路已显得坑坑洼洼,几年前就该改造,可苦于这是条主干道,整天车水马龙,一拖就拖到现在。他踏上了路边的人行道,路旁杨柳依依,柳条时不时轻拂着他的面颊,弄得他痒酥酥的。右侧是一条银练般的小河,河水清澈见底,时不时看到一群小鱼在水中优哉游哉。十几年前,他累了时常倚在柳树上凝望这条小河,可这些年,因为公务繁忙很少来了。此刻,面对久违的老朋友,他百感交集,不知道眼下自己为何这般伤感,难道就因为自己马上就要卸任了?他在医院里工作了三十多年,院内的一草一木他都备感亲切,尤其是眼前这条银练般、清澈见底的小河更使他留恋不已。他忽然想起了脐带,这条细细的小河不就像一条脐带吗?脐带就是胎儿生命的粮道,那么眼前这条小河不就是医院生命的粮道吗?想到此,他不禁哑然失笑,迷惑自己怎么会想起脐带来。他至今还清晰记得自己刚分配到医院不久,就曾来到小河边。一晃三十多年过去了,可眼下他回忆起来却历历在目。不错,这条亲切的小河肯定见证了他的成功。哎,人一旦老了,每天都会没完没了地回忆,回忆就是耳顺之年老人的专利啊。

"老秦,在想什么呢?"

背后传来了非常熟悉的张德民的声音,他忙转身。他面对这个同一个战壕里的战友,心里就像打翻了五味瓶,意味深长地说:"竟在这里碰到你,太巧了。"

"我看见你在这里就踱过来了。"

秦声轻轻拍了拍张德民的肩膀,点了点头。

张德民说:"我想陪你走一段。"

秦声听了后,觉得一股暖流传遍全身。他凝视着下属,百感交集,不由得感慨起来:"时间过得真快啊,一晃五年过去了。"

"这些年来,你将医院管理得有声有色。你上任之初,我们还落在济仁医院的后面,现在已将它甩在身后了,你管理有方啊。"

秦声由衷地说:"这都是大家努力的结果,尤其是你。"

张德民似笑非笑,淡淡地说:"我只是革命的马前卒、你的执行者。"

秦声瞟了他一眼,搞不清他是否话里有话。自从张德民担任副院长以来,他俩的关系确实改善了不少,两颗心贴得越来越近,这令秦声颇感欣慰。张德民瞥了他一眼,似乎在等待他的回答。秦声抬头仰望着天空,只见头顶一片白云懒洋洋地飘荡着。良久,他冲身边的张德民眨巴着双眼,若有所思地说:"哎,人不就是一片云吗?"

张德民困惑地打量着他,期待他给自己的话做个注解,秦声一言不发。良久,秦声低下头,嗫着自己说的话里的意思,觉得自己过分伤感了,忙振作一番,说:"以后,医院就是年轻人的天下喽。"

张德民感慨万千:"我们都老了。"

"你脚下的路还长着呢。德民,大舞台在等着你!"

"你有掌控全局的本事,我不行,只能小打小闹,上不得大台面。"

"你过谦了。"说完,秦声瞥了下属一眼。

张德民不由得打了个激灵,就好像被人剥光衣服似的。半晌,他才缓过劲来,由衷地说:"这几年,从你那儿取到了很多真经。谢谢你啊。"

秦声深深地吸了一口气,宽慰道:"林婉音已经告倒了李岳,德民,说不定你还有机会。"

张德民摇了摇头,闭上了双眼。

应洞宾听说李岳向组织部有关领导反映自己能力不够,婉拒对他的院长任命。明眼人都知道这只不过是省里送给他的一个顺水人情,就算不婉拒,他也当不成院长了,林婉音已经血淋淋地剥下了他的画皮。秦声向省领导推荐了张德民,但相关领导没有接受他的建议。最后,省政府发下正式文件,任命ZZZ担任院长,整个医院炸开了锅,因为在全院职工的心目中,他绝不是院长的最佳人选。如果由职工选出十名候选人,恐怕都轮不到他,ZZZ就这样意外地当选。大家都在传ZZZ能成功上位跟李岳的鼎力相助分不开,也有人在传ZZZ后台很硬。应洞宾明白:李岳做梦都渴望当上院长,他的"婉拒"只是无奈之举。应洞宾对ZZZ很不以为然,认为他不是个理想的领军人物,隐隐觉得省里这样的人事安排已为杏泽医院挖了个坑,他对肿瘤外科的前景忧心忡忡:秦声院长即将退位,张德民副院长郁郁不得志,离开医院远走高飞只是时间问题,岳波主任不明不白地离开了人世,肿瘤外科传统的三驾马车已分崩离析,不知道这面旗帜还能飘扬多久。应洞宾对肿瘤外科的发展前景很不看好,觉得自己在这里很难展翅高飞,不免萌生去意。他清楚秦院对自己很器重,准备瞅空登门求教一下。

一天,应洞宾冒昧走进秦声新的办公室,只见他正坐在椅子上,闭目养神。应洞宾怯生生地站在他的对面,不知道怎么办好。没多久,秦声睁开眼睛,看到了应洞宾正站在他的对面,忙问:"洞宾,找我有事?"

应洞宾点点头,秦声示意他坐下,应洞宾坐了下来。

秦声问:"啥事?"

"我想离开医院,准备去国外留学。"说完,他不敢正眼看秦声。

"你要离开医院?有多少年轻人拼命想挤进我们医院,最后都被拒之门外,而你却要离开!真是身在福中不知福啊。"

"我觉得自己在这儿很难有大的发展。现在,我们科树倒猢狲散了。"

"你怎么这样悲观呢?我们科是国家重点学科!放眼全省,有几个科是国家重点学科?!"

"秦院,恕我小小冒犯您一下,您真的这么认为吗?"

秦声一时语塞。他明白,眼前这个小伙子伶牙俐齿,后生可畏啊。想当初,他处于应洞宾这年龄,畏畏葸葸,不敢越雷池半步。这世界确实变了。应洞宾紧紧盯着秦声看,就好像不盯住,他会从自己的眼皮底下消失似的。

秦声清了清嗓子,慢悠悠地说:"你说得对。以后,我们的科发展是会有点困难,可你想在这个困难时期当逃兵吗?"

"作为一个小字辈,我无力回天啊。您不久以后会离开医院的。至于张副院长,全院都在盛传他马上就要远走高飞了。如果换了我,我也会这么做的。"

"德民会不会离开我们医院,我不是很清楚。洞宾,不管多少人走了,我们科室仍然要发展的。"

"您以为我们科室以后发展的本钱在哪? 谁是带头人?"

秦声被眼前的这个后生问得冷汗涔涔,他太咄咄逼人了。

"秦院,我不想当逃兵,可我也要高飞啊!"

秦声缄默不语,表情凝重。

"要是将来您跟张副院长都离开了,我离开不算大逆不道吧?"

这话真正戳到了秦声的痛处,因为他此时确实也萌生去意,他都想一走了之却要眼前这个年轻人坚守岗位,岂不显得太自私了? 他瞥了应洞宾一眼,无奈地解释起来:"我的情况跟你的不同。"

"您的意思是新任院长会打击您,而打击不到我?"应洞宾咄咄逼人。

秦声无力地点点头。

"可在一个混账院长手下工作永远不会有前途!"

"我不会离开这家医院,我还有梦想。只要有梦想,我相信自己还能改变得了医院。在我们的医院工作了三十多年,我对它产生了浓浓的感情,难以割舍,更何况我是医院的罪人,必须戴罪立功。"

"您怎么成了我们医院的罪人啦? 全院上下都认为您是大功臣呢!"

"什么大功臣,浪得虚名。且不说其他的科室,就看看我们的肿瘤外科,人才凋零,青黄不接,还不是我造成的? 我不是罪人谁是罪人?!"

秦声说出这样的话,应洞宾感到非常震惊,忙安慰道:"秦院,您是全国优秀院长,全院上下没有一个人不竖起大拇指夸您啊!"

正在这时,张德民走了进来,应洞宾以为他俩要商量要事,忙趁机退了出去。

张德民焦急地说:"刚才曾赫的心脏停止了跳动,他的老伴正在病房里大闹,有可能会闹到你这儿,你还是回避一下吧。"

秦声一下子惊呆了——

桌上的手机铃声响了,秦声忙接通,只听见焦急的声音传了过来:"秦院,我是林昊,现在我腹痛难忍,是不是肝癌复发了?"一年前,秦声给他做过肝癌切除术。

　　"你现在在哪?"

　　"我正在路上,一刻钟后会到达你的医院。"

　　"我在门诊等你。"说完,他挂了电话,走出了办公室。

　　快到门诊时,秦声瞥见应洞宾在前方不远处,忙喊:"洞宾。"

　　应洞宾转过身,看到了秦声,马上朝他迎上来,问:"秦院,啥事?"

　　"跟我一起去门诊诊视一个肝癌病人。"

　　"好。"

　　秦声拍了拍应洞宾的肩膀,发自内心地说:"小伙子,你前程似锦,展翅高飞吧!"

　　应洞宾咧嘴一笑。

　　这一老一小朝门诊走去。

主要人物表

秦　声　清河省杏泽医院院长

王德胜　清河省卫生厅厅长

林太声　清河省委组织部前任部长

高远望　清河省委组织部后任部长

梁英明　清河省杏泽医院书记

张德民　清河省杏泽医院业务副院长

李　岳　清河省杏泽医院行政副院长

蔡世祥　清河省杏泽医院科教副院长

罗　芬　清河省杏泽医院护理副院长

罗　干　清河省杏泽医院纪委书记

岳　波　杏泽医院肿瘤外科主任

李　玲　岳波的妻子,原是护士,后是保险业务员

李建进　杏泽医院肿瘤外科副主任

林建民　杏泽医院肿瘤外科副主任

张　敏　杏泽医院肿瘤外科护士长

鲍德温　杏泽医院肝胆外科主任

应洞宾　杏泽医院肿瘤外科住院医师

朱和平　杏泽医院肿瘤外科住院医师

郁菲菲　杏泽医院肿瘤外科护士

孔　迈　杏泽医院肿瘤外科病人

钱三民　宏大公司老总

李姗姗　青年影视演员

林婉音　医药代表

杨　明　清河省电视台记者

曾　赫　清河省组织部常务副部长

李前进　清河省人大常委会原主任,李岳的父亲

图书在版编目(CIP)数据

泣血的十字架 / 尹绍文著. —杭州：浙江文艺出版
社,2016.5
 ISBN 978-7-5339-4475-9

Ⅰ.①泣… Ⅱ.①尹… Ⅲ.①长篇小说—中国—当代
Ⅳ.①I247.5

中国版本图书馆CIP数据核字(2016)第 060917 号

责任编辑　邓东山
封面设计　水　墨
责任印制　朱毅平

泣血的十字架

尹绍文　著

出版　**浙江文艺出版社**
地址　杭州市体育场路 347 号
邮编　310006
网址　www.zjwycbs.cn
经销　浙江省新华书店集团有限公司
印刷　杭州豪波印务有限公司
制版　杭州天一图文制作有限公司
开本　710 毫米×1000 毫米　1/16
字数　372 千字
印张　24.25
插页　3
版次　2016 年 5 月第 1 版　2016 年 5 月第 1 次印刷
书号　ISBN 978-7-5339-4475-9
定价　**48.00 元**